Sous bonne escorte

ROSEMARY ROGERS

Amour tendre, amour sauvage	*J'ai lu* 952/**I**
Insolente passion	*J'ai lu* 2557/**K**
Le désir et la haine	*J'ai lu* 2577/**L**
Le feu et la glace	*J'ai lu* 2576/**K**
Les insatiables	*J'ai lu* 1265/**G**
Jeux d'amour	*J'ai lu* 1371/**I**
Le grand amour de Virginia	*J'ai lu* 1457/**I**
Au vent des passions	*J'ai lu* 1668/**I**
La femme impudique	*J'ai lu* 2069/**J**
Le métis	*J'ai lu* 2392/**J**
Esclave du désir	*J'ai lu* 2463/**J**
Princesse ou gitane	*J'ai lu* 4452/**G**
Baiser volé	*J'ai lu* 5262/**J**
La dame de minuit	*J'ai lu* 5415/**J**
Sous bonne escorte	*J'ai lu* 5642/**L**

Rosemary Rogers

Sous bonne escorte

Traduit de l'américain
par Béatrice Pierre

Éditions J'ai lu

Titre original :

ALL I DESIRE

Avon Books, Inc., N.Y.

PREMIÈRE PARTIE

PROLOGUE

1867

1

Bien que le mois d'avril fût déjà entamé, un courant d'air glacial envahit la chambre lorsque Angélique Lindsay ouvrit sa fenêtre pour raccrocher son volet qui claquait. La bourrasque lui rabattit les cheveux dans les yeux.

— Zut ! s'exclama-t-elle, à l'instar de sa cousine Juliette qui usait et abusait de ce juron.

Une nuit sinistre, à ne pas mettre un chien dehors.

S'étant penchée un peu plus, elle parvint enfin à arracher le volet de la pression avide du vent et à le fixer par son loquet. Elle referma la fenêtre, noua ses cheveux sur la nuque et revint se chauffer devant la cheminée. Quel sale temps ! Printemps comme hiver, des rafales dévalaient des Vosges, la glaçant jusqu'aux os et lui faisant désirer avec impatience le retour de l'été.

Les yeux mi-clos pour se protéger de l'éclat aveuglant des flammes, elle écoutait les tap-tap incessants des volets chahutés par le vent. Serrant les bras autour de son corps mince, elle ne put retenir un frisson. Son reflet sur les chenets en cuivre montrait une silhouette floue, dorée des pieds à la tête.

Ô mon Dieu, qu'il fait froid, dans ce pays, se dit-elle, les orteils enfoncés dans le tapis de laine.

Comme j'aimerais être dans le sud de la France, jouir du soleil, tendre mon visage aux embruns salés, humer un parfum d'aventure, découvrir tous les endroits que je n'ai jamais vus et ne verrai peut-être jamais. Il y a tant de choses que je veux voir et faire dans ma vie après avoir été gardée cloîtrée, à l'écart du monde...

L'école qu'elle avait fréquentée était située dans un coin isolé de Lorraine ; le paysage était certes magnifique, mais d'une austérité désespérante. Les élèves, toutes de bonne famille, y recevaient une éducation à la fois religieuse et classique. Angélique avait beau parler trois langues et posséder des rudiments de grec, de philosophie, de géographie et d'histoire, elle se trouvait terriblement naïve et ignorante.

Ce dont elle avait eu confirmation lors de brèves vacances à Paris avec sa tante Marie et ses cousins. Dieu que cette ville recelait de lieux divers et passionnants ! Un après-midi, tandis que les adultes faisaient la sieste, Angélique avait découvert un aspect de la vie qui lui était totalement inconnu. Son aînée de deux ans, sa cousine Juliette était une fille intrépide. Elle avait entraîné son frère Paul et Angélique dans une exploration téméraire des quartiers animés de Paris, suivie d'une courte halte dans un cabaret. Bien évidemment, ils ne s'y étaient pas attardés, mais Angélique avait eu le temps de découvrir un spectacle époustouflant, lequel avait produit sur elle l'effet d'une révélation.

Depuis ce jour, elle avait l'impression que ses rares escapades hors du paisible bourg de Saint-Dié ne lui avaient permis que d'effleurer la surface du monde et de la vie réelle.

Pourquoi sa mère avait-elle choisi de s'enterrer dans ce trou perdu ? Angélique devinait à peu près la réponse grâce à la lettre qu'elle venait de recevoir et qu'elle gardait précieusement enfouie sous son linge. Depuis qu'elle l'avait lue, elle se sentait différente sans qu'elle sût avec exactitude pourquoi ni comment.

Autre mystère : pourquoi sa mère refusait-elle de lui parler de son père, du pays lointain où elle avait vécu quelque temps et où Angélique était née ? Trop de questions sans réponse avaient donné à la jeune fille le sentiment de ne pas être à sa place. La lettre de John Lindsay offrait quelques éclaircissements, perceptibles à qui savait lire entre les lignes.

Dès qu'elle l'avait reçue, elle avait supplié sa mère de lui permettre d'aller voir son père en Amérique. Louise Levasieur Lindsay avait opposé un refus catégorique.

— Tu ne serais pas en sécurité là-bas, Angélique. Ça pullule d'hommes dangereux, des païens et des criminels, de vrais fauves. Tout le temps que j'y suis restée, la peur ne m'a pas quittée. Non, tu n'iras pas ; tu es beaucoup trop jeune.

— Tu n'étais guère plus âgée lorsque tu es allée à La Nouvelle-Orléans et que tu as fait la connaissance de mon père, remarqua Angélique en vain.

Pure vérité. Et voilà que ce père, qui ne l'avait connue que bébé, souhaitait voir la jeune femme qu'elle était devenue. N'avait-il pas promis de veiller sur elle ? De s'assurer qu'elle ne manquerait de rien ? Il lui aurait demandé de venir plus tôt, écrivait-il, si une guerre civile n'avait déchiré l'Amérique, rendant le voyage trop périlleux. À présent, la guerre était finie, le calme revenait et le pays renaissait à la prospérité. John Lindsay vivait dans un vaste domaine, au milieu d'immenses hectares de terres vierges que dominaient au loin de hautes montagnes. Autre agrément : il y faisait merveilleusement chaud. Cette description dégageait un parfum d'aventure très excitant et Angélique mourait d'envie d'y aller.

— Cousine Angélique ?

Angélique se retourna et aperçut Juliette dans l'entrebâillement de la porte.

— Viens devant le feu et parle-moi de ton Jean-Luc, lui dit-elle.

— Chut, fit Juliette en refermant doucement la porte derrière elle. Comment le trouves-tu ? Il est beau, n'est-ce pas ?

— C'est vrai, mais n'oublie pas que tu dois épouser M. Picot. Si tante Marie apprend que tu vois Jean-Luc en secret, elle sera très fâchée. Sois plus prudente, Juliette. M. Picot est très riche ; tu ne devrais pas prendre le risque de le perdre.

— Ah ! Tu ne comprends pas, Angélique.

— Appelle-moi plutôt Angie.

— Angie, c'est tellement... *américain*.

— Oui, je sais, et c'est ce qui me plaît. C'est le nom que mon père me donne... « Douce Angie, mon Angie chérie... » Je vais aller le voir car j'ai dix-huit ans et, bientôt, ma mère n'aura plus le droit de m'empêcher de faire quoi que ce soit.

Juliette ouvrit des yeux ronds.

— Tu quitterais la France pour un pays de sauvages ?

— C'est là que je suis née, rappelle-toi.

— Sans doute, mais tu n'y es pas restée longtemps. C'est en France que tu as grandi. Dans un pays civilisé, où les femmes et les enfants ne risquent pas de se faire massacrer par des bandits à moitié nus couverts de peinture.

— Tu n'en sais rien, s'ils font ça.

Juliette hocha la tête avec une telle énergie que ses boucles noires lui balayèrent les joues.

— Si, je le sais. Tante Louise raconte qu'elle l'a vu de ses propres yeux et elle jure que plus jamais elle n'y remettra les pieds.

Angélique se mordit la lèvre. Sur ce point, la détermination maternelle présentait un obstacle sérieux.

— J'irai, tu verras.

— Mon Dieu, je reconnais cette expression têtue ! Tu as l'air d'un vilain petit renard. Quand tu as décidé de faire quelque chose, tu le fais, je ne l'ignore pas, mais de là à savoir comment tu t'y prendras... Puisque tu es aussi maligne, reprit Juliette avec un sourire rusé, aide-moi à retrouver Jean-Luc ce soir. Oh, ne prends pas cet air offusqué, je sais bien que tu n'y vois rien de mal !

Angélique secoua la tête en riant.

— Très bien, je t'aiderai mais ne m'en veux pas si ça ne marche pas. Et toi, si je te le demande, tu m'aideras à obtenir l'accord de maman pour ce voyage, promis ?

— Bien sûr, cousine. Toi et moi, nous sommes comme des sœurs, tu pourras toujours compter sur moi.

Plus tard, tandis qu'elle frissonnait de froid devant la serre où se cachaient Juliette et son amant, Angélique repensa au Nouveau-Mexique où, selon John Lindsay, le soleil brillait dans un ciel éternellement bleu.

Oui, un jour, malgré les objections maternelles, elle irait dans ce pays où l'on avait toujours chaud. Elle découvrirait l'Amérique, ses paysages fabuleux et ses aventuriers mystérieux. Et elle aurait sa part de la prospérité qui y prenait son essor. Oh, oui, il fallait qu'elle convainque sa mère car elle ne supportait pas l'idée de rester toute sa vie ici et de subir le sort de sa cousine : devenir l'épouse d'un homme qu'elle n'aimait pas alors que son cœur appartenait à un autre.

L'Amérique, avait-elle lu, était le pays de la liberté. Et de la chaleur. Un jour, elle irait le constater par elle-même. Quel délice que de s'allonger au soleil devant des hectares et des hectares de terres vierges !...

2

La chaleur de juillet qui pesait sur les collines du Nouveau-Mexique avait enlevé tout apprêt à l'uniforme bleu de Jake Braden. Il s'abrita à l'ombre d'un cotonnier ; la brume mauve dans laquelle se fondaient au loin le ciel et la terre promettait une soirée supportable. En attendant, l'air moite et oppressant avait un goût de poussière... et de colère.

Bon sang, où donc se cachait cette satanée gamine ? Il n'était venu au ranch Double X que pour acheter du bœuf et, si Rita n'avait pas été la fille d'un ami, il l'aurait laissée rentrer quand ça lui chantait.

Sa monture s'ébroua bruyamment. Au-dessus de sa tête, un aigle lâcha un cri strident. Ce furent les seuls signes de vie perceptibles dans ce paysage aride.

Rita, qui avait été élevée au ranch, connaissait toutes les cachettes de la région, songea Jake en ôtant son chapeau pour s'éventer.

Si cela ne tenait qu'à lui, il y avait longtemps que la gamine aurait reçu une bonne fessée. Hélas, jamais John Lindsay ne toucherait à un cheveu de sa fille. D'où une grande partie de ses problèmes : convaincue d'être au-dessus des règlements, Rita Lindsay, à peine âgée de seize ans, était déjà intenable. John avait intérêt à réagir avant qu'il ne soit trop tard.

Éduquer cette fille n'était pas le problème de Jake. Ni la chercher, d'ailleurs, mais, Lindsay étant encore très affaibli par sa maladie, il avait jugé préférable de s'en charger. Tous les employés disponibles du ranch s'étaient joints à la partie.

Elle avait tout intérêt à ce que ce soit l'un d'eux qui la trouve et non lui, car il risquait fort de la jeter sur ses genoux et lui administrer une raclée. S'évanouir dans la nature de cette façon, alors que les Apaches avaient recommencé leurs raids, était inexcusable.

Clignant des yeux pour se protéger du reflet du soleil sur les rochers, Jake examina les montagnes dont les crêtes acérées mordaient le ciel bleu. Aucun signe de vie. Aucun mouvement. Où diable se cachait-elle ?

— Elle a fichu le camp, avait murmuré Lindsay en s'habillant tant bien que mal. Je ne comprends pas ce qu'il lui arrive, depuis quelque temps. Aujourd'hui, elle s'est mise en colère parce que je lui ai interdit d'aller danser en ville avec je ne sais quel vagabond...

— Je vais la trouver, John. Reste ici, et aide mes hommes à débiter le bœuf que tu destines au fort. Quand Rita nous verra sortir à sa recherche, elle reviendra discrètement. Mais, je t'en prie, cette fois-ci, donne-lui une bonne correction.

— C'est ce que j'aurais dû faire depuis longtemps, acquiesça John Lindsay. Elle est devenue insupportable.

Tandis qu'il scrutait un à un les arroyos et les pentes broussailleuses, Jake se souvint que, selon Concha, la gouvernante, Rita aimait se réfugier dans une vieille cabane du canyon Mimbres.

— Elle dit qu'elle y va pour réfléchir, *señor* Jake, mais moi, je crois qu'elle y retrouve cet homme, Matt Pena. C'est un sale type, mais elle n'écoute rien…

Jake remonta sur son cheval bai et le poussa vers l'entaille rocheuse où, dévalant de la chaîne des Mimbres, coulait la rivière Tierra Bianca. La cabane qui se dressait sur la rive n'était qu'un assemblage grossier de planches destiné à abriter les cow-boys lorsqu'ils cherchaient un veau égaré. Tout proches, deux chevaux, dont celui de Rita, attendaient patiemment. Concha ne s'était pas trompée.

Jake mit pied à terre et attacha sa monture. Puis, ayant dégainé son pistolet, il traversa rapidement le terre-plein calciné par le soleil. Une rafale de vent souleva un tourbillon de poussière et le cheval de Rita hennit en dressant les oreilles. Ce seul bruit suffit à déclencher l'alerte et, lorsque Jake ouvrit la porte d'un coup de pied, le compagnon de Rita avait déjà bondi à bas du grabat pour saisir son arme.

Armant son colt, Jake annonça tranquillement :

— N'insiste pas, sinon je te descends.

Prêt à saisir son pistolet, l'homme hésita une fraction de seconde, puis sa main se mit à trembler et s'écarta.

— Bon, d'accord.

— Pousse ton flingue vers moi, et recule.

Jetant un coup d'œil à Rita à demi nue sur le matelas, il lui ordonna de s'habiller.

— En te voyant comme ça, on te prendrait vraiment pour *una puta*, gronda-t-il.

— C'est peut-être ce que je suis, Jake, répliqua-t-elle en s'étirant langoureusement.

Sans lui prêter attention, il ramassa le pistolet et le glissa dans sa ceinture.

— C'est toi, Matt Pena ? demanda-t-il à l'homme en lui envoyant d'un coup de botte son pantalon.

— Oui. Pourquoi ?

— On t'a déjà dit de ne plus t'approcher d'elle. Tu es sourd ou idiot ?

Les joues et la nuque de Pena s'empourprèrent.

— Ni l'un ni l'autre, protesta-t-il violemment. C'est pas moi qui ai eu l'idée. C'est elle qui m'a donné rendez-vous.

— Et tu es aussi innocent qu'un enfant de chœur. Dégage. Tu mettras ton pantalon plus tard. Je garde ton arme.

— Merde, elle m'a coûté douze dollars. Pas question que je vous la laisse.

— Eh bien alors, si tu y tiens autant que ça, nous l'enterrerons avec toi.

Pena blêmit.

— Bon, tant pis. J'aurais mieux fait de ne pas écouter cette folle…

— Ça, c'est sûr.

Lorsque Pena fut sorti, Jake fixa Rita d'un regard froid.

— Je t'ai dit de t'habiller. Dépêche-toi, si tu ne veux pas rentrer au ranch en culotte.

— Pourquoi rentrer ? fit-elle avec un sourire enjôleur.

Du bout du doigt, elle dessina lentement un cercle sur la sueur qui voilait sa poitrine nue. Sa peau était d'un brun mat et ses tétons, des boutons rose sombre. Lorsqu'elle leva les bras pour repousser ses cheveux longs, ses seins tressautèrent.

— Il fait tellement chaud, Jake. Attendons qu'il fasse plus frais pour rentrer, d'accord ?

Tortillant son corps voluptueux comme pour s'enfoncer dans le matelas, elle lui décocha une œillade provocante.

— Je vois bien que tu as envie de rester, reprit-elle d'une voix suave. Pourquoi ne viens-tu pas t'allonger à côté de moi ?

Il ramassa le corsage qui traînait à terre et le lui lança.

— Et toi, pourquoi ne lèves-tu pas tes fesses de ce lit et ne t'habilles-tu pas comme je te l'ai dit ? *Tout de suite*, Rita. Je n'ai pas le temps de jouer avec toi.

— Pourtant, ce n'est pas l'envie qui t'en manque, s'esclaffa-t-elle. Oh, ne dis pas que tu ne m'as pas remarquée. Tu n'arrêtes pas de me regarder, tout comme moi je te regarde.

Elle s'assit sur le bord de la couche mais ne fit pas mine de s'habiller.

— Tu m'as plu dès le premier jour, il y a trois ans, quand tu es venu au ranch. Tu t'en souviens ? Je t'ai trouvé si beau, avec tes yeux dorés comme ceux d'un chat sauvage... Tu avais l'air si sombre, si mystérieux et si sûr de toi. Depuis, je te veux.

— Tu n'avais que treize ans, grands dieux.

Elle haussa ses épaules nues et balança un pied négligemment.

— C'est bien assez. Ma mère n'était pas beaucoup plus âgée lorsqu'elle s'est installée avec mon père. Et elle venait d'avoir seize ans quand elle m'a eue. Par ici, les femmes doivent se dépêcher de grandir si elles veulent profiter de la vie.

Une lueur fugitive éclaira ses yeux comme si elle réfléchissait à la brièveté de l'existence, puis elle se renversa en arrière, bras et jambes écartés, vivante image de la tentation.

Furieux, Jake se précipita pour la tirer par le bras et la mettre debout.

— Ça suffit. Fais la putain avec qui bon te semble, mais pas avec moi. Je te ramène à ton père.

— Si tu fais ça, je lui dirai que tu m'as violée.

— Et tu penses qu'il te croira ?

— Oui. Il croit tout ce que je dis.

En riant, elle se dégagea puis serra les doigts autour du bras de Jake.

— Pourquoi ne me croirait-il pas ? Papa ne te connaît pas tant que ça, et je suis sa fille. Tu n'es qu'un des nombreux capitaines de l'armée qui viennent nous acheter du bœuf et nous prévenir des raids apaches.

Jake garda le silence un moment. Ce n'était pas la première fois qu'elle tentait de le coincer, et il commençait à en avoir assez. Pour Rita Lindsay, la vie n'était qu'une bataille incessante. Elle défiait son père et les conventions avec insolence et, sous prétexte qu'elle était orpheline de mère depuis l'âge de deux ans, John n'osait sévir. Peut-être se sentait-il coupable. Ou bien peut-être était-ce parce qu'il était plus facile de la laisser en faire à sa tête plutôt que de discuter. En tout cas, à présent, il le regrettait.

Elle regardait Jake avec un sourire rusé. Il se jeta sur elle. Dans les yeux de Rita s'alluma un éclair de triomphe. Erreur.

Au lieu de l'embrasser, comme elle s'y attendait, il la prit à bras-le-corps et la hissa sur son épaule. Souffle coupé, elle se mit à lui tambouriner le dos des poings.

— Lâche-moi ! Sinon, je raconte à tout le monde que tu as voulu me violer… Papa te fera fouetter et tu seras pendu…

Ses menaces entrecoupées de halètements restèrent sans effet. Jake sortit de la cabane. Le soleil déclinait et des ombres mauves recouvraient la crête des montagnes. Le temps qu'il mette la jeune fille en selle, elle sanglotait de colère et de chagrin. Puis, comme il lui jetait un regard sévère, elle enfouit le visage dans ses mains et pleura comme un enfant contrarié.

Pour la première fois, il éprouva un élan de sympathie envers elle.

— Écoute, Rita. Je sais que c'est difficile pour toi de vivre ici, mais ce n'est pas en t'y prenant de cette façon que tu obtiendras ce que tu veux.

— Comment sais-tu ce que je veux ? marmonna-t-elle en le regardant entre les doigts. Les hommes n'ont pas à jouer la comédie comme les femmes. Si je ris, c'est trop fort. Si je veux aller en ville, on me traite d'irresponsable. Si je souris à un homme, me voilà putain. Il y a trop de règles, trop de tabous, et papa n'est jamais là. Enfin, il n'était jamais là… et maintenant il est très malade, il va mourir, et je serai toute seule !

Ses lèvres tremblaient, trahissant la peur qu'elle tentait de cacher.

— Voyons, *chica*, tu ne seras pas seule. Fort Selden n'est pas loin. Tant que j'y serai affecté, je veillerai à ce que tout aille bien pour toi.

Écartant les mains de son visage ruisselant de larmes, elle le fixa longuement de ses yeux apeurés.

— Tu ne seras pas toujours là, Jake, dit-elle enfin avec un sourire triste.

— Peut-être pas. Mais, à ce moment-là, tu seras grande et sans doute mariée. Tu te ficheras bien de moi et de l'endroit où je vivrai. Quelqu'un d'autre veillera sur ta sécurité.

Il lui tendit son corsage qu'elle enfila et alla chercher dans la cabane le reste des vêtements. La jeune fille s'habilla en silence.

Sans échanger un mot, ils suivirent la rivière jusqu'à la sortie du canyon et obliquèrent à l'est. Entre les mamelons couverts de buissons de *mezquite* dont les délicates feuilles vertes cachaient de redoutables épines, s'étendaient de vastes espaces où ne poussaient que des yuccas hauts de plusieurs mètres, des figuiers de Barbarie et des herbes folles au sein desquelles s'éveillaient les prédateurs nocturnes.

Un cri aigu, semblable à celui du coyote, déchira le silence, suivi aussitôt d'un autre. Jake saisit son fusil. S'il s'agissait d'Apaches, ils ne tarderaient pas à attaquer car ils craignaient les esprits de la nuit plus encore que l'homme blanc.

Malgré le danger latent, le paysage était d'une beauté intense. La pleine lune se levait avec lenteur, répandant sa lumière argentée sur la terre sauvage et bruissante. Rita se rapprocha de Jake.

— J'ai peur, murmura-t-elle.

— Reste près de moi. Fais ce que je dis sans discuter. Nous ne sommes plus loin.

Trop loin cependant si ces cris de coyote sortaient de bouches humaines, se dit-il en posant sa winchester sur le pommeau de sa selle. Lorsque les lumières du ranch Double X apparurent, puis les silhouettes sombres des bâtiments, il s'arrêta à l'abri d'un cactus dont les longs bras sinueux se dressaient, parfaitement immobiles. Un calme absolu régnait.

— Ça a l'air d'aller, souffla Rita d'une voix tremblante. On ne voit même pas de lièvres.

La lune éclairait son visage inquiet. Il sourit.

— On fait la course.

Après un bref instant de surprise, elle éclata de rire et éperonna son cheval. Jake s'élança derrière elle et ils dévalèrent à toute allure la pente familière. Ils approchaient du portail lorsque les premiers hurlements retentirent derrière eux.

Jake se retourna, fusil en main, attendit de distinguer la silhouette d'un homme à cheval avant de le mettre en joue. Le coup partit, un cri étouffé y fit écho et une monture privée de cavalier jaillit de l'ombre.

Rita poussa un hurlement. Jake lui ordonna de poursuivre son chemin. Des hommes apparurent au-dessus du mur du ranch et le portail s'ouvrit sur la cour, dans laquelle Rita s'engouffra. De nouvelles détonations éclatèrent et dans la pâle lueur de la lune qui ressemblait à un énorme dollar d'argent suspendu dans le ciel, Jake vit que la résistance inattendue avait repoussé les assaillants. Ils s'éparpillèrent et disparurent derrière les collines.

Lorsque Jake franchit le portail quelques instants plus tard, il faisait franchement nuit. John Lindsay sortit à sa rencontre. Des rides soucieuses creusaient son visage.

— Ça va, Braden ?

— Oui. J'ai juste pris le temps de ramasser un souvenir, dit-il en brandissant un scalp aux cheveux courts.

Rita poussa un cri de répugnance.

— Même si j'en ai pris quelques-uns autrefois, celui-ci ne m'appartient pas, dit Jake.

Il l'avait détaché de la ceinture de l'Apache et se demandait s'il appartenait à Matt Pena ou si celui-ci avait pu rentrer sans encombre.

Une fois son père parti se coucher, Rita rejoignit Jake qui fumait sous le porche.

— Jake ?

Il prit le temps d'exhaler un nuage de fumée, de jeter son cigare et de l'écraser du talon, avant de se retourner. La jeune fille portait une robe sage, boutonnée jusqu'au cou. Il lui sourit.

— Oui ?

— Je voulais m'excuser. J'ai eu tort. Je... je ne sais pas ce qu'il m'arrive parfois. Je me comporte comme une folle alors que je ne désire qu'une chose, me sentir en sécurité. Être aimée.

— Ton père t'aime beaucoup, Rita.

— Oh, je sais. Mais ça ne suffit pas.

Elle s'appuya contre le poteau et croisa les bras sur la poitrine, comme pour se réchauffer. Ses yeux noirs erraient au-delà du ranch, vers les collines qu'auréolait une lumière diffuse.

— J'aimerais vivre dans une grande ville, là où il y a du monde, du bruit et des lumières partout... et des nappes et des serviettes de table en tissu. Et aussi un théâtre et un Opéra. Dans une région où personne ne redoute l'irruption d'une bande d'Apaches prêts au massacre... Je déteste cet endroit.

Jake contempla en silence le domaine qui les entourait puis il se tourna vers elle.

— Tout ceci sera à toi, un jour, tu sais.

— Peut-être que oui, peut-être que non.

— À qui d'autre ton père laisserait-il le ranch ? Ce sera à toi. Tu te marieras et tu y vivras avec ton mari et tes enfants. Et, un jour, tu n'auras plus à redouter les Apaches. Ce sera le paradis, Rita.

Elle émit un rire amer.

— Comme le jardin d'Éden ? Non. Cela n'arrivera pas, Jake. Mon père n'a pas épousé ma mère. Il est toujours marié à sa première femme. Je suis une bâtarde et les bâtardes n'héritent de rien.

Jake réfléchit un instant, puis haussa les épaules.

— John Lindsay n'est pas homme à attacher de l'importance à ce genre de choses. Il laissera le ranch à qui il veut.

— Oh, oui. Ça, c'est sûr… Mais je sais déjà ce qu'il veut. Il destine cette propriété à son premier enfant. Bien sûr, il m'a assuré que je ne serai pas oubliée et que si, pour quelque raison, mon aînée ne voulait pas du ranch, il me reviendrait. Mais, tu vois, je n'ai pas la priorité. Je ne suis qu'une héritière de substitution.

Elle se campa devant lui et leva sur lui des yeux humides.

— Laisse-moi le temps de grandir, Jake. S'il te plaît. Ne fais pas attention à ce que j'ai dit et fait. C'est vrai que je t'aime depuis le premier jour où je t'ai vu. Épouse-moi et emmène-moi loin d'ici…

Lorsqu'elle se blottit contre lui, il ne put faire autrement que la serrer dans ses bras.

— Je ne suis pas de l'espèce des maris, *chica*, dit-il au bout d'un moment. Je te rendrais malheureuse. Mais je resterai à proximité jusqu'à ce que tu trouves l'homme qu'il te faut et je m'assurerai qu'il sera capable de te rendre heureuse. D'accord ?

— Peut-être que si tu restes assez longtemps, ça sera toi l'homme qu'il me faut.

— N'y compte pas, répliqua-t-il en riant. D'ailleurs, lorsque je quitterai l'armée, je m'installerai sur mes propres terres et elles sont plus isolées que le Double X. Ça te plairait encore moins qu'ici.

— Pas si tu es avec moi.

Elle rejeta la tête en arrière, et lui décocha un sourire plein d'espoir.

— Mon jardin d'Éden, c'est là où tu es, Jake. Tu verras. Un jour, je t'épouserai et nous voyagerons. Et tu n'auras peut-être plus envie de revenir vivre dans ton ranch. Nous irons à Paris, à Londres, à New York… et même à La Nouvelle-Orléans. Ce serait amusant de découvrir ces villes ensemble, tu ne trouves pas ?

Jake ne jugea pas utile de lui signaler qu'il les avait déjà vues. Des années plus tôt, dans une autre vie. Avant qu'il n'ait perdu tout ce qu'il aimait au monde. Il savait ce qu'éprouvait Rita. Elle n'était pas la seule à avoir été spoliée de son héritage et il comprenait qu'elle puisse haïr l'intruse.

Cette haine, lui aussi la ressentait, envers quelqu'un d'autre et pour une autre raison. Un jour, il reprendrait ce qui lui appartenait. Ce moment viendrait, il suffisait d'être patient.

DEUXIÈME PARTIE

LE DÉPART

1870

3

C'était la première journée d'Angélique Lindsay à La Nouvelle-Orléans. Dès le début de la matinée, Royal Street s'était éveillée à la vie avec bruit et, à présent, la rue retentissait des cris des commerçants qui vantaient leurs marchandises dans un mélange amusant de français, d'anglais et de créole. La jeune fille écarta le voilage et ouvrit la fenêtre. La brise de mai charriait des odeurs alléchantes de pain frais et de confiserie. La veille, elle avait goûté des pralines et les avait trouvées délicieuses. Mais qu'est-ce qui n'était pas délicieux dans cette ville si animée ?

Un sourire satisfait sur les lèvres, les yeux mi-clos, elle prit l'air heureux d'un chaton repu. Enfin, elle était là. Il était temps. En prévision du voyage, elle avait passé les trois dernières années à perfectionner son anglais. Hélas, une partie de son rêve avait volé en éclats dès l'arrivée avec la nouvelle du décès de John Lindsay quelques semaines auparavant.

— Angélique ! Qu'est-ce que tu fais ?

Louise Levasieur Lindsay se précipita pour tirer les rideaux.

— Tu es folle de te donner en spectacle devant ces grossiers personnages !

S'écartant de la fenêtre, Angie se laissa tomber sur le canapé moelleux.

— Il n'est pas question que je passe la journée enfermée, annonça-t-elle. Quelle ville merveilleuse ! Je croyais que nous n'arriverions jamais... Ce voyage n'en finissait pas. Et le bateau était si petit, si humide et si encombré... Enfin, ça y est.

— Oui, nous y sommes, fit Louise avec un sourire pincé. Mais ne t'attache pas trop, car je n'ai pas l'intention de m'attarder. Puisque ton père est mort, nous ne resterons que le temps de récupérer ton héritage et nous rentrerons en France ; là-bas, la vie est civilisée et non fruste et grossière.

— Tu trouves l'Amérique grossière ? Moi, je la trouve passionnante. Ce n'est pas ici que tu as rencontré papa ?

— Si, dit Louise.

Angie ne se contenta pas de cette réponse, bien trop laconique à son goût. Arrivée trop tard pour faire la connaissance de son père, elle éprouvait une vive curiosité que les quelques lettres échangées ne satisfaisaient pas. Le courrier le plus abondant provenait des banquiers de La Nouvelle-Orléans par qui John Lindsay lui faisait parvenir l'argent nécessaire à son entretien et à son éducation, mais ce n'était pas la même chose. Non, pas du tout. À quoi ressemblait l'homme qui avait été son père ?

— Parle-moi de lui, maman.

— Si tu fais allusion à John Lindsay, je préfère l'oublier.

— Il faut que je sache, insista Angie en tapant du pied. Tu ne veux jamais parler de lui. Mais c'était mon père et il a bien fallu que tu l'aimes un jour, sinon tu ne l'aurais pas épousé. C'était ici, à La Nouvelle-Orléans, que tu l'as rencontré, non ? Il était beau ? Séduisant ? Galant ? Pourquoi es-tu tombée amoureuse de lui s'il était aussi épouvantable ?

— Petite sotte, tu es trop jeune pour comprendre ce genre de choses.

— Maman, j'ai vingt et un ans, largement l'âge de les comprendre. Tu ne me trouvais pas trop jeune pour le capitaine Poirier. Ni pour M. Beaulieu, le consul belge que nous avons rencontré à Strasbourg. Ni pour...

— Ça suffit, Angélique.

Le ton résolu de sa mère fit taire la jeune fille. La mâchoire crispée, elle examina sa mère. Combien de temps pouvait-on haïr ? Et comment pouvait-on haïr quelqu'un qu'on avait aimé au point de l'épouser ?

Balançant négligemment le pied, elle reprit :

— Le notaire dit qu'il nous faudra rester au Nouveau-Mexique au moins un an avant que je puisse recevoir mon héritage. Ça t'ennuie ?

— Je n'ai pas du tout l'intention de rester en Amérique une année entière, ma petite. Nous ferons ce qu'il y a à faire, et puis nous rentrerons en France avec suffisamment d'argent pour vivre décemment, et non plus comme des paysannes.

Avec un sourire froid, Louise remit en place une mèche de cheveux et lissa sa robe, déjà impeccable.

— Il y a toujours moyen de contourner certaines complications désagréables, et je suis sûre d'y parvenir.

— Et si moi j'ai envie de rester ? Peut-être que le Nouveau-Mexique me plaira.

— Sûrement pas. Il y fait terriblement chaud, c'est une terre désertique, et on n'y trouve rien de ce que tu aimes. Il n'y a ni soirées ni galas. Aucun cavalier digne de ce nom pour te faire danser. Oh, non, ma chérie, ça ne te plaira pas du tout, je t'assure.

Angie n'était pas de cet avis. L'Amérique vibrait d'une sorte d'excitation primitive qui l'intriguait vivement. Rien que le trajet en voiture découverte depuis le port lui avait permis de voir des choses passionnantes.

Les avenues du quartier du Vieux Carré étaient bordées de maisons aux couleurs vives, dont les balcons regorgeaient de fleurs. L'accent exotique et la peau brune des marchands, les turbans bariolés, appelés tignons, que portaient les femmes, tout l'enchantait.

Si La Nouvelle-Orléans était aussi amusante, le Nouveau-Mexique, que la civilisation n'avait qu'effleuré, devait l'être encore plus, se disait-elle. La France l'ennuyait, ainsi que les jeunes gens prétentieux qu'on lui présentait. Ils étaient trop sûrs d'eux et trop snobs. Loin d'être aussi sotte qu'ils le supposaient, elle savait fort bien que leurs compliments ne visaient qu'à l'entraîner dans un coin, hors du regard soupçonneux de sa mère ou de sa tante, pour lui voler quelques baisers.

La mésaventure de Juliette avait été une leçon. Elle n'oublierait jamais que les hommes ne désiraient que ce qui leur était refusé et qu'une fois leur objectif atteint, ils se détournaient, en quête d'une autre sotte à séduire. Pauvre Juliette. Tout en regrettant de n'avoir pu lui venir en aide, Angie avait décidé d'éviter à tout prix le même destin.

Cette décision avait été confortée par des propos surpris entre sa mère et tante Marie.

— Peut-être devrais-tu la fiancer à M. La Tour, Louise. Il est riche et elle ne manquera de rien.

— Angélique refuse de l'épouser et je ne le lui reproche pas. Il est gros et vieux.

— Et alors ? À quoi ça t'a servi d'épouser un homme jeune et beau ? À rien. Tu aurais mieux fait d'accepter Pierre Chaveau au lieu de ton Américain… Mais non, tu as voulu absolument te marier dans ce pays lointain et regarde où tu en es : cela fait des années que tu vis en France, mariée mais seule.

— Oui, avait répondu maman, c'est vrai. Mais si je refuse de divorcer, c'est pour éviter de me remarier et de subir les attentions de quelqu'un qui me dégoûte. Non. Je n'obligerai pas Angélique à épouser un homme comme La Tour, mais je l'encouragerai à faire un bon mariage. J'ai reçu plusieurs propositions intéressantes auxquelles je réfléchis sérieusement.

Ces paroles avaient fait comprendre à Angélique combien sa situation était précaire. Elle n'y avait jamais pensé auparavant. Avec une naïveté enfantine, elle avait supposé que sa vie se poursuivrait sans modification majeure. Peu après cette révélation était arrivée une lettre annonçant la maladie de John Lindsay et son désir de voir sa fille avant de mourir. Avec cette précision importante : pour recevoir son héritage, elle devait venir en Amérique.

Pour Angie, c'était la réalisation d'un vieux rêve. Y voyant une manœuvre destinée à lui faire remettre les pieds dans ce pays sauvage, Louise avait fulminé et décrété que ni elle ni sa fille ne feraient le voyage, quitte à perdre une grosse somme. Angie avait maintenu sa décision de partir ; elle avait l'âge de se passer de la permission de sa mère et John Lindsay avait déjà tout organisé, y compris son passage sur un bateau et une escorte de l'armée à partir de La Nouvelle-Orléans.

— Cela me ferait plaisir que tu m'accompagnes, maman, mais si tu préfères rester…

Louise avait cédé et toutes deux embarquèrent. Elles apprirent la mort de John Lindsay dès leur arrivée à terre ; aussitôt Louise décida de faire modifier le testament afin qu'elles ne soient pas obligées de s'attarder en Amérique.

Angie se débattait, en proie à de nouvelles et troublantes émotions.

Ne connaissant pas son père, elle ne pouvait éprouver de réel chagrin. Elle souffrait cependant de ne pas l'avoir connu et reprochait à sa mère d'avoir retardé son voyage. Et de sembler plus soulagée que peinée de ce décès.

— Angélique, dit Louise, tu devrais prendre un peu de repos en prévision de la soirée que M. Gravier donne en notre honneur.

— Mais il n'est que midi, et je ne suis pas fatiguée. Je préférerais me promener un peu, et...

— Angélique, ne discute pas. Il est essentiel que nous fassions une bonne impression sur les amis de M. Gravier. Le gouverneur sera là, et nous aurons peut-être besoin de lui pour démêler les termes de ton héritage. Alors, obéis-moi. Bette repassera ta robe pendant que tu te reposeras.

Angie s'abstint de répliquer et, vêtue en tout et pour tout de sa chemise et de sa longue culotte en coton, elle s'allongea sur son lit. Les rideaux laissaient passer un soleil joyeux qui la fit frémir de joie.

Tout allait être si différent, si nouveau, si amusant qu'elle oublierait rapidement leur pénible voyage. S'étirant langoureusement, elle sourit au plafond. Oui. Un avenir merveilleux l'attendait. Grâce à son père.

Elle pensait toujours à lui lorsqu'elle s'endormit. Une brise légère, parfumée au jasmin et au caramel, souleva les rideaux et fit s'ouvrir la fenêtre.

Louise, qui passait la tête dans l'entrebâillement de la porte, fronça les sourcils au spectacle de sa fille étalée sur le lit devant une fenêtre grande ouverte. Qu'elle était devenue difficile depuis son dernier anniversaire... C'était de son âge, bien sûr. Elle avait beau prétendre être une femme mûre, ce n'était qu'une ravissante innocente. Et dire qu'il s'était écoulé vingt et un ans depuis que cette enfant avait vu le jour dans ce pays sauvage et brutal !

Lorsque Louise évoquait cette époque, elle était partagée entre l'horreur et les regrets. Oui, elle avait aimé John Lindsay comme seuls peuvent aimer les jeunes gens, avec passion et insouciance, cœur, corps et âme.

Et avait failli en périr.

Non, rien de tel n'arriverait à sa précieuse fille qu'elle aimait plus que tout. Louise avait trop souffert pour laisser son enfant subir les mêmes épreuves.

Un léger sourire retroussa ses lèvres. Malgré les années écoulées, elle n'avait rien oublié. Tante Gabrielle, qui regrettait la France, l'avait invitée à La Nouvelle-Orléans afin de l'aider à s'adapter. Ce devait être une courte visite mais le destin en décida autrement, sous la forme de John Lindsay.

Elle se rappelait le beau jeune homme qui avait volé son cœur lors d'un bal donné ici même, à La Nouvelle-Orléans, aussi clairement que si cela s'était passé la veille ; elle entendait le son voilé de sa voix lorsqu'il l'avait invitée à danser. Avec un mélange troublant de galanterie et de spontanéité typiquement américain, il l'avait prise dans ses bras et lui avait fait perdre la tête. Il avait fallu qu'elle soit folle pour imaginer qu'elle serait heureuse dans ce pays, si différent de sa France bien-aimée. Le Nouveau-Mexique l'avait terrorisée ! Des sauvages, à moitié nus, dévalaient des collines pour attaquer les campements et les villages ; au sud, les Mexicains réclamaient les terres dont les avait privés une guerre récente… Pas une journée sans la menace d'un danger, pas une nuit sans une peur que même l'amour ne pouvait apaiser.

Elle n'avait pas pu supporter cette existence périlleuse et John ne le lui avait pas pardonné.

Tout cela appartenait au passé. John était mort.

Fermant les yeux, Louise s'autorisa un bref moment de deuil. Angélique se trompait ; elle n'avait jamais haï John Lindsay. Même après l'avoir quitté, elle avait continué à l'aimer, au point que demander le divorce ou s'éprendre d'un autre homme lui était impossible. Une seule chose les séparait : il refusait de quitter un pays dans lequel elle ne pouvait vivre.

Et voilà qu'elle y revenait, vingt ans plus tard, amenant sa fille pour recevoir un héritage qui risquait de la tuer. Mais Louise ne le permettrait pas. Elle lutterait bec et ongles pour empêcher Angélique de faire sa vie ici. Mais en veillant à ce qu'elle reçoive son dû. Toutes deux rentreraient en France avec assez d'argent pour mener une existence agréable, sans dépendre de la famille. Angélique n'avait pas souffert d'être la petite cousine pauvre. Elle avait fréquenté les meilleures écoles et avait été reçue dans la bonne société. Mais ce n'était pas suffisant. Désormais, sa fille pouvait rêver d'un avenir luxueux, digne d'elle. C'est avec cette idée dans la tête que Louise décida d'ignorer les conventions. Ni l'une ni l'autre ne porterait le deuil. Après tout, qui savait qu'Angélique venait de perdre son père ?

Elle sortit une robe ivoire, à volants, qui convenait à l'innocence de sa fille et la protégerait des regards trop admiratifs des hommes. Avec sa peau très blanche, ses cheveux dorés et ses yeux d'un bleu violet, Angélique ressemblait à son père d'une façon troublante. Et comme lui, elle ne doutait jamais de ses capacités. Comment se faisait-il que cette enfant soit aussi américaine alors qu'elle avait quitté ce pays encore bébé ? Au point qu'elle avait américanisé son prénom : *Angie*, quelle horreur !

Dans ses veines coulait un sang sauvage, celui de son père ; Louise le dompterait. Coûte que coûte. Il n'était pas question que la prunelle de ses yeux s'enterre dans cette contrée barbare qui ignorait tout de la civilisation.

4

Situé au cœur du quartier appelé le Vieux Carré, l'hôtel Saint-Louis était le lieu où les créoles aimaient à se réunir. La rotonde surmontée d'un dôme abritait des réunions politiques et les bals se déroulaient dans les salons du premier étage auxquels on avait accès par deux entrées distinctes.

Angie s'arrêta sur le seuil, le temps d'examiner la salle où dansaient déjà de nombreux invités. Plusieurs jeunes hommes la remarquèrent aussitôt.

— Redresse-toi, lui murmura Louise. Ta robe n'a plus aucune allure quand tu te voûtes.

Agacée, Angie obéit néanmoins et s'écarta de sa mère afin d'éviter d'autres recommandations. L'un des longs miroirs lui renvoya son image, celle d'une gamine endimanchée. Autre bataille perdue : la robe moulante d'un bleu profond, un modèle de chez Worth, grand couturier parisien, qu'elle aurait voulu porter, était restée dans le placard, remplacée par celle qu'avait choisie Louise. Volants, fanfreluches, dentelles, nœud dans le dos, corsage maintenu par une améthyste de la même couleur que ses yeux… la tenue d'une gentille petite fille et non d'une jeune femme sophistiquée !

Sur la tête, une couronne de petites violettes et de fleurs en dentelle retenait ses cheveux, soigneusement frisés par Bette. Des boucles d'oreilles en améthyste et un simple collier en or complétaient sa tenue.

Malgré les recommandations de Louise, elle ne portait pas de gants, modeste victoire, et ses bras et ses épaules étaient nus. Un ruban maintenait à son poignet un éventail ajouré, simple coquetterie en France mais vraie nécessité dans la chaleur lourde de La Nouvelle-Orléans.

Encore irritée d'avoir dû céder sur le choix de sa robe, Angie s'empara résolument de la coupe de punch au champagne que lui proposait un serveur.

— Tu trouves que c'est raisonnable, ma petite ?

Sans regarder sa mère, Angie haussa les épaules.

— Ce n'est que du champagne.

— Ça va te monter à la tête et, ce soir, il ne s'agit pas de faire la sotte.

— Cela fait plusieurs années que je bois du champagne et je sais quand m'arrêter, protesta Angie d'un ton exaspéré.

Quand donc maman cesserait-elle de la traiter comme une enfant ? Être critiquée à tout bout de champ était insupportable. À quoi s'ajoutait l'impression d'être ridicule dans cet assemblage de dentelles et de fleurs alors qu'elle aurait pu être aussi élégante que sa mère.

À quarante ans, Louise était encore une très belle femme. Un échafaudage artistique de boucles et de mèches se dressait sur son crâne. Sa robe noire, très ajustée, rehaussait son teint pâle. Des diamants scintillaient sur sa gorge, dans ses cheveux et à ses poignets. C'était l'image même d'une beauté froide, sophistiquée et désirable.

À ses côtés, Angie se sentait particulièrement gauche.

Elle prit une autre gorgée et la bouche de Louise se pinça de réprobation. Pas trop, bien sûr, de peur des rides.

— Voici M. Gravier. Sois le plus aimable possible, Angélique.

— Il ressemble à un crapaud.

— *Angélique !*

Angie se retint d'insister quoique la comparaison fût appropriée. Le corpulent créole les ayant rejointes s'inclina galamment. Puis, prenant la main de Louise, il embrassa ses doigts gantés et murmura en français qu'il était très honoré qu'une dame aussi belle et gracieuse ait accepté son invitation et qu'il serait aux anges si elle consentait à danser avec lui.

— Votre fille est ravissante, ajouta-t-il en jetant à Angélique un sourire déplaisant. On dit que les mères très belles ont forcément de très belles filles ; eh bien, c'est vrai, je le constate et, ce soir, tous les hommes de la ville m'envient mes invitées.

— Vous êtes trop aimable, monsieur Gravier, répondit Louise d'un ton si froid qu'Angie se demanda s'il lui déplaisait autant qu'à elle. C'est nous qui sommes flattées du mal que vous vous donnez pour nous.

— Rien de plus normal ! Mon père parlait de vous si souvent et avec une telle admiration que j'aurais eu honte de ne pas vous offrir toute l'aide dont je suis capable.

Les yeux pétillants, le sourire mielleux, il caressa sa moustache d'un geste qu'Angie trouva répugnant.

— J'ai déjà entamé des démarches pour satisfaire vos désirs, madame. Vous ne regretterez pas d'avoir soumis vos problèmes à Raoul Gravier. Venez, maintenant. La musique commence et la plus belle femme de France, et maintenant de Louisiane, m'a promis une danse.

Angie les suivit mais ignora le bras que lui proposait M. Gravier. Que sa mère batifole à son gré avec cet individu, quant à elle, elle ne feindrait pas un intérêt qu'elle était loin d'éprouver. La salle était remplie de jeunes gens beaucoup plus séduisants.

Il lui était facile de distinguer les créoles des Américains, les premiers arborant un air d'arrogance innée. Si les autres avaient une attitude plus détendue, ils n'en paraissaient pas moins très sûrs d'eux, et même un peu dangereux. À moins, se dit-elle en réprimant un sourire, que son imagination ne soit en train de s'emballer. Il s'agissait sûrement d'hommes d'affaires tout ce qu'il y a de plus ordinaire, banquiers ou commerçants, et non des bandits sans foi ni loi que sa mère lui avait décrits.

Peut-être était-elle réellement trop romantique, ainsi que le lui reprochait Louise. Aucun des messieurs qui l'avaient courtisée en France n'avait suscité son intérêt. Elle les avait trouvés insipides et, toute sa vie, elle avait eu l'impression que quelque chose d'autre, ou quelqu'un, l'attendait au coin de la rue.

Maintenant qu'elle avait enfin atteint le pays de ses rêves, elle trouvait aux hommes le même air distrait ou impatient qui l'avait tant horripilée sur le vieux continent.

Cependant, c'était une chaude soirée de mai, l'orchestre jouait une musique entraînante et le champagne était délicieux ; autant en profiter, se dit-elle en acceptant de danser avec le jeune créole qu'on lui avait présenté la veille, dès son arrivée.

— Votre mère m'a permis de vous inviter, mademoiselle. Mais peut-être que vous ne vous souvenez pas de moi ?

— Bien sûr que si, monsieur Delacroix, répondit-elle en agitant son éventail. Vous accompagniez M. Gravier lorsqu'il est venu nous accueillir sur le quai.

— C'est exact, fit-il en s'inclinant sur la main d'Angie. Votre beauté m'a ébloui et je me suis dit qu'aucune femme ne pouvait vous être comparée. Ce soir, j'en ai la preuve.

Lui abandonnant sa main, Angie se laissa entraîner sur la piste de danse. Il était grand et mince, avec des cheveux et des yeux noirs, et une petite moustache soigneusement taillée. Elle lui fut reconnaissante de ne pas profiter de la valse pour l'enlacer trop étroitement. Un bel homme, pensa-t-elle, quoiqu'un peu excessif dans ses compliments.

Delacroix la dévorait des yeux avec une admiration évidente.

— Je me réjouis que vous soyez venue à La Nouvelle-Orléans, mademoiselle. Vous êtes la plus belle fleur qui ait jamais embelli notre ville.

— Vous êtes trop aimable, monsieur, répondit-elle machinalement en laissant ses yeux errer au-delà de l'épaule du flatteur.

— Mais non ! Je ne dis que la vérité. Je n'ai jamais vu de cheveux aussi somptueux ni d'yeux aussi ravissants... Ils étincellent, comme des bijoux.

— Merci, murmura-t-elle.

Il en profita pour diminuer la distance qui les séparait. Elle le repoussa aussitôt, ce qui eut pour effet de déclencher une nouvelle rafale de compliments.

— Ah... Votre beauté est comme le soleil, éblouissante. Oserais-je avouer que je suis déjà fou de vous ?

Angie ne sut que répondre. Cette débauche de compliments la laissait sans voix.

Elle n'eut pas à s'inquiéter longtemps car il enchaîna sur l'importante position qu'il occupait à La Nouvelle-Orléans, ainsi que sur la richesse et la notoriété de son père.

— Je sors d'une réunion politique qui se tenait dans la rotonde. Maintenant que d'honnêtes citoyens ont repris le contrôle de notre ville, après le fiasco de la guerre et de la Reconstruction, tous les espoirs sont permis. Durant trop longtemps, La Nouvelle-Orléans est restée sous la coupe d'intrigants et de profiteurs qui ont failli la ruiner. Mais c'est fini ; le Sénat a basculé de notre côté et il est probable que j'y siégerai bientôt.

— Comme c'est intéressant.

Ce commentaire poli déclenchant d'autres informations sur l'importance croissante du brillant jeune homme, l'attention d'Angie se dissipa rapidement.

La valse s'acheva enfin et M. Delacroix l'accompagna au buffet qu'ornaient de magnifiques sculptures de glace. Des fleurs de magnolia éparpillées sur la nappe blanche répandaient un doux parfum. Le maître d'hôtel puisa une louche de punch et en remplit une coupe.

Le créole la prit et la tendit à Angie.

— Vous trouverez La Nouvelle-Orléans trop belle pour la quitter rapidement, mademoiselle Lindsay. Me permettrez-vous de venir vous voir durant votre séjour ?

En dépit de ses phrases fleuries et de ses manières courtoises, Angie commençait à se lasser de son cavalier. Certes, il était beau garçon mais devait-il se montrer aussi *attentionné* ? Elle avait l'impression que les hommes à la politesse et à la galanterie exagérées cachaient des intentions malhonnêtes. N'en avait-elle pas eu la preuve lors de son séjour à Paris avec tante Marie ? Malgré ses manières parfaites en public, M. Beaulieu avait montré sa vraie nature dès qu'il s'était retrouvé seul avec elle. Depuis, trop de galanterie la rendait méfiante.

Aussi, bien qu'elle sourît et répondît comme une jeune femme bien élevée, refusa-t-elle d'accompagner son cavalier sur le balcon et lui demanda-t-elle de la ramener auprès de sa mère.

Il s'inclina devant Louise et lui baisa la main avant de s'éloigner.

— Ce M. Delacroix a l'air tout à fait charmant, Angélique, lui dit sa mère en suivant du regard le jeune homme. Il est très riche, d'après ce qu'on m'a dit, et il a d'excellentes relations à Paris. Il est évident qu'il est entiché de toi.

— Encore plus de lui-même, répliqua Angie. Quelle chaleur !... Je vais aller respirer un peu sur le balcon.

— Attends un peu, Angélique. M. Gravier voudrait nous présenter au gouverneur Warmoth. Il faut lui faire bonne impression. Les voilà. Redresse-toi, ma petite.

Les deux hommes approchaient. Se résignant, Angie s'inclina dans une profonde révérence devant le gouverneur.

— Quelle grâce ! remarqua H.C. Warmoth en souriant. Ravissant, ravissant. Gravier, je comprends pourquoi vous tenez à secourir ces dames car jamais La Nouvelle-Orléans n'a accueilli d'aussi charmantes créatures.

Sa voix forte fit se retourner plusieurs têtes. Quel pompeux personnage, se dit Angie, méfiante. Tout à fait le genre d'individu à se garnir les poches aux dépens d'autrui.

Gravier fit les présentations et Warmoth s'inclina sur la main de Louise qu'il effleura de ses lèvres. Puis, s'étant redressé, il lui décocha un sourire triomphant sans lui lâcher la main.

— Je prendrai grand plaisir à vous venir en aide, madame Lindsay. Un très grand plaisir.

— Merci infiniment, Excellence, répondit Louise.

Après un temps inutilement long, selon Angie, elle lui reprit sa main, et se tourna vers M. Gravier.

— Avez-vous informé Son Excellence de nos besoins précis ?

— Oui, oui, bien sûr, madame.

— Ce sujet nécessite que nous en discutions en privé, intervint Warmoth. Vous le comprendrez aisément, madame.

— Bien sûr, dit Louise. Ma fille va rester ici. Monsieur Gravier, le jeune homme qui vous a accompagné sur le quai hier pourrait-il lui tenir compagnie tandis que nous causons ?

— M. Henri Delacroix ? Oui, bien sûr, madame. Je le sais subjugué par le charme de votre fille ; il sera enchanté de rester avec elle.

Qu'on ne se soucie pas de lui demander son avis agaça Angie au plus haut point. Mais, soulagée de voir sa mère s'éloigner, ne fût-ce qu'un instant, elle ne protesta pas.

Delacroix la rejoignit aussitôt et l'entraîna à travers la salle. La main sur son bras, Angie n'écoutait que d'une oreille le torrent de compliments qu'il débitait d'une traite.

— Monsieur Delacroix, s'écria-t-elle soudain, interrompant une comparaison entre elle, la lune et les étoiles, seriez-vous assez aimable pour aller me chercher un verre de punch ? Il fait terriblement chaud, dans cette foule.

— Bien sûr, mademoiselle. Voulez-vous aller prendre l'air sur le balcon ?

— Non, merci, une boisson fraîche suffira.

Il la laissa s'éventer près d'un palmier en pot. Elle n'avait pas menti. Ses joues étaient rouges, autant d'irritation que de chaleur.

Elle s'adossa à une colonne en faux marbre et regarda évoluer les danseurs. Les musiciens interrompirent la valse qu'ils étaient en train de jouer et la piste se dégagea. Une jeune fille vêtue d'une jupe et d'un corsage rouges s'avança. Fascinée, Angie la vit se planter au centre de la salle. Un roulement de tambour retentit. Les doigts de l'inconnue se mirent à claquer sur le même rythme et les guitares entamèrent une mélodie. Les pieds nus de la danseuse frappèrent le sol, lentement d'abord, avec une agilité langoureuse, puis sur une cadence de plus en plus rapide. La jeune fille leva ses bras nus au-dessus de la tête et ses cheveux se dénouèrent en une cascade sombre jusqu'à la taille. Comme elle virevoltait, sa jupe se souleva, révélant des jambes brunes entre les pans d'un jupon noir. Le rythme érotique de la musique subjuguait l'assistance entière.

Angie se dit qu'elle aimerait bien danser ainsi, avec l'abandon et la grâce sensuelle des Gitanes qu'elle admirait depuis longtemps.

Henri Delacroix l'avait rejointe ; il murmura à son oreille :

— Elle s'appelle Eugénie. C'est une mulâtresse qui se fait passer pour une quarteronne.

— Elle est très belle. Mulâtresse, c'est de quelle nationalité ?

— Ce n'est pas une nationalité, dit-il en riant, mais une race. L'un de ses parents est noir et l'autre blanc. Un quarteron, c'est l'enfant de deux mulâtres ; il a la peau très claire.

— Je ne comprends pas. Elle n'est pas américaine ?

— Si. Mais pas comme nous, les créoles, ni comme les Américains anglo-saxons. Ici, il existe des distinctions très marquées entre les classes, un peu comme en France autrefois ; elles ne sont pas fondées sur le sang, mais sur la race. C'est comme ça partout, dans le monde. Où qu'on aille, on trouve des différences de position dues à la naissance.

— Je croyais qu'en Amérique, tout le monde était sur le même plan. Les mulâtres ne sont toujours pas libres ?

— Oui... et non. C'est vrai que, depuis la guerre, l'esclavage a été aboli et que les gens de couleur peuvent s'élever au-dessus de leur condition, mais cela leur est plus difficile qu'aux autres. En principe, tout le monde peut faire son chemin...

Il haussa les épaules dans un geste de scepticisme.

— Pinckney Pinchback, qui a été élu au Sénat il y a deux ans et qui est le chef du Club républicain, est un Noir qui est né libre. Avant la guerre, il n'aurait pu s'élever aussi haut. Mais c'est une exception.

— Alors, ils sont toujours opprimés.

Avec un petit rire, Delacroix désigna du menton la fille qui dansait.

— Elle n'a pas l'air d'en souffrir, si ?

Fronçant les sourcils, Angie examina Eugénie. Son visage luisait de sueur et la peau de ses bras et de ses jambes brillait comme de l'ambre poli. Avec ses traits délicats et ses cheveux noirs et bouclés, elle était très belle. Les visages des spectateurs masculins trahissaient un vif désir dont Eugénie était visiblement consciente. Les yeux mi-clos, ses lèvres rouges entrouvertes sur des dents blanches comme des perles, elle tournoyait d'un côté et de l'autre, les bras levés, puis elle s'inclinait avec la grâce d'une ballerine, ses longs cheveux balayant le parquet. Redressant son corps souple, elle avançait vers l'un de ses admirateurs comme pour s'offrir à lui avant de s'écarter en virevoltant.

Des roses rouges et blanches atterrirent à ses pieds ; elle en ramassa une qu'elle prit entre ses dents. Retroussant sa jupe jusqu'aux genoux, elle s'inclina en arrière et ses cheveux ruisselèrent dans son dos.

Toujours en rythme, elle traversa la salle en ondulant sur le parquet ciré et s'arrêta devant un homme de haute taille, adossé à une colonne. Immobile, il la fixait avec un petit sourire. Malgré son attitude nonchalante, on percevait en lui une sorte de vigilance intérieure. Un chat prêt à bondir sur sa proie, se dit Angie.

Elle remarqua sa peau, presque aussi brune que celle d'Eugénie, et ses cheveux longs qui effleuraient son col. Avec son pantalon ajusté en cuir, sa veste courte, sa chemise blanche et sa cravate, il était d'une élégance exotique.

Le rythme du tambour se précipita, entraînant les hanches et les pieds d'Eugénie dans une sarabande extrêmement suggestive. Le cœur battant, Angie se souvint de cette rue étroite de Paris où, avec ses cousins, elle avait vu des filles qui dansaient en levant haut leurs jambes nues. De nombreux clients s'y rendaient, dans l'espoir d'y trouver une maîtresse… Oh, oui, elle était au courant de ces choses ; elle savait que certains individus prennent des jeunes femmes sous leur protection, les comblent de cadeaux, d'argent et leur offrent parfois même une maison, jusqu'à ce qu'ils se lassent d'elles. En France, ce genre d'arrangement ne s'accompagnait d'aucune honte.

— Cet homme, murmura-t-elle à Henri Delacroix, c'est le protecteur d'Eugénie ?

Le rire de Delacroix était dénué d'humour.

— Non. Pas dans le sens où vous l'entendez, mademoiselle. Je l'ai connu pendant la guerre, lorsqu'il faisait partie des forces d'occupation. On m'a dit qu'il était toujours dans l'armée.

— Il n'a pourtant pas l'air d'appartenir à l'armée.

— Parce qu'il ne porte pas l'uniforme ? Il ne porte pas non plus d'arme mais il n'en est pas moins dangereux. Je n'aimerais pas croiser Jake Braden dans une ruelle sombre, ni même dans un endroit public, et je ne comprends pas ce qu'il fait ici, à moins qu'il n'ait rendez-vous avec Eugénie... Pardon, mademoiselle. Je me suis oublié en abordant un sujet aussi vulgaire. Une dame ne devrait même pas entendre parler d'un homme comme lui, car après tout ce n'est qu'un métis dont le vernis cache mal le libertinage et l'absence de scrupules.

— Métis ? Que voulez-vous dire ?

— On raconte qu'il est le fils d'une femme comanche et d'un Mexicain, mais ce n'est qu'une rumeur. Personne n'a jamais osé lui demander si c'était exact. De toute façon, il ne répondrait pas.

— Sans doute, répondit-elle, intriguée. Les Comanches, ce sont les Indiens de l'Ouest, non ? Très primitifs et très...

— Sauvages, oui. Mais le sang de son père a dilué celui de sa païenne de mère, suffisamment pour qu'il puisse se conduire en gentleman quand ça l'arrange.

Talonnée par la curiosité, Angie avait les yeux rivés sur Jake Braden. Enfin un homme dangereux, comme ceux dont sa mère parlait avec tant d'amertume.

Pourtant Louise n'avait jamais dit qu'ils étaient capables de prendre une *allure* civilisée, de porter des vêtements élégants avec naturel.

Sans cesser de danser, sa jupe tournoyant autour de ses longues jambes brunes, Eugénie agitait une rose devant Jake Braden. Insensible aux pétales veloutés qui effleuraient sa poitrine, il ne fit pas un geste et elle finit par s'éloigner en lui décochant une dernière œillade.

La danse d'Eugénie achevée, Angie termina son punch sans lâcher des yeux l'homme dont la réputation l'intriguait au plus haut point. Sans même tourner la tête, il lui rendit son regard, et le cœur d'Angie s'arrêta brièvement. Non, bien sûr que non, se morigéna-t-elle. C'était M. Delacroix qu'il devait regarder, puisqu'ils se connaissaient.

— Sacrebleu ! Quelle insolence !

— Pardon ?

Surprise par sa véhémence, elle regarda le créole. Ses yeux brillaient de colère.

— Excusez-moi, mademoiselle, ce n'est rien. Il faut oublier les vieilles offenses. Ce soir, je devrais ne penser qu'à vous.

Abasourdie, elle se retourna vers la salle, mais Jake Braden avait disparu. Elle eut l'impression que la soirée avait brutalement perdu tout son charme. Peut-être cherchait-elle avec trop d'ardeur le mystère indéfini, le soupçon de danger, dont sa vie trop sage l'avait privée. Nul doute que si elle rencontrait un réel danger ou un homme franchement menaçant, cela lui plairait moins. Mais ce n'était pas encore arrivé, aussi l'idée gardait-elle tout son piquant.

— Mademoiselle, avez-vous aimé cette danse ?

La question de Delacroix la ramena à l'instant présent.

— Non, fit-elle en secouant la tête dans un geste de mépris. Je n'aime pas du tout ce genre-là. C'est dégradant pour une femme de s'exhiber ainsi.

— Vous avez raison, bien sûr. Notre façon de nous distraire risque de vous choquer ; à La Nouvelle-Orléans, nous y sommes habitués. Venez, je vais vous reconduire à votre mère. Je la vois revenir avec M. Gravier et le gouverneur Warmoth.

Tandis qu'elle le suivait, Angie ne put s'empêcher de chercher des yeux Eugénie et son bel amant. Ni l'un ni l'autre n'étaient visibles. Sans doute s'étaient-ils retrouvés quelque part, à l'écart. Angie ne reverrait plus cet homme mystérieux, et c'était tant mieux.

Néanmoins, elle était déçue de constater que la première chose excitante avait peu duré.

Abattue, elle prétexta une migraine et Louise lui permit de regagner sa chambre.

— Veux-tu que je t'accompagne, Angélique ?

— Non, je ne veux pas t'enlever à d'aussi charmants gentlemen. Ça ira, maman. Bette m'attend et elle me préparera une tisane.

— Très bien. C'est ce bal, juste après notre long voyage, qui t'a fatiguée, j'en suis sûre.

Les gentlemen exprimèrent leurs regrets de la voir mal en point et lui souhaitèrent un prompt rétablissement. Angie quitta l'atmosphère surchauffée de la salle de bal avec soulagement. Appréciant la fraîcheur des grands couloirs et de l'escalier qui menaient à sa chambre, elle ralentit le pas.

Une porte ouverte laissait passer un courant d'air ; cédant à une impulsion, elle la franchit et se retrouva sous une tonnelle de fleurs odorantes. Un poisson en pierre crachait de l'eau au bord d'une fontaine.

L'air embaumait le jasmin. Une lanterne accrochée au mur dessinait des dessins lumineux sur l'eau frémissante. Tout était délicieusement calme, malgré la musique qui provenait de la salle de bal. Un petit oiseau, perché dans les fleurs de la tonnelle, accompagnait l'orchestre de son chant. Environnée d'ombres chaudes, Angie se sentit enfin accueillie par le pays de son père.

Les musiciens entamant un air connu, elle ne put s'empêcher de fredonner : « Crois-moi, si tous ces charmes que j'aime tant contempler aujourd'hui, devaient s'estomper et disparaître… » Elle chantait à mi-voix, accompagnée du doux pépiement de l'oiseau, dans un duo paisible auquel tous deux prenaient grand plaisir. La chanson s'acheva et l'oiseau s'envola sur une dernière note, la laissant seule auprès de la fontaine. Un long moment, elle resta immobile, les yeux fixés sur l'eau qui ruisselait, heureuse de sa solitude.

Puis elle aperçut un banc en fer forgé, contre le mur, et alla s'y asseoir en soulevant les volants de sa robe pour éviter de les froisser.

Elle leva alors les yeux, et son cœur fit un bond. Une silhouette haute et sombre se détachait du mur et avançait dans la flaque de lumière. Incapable d'émettre le moindre son, Angie reconnut l'intrus.

Jake Braden…

5

— Monsieur ! Vous auriez pu vous annoncer…

— Et manquer un aussi charmant spectacle ?

Abasourdie, elle le regardait approcher, choquée autant de sa propre réaction que de cette apparition. Son cœur battait douloureusement dans sa poitrine et ses mains tremblaient tant qu'elle les enfouit dans les plis de sa robe.

La lanterne éclairait le visage de Jake Braden, révélant des yeux perçants qui la fixaient avec une insistance dérangeante.

Indignée de sa hardiesse, elle se mit debout et releva le menton.

— Je crois que vous devriez vous retirer immédiatement, monsieur.

— Je ne suis pas de cet avis, répliqua-t-il tranquillement.

Devant l'air offusqué d'Angie, il poursuivit :

— Désolé de vous décevoir, madame. Apparemment, vous avez l'habitude qu'on se plie à tous vos désirs.

— Et moi, je constate que vous n'êtes qu'un grossier personnage !

— Si vous pensez pouvoir me réduire à l'état de carpette comme ce pauvre Henri Delacroix, vous allez être déçue.

Il parlait d'un ton sardonique, légèrement traînant, très éloigné de la déférence à laquelle elle était habituée. À l'irritation d'Angie s'ajoutait une étrange émotion sur laquelle elle était incapable de mettre un nom. Comme si elle attendait quelque chose. Mais quoi ? Et comment osait-il la dévisager ainsi ?

— Vous vous trompez, monsieur. Vous ne m'avez pas déçue, vous m'avez simplement confortée dans l'opinion que je m'étais faite de vous. Vous n'êtes qu'un malotru sans aucun savoir-vivre. Si vous tenez à rester, c'est moi qui m'en vais. Laissez-moi sortir.

Il s'écarta avec désinvolture. L'air digne, Angie passa devant lui. Arrivée à la porte, elle lui jeta un dernier regard. Il ne l'avait pas quittée des yeux. Exaspérée, elle se retourna et buta sur Eugénie.

— Jake ! C'est ça que tu voulais me dire ? s'écria celle-ci. Espèce de salaud ! Qu'est-ce que tu fais avec elle ?

— Calme-toi, Eugénie, gronda-t-il. Cette dame s'en va. Nous ne sommes pas les seuls à trouver cette tonnelle agréable.

Eugénie refoula sa colère. Dévisageant Angie, elle remarqua en français qu'elle aurait dû deviner qu'il ne pouvait s'intéresser à une créature aussi incolore et soumise.

— Pardon, mademoiselle, enchaîna-t-elle en anglais, il fait si sombre que je vous ai prise pour quelqu'un d'autre.

Excuse qui ne calma point Angie.

— Dommage que votre caractère ne soit pas aussi charmant que votre façon de danser, répliqua-t-elle en français. J'espère seulement que nous ne nous reverrons pas, de jour comme de nuit. Bonsoir.

Voyant Eugénie se hérisser, Jake Braden intervint :

— Laisse tomber, Eugénie. Elle n'est pas aussi soumise que tu le penses. Laisse-la partir, sinon tout l'hôtel va rappliquer.

Sentant dans son dos le regard noir de la fille, Angie poursuivit son chemin d'un pas lent comme si l'histoire ne la concernait plus. Le cœur battant et la bouche sèche, elle regagna sa chambre et vit avec plaisir que Bette l'attendait.

— Ça ne va pas ? demanda la jeune domestique tandis qu'Angie claquait la porte derrière elle.

— Non, j'ai la migraine. Trop de champagne, peut-être. Peux-tu me préparer une tisane, s'il te plaît ?

Pendant que Bette allait s'occuper de la décoction, Angie se mit à marcher de long en large. La musique montait de la salle de bal et le vent soulevait le voilage de la fenêtre. Elle l'ouvrit en grand afin de laisser entrer l'air frais de la nuit et s'appuya contre le chambranle.

Cette fille l'avait mise hors d'elle. Comment osait-elle se montrer aussi insultante ? Elle était belle et talentueuse mais ce n'était qu'une femme entretenue. La maîtresse d'un homme qui n'était pas sans reproche, s'il fallait en croire Henri.

L'Amérique n'était guère différente de la France, après tout, car on y butait sur des préjugés de toutes sortes. Incolore et soumise ? Eugénie se trompait du tout au tout car, en vingt et un ans, c'était bien la première fois qu'on qualifiait Angie de docile.

Elle alla se regarder dans le miroir. C'était vrai qu'elle était pâle. À part ses joues empourprées de colère, son visage était blanc comme un linge. Était-ce donc si laid ? C'était l'opinion d'Eugénie.

Et Jake Braden, qu'en pensait-il ? Apparemment, il aimait les femmes à la peau mate et aux yeux noirs. De toute façon, les préférences de ce genre d'individu lui étaient complètement égales.

Ce qui l'horripilait, c'était le ton méprisant de cette fille. Comme si Angie s'était rendue sous la tonnelle pour retrouver Jake Braden. Leur rencontre n'était due qu'au hasard, et seule sa réputation de métis à demi sauvage avait piqué sa curiosité.

Un goujat, voilà ce qu'il était. Mais mépriser quelqu'un n'empêchait pas de lui reconnaître un certain charme. Il était même beau, si l'on aimait le genre pirate.

En tout cas, il ne manquait pas d'aplomb. *Aucun* homme ne lui avait jamais parlé sur ce ton désinvolte et condescendant, comme si elle était légèrement débile. Non, jamais.

Mais pourquoi continuait-elle de penser à lui ? Elle ne le reverrait plus puisqu'elle devait bientôt quitter La Nouvelle-Orléans. Le seul problème, c'était la direction qu'elle allait prendre. Maman voulait regagner au plus vite la France tandis qu'Angie désirait découvrir le Nouveau-Mexique, voir la maison que John Lindsay avait bâtie loin de toute civilisation, faire la connaissance de son père par l'intermédiaire des choses et des lieux qu'il avait aimés.

Dire cela à maman était inutile car elle nourrissait une vieille rancune à l'égard de son mari, de la haine même. La preuve en était sa fuite et sa détermination à ne pas revenir auprès de lui. Chaque fois qu'Angie avait tenté d'en parler ouvertement, Louise s'était emportée. Aussi la jeune fille évitait-elle le sujet.

À présent qu'elle était assez grande pour prendre ses décisions, elle ferait ce qu'elle voulait. Elle découvrirait ce que la vie avait à lui offrir. Elle ne se contenterait pas d'un mariage avec un vieux bonhomme poussif et exigeant, ni du sort d'Eugénie, qui vendait son corps et son âme en échange d'une protection précaire.

Pas question non plus de mener la vie de Louise, celle d'une femme amère ressassant ses rancœurs. Même cette pauvre Juliette méritait d'être plainte, malgré le « beau mariage » dans lequel, abandonnée par son amant, elle s'était précipitée tête la première comme on se jette à l'eau. C'était en pleurant que sa cousine, vêtue d'une robe ravissante, avait rejoint l'homme qui l'attendait devant l'autel. Angie avait été la seule à comprendre qu'il s'agissait de larmes de chagrin et non de joie.

Avant la cérémonie, durant des nuits et des nuits, elle avait écouté Juliette lui conter ses malheurs, et elle avait décidé que pour rien au monde elle ne tomberait dans le même piège.

— Ne sois jamais amoureuse, petite cousine, avait conseillé Juliette en pleurant, car la déception est inévitable et cruelle.

Angie enregistra soigneusement le message. L'amour était une folie et menait au désastre. Elle l'éviterait, c'était chose acquise.

Une valse connue monta de la salle de bal. Bette rentra dans la chambre avec la tisane.

— Je délace votre corset, mademoiselle ? demanda-t-elle en posant la tasse sur une table. Vous devez être un peu serrée.

— Oui, s'il te plaît. Je déteste les corsets et j'espère qu'un jour les femmes ne seront plus obligées d'en porter.

— À mon avis, ça n'arrivera jamais. Mais vous êtes si menue qu'on n'a pas besoin de serrer fort.

Bette déboutonna la robe d'Angie puis défit les lacets du corset. Enfin débarrassée, Angie respira librement. Elle laissa tomber sa crinoline à ses pieds et s'affala dans un fauteuil, vêtue uniquement de sa culotte, de ses bas et de sa chemise en soie. Celle-ci lui collant à la peau, elle l'ôta aussi.

— Quelle chaleur ! Bien sûr, avec toutes ces couches de linge superposées, c'est inévitable. Un jour, je refuserai de les porter. Endurer une telle torture pour suivre la mode est parfaitement ridicule. Je deviendrai une grande dame et c'est moi qui imposerai le style... Oui, c'est ce que je ferai quand je serai plus âgée, je serai l'arbitre de la mode.

— Votre futur mari ne sera peut-être pas d'accord, répliqua Bette en riant. Peu d'hommes aiment dépenser leur argent pour les fantaisies vestimentaires de leurs épouses.

— Eh bien, je ne me marierai pas. À la place, je serai courtisane. Elles sont beaucoup plus libres.

L'air choqué de Bette la fit rire.

— Oh, ne t'inquiète pas. Je plaisante. Et pourtant, en y réfléchissant, c'est la vérité. Les épouses sont soumises à des codes de conduite aussi stricts que pour les enfants. Ou les esclaves. Oui, c'est ça. Ce sont des esclaves. Mais la courtisane... Elle choisit son amant parmi une dizaine de prétendants et se laisse combler de cadeaux et d'argent en échange de quelques heures de plaisir. Et lorsqu'elle s'est lassée de lui, au revoir, monsieur ! Elle le renvoie et en prend un autre, plus séduisant ou plus généreux. Ce n'est pas vrai ?

— Si vous le dites, fit Bette en riant.

— Je te le dis.

S'étirant longuement, Angie sentit la tension de la soirée la quitter enfin. Songeant à ce qu'elle venait de déclarer, elle y vit des possibilités intéressantes. Non qu'elle songeât sérieusement à embrasser la carrière de courtisane, mais aucune loi ne l'obligeait à *se marier*. Plus maintenant. Désormais, grâce à John Lindsay, elle jouirait de revenus personnels qui lui éviteraient de dépendre de qui que ce soit, homme ou femme.

Un monde nouveau s'ouvrait à elle et, plus elle y pensait, plus son avenir lui semblait passionnant. Elle avait hâte de quitter La Nouvelle-Orléans et de découvrir sa nouvelle demeure. À quoi ressemblerait le Nouveau-Mexique ? Un pays sauvage et chaud, de vastes étendues sous un ciel que rien ne limitait... comme le lui avaient appris les lettres dithyrambiques de son père. Et, bien sûr, la vie n'y serait pas aussi difficile que lorsque sa mère y avait séjourné car, en vingt ans, beaucoup de choses avaient changé et les Indiens avaient été soumis.

Sa pensée revint à Jake Braden. Était-il réellement métis ? Dans la pénombre de la tonnelle, il avait paru plutôt sauvage mais, sous les lustres de la salle de bal, on l'aurait pris pour un homme parfaitement civilisé. Peut-être n'était-ce qu'une façade, comme l'avait laissé entendre Henri.

Mon Dieu, qu'elle était sotte... Elle devait penser à son avenir plutôt qu'à cet homme aux yeux de fauve, au sourire cruel et à la voix rauque car lui, très certainement, l'avait déjà oubliée.

Ce en quoi se trompait Angie car, à cet instant précis, Jake pensait à elle avec fureur, sans savoir toutefois qu'il s'agissait de la fille de John.

Leur brève rencontre et ses adieux avec Eugénie l'avaient mis en retard pour le rendez-vous que lui avaient fixé le gouverneur Warmoth et Raoul Gravier. Il avait espéré qu'Eugénie, comme toutes les filles de joie, n'attendrait pas plus de leur liaison qu'une généreuse bourse. Grave erreur. Elle avait feint un grand chagrin et pleuré de rage. Ce qui lui avait fait perdre quelques minutes supplémentaires.

Les deux hommes l'attendaient dans une petite pièce près de la salle de bal. Gravier semblait irrité et la dame qui les accompagnait, manifestement troublée malgré son air digne. Le gouverneur, lui, arborait une mine sereine. La fumée des cigares flottait en couches épaisses qui frémirent à peine lorsque Jake écarta les rideaux.

Mme Lindsay l'accueillit avec une froide politesse.

— Le capitaine Braden a une grande expérience des combats contre les Indiens, précisa le gouverneur. C'est l'homme idéal pour escorter votre fille.

Louise Lindsay lui jeta un regard hostile.

— Comme je vous l'ai dit, gouverneur, je désire éviter un voyage aussi pénible et dangereux.

— Oui, oui, vous l'avez dit, fit Warmoth avec un grand soupir. Mais, malheureusement, le testament de votre mari l'exige en toutes lettres. J'ai les mains liées. Le Nouveau-Mexique est en dehors de ma juridiction et je ne peux pas modifier le texte. Si elle décide de rentrer en France, votre fille n'emportera qu'une petite somme d'argent, tandis que si elle accepte les termes du testament, elle jouira d'une fortune.

— Que deviendra le domaine si Angélique rentre en France ? Sera-t-il vendu à son profit ou bien reviendra-t-il à l'État ?

— De tels détails ne sont pas encore très clairs. Bien sûr, cette terre ne restera pas inutilisée. Qui la reprendra ? Je l'ignore. Aucune somme n'a été prévue pour la gérer en trust. En tout cas, vous pouvez rester ici pendant que votre fille ira au Nouveau-Mexique. Je veillerai à ce qu'on vous distraie royalement durant son absence.

Jake comprit que Louise n'était pas dupe des justifications oiseuses du gouverneur. Ses yeux étincelaient et ses lèvres étaient pincées en une ligne mince qui ne diminuait en rien sa beauté.

— Je vous remercie de votre générosité, gouverneur, mais si ma fille doit risquer sa vie, je l'accompagnerai.

— Ce n'est pas nécessaire, Louise, si vous me permettez de vous appeler ainsi, car l'armée des États-Unis est à sa disposition. Le capitaine Braden est l'éclaireur le plus compétent de La Nouvelle-Orléans. Après avoir été affecté ici, durant les années qui ont suivi la guerre civile, il est aujourd'hui en poste au Nouveau-Mexique. C'est votre pays natal, n'est-ce pas, Braden ?

Les bras croisés sur la poitrine, Jake hocha sèchement la tête. Il n'avait jamais aimé Warmoth et le méprisait cordialement.

— Oui, gouverneur, mais ne comptez pas sur moi pour prétendre qu'il s'agit d'une promenade sans danger. En ce moment, des Apaches et des Comanches y rôdent, prêts à attaquer tous les Blancs qu'ils considèrent comme une menace, y compris les femmes et les enfants. Cette idée me déplaît, je vous l'ai déjà dit et je le répète : en ce moment, c'est sacrément dangereux.

— Balivernes, capitaine. Avez-vous oublié le traité de paix signé par les Apaches, les Comanches et les Cheyennes à Medecine Lodge ?

— C'était il y a plus de deux ans, rétorqua Jake, et, un an plus tard, le général Custer a rompu ce traité en massacrant un village cheyenne sur la rivière Washita. Croyez-moi, les Apaches ne sont pas près d'oublier quelle valeur l'homme blanc accorde à la parole donnée.

— Peut-être mais, à l'heure même où nous parlons, capitaine Braden, seize chefs de guerre assistent à une conférence à Washington. Dès que nous les aurons convaincus de notre invincibilité, toutes les hostilités cesseront, je vous l'assure.

— Si vous croyez ça, vous êtes encore plus bête que je ne le pensais, gouverneur.

Warmoth retint difficilement une explosion de colère.

— Votre opinion ne repose sur rien et on ne vous la demande pas. Les Indiens se calmeront dès que l'armée cessera de les dorloter. Et rappelez-vous que vous êtes sous les ordres du colonel Patterson, lequel est d'ailleurs un de mes bons amis.

— C'est uniquement pour obéir à ses ordres que je suis là. Et Patterson ne m'a pas ordonné de mentir à cette dame. Je le répète, le moment est mal choisi pour un Blanc, homme ou femme, de traverser ce territoire infesté d'Indiens.

— Bon, écoutez-moi, Braden, s'emporta le gouverneur dont les joues rondes avaient viré au rouge brique, vous avez reçu des ordres et…

— Et discuter avec vous n'en fait pas partie, gouverneur. Bonne nuit, madame.

Jake sortit de la pièce. Entendant Warmoth fulminer et Gravier tenter de l'apaiser, un léger sourire éclaira son visage.

— Capitaine ! Un moment, s'il vous plaît…

Il se retourna et vit que la veuve de John Lindsay l'avait suivi dans le couloir. Cette belle femme énergique ne semblait guère avoir changé en vingt ans. Seules, les fines ridules au coin de ses yeux gris-bleu révélaient son âge. Elle lui fit signe de la suivre dans un coin, hors de vue de Gravier et du gouverneur.

— Capitaine Braden, commença-t-elle, j'ai apprécié votre franchise. Il est essentiel que le gouverneur comprenne combien ce voyage est dangereux et qu'il accepte de faire modifier le testament de mon défunt mari. Dans l'intérêt d'Angélique, bien entendu.

— Avant que vous ne poursuiviez, je dois vous dire que je ne ferai rien non plus pour que ce testament soit modifié. John était mon ami et je sais qu'il voulait voir sa fille avant de mourir. Mais je ne veux pas non plus être responsable de sa mort et, les choses étant ce qu'elles sont, il serait préférable qu'elle se contente de la somme d'argent proposée et qu'elle rentre en France. Je ne suis pas aussi optimiste que Warmoth et je vous dis franchement que les Indiens ne se calmeront pas avant longtemps.

— C'est aussi mon sentiment, capitaine. Il faut donc que le testament soit modifié pour tenir compte de la situation et c'est pourquoi...

— Excusez-moi, madame, mais je ne suis pas d'accord. Je me fiche bien de qui obtient les terres ou l'argent. Mais John Lindsay ne s'en fichait pas. Si j'ai bien compris, votre fille désire se soumettre aux vœux de son père. On ne peut en dire autant de vous.

Louise Levasieur Lindsay l'examina en silence puis sourit.

— Vous aimez jouer cartes sur table, à ce que je vois. Très bien. Je vais en faire autant. Je ferai tout mon possible pour éviter d'aller au Nouveau-Mexique, et il n'est pas non plus question que je reste ici une année entière. Si Angélique nourrit des idées romantiques sur la vie qu'on mène en Amérique, c'est uniquement parce qu'elle n'a pas l'expérience des mœurs rudes et cruelles de ce pays. Pardonnez-moi si j'offense votre patriotisme mais j'ai été élevée dans la douceur de la civilisation, et ma fille aussi.

— Puisque nous en sommes à parler sans ambages, puis-je vous rappeler qu'on ne vous demande pas votre avis ? La décision appartient à votre fille. Elle est assez grande pour choisir ce qu'elle veut faire mais, bien sûr, il faut la mettre au courant des risques encourus.

Louise en resta bouche bée. Ses yeux se réduisirent à des fentes minces tandis qu'elle le dévisageait.

— Bon, très bien, fit-elle enfin en haussant les épaules. Si vous lui répétez ce que vous venez de dire au gouverneur quant à l'inopportunité de ce voyage, peut-être vous écoutera-t-elle. Le ferez-vous, ou bien cette démarche risque-t-elle de trahir votre grande amitié envers mon défunt mari ?

— Je lui dirai que c'est dangereux, jeta-t-il avec impatience, mais c'est tout. Si elle a une once de bon sens, elle comprendra le reste. Elle parle anglais, je suppose ?

— Bien entendu, capitaine. Angélique a reçu une excellente éducation mais elle est beaucoup trop délicate pour endurer les rigueurs du voyage que John Lindsay a tenté de lui imposer. Ce stupide testament est criminel et je vous préviens que j'ai la ferme intention de le faire modifier.

— John Lindsay n'était pas un imbécile, madame. Je vous souhaite bonne chance pour cette entreprise. Si vous désirez que je conseille à votre fille d'oublier le Nouveau-Mexique, je dispose de cinq minutes. Sinon...

— Maintenant ? Mais... pourquoi pas ? Angélique ne dort sûrement pas. Nos chambres sont dans les étages...

— Montrez-moi le chemin.

La tête droite, Louise se dirigea vers l'escalier. Les tapis épais du couloir étouffèrent le bruit de leurs pas. Elle frappa doucement à la porte.

— Angélique ? Bette ?

Il y eut un rire léger, puis le verrou glissa et une jeune fille aux cheveux et aux yeux noirs ouvrit. Louise s'introduisit dans la pièce, précédant Jake.

La domestique poussa un cri.

— Non, non, monsieur, s'écria-t-elle en tendant la main pour l'empêcher d'entrer.

Regardant par-dessus son épaule, il comprit la raison de son effroi.

Une jeune femme, à demi nue, bondissait du canapé et cherchait de quoi se couvrir.

— Maman ! Je ne suis pas habillée !

Il la reconnut aussitôt. Dépouillée de ses fanfreluches et de ses kilomètres de dentelles et de rubans, elle paraissait plus âgée. Les courbes de ses seins et de ses cuisses, que voilaient à peine ses sous-vêtements, révélaient sa maturité.

Louise se pencha pour ramasser une robe de chambre qu'elle lança à sa fille. Suivit une remarque en français sur l'inconvenance de se promener aussi peu vêtue dans le salon.

— Veuillez vous retourner un instant, capitaine, s'écria-t-elle, le visage rouge de honte. Le temps qu'Angélique soit décemment vêtue.

Bien qu'il ait déjà eu droit à un admirable aperçu d'Angélique Lindsay, il obéit.

— Mlle Lindsay et moi avons fait connaissance il y a quelques instants, signala-t-il.

La jeune fille marmonna dans son dos que l'occasion ne méritait pas qu'on s'en souvienne.

— Je l'ai trouvée très mémorable, protesta-t-il, quoique celle-ci le soit encore plus.

Il décocha un clin d'œil à Bette qui mit une main devant sa bouche pour étouffer un fou rire.

— Capitaine ! s'indigna Louise. Je suis convaincue qu'en tant que gentleman, vous ne raconterez à personne cet incident qui souillerait inutilement la réputation de ma fille. J'ose espérer qu'un homme tel que vous se soucie de ce genre de choses. Vous pouvez vous retourner à présent.

Un peu vexé par les propos acerbes de Louise, il pivota. Vêtue d'une robe de chambre qui lui tombait jusqu'aux chevilles, Angélique lui jeta un regard de défi auquel il répondit par un haussement de sourcils.

— Mademoiselle Lindsay, votre mère m'a prié de vous répéter ce que je viens de dire au gouverneur. Voici donc : quoi que vous ayez entendu, ce n'est pas le moment d'aller au Nouveau-Mexique. Ce voyage est dangereux. Votre mère a raison. Vous ne semblez pas faite pour endurer les rigueurs de ce pays et n'y survivriez pas une semaine. Au lieu de perdre votre temps et le mien par la même occasion, prenez l'argent qu'on vous propose et rentrez en France.

Les yeux violets le regardaient froidement.

— Vraiment ? Capitaine... ?

— Braden.

Le charmant visage de la jeune fille se contracta, signe visible d'une rébellion contenue.

— Capitaine Braden, tout en appréciant le mal que s'est donné ma mère pour trouver quelqu'un qui l'approuve, je dois vous informer que j'ai la ferme intention de me rendre au plus tôt au Nouveau-Mexique afin de prendre possession du domaine que mon père m'a légué. J'ignore pourquoi ma mère vous a mêlé à nos affaires personnelles mais je vous assure que votre opinion ne m'intéresse aucunement. Bonsoir.

Il ne put s'empêcher de sourire. Ainsi qu'il l'avait constaté lors de leur précédente rencontre, cette jeune personne était de tempérament belliqueux.

— Sans doute est-ce en apprenant qu'on m'avait désigné pour vous escorter que votre mère a jugé bon de me mêler à vos affaires personnelles. Puisque vous tenez à partir, soyez prête dans une semaine, très exactement. Vous pourrez emporter chacune une malle. Pas plus. Je ne tiens pas à ce que nos chariots s'enlisent au beau milieu de territoires hostiles à cause de bagages inutiles. Bonsoir, mesdames.

Il refermait la porte derrière lui lorsque le commentaire peu distingué d'Angélique Lindsay le fit rire. Si elle tenait à prendre le départ, très bien, mais sans doute aurait-elle changé d'avis avant même qu'ils n'atteignent le Texas. Il s'y emploierait, en tout cas.

6

Portée par une brise fraîche, la musique de l'hôtel Saint-Louis se répandait dans la rue. Au-dessus des taches lumineuses des réverbères, la nuit était d'un noir d'encre. Planté sous un balcon, Jake allumait un mince cigare tout en pestant. Ringold était en retard. Quel dommage que Logan soit retenu ailleurs et qu'il lui faille traiter avec ce type dont il n'était pas trop sûr. Ringold avait été engagé pour ses qualités de tireur et parce qu'il était disponible mais, manifestement, on ne pouvait pas compter sur lui.

Discuter avec ces femmes entêtées lui avait déjà pris trop de temps. Il cligna des yeux pour les protéger de la fumée de son cigare. Pourquoi avait-il pensé qu'elles seraient assez malignes pour entendre raison ? Il avait sous-estimé la fille de John Lindsay qui avait la tête aussi dure que son père.

Mais cette détermination risquait de lui coûter la vie, ce à quoi il se refusait. Une voiture passa, cahotant sur les pavés, et un rire s'échappa de la fenêtre ouverte.

Angélique Lindsay ne ressemblait pas du tout à la jeune personne qu'il avait imaginée. Il ne s'attendait pas à cette beauté délicate, à cette peau blanche, à ces cheveux cuivrés et ces yeux violets, légèrement bridés. Pas une seconde il n'avait deviné que la demoiselle aux yeux de chat qui bavardait avec Delacroix dans la salle de bal pouvait être la fille de son vieil ami.

Seigneur... Pourquoi s'était-elle fourvoyée avec Delacroix, Gravier et Warmoth ? Jamais Lindsay n'aurait traité avec ces individus. Sans doute avaient-ils été recrutés par Louise. Cette femme était aussi impitoyable et têtue que John l'avait dit et constater que sa beauté et son charme n'avaient pu venir à bout de l'obstination de Warmoth avait dû l'agacer prodigieusement. En d'autres circonstances, Jake aurait trouvé ça drôle.

La mère voulait une chose et, par esprit de contradiction, la fille en désirait une autre. Et ni l'une ni l'autre n'avait les idées claires. Quelles sottes ! Il ne lui restait plus qu'à remercier Jim Patterson de lui avoir confié cette corvée.

— Ça ne pouvait tomber mieux, Jake. Ça te fait une excellente raison d'aller à La Nouvelle-Orléans. Ne prends pas cet air furieux. Tu tiens autant que moi à mettre la main sur les salauds qui vendent des armes aux Apaches.

— Oui, mais je préférerais m'y prendre à ma façon.

— Ta façon risque fort de te faire condamner pour meurtre, avait répliqué sèchement le colonel. Tu fais toujours partie de l'armée, ce qui t'oblige à respecter certaines règles.

— J'aurais préféré éviter de prendre des risques inutiles. Ramener deux femmes de La Nouvelle-Orléans fera de nous des cibles faciles et je vais essayer de les convaincre de renoncer à ce voyage.

— Comme tu voudras. Mais rencontre notre informateur. Il affirme ne vouloir parler qu'à toi.

Ça ne me plaît guère, mais nous n'avons pas le choix. Jake... Sois prudent. Ces types ne font pas de quartier.

Il avait donc accepté cette mission délicate et pris rendez-vous avec le mystérieux informateur.

— Jake... mon chéri, s'il te plaît...

Il lâcha un juron. Eugénie traversait la rue en courant et se jetait dans ses bras.

— Qu'est-ce que tu fais là ? grommela-t-il.

— Jake, il fallait que je te revoie. Ne te fâche pas, le supplia-t-elle. Je n'ai pas pu supporter l'idée de te quitter si vite... Ne me regarde pas comme ça, mon chéri. C'est plus fort que moi.

Il la repoussa doucement mais fermement.

— Eugénie, nous avons déjà réglé ça tout à l'heure. Je t'ai dit que j'avais trop à faire pour m'occuper de toi comme tu le mérites. Tu as d'autres admirateurs pour te couvrir de cadeaux et te distraire.

Levant les yeux sur lui, elle secoua la tête.

— Mais c'est toi que j'aime, protesta-t-elle dans un sanglot.

Elle se serra à nouveau contre lui et il ne put faire autrement que l'enlacer et embrasser la bouche qu'elle lui tendait. Quelle petite créature passionnée !... Ce corps charmant et cette ardeur fougueuse lui manqueraient, mais l'emmener avec lui était impossible. D'ailleurs, il n'y tenait pas.

Interrompant le baiser, il lui releva le menton.

— Je ne t'ai jamais menti, Eugénie. Tu savais dès le début que ce serait temporaire.

— Oui, c'est vrai, mais j'espérais que tu changerais d'avis et resterais à La Nouvelle-Orléans. Ou que tu m'emmènerais. Jake, je sais que je me plairai au Nouveau-Mexique. Et, là-bas, je pourrais passer pour ta femme. Personne ne se poserait de questions. Est-ce que je n'ai pas la peau assez claire pour avoir l'air d'une créole ?

— Seigneur, ça n'a rien à voir avec ça.

Il sentait le cœur de la jeune femme battre contre sa poitrine et son regard angoissé l'émouvait.

— Eugénie, tu es l'une des plus belles femmes que je connaisse mais ce que tu cherches, c'est un homme qui reste à tes côtés. Et je ne suis pas du genre à somnoler auprès du feu, soir après soir.

Nouant les mains sur la nuque de Jake, elle l'embrassa avec passion. Après une légère résistance, il se laissa gagner par le désir. L'envie le prit de soulever sa jupe et de la prendre là, contre le mur en brique. Mais, à supposer qu'il en ait eu le temps, l'idée était mauvaise. Eugénie y verrait la renaissance de leur liaison.

Il la repoussa pour la seconde fois et la maintint à bout de bras.

— Ça suffit, Eugénie. Rentre chez toi.

— Je vois que je ne pourrai rien y changer. Tu es décidé à partir. Rappelle-toi seulement que quand tu reviendras, je serai toujours là pour toi. Au revoir...

Il la regarda traverser la rue vers l'hôtel Saint-Louis. Le réverbère éclaira brièvement ses cheveux, puis elle s'enfonça dans l'obscurité. Comme il tournait la tête, un mouvement attira son attention.

Une silhouette se détachait dans la lumière d'une des chambres de l'hôtel. Amusé, il reconnut Angélique Lindsay sur le balcon. Elle n'avait donc rien perdu de la scène. La mauvaise opinion qu'elle s'était déjà faite à son sujet s'en trouverait confortée. Eh bien, tant mieux ! Elle en conclurait que voyager avec lui n'était pas convenable.

Avec un petit rire, Jake descendit la rue. Dans l'immédiat, il avait mieux à faire que penser à

Angélique Lindsay. Son informateur risquait de partir sans l'attendre. Tant pis pour Ringold, il le verrait plus tard.

Le rendez-vous avait été fixé dans le Swamp, un quartier de La Nouvelle-Orléans que seuls fréquentaient les bandits et les voyous. Parvenu à l'entrée de Girod Street, il fit une pause et tendit l'oreille. Des rires gras et des cris de fureur s'élevaient au-dessus de musiques discordantes.

Le bâtiment en bois à côté duquel il se tenait était un tripot de bas étage. Une planche posée sur deux tonneaux et des tabourets grossiers tenaient lieu de bar. Divers jeux de hasard s'y pratiquaient, inéluctablement au profit de la maison. Les rares clients qui parvenaient à gagner quelques pièces en étaient dépouillés dès qu'ils quittaient l'établissement, et perdaient parfois la vie par la même occasion.

Le Swamp avait la réputation d'être le repaire des malandrins et des mariniers qui descendaient la rivière sur leurs barges. La seule loi qu'on y respectait était celle du poing, du couteau ou du pistolet. Durant les vingt dernières années, aucun représentant de l'ordre n'avait osé s'aventurer dans ce territoire réservé aux saloons, dancings, salles de jeu et bordels.

C'était l'endroit idéal où retrouver un informateur, à condition de vivre assez longtemps pour en profiter.

Jake suivit lentement la rue sombre, sans prêter attention aux prostituées qui l'invitaient bruyamment à les rejoindre.

— En voilà un beau gosse ! Viens par ici, mon p'tit gars. Pour quelques sous, t'auras droit à un lit, du whisky et une femme bien chaude.

L'une d'elles, plus hardie que les autres, s'avança vers lui en roulant des hanches. La lumière ténue d'un réverbère jetait un éclat métallique sur ses cheveux rouges et sa poitrine plantureuse, laquelle débordait d'une robe décolletée qui avait connu des jours meilleurs.

— Non, merci.

Un tord-boyaux, un lit infesté de puces et une femme malade ne le tentaient pas. Accepter l'invitation tenait du suicide. Un nid de serpents offrait plus de sécurité.

Jake tourna dans Cypress and South Liberty Street et se dirigea vers les lueurs brumeuses du cimetière protestant. Il y faisait plus calme, malgré le brouhaha qui parvenait des rues voisines. Le vent qui montait de la rivière, charriant des relents de poisson avarié et d'humanité pourrissante, faisait grincer la grille du cimetière. Jake la poussa et s'arrêta sur le seuil.

Un pressentiment lui fit sortir son colt. Des nuages cachaient la lune, laissant seulement passer une pâle lueur argentée qui tamisait l'obscurité ; l'air sentait la pluie imminente. Il fit quelques pas sur l'allée de gravillons. Une odeur écœurante lui frappa aussitôt les narines. Une odeur qu'il reconnut sans peine.

Jurant entre ses dents, Jake gratta une allumette. La flamme éclaira brièvement le spectacle qu'il redoutait. Quel que soit le nom de son informateur, il ne dirait plus rien. Du moins pas dans cette vie.

Un objet blanc attira son regard. Il se pencha et ramassa une plume d'aigle, aux taches familières. Une autre plume gisait un peu plus loin, ainsi qu'un couteau orné des mêmes marques, très significatives. Un examen plus approfondi lui révéla qu'elles n'étaient que de grossières imitations. Regardant à nouveau le corps, il remarqua les mutilations sauvages.

— Braden… tu es là ?

Il pivota. Une silhouette sombre le rejoignait, une arme à la main.

— Ringold… te voilà, enfin.

— J'ai été retardé. Mon Dieu ! C'est de lui que nous sommes censés obtenir des informations ? Sans langue, il aura du mal à nous en fournir.

— Regarde, fit Jake en lui montrant le couteau ensanglanté.

— Une arme apache ?

— C'est ce qu'on voudrait nous faire croire. Tu vois les différences ?

— Tu as raison. Ce couteau n'est pas authentique. On a voulu imputer cette mort révoltante à une tribu qui ne s'aventure jamais par ici.

— C'est aussi ce que je pense. Sans doute pour susciter des troubles. Tu sais comme les esprits sont excités en ce moment avec tout ce qui se passe au Texas et au Nouveau-Mexique.

— Exact.

Un rayon de lune perça les nuages et illumina le spectacle macabre.

— *Facilis descensus Averno*, murmura Ringold. Il est facile de descendre aux enfers. J'ai un mauvais pressentiment, Jake. Nous ferions mieux de partir avant d'être mêlés à cette histoire.

— Trop tard, dit Jake.

Des silhouettes approchaient, en lesquelles il reconnut des policiers.

— C'est un coup monté, Johnny.

Angie apprit l'arrestation du capitaine Braden à son réveil.

— Il nous est désormais impossible d'aller au Nouveau-Mexique, dit sa mère sereinement en buvant son café. M. Gravier affirme que ce capitaine est le seul homme capable de nous y escorter mais il va sans aucun doute être exécuté.

Bien réveillée malgré une nuit agitée, Angie resserra autour d'elle les pans de sa robe de chambre. Non, cette histoire ne tenait pas debout. Elle avait vu cet homme, la veille au soir, embrasser Eugénie… Aurait-il quitté les bras de sa maîtresse pour assassiner quelqu'un dans un cimetière ? Et, pourtant, il fallait que ce soit vrai puisqu'on l'avait arrêté. Incroyable !

— Ils sont certains que c'est lui le coupable ?

— M. Gravier dit qu'on l'a arrêté sur place, avec un complice. Je ne vois pas quelle meilleure preuve demander. Il s'agit d'un meurtre particulièrement répugnant, ajouta Louise avec une moue de dégoût. À ce qu'on dit, le capitaine est à moitié indien et l'homme a été mutilé d'une façon typiquement indienne…

Elle n'acheva pas sa phrase. Angie baissa les yeux. Elle aurait dû se féliciter de ce que cet individu ait révélé sa vraie nature avant de leur faire quitter La Nouvelle-Orléans. Pourtant, un mélange de désarroi et de déception l'envahissait, qu'exacerbaient les propos raisonnables de Louise.

— Tu vois, ma petite, je n'exagérais pas lorsque je te disais que ce pays pullule de malfaiteurs et d'assassins, et qu'on ne peut faire confiance à personne. C'est pire encore dans le territoire du Nouveau-Mexique car la loi n'existe pas, là-bas. C'est trop sauvage, trop vaste pour qu'on puisse la faire respecter… À présent, tu sais que je n'exagérais pas.

— Oui, sans doute.

Fébrile, Angie se leva de table. Elle n'avait plus envie du café noir, des fruits frais ni des croissants chauds qu'on leur avait servis pour le petit déjeuner. Elle se dirigea vers la porte-fenêtre qui donnait sur le balcon et écarta le voilage.

C'était de l'autre côté de la rue que s'étaient retrouvés Jake Braden et Eugénie. Tout en se reprochant son indiscrétion, elle les avait regardés se parler, s'enlacer et s'embrasser avec un désir visible. Après tout, si le capitaine avait voulu sauvegarder son intimité, il n'avait qu'à emmener son amie dans un endroit moins public…

— Angélique ? Tu ne te sens pas bien ? C'est cette vilaine histoire qui te rend malade ?

— Oui, fit-elle en s'écartant de la porte-fenêtre. Ce genre de drames violents… me soulève le cœur. Parlons d'autre chose et oublions ça pour le moment.

— Et plus tard ? Que décides-tu au sujet de ce périlleux voyage qu'on t'a déconseillé d'entreprendre ?

Angie refoula une repartie acerbe et se contenta de hausser les épaules. Elle ne se laisserait pas entraîner dans cette discussion, alors qu'elle était sous le coup de l'affreuse nouvelle et encore troublée par les doutes qui l'avaient rongée toute la nuit. Incapable de réfléchir, elle ne savait plus ce qu'elle désirait réellement. Les choses allaient trop vite. Comment discerner ce qu'il était préférable qu'elle fasse ? Pourtant, l'idée de renoncer à son rêve de toujours lui était insupportable.

Ce capitaine Braden était un imbécile ! Assassiner un inconnu et se faire prendre sur le lieu même de son forfait ! Réflexion bien égoïste, certes, mais, à cet instant, la déception d'Angie était telle qu'elle était incapable de plaindre la victime.

Les regrets l'assaillaient. Elle avait tant rêvé d'être indépendante, de vivre dans un pays où le soleil brillait jour après jour, de se libérer des exigences d'autrui… À présent, elle avait l'impression d'être encore plus pieds et poings liés que lorsqu'elle était collégienne et qu'elle devait se soumettre aux ordres des religieuses.

Renoncer à ce rêve la condamnerait à vivre éternellement sous la coupe de sa mère ou d'un futur mari, perspective insupportable.

Non, il n'en était pas question. Elle trouverait quelqu'un d'autre pour l'emmener au Nouveau-Mexique. Il le fallait.

7

Au bout de quatre jours, A.S. Badger, le chef de la police, commença à perdre patience. Pour la énième fois, il fit extraire Jake de sa cellule. Les poignets et les chevilles entravés, le prisonnier monta l'escalier de pierre. La lumière crue du palier le fit cligner des yeux.

Badger pianotait des doigts sur son bureau ciré. Il fit signe aux gardiens de les laisser seuls.

— Quelle tête de mule ! dit-il en regardant Jake de sous ses sourcils broussailleux. On t'a trouvé à côté du mort, l'arme du crime à la main. Tu persistes à dire que tu ne le connaissais pas ?

— C'est un peu difficile de reconnaître un homme qui n'a plus de visage, répliqua Jake. Quant à m'accuser, vous n'en avez pas le droit. Je dépends de la juridiction militaire.

Badger lui jeta un regard noir.

— C'est ce que m'ont dit tes supérieurs mais je ne suis pas prêt à te rendre. L'armée n'a pas laissé de bons souvenirs à La Nouvelle-Orléans.

Jake ne répondant pas, Badger le renvoya dans sa cellule réfléchir aux « perspectives déplaisantes » qui l'attendaient s'il s'obstinait à garder le silence. Jake se posait des questions sur Ringold qu'il n'avait pas revu depuis leur arrestation. Était-il, lui aussi, accusé de meurtre ? Badger ne lui dirait rien. S'ils devaient être mis en accusation, que cela soit rapide. Rien n'était plus pénible que cette attente dans une cellule sans fenêtre dont les murs semblaient se resserrer autour de lui à chaque minute.

Les livres que lui faisait parvenir Eugénie ne suffisaient pas à dissiper son ennui. On ne l'avait pas autorisée à le voir mais elle déposait tous les jours pour lui des fruits et de quoi lire. Personne d'autre ne semblait s'intéresser à lui, ce qui ne l'étonnait guère.

Les longues heures d'incarcération lui donnaient l'occasion de réfléchir, ce qui n'était pas forcément un bien. Trop de choses du passé, d'événements irréversibles affluaient dans sa tête. Bizarre comme tous ces souvenirs, oubliés durant des années, revenaient le hanter durant les heures sombres de la nuit. Peut-être devrait-il plutôt se répéter ce que lui avait dit jadis un vieil homme rencontré à Ceylan. Il était trop jeune à l'époque pour en tirer profit ; eh bien, le moment semblait venu.

Chabhi lui avait conseillé une nouvelle façon de penser : si un homme ne se connaissait pas lui-même, tout ce qu'il pourrait apprendre lui serait inutile. « C'est l'homme intérieur qui est le plus important, qui fournit la force nécessaire à la vie. Et, dans la vie, c'est le voyage qui est le plus important, pas la destination. »

À présent, s'il avait le temps de se familiariser avec cet homme intérieur, le pouvoir de concentration lui faisait défaut. D'autres souvenirs, moins idéalistes, entraient en conflit avec les préceptes de Chabhi. S'il les ressassait trop longtemps, la rage l'envahirait à nouveau. Aussi ferma-t-il les yeux pour revoir en pensée le petit morceau du Nouveau-Mexique qui lui appartenait.

Un coin paisible, niché au pied des monts San Andrés, le seul bien dont on ne l'avait pas dépouillé, hormis les souvenirs.

Il songeait à ses terres lorsque des pas s'arrêtèrent devant sa cellule. Le grincement d'une clé dans la serrure le fit se redresser sur l'étroite banquette qui lui servait de lit.

— Braden, t'as de la visite. Te monte pas la tête. C'est pas la jolie gosse qui vient tous les jours.

Un peu surpris qu'on ne l'enchaîne pas, Jake suivit les gardiens jusqu'au bureau de Badger. L'air méprisant, le chef de la police désigna d'un mouvement de tête l'homme qui se tenait devant la fenêtre, les mains dans le dos.

Reconnaissant le chapeau à large bord et la veste à franges, Jake ne put cacher sa surprise.

— William Cody ?

Le célèbre homme de la frontière se retourna et, ôtant son chapeau, sourit.

— Lui-même. J'ai appris qu'il y avait quelques problèmes avec les Apaches et j'ai eu envie de voir ça de près. Quelle police incapable ! Les marques de ce couteau ont l'air d'avoir été peintes par un enfant.

— Voyons, monsieur Cody, protesta Badger. Un expert a affirmé que l'arme du crime était authentique !

— Une authentique contrefaçon, monsieur. Mettez-vous en doute mon jugement ?

— Eh bien, en fait…

— Voyons, j'ai commandé les éclaireurs de l'armée plus longtemps que vous la police.

Le sourire glacial de Cody réduisit Badger au silence.

— Comme je le disais, reprit Cody, j'ai entendu parler de cette histoire par l'un de mes amis qui savait que j'étais en ville et je me suis dit que je pouvais peut-être éclaircir les choses.

— Que fais-tu à La Nouvelle-Orléans ? Avec tout ce que Buntline a écrit sur toi dans le *Weekly*, je te croyais à New York.

— Une vraie catastrophe ! s'écria Cody en rougissant. Depuis qu'il a pondu ces sornettes sur mon compte, j'ai été plus débordé qu'un manchot dans un combat de boxe. Et voilà que le rédacteur en chef du *Picayune* m'a invité pour déjeuner avec des journalistes et leur faire une conférence. Pas mal pour un type qui a fait ses études en galopant pour le Pony Express.

— Selon la rumeur, Buffalo Bill Cody est en passe de devenir plus célèbre que le président Grant.

— Bon, Braden, parlons plutôt de toi. Le chef de la police va finir par croire que je cherche à lui en imposer.

— C'est déjà fait, monsieur Cody, répliqua amèrement Badger. Le colonel Patterson s'en est chargé, lui aussi. Les policiers qui suivaient M. Ringold ont trouvé le capitaine Braden agenouillé devant le corps de la victime, le couteau à la main. Pour moi, la preuve est suffisante. Mais pour l'armée… Bah, après tout, je m'en lave les mains !

Les propos de Badger expliquaient pourquoi Ringold n'avait pas été incarcéré, mais pas la raison de la filature. Jake s'abstint de tout commentaire et laissa Cody justifier l'intervention du colonel : il s'agissait d'une affaire militaire et, comme Braden dépendait toujours de l'armée, c'était à celle-ci de régler le problème.

— Le colonel Patterson est l'un de mes vieux amis. Nous nous sommes battus ensemble et je peux vous affirmer que ces marques ne sont pas celles d'une arme destinée à tuer. C'est l'imitation d'un couteau de cérémonie. Aucun Apache digne de ce nom n'arracherait un scalp avec ce truc.

— Mes services ayant été déchargés de l'affaire Braden, il est inutile de discuter plus longtemps, rétorqua Badger en se levant. Vous êtes libres de partir, tous les deux, mais si M. Cody peut aller déjeuner avec ses journalistes, le capitaine Braden est invité à quitter notre jolie ville d'ici quarante-huit heures. Je lui conseille de réserver une place sur le prochain bateau ou le premier convoi en partance.

— Je ne pense pas que cela l'ennuie.

En sortant dans la rue ensoleillée, Jake fut ébloui par la lumière aveuglante.

— Il faisait sacrément sombre dans cette cellule, Cody. Je suis content d'être dehors. Merci d'être venu à mon secours.

— Je t'ai dit la même chose, il y a quelque temps, si tu t'en souviens. Cette fois-là, c'étaient les Apaches qui me retenaient et non un imbécile de civil, incapable de distinguer un couteau de guerre d'un cure-dents. Écoute, Jake, je ne sais pas ce qui se passe ici et le télégramme de Patterson n'en a pas parlé, mais si tu restes à La Nouvelle-Orléans, tes problèmes ne sont pas finis.

— Je devais partir, de toute façon, répondit Jake en tapant son chapeau poussiéreux contre sa jambe. Des ordres doivent m'attendre à mon hôtel.

— Si tu veux me rejoindre plus tard, après ce fichu déjeuner, retrouve-moi sur le quai. Je vais regarder une course de bateaux. Le *Robert E. Lee* contre le *Natchez*. Ils descendent de Memphis à toute vapeur. J'ai parié sur le *Natchez*.

— Je garde mon argent pour ma propre course hors de La Nouvelle-Orléans. Je risque d'en avoir besoin.

— On ne sait jamais, fit Cody avec un sourire. Mais je parierai sur toi.

Ils se séparèrent et Jake regagna l'hôtel Saint-Charles où il était descendu. Malgré la guerre et ses ravages, c'était un magnifique établissement. Le général Benjamin Butler y avait séjourné pendant qu'il commandait les forces d'occupation au début de la Reconstruction. Toute trace de cette période douloureuse avait été soigneusement effacée et l'hôtel, avec son portique corinthien et son immense dôme, pouvait à nouveau être comparé à un palais du vieux monde.

Jake entrait dans le vestibule lorsqu'une dame élégante vint à sa rencontre. Malgré sa voilette, il reconnut Louise Lindsay.

— Capitaine, je voudrais vous dire un mot.

— Je n'ai guère de temps, madame. Plus tard, si vous...

— Capitaine, je vous en prie.

Son ton inhabituellement désespéré le fit céder. Il l'entraîna dans un coin désert du vestibule.

— Je suis venue vous demander votre aide au sujet de cet affreux voyage, commença-t-elle. Ma fille est résolue à l'entreprendre, semble-t-il.

— Madame, j'en ai déjà parlé à Mlle Lindsay. Je ne pourrais que répéter ce que j'ai déjà dit.

— Oh, non, capitaine, vous ne comprenez pas.

Son rire léger fit frémir sa voilette.

— Cette fois-ci, reprit-elle, je viens vous prier de nous emmener. Si je vous engage, peut-être qu'à la lumière des derniers événements, tels que les journaux les ont rapportés, Angélique décidera de ne plus y aller. Comme elle n'a trouvé aucun autre guide, il est possible qu'elle entende enfin raison.

— Je vois.

— Je savais que vous comprendriez.

Agacé, il se frappa la jambe de son chapeau.

— Je ne suis pas d'humeur à jouer, madame. J'ai été très occupé ces derniers jours et je quitte La Nouvelle-Orléans dès que possible. Il vous faudra trouver quelqu'un d'autre.

— Faire ce que je vous demande ne devrait pas vous causer de problème, capitaine. Puisque vous prétendez être un vieil ami de mon défunt mari, j'ai pensé que vous feriez le maximum pour protéger sa fille. Il semble que je vous aie mal jugé.

— En effet. Si vous m'avez cru docile à ce point, vous vous êtes bien trompée.

— Alors, je n'ai plus rien à dire.

— C'est exact, fit-il en s'inclinant.

En la voyant traverser le vestibule à petits pas furieux et rejoindre le cocher en livrée qui l'attendait dehors, Jake se dit qu'elle était bien telle que l'avait décrite John Lindsay, aussi impitoyable qu'une squaw apache quand il s'agissait d'obtenir quelque chose.

— Jake, avait-il dit d'un ton désabusé, je me suis foutu dans un sacré merdier. Tu ne te souviens sans doute pas de ma femme. Louise, elle s'appelle. N'a jamais voulu divorcer. Une femme superbe. Élégante. Détestait ce pays. Croyait que ce serait aussi civilisé que La Nouvelle-Orléans, là où on s'est rencontrés.

Ses yeux s'étaient assombris et, le cigare à la main, il avait fixé longuement les montagnes comme s'il y contemplait le passé. Puis il avait repris à mi-voix :

— Et moi, j'étais trop têtu pour céder. Je lui ai dit de rentrer en France si elle détestait tellement le coin. C'est ce qu'elle a fait. En emmenant notre enfant. Toutes ces années, j'ai envoyé de l'argent mais je ne les ai jamais revues. Mon Dieu, y a un siècle de ça... J'ai laissé passer le temps sans trop me fouler. Quelques lettres au fil des ans, mais, merde, écrire, c'est pas mon truc. Mais maintenant, je peux me rattraper. Je vais lui laisser le ranch.

— À ta femme? Elle n'aimait pas le pays et, en dix-neuf ans, le Nouveau-Mexique n'a guère changé.

— Non, je le laisse à Angie. C'est mon sang qui coule dans ses veines. Bien sûr, elle a aussi celui de sa mère et Louise peut se montrer aussi impitoyable qu'une squaw apache, crois-moi.

Il avait tiré sur son cigare et exhalé un nuage de fumée. La cendre, trop longue, était tombée sur le sol.

— Rita n'aime pas le ranch, elle le vendrait tout de suite. Je veux laisser mes terres à mon propre sang. Peut-être qu'Angie s'y plaira... Elle est assez jeune pour que ça vaille la peine d'essayer.

Qui sait? se dit Jake. Vu son caractère, la fille de John Lindsay était bien capable de s'éprendre du Nouveau-Mexique.

Pour l'instant, il n'avait pas envie de l'affronter. Il lui fallait un verre, un bain et une femme, le tout dans cet ordre. Les derniers jours avaient été pénibles, et il n'était pas d'humeur à guerroyer.

Convoquant le groom, il lui fourra une pièce dans la main et lui confia un message.

— Dis-lui d'être discrète, ajouta-t-il.

Enchanté de sa bonne fortune, le garçon acquiesça de la tête. Ses dents blanches étincelèrent dans son visage noir.

— J'y cours.

— Pas trop vite. J'ai besoin de prendre d'abord un bain.

Comme le groom s'élançait accomplir sa mission, le réceptionniste agita un télégramme en direction de Jake qui l'emporta dans sa chambre et le lut en lâchant un juron. Finalement, ce n'était pas encore aujourd'hui qu'il allait pouvoir se débarrasser d'Angie Lindsay. La barbe ! Étant donné le caractère capricieux et irascible de la jeune fille, la guerre ne faisait que commencer.

J'espère que Patterson sait ce qu'il fait, se dit Jake en froissant le télégramme. Et j'espère qu'Angie Lindsay aura assez de bon sens pour regagner la France.

Mais, curieusement, ce dernier point lui paraissait douteux.

8

Le tempérament de feu que Jake avait décelé chez Angie se déchaîna lorsque sa mère l'informa froidement qu'elle avait engagé le capitaine pour leur servir de guide.

— C'est le plus qualifié, après tout, et puisqu'il a été lavé de cette accusation de meurtre, il n'y a plus de raison de nous passer de lui.

— Plus de raison ! Après tout ce que les journaux ont raconté sur lui ? Un homme a été sauvagement assassiné, tailladé à mort comme un vulgaire morceau de viande, et tu dis qu'il n'y a pas de raison ? Je ne te comprends pas du tout, maman.

C'en était trop, pensait Angie, à la fois accablée et furieuse. Pourquoi Louise était-elle devenue subitement aussi enthousiaste au sujet de Jake Braden alors que peu de temps auparavant elle n'avait de cesse de le dénigrer ? Un revirement aussi subit d'opinion n'était pas du tout dans ses habitudes. Et qu'elle s'y mette justement maintenant, c'était un comble ! Décidément, depuis qu'elles étaient descendues du bateau, tout allait de travers !

— Il n'y a rien à comprendre, ma petite. Tu as dit que tu irais au Nouveau-Mexique, avec ou sans moi. Eh bien, je ne cherche qu'à t'aider. Le capitaine

Braden est le plus qualifié pour cette mission, tout le monde l'affirme.

Angie comprit que, comme tant d'autres fois, sa mère rusait. Le ton de sa voix, le haussement d'épaules un peu trop désinvolte et le sourire discret qui lui retroussait le coin des lèvres, l'avaient trahie.

Comme Louise pouvait se montrer *sournoise* ! Lorsque Angie lui avait demandé de la retirer du couvent, elle avait accepté puis s'était arrangée pour que la jeune fille s'ennuie à la maison au point de *supplier* pour qu'on la renvoie chez les religieuses. Et la petite sotte était tombée dans le panneau ! Cette fois-ci, elle ne se laisserait pas duper.

— Tu as peut-être raison, maman, dit-elle d'un ton inhabituellement posé qui incita sa mère à lui jeter un regard inquisiteur. Le capitaine Braden est le plus qualifié et je n'ai trouvé personne qui n'ait l'air prêt à nous assassiner dès la première nuit. Je vais aller lui parler et lui dire que je suis d'accord avec toi pour qu'il nous accompagne au ranch. Après tout, nous ignorons tout du crime dont on l'a accusé... Il s'agit peut-être d'un cas de légitime défense. Oui, tu as raison, comme d'habitude...

— Angélique... Où vas-tu ?

Avec un grand sourire, Angie ramassa son chapeau.

— Parler au capitaine Braden. S'il doit nous emmener, il faut que je sache quand nous partons. Non ?

La protestation étouffée de sa mère lui causa un grand plaisir. Auquel vint s'ajouter celui d'appeler Bette et de commander une voiture. Les journaux avaient signalé que le capitaine Braden était descendu à l'hôtel Saint-Charles, dans le quartier américain de La Nouvelle-Orléans. Le cocher hocha la tête et poussa ses chevaux à vive allure dans les rues étroites.

— Vous êtes sûre que c'est raisonnable ? murmura Bette que l'escapade semblait amuser. Sortir seules comme ça ?

Les balcons en fer forgé débordaient de fleurs colorées et de feuillage vert, et une débauche de parfums se déversait sur elles tandis que la voiture ouverte cahotait sur les pavés.

— Bien sûr, voyons, affirma Angie bien qu'elle n'en fût pas convaincue.

Le sentiment de triomphe éprouvé quelques minutes plus tôt se muait en réserve. Une fois de plus, elle s'était laissé guider par la colère. Mais peut-être pouvait-elle encore crâner et on verrait bien qui rirait le dernier.

— Nous nous rendons simplement dans le salon d'un grand hôtel. Que risquons-nous, sous les yeux de la moitié de la ville ?

Elle sortit un voile de son réticule et le tendit à Bette.

— Je sais fort bien que rendre visite à ce genre d'individu n'est pas conforme aux usages. Tiens, aide-moi à mettre ça sur mon chapeau et personne ne nous reconnaîtra.

Pouffant de rire, Bette obéit, et bientôt le visage d'Angie disparut derrière la gaze sombre. La jeune fille regretta de ne pouvoir s'examiner dans une glace, coquetterie qu'elle se reprocha aussitôt. Qu'importait son apparence. Plaire à un goujat était le dernier de ses soucis.

À peine eut-elle demandé au réceptionniste de signaler au capitaine Braden qu'une dame l'attendait dans l'entrée, que l'homme l'attira à l'écart.

— Suivez ce couloir, mademoiselle. Puis tournez à gauche. Le capitaine vous attend.

— Il m'attend ? Vous êtes sûr ?

— Oui. La deuxième porte sur la gauche.

Zut alors ! Maman l'avait donc prévenu ? Comme c'était horripilant d'être perpétuellement devancée !

— Viens, Bette. Il n'y en a pas pour longtemps, jeta-t-elle en s'élançant dans le couloir sombre.

Angie s'arrêta devant la porte indiquée, redressa les épaules et frappa doucement.

— Vraiment, quelle situation ridicule !... Nous ferions peut-être mieux de repartir. Qu'en penses-tu, Bette ?

Elle tourna la tête et découvrit avec surprise que la domestique ne l'avait pas suivie. Au même instant, la porte s'ouvrit, une main l'empoigna par le bras et la tira dans la chambre obscure.

C'était typique de Jake Braden, de se comporter aussi autoritairement, se dit-elle en ouvrant la bouche pour lui dire sa façon de penser. Elle n'en eut pas le temps. Des bras l'étreignirent et une voix rauque lui reprocha de s'être fourré une voilette sur la figure. La gaze fut soulevée et une bouche ardente se posa sur celle d'Angie.

Elle avait déjà reçu des baisers mais jamais d'aussi fougueux ! Et jamais un homme n'avait osé la serrer contre lui aussi étroitement. Le corps musclé se soudait au sien de façon indécente.

La pressant contre lui d'une main ferme, il glissa l'autre sous sa nuque. Elle ne pouvait plus ni bouger la tête ni s'écarter des lèvres chaudes qui la dévoraient. Prise d'un léger vertige, elle sentit son corps ployer en arrière et craignit de se briser en deux. C'est à cet instant-là qu'une langue s'insinua dans sa bouche. Elle gémit pour protester.

Quelle mouche le piquait ? Et pourquoi ne s'arrêtait-il pas ? Sa bouche insistante, au goût enivrant, suscitait en elle une étrange sensation où se mélangeaient inquiétude, impatience, hardiesse. Elle avait beau se dire que céder relevait de la démence, une sorte de léthargie s'était emparée d'elle, la livrant à cette étreinte passionnée, tandis que son souffle se faisait court et que son cœur s'emballait.

Pis encore, un battement erratique se mit à palpiter dans le creux de son ventre puis à descendre le long de ses cuisses et entre ses jambes, si bien que son corps entier s'embrasa soudain par vagues violentes. C'était la première fois qu'elle éprouvait ce sentiment irrésistible d'urgence qui lui faisait désirer quelque paroxysme inconnu, encore inaccessible. Comment se faisait-il qu'il parvienne à la mettre dans cet état ?

Tandis que la langue de Jake explorait sa bouche, elle tenta de libérer ses mains coincées entre leurs deux corps et s'aperçut que ses poings s'écrasaient sur une peau nue et des muscles durs. Cette découverte lui fit l'effet d'un verre d'eau froide en pleine figure et dissipa le brouillard chaud qui l'enveloppait.

Elle parvint enfin à s'écarter et à repousser Jake. Tout en la maintenant fermement, il se mit à détacher les rubans qui retenaient son chapeau.

— Débarrasse-toi de ce truc, Anna, avant de m'éborgner, marmonna-t-il.

Anna ! Oh, qu'elle adorerait l'éborgner, mais pas avec quelque chose d'aussi doux que son chapeau !

La fureur lui rendit son énergie ; elle leva une main et gifla le visage qui se penchait sur elle. Le chapeau de Jake roula à terre. Surpris, il saisit le poignet de la jeune fille et la fit pivoter, amenant son visage sous la lumière de l'unique petite lampe.

— Seigneur ! souffla-t-il. Vous ? Qu'est-ce que vous fabriquez dans ma chambre, mademoiselle Lindsay ?

— Je suis dans votre chambre parce que vous m'y avez tirée de force ! s'écria-t-elle avec colère. Si j'avais su que vous comptiez *m'attaquer*, c'est la police que j'aurais envoyée ! Comment osez-vous me traiter comme l'une de vos amies gitanes ? Vous devriez être en prison au lieu d'assaillir d'innocentes femmes, de les attirer dans votre chambre pour...

Il enfonça les doigts dans la peau tendre de ses poignets.

— Calmez-vous sinon tout le personnel de l'hôtel va rappliquer.

— Je m'en fiche ! jeta-t-elle d'une voix qui hésitait entre le cri et le sanglot. Qu'ils viennent et voient quel... quel ignoble individu vous êtes ! J'espère qu'on vous fusillera...

— Continuez comme ça et vous serez exaucée, dit-il d'un ton plus amusé qu'irrité tout en la relâchant. Je ne crois pas que votre réputation ait à y gagner mais si vous désirez une foule de témoins, ne vous gênez pas, criez.

Et maintenant, il la menaçait d'un scandale ! Hurler, hurler à tue-tête lui montrerait qu'elle se souciait bien de l'opinion d'autrui. Comme il l'observait avec un léger sourire, le bon sens lui revint. Ce type était parfaitement capable de tourner les choses à son avantage et de faire croire qu'elle était venue là de son plein gré. Non, provoquer une scène était une mauvaise idée, d'autant plus qu'il était à moitié nu.

Elle inspira profondément, et détourna les yeux de sa chemise ouverte.

— C'est une erreur, mademoiselle Lindsay. Je vous ai prise pour quelqu'un d'autre.

Elle le fusilla du regard tout en frottant ses poignets meurtris.

— C'est pour ça que vous m'avez appelée Anna ? Je ressemble à une Gitane ?

— Non, mais à cause de ce chapeau ridicule, je ne pouvais savoir qu'une chose, que vous étiez une femme. Maintenant, répondez-moi : que faites-vous dans ma chambre ?

— Le réceptionniste m'a dit que vous m'attendiez. J'ai cru que vous aviez été prévenu de ma visite.

— Ah, je vois. Eh bien, vous vous trompiez tous les deux. Je repose ma question : que faites-vous ici ? Dans cet hôtel ?

— Il y a eu une erreur. C'est vrai que je venais vous voir. Mais pas pour la raison à laquelle vous pensiez.

— Vous n'avez aucune idée de ce que je pense, mademoiselle Lindsay, sinon vous ne vous seriez pas contentée de me gifler. Pourquoi vouliez-vous me voir ? Curiosité malsaine ?

— Non…

Penaude, elle s'interrompit. Venir avait été stupide. Il ne l'aiderait pas. Mais, puisqu'elle était là, autant essayer. Elle le regarda dans les yeux.

— Comme vous avez pu le constater, ma mère ne désire pas aller au Nouveau-Mexique. Moi, si. Vu vos récents… ennuis, vous ne faites plus, bien sûr, un guide convenable. Aussi, je voudrais que vous me recommandiez quelqu'un qui puisse m'y conduire.

— Vous voudriez ? Pourquoi ?

Ses yeux étudiaient Angie avec un air circonspect qui l'exaspéra.

— Je désire gagner le Nouveau-Mexique aussi rapidement que possible mais sans courir de risques. M. Gravier m'a dit que si j'attendais trop, la chaleur serait accablante. Il me faut donc quelqu'un de compétent très rapidement.

Comme il ne répondait pas, elle ajouta :

— Et ne tentez pas de me rouler. Je connais le prix d'un guide et je ne payerai que le tarif normal.

— Ainsi vous êtes venue me voir, *moi*, pour que je vous recommande quelqu'un.

Son sourire moqueur faillit lui valoir une seconde gifle. Elle se retint et poussa un soupir.

— Très bien, reprit-il. Je vais vous recommander un éclaireur qui vous emmènera là-bas. Il connaît la route et les dangers. Et il n'est pas homme à se laisser distraire par un joli visage et des yeux aguicheurs.

Angie croisa les bras. Je ne céderai pas à la provocation, s'exhorta-t-elle en hochant la tête avec sécheresse.

— Entendu. Je dirai à Bette de se contrôler. Qui est ce parangon ?

Il avança vers elle, tel un chat qui s'approche de sa proie, et sa chemise blanche s'ouvrit à nouveau sur sa poitrine musclée. La gorge d'Angie se serra et son pouls s'emballa.

— Moi, répondit-il.

Un bref instant, elle ne put prononcer un mot et le regarda fixement. Voyons... Il ne parlait pas sérieusement, quand même ?

— Vous ? glapit-elle enfin. Pourquoi voudrais-je de *vous* comme escorte ?

— Peu importe ce que vous voulez. C'est déjà organisé, à moins que vous ne préfériez rentrer en France. C'est la seule autre option.

— Comment *osez*-vous ? Vous ne savez pas quelles sont mes options.

— Je crains que si, répliqua-t-il, les yeux mi-clos. Je connaissais votre père et j'obéis aux ordres de l'homme qui a organisé votre voyage jusqu'au Nouveau-Mexique. Tout a été réglé avant même que vous ne mettiez le pied sur le bateau.

Il paraissait si sûr de ce qu'il disait qu'elle ne sut quoi répliquer. Disait-il vrai ? Sans doute puisque son père désirait sa venue depuis longtemps. Mais que c'était énervant, à la fin, de n'être qu'un jouet qu'on manipule sans vergogne !

— Je ne suis pas sûre de vouloir... d'un assassin comme guide, capitaine Braden !

Une lueur de colère dans les yeux de Jake la récompensa brièvement de son audace. Il lui prit à nouveau le bras et le serra.

— Mademoiselle Lindsay, votre langue acerbe finira par vous jouer des tours. Il y a des gens que les insultes offensent gravement et peu leur chaut, alors, que vous soyez un homme ou une femme. Vous pourriez vous retrouver avec un pistolet sous le nez, rien que pour avoir eu la stupidité d'exprimer vos opinions.

— Vous me menacez ?

— Non, mademoiselle. Je vous préviens.

— Lâchez-moi, capitaine, sinon je serai obligée d'appeler au secours.

Au lieu de la lâcher, il se pencha et la força à reculer contre le mur. Le cœur d'Angie battait si fort qu'elle entendit ses oreilles bourdonner. Elle eut peur soudain, mais pas pour sa vie. Non, autre chose l'effrayait, qu'elle percevait dans ses yeux.

Il sourit du coin des lèvres, un sourire narquois qu'elle commençait à connaître et qui la mettait mal à l'aise, comme si elle avait oublié de boutonner son chemisier ou commis quelque indécence.

— Vous êtes belle, mademoiselle Lindsay, et il est visible que vous le savez. Mais n'allez pas croire que ça vous servira au Nouveau-Mexique. C'est un pays dur et votre joli visage ne vous protégera pas. Au contraire, il risque de vous apporter des ennuis.

— Je n'ai pas besoin de *vos* avertissements, capitaine Braden, s'écria-t-elle, ulcérée, en le repoussant. Et, si vous me trouvez si répugnante que ça, expliquez-moi pourquoi vous m'avez embrassée !

— Je vous ai dit que j'attendais quelqu'un d'autre, répondit-il avec agacement. Comment pouvais-je savoir que c'était vous ? D'ailleurs, ce n'était guère malin de venir frapper à la porte d'un homme, même dans ce déguisement ridicule.

Rien n'était plus vrai. Vexée, elle tendit la main vers son chapeau. Braden le prit avant elle et le lui offrit. Elle le lui arracha des mains en murmurant un remerciement machinal.

— Je ferais mieux de partir avant que votre… *amie*… n'arrive.

— Oui, fit-il en ricanant. Sinon elle va croire que j'ai changé de goût en matière de beauté féminine.

Furieuse, elle enfonça le chapeau sur son crâne, noua les rubans sous son menton et tira sur la voilette.

— Effectivement, à quoi bon lui laisser croire que votre goût s'est amélioré, puisque vous semblez préférer les danseuses gitanes ?

— En fait, je ne pense pas qu'elle remarque de grandes différences entre vous et Eugénie.

L'offense la fit suffoquer.

— Pourquoi cette insulte ?… Je ne ressemble en rien à cette… cette danseuse de cabaret !

— Non ? En tout cas, Eugénie ne cache pas plus que vous ce qu'elle éprouve.

— Si vous voulez dire que vous m'intéressez, capitaine Braden, vous vous trompez. Je vous trouve répugnant.

Il haussa les épaules.

— Vous pouvez mentir à tout le monde mais pas à moi. Si vous me trouviez réellement répugnant, vous ne m'auriez pas rendu mes baisers.

Il avait raison mais, résolue à ne pas l'admettre, elle haussa les épaules avec une désinvolture feinte.

— J'ai embrassé des tas d'hommes, capitaine. Ce n'était qu'une expérience. N'y voyez rien de plus.

Elle sortit avec, espérait-elle, une extrême dignité mais bien consciente du regard qui la suivait dans le couloir.

Quel individu exaspérant ! Supporter sa compagnie jusqu'au Nouveau-Mexique allait être une épreuve pénible.

9

Jake Braden n'avait pas menti en affirmant que le voyage avait été entièrement organisé. Un message du colonel Patterson attendait Angie à l'hôtel, recommandant le capitaine Braden comme le meilleur éclaireur dont disposait l'armée.

« L'arrestation de Braden a été une regrettable erreur, précisait le colonel, et lui seul peut vous faire traverser ces régions hostiles sans danger. »

Un bateau à vapeur les emmènerait à Galveston d'où ils partiraient pour Corpus Christi, toujours sous la garde de Jake Braden. D'autres étapes aux noms étranges ponctuaient ce long voyage.

Elle aurait dû se réjouir de voir son rêve se réaliser. Mais non. Ce maudit capitaine avait détruit son assurance et la mettait mal à l'aise. Parce qu'il l'avait embrassée avec ardeur et qu'elle y avait réagi avec une ardeur égale.

Ce dernier point l'emplissait de honte et l'avait gardée éveillée les trois quarts de la nuit. Lorsqu'elle le reverrait à nouveau, elle afficherait une froideur qui le convaincrait de son indifférence.

— Tu es prête, Angélique ?

Louise entrait dans la chambre et scrutait le visage de sa fille.

— Le portier vient chercher les bagages mais il

n'est pas trop tard pour renoncer à cette quête mythique de ton père.

Frappée par le ton méprisant, Angie redressa le menton.

— Je ne crois pas que réclamer mon héritage relève d'une quête mythique, maman.

— Non ? grommela Louise. En tout cas, le portier est là. M. Gravier a aimablement accepté de garder chez lui le reste de nos affaires jusqu'à ce que nous les réclamions ou que nous revenions. C'est ridicule de nous limiter à une seule malle. Comment le capitaine Braden peut-il imaginer que nous nous débrouillerons avec si peu de chose ?

— Il doit porter les mêmes vêtements jour après jour sans juger utile de se changer. En tout cas, si ce qu'il dit est vrai, mieux vaut voyager léger.

— Tu te mets à parler comme lui, Angélique. C'est curieux qu'au bout de deux semaines seulement, tu sois devenue aussi américaine que si tu vivais dans ce pays depuis toujours.

— Pourtant, tu es bien placée pour savoir que je n'en ai pas eu la possibilité.

Angie passa devant Louise qui, déconcertée par tant d'animosité, ne trouva rien à répondre. La jeune fille se demandait comment suggérer à sa mère de rester à La Nouvelle-Orléans. L'avoir sur le dos durant ce long voyage l'inquiétait. Il lui semblait parfois ne pas du tout connaître Louise, laquelle se montrait froide et distante quand justement Angélique aurait eu besoin d'être rassurée.

Mais il en avait toujours été ainsi et il n'y avait aucune raison pour que ça change, fussent-elles à l'étranger.

Ce sentiment d'insécurité persista même après que le bateau se fut écarté du quai et eut commencé à descendre le fleuve. Jake Braden, qu'Angie avait aperçu de loin, avait disparu. Sans doute était-il dans la salle de jeu qu'elle avait remarquée en se rendant à sa cabine.

Bette, qui s'était affairée dès l'aube, s'allongea sur son étroite banquette et s'endormit aussitôt. Ses cheveux noirs retombaient sur son visage en un enchevêtrement moite. Angie s'assit en face d'elle et écouta les bruits de l'équipage et le grondement des machines sous ses pieds. Dans la cabine voisine, Louise devait être en train d'imiter Bette. Seule, Angie se sentait remplie d'énergie.

Elle monta sur le pont pour regarder défiler le paysage et vit avec regret La Nouvelle-Orléans s'éloigner. Cette ville élégante et canaille à la fois l'avait séduite.

Tandis qu'elle longeait le bastingage à la recherche d'un endroit tranquille, le vent lui apporta une odeur de fumée de charbon, de poisson et d'eau stagnante. De hautes berges hérissées d'herbes ondulantes bordaient le fleuve boueux qui s'écoulait en remous et tourbillons. De temps à autre, une maison se dressait près de la rive, entourée d'arbres moussus qui ressemblaient à des dames drapées dans des voiles de dentelle agités par la brise.

Angie resta sur le pont un long moment, bien après que les autres voyageurs furent rentrés et que les ombres se furent allongées. Que Bette ou sa mère ne soient pas venues la chercher la surprenait, mais elle ne s'en plaignait pas.

Une voix familière lui fit tourner la tête et elle aperçut Jake Braden et Louise qui bavardaient, appuyés au bastingage. Ni l'un ni l'autre n'avait remarqué sa présence. Leur soudaine intimité stupéfia Angie. Levant les yeux, Jake Braden l'aperçut.

Il dut dire quelque chose car Louise se retourna et, rougissant, fit signe à sa fille de les rejoindre. Craignant de paraître ridicule en feignant de ne pas la voir, elle s'approcha de la démarche prudente d'une personne peu habituée à marcher sur le pont d'un bateau.

— Bon après-midi, maman. Bonjour, capitaine.

Jake Braden la salua d'un hochement de tête tout en fixant la rive.

— Nous arriverons à Galveston demain de bonne heure. Après une nuit à l'hôtel, nous partirons pour Corpus Christi.

Angie roula des yeux étonnés. Il s'était exprimé en un français parfait et Louise lui *souriait* ! En plus de cela, il portait une veste très élégante, parfaitement ajustée à ses larges épaules et à ses hanches étroites. Appuyé au bastingage, il avait l'allure à la fois indolente et arrogante d'un félin.

— C'est parfait, capitaine Braden, répondit Louise dans la même langue. Ma fille a hâte d'arriver au Nouveau-Mexique et, maintenant que le voyage a commencé, j'avoue éprouver moi aussi une certaine impatience.

Il sourit puis regarda Angie. Celle-ci releva le menton d'un geste de dédain.

— Mademoiselle Lindsay, dit-il en revenant à l'anglais, profitez bien de cette partie du voyage. Après l'étape de Corpus Christi, il n'y aura plus de lits confortables ni de linge propre jusqu'à San Antonio.

— Si vous essayez de me décourager, capitaine, répondit-elle aimablement, vous perdez votre temps. Je sais fort bien que ce voyage sera privé de certaines commodités mais vous verrez que je suis beaucoup plus endurcie que vous ne le pensez.

— Vous me voyez enchanté de l'entendre, mademoiselle.

Elle ne céderait pas à ses provocations. Il était évident que Louise et lui unissaient leurs efforts pour la décourager.

— Je trouve étrange, capitaine, que vous tentiez de vous opposer à ce voyage. N'avez-vous pas accepté ma proposition ?

— Je ne fais qu'obéir aux ordres de mon colonel. Il semble penser que je suis capable de vous y amener vivante. S'il ne tenait qu'à moi, je préférerais vous laisser ici.

— Alors, ma mère et vous avez beaucoup de choses en commun car elle aussi estime que je devrais renoncer à mon héritage. Mais il me revient. C'est tout ce qui me reste de mon père et personne ne m'empêchera d'en prendre possession.

Un bref instant, elle crut percevoir un éclair d'approbation dans ses yeux mais il disparut si vite qu'elle pensa s'être trompée.

— J'admire votre ténacité, plutôt que votre jugement, dit-il en redressant sa longue silhouette. Nous nous reverrons au dîner, madame, ajouta-t-il en se tournant vers Louise.

Décidément, cet homme arrogant lui déplaisait, se dit Angie en le suivant des yeux. Elle n'aimait pas les flagorneurs mais l'inverse n'était pas plus acceptable. L'idéal serait un compromis entre les deux, avec la nature aimable des uns et la force des autres. Ce qui n'existait sans doute pas.

— Te voilà bien silencieuse, Angélique, remarqua Louise. Tu ne te sens pas bien ? Le mouvement du bateau te rend malade ?

— Je me sens très bien. Mais je suis surprise. Je croyais que tu détestais Jake Braden.

— C'est vrai que d'ordinaire j'exècre ce genre d'individu mais, comme lui et moi partageons la même inquiétude à ton sujet, nous avons... trouvé un terrain d'entente, pourrait-on dire.

Malgré le vent chaud qui faisait voleter les rubans de son chapeau et quelques mèches égarées, Louise gardait une allure froide et sophistiquée qui faisait paraître Angie un peu négligée.

— Je vois, jeta-t-elle avec irritation. J'admire que tu puisses t'entendre aussi bien avec un inconnu alors que toi et moi n'y sommes jamais arrivées.

— Ne me fais pas dire ce que je n'ai pas dit, Angélique. L'enquête que j'ai faite m'a appris que la réputation du capitaine t'offre le maximum de sécurité possible. Selon M. Gravier, les hors-la-loi craindront de s'attaquer à lui.

— Peut-être as-tu confiance en lui, maman, mais pas moi. Et je ne comprends pas que tu veuilles le garder alors que d'autres feraient aussi bien l'affaire.

— Nous n'en avons trouvé aucun qui accepte de prendre ce risque, répliqua sèchement Louise. Ma chérie, reprit-elle d'un ton radouci, tu sais que c'est par amour pour toi que je suis les conseils de M. Gravier. Tu en doutes ?

Oui. *Oui*. Angie en doutait. L'amour avait moins de place chez sa mère que le désir de maintenir son emprise sur sa fille. Mais cette fois-ci, se dit Angie, c'est moi qui commande. *Je réussirai*, s'exhorta-t-elle.

Haussant les épaules, elle se retourna pour regarder la côte qui s'estompait. Le ciel et l'eau se rejoignaient en une palette où se mélangeaient un bleu sombre et un rouge cramoisi et le soleil couchant jetait des reflets erratiques sur la surface liquide.

Parfaitement consciente des émotions contradictoires qui agitaient sa fille, Louise la regardait avec appréhension.

Au fil des ans, Angélique devenait de plus en plus obstinée et s'éloignait de sa mère. Comment lui faire comprendre que la vie n'était pas l'aventure passionnante que décrivaient les romans et les lettres exaltées de son père ? La déception et le chagrin guettaient les insensés qui ignoraient les signaux d'alarme. Ces défaites, elle les avait vécues elle-même. Vingt ans plus tôt, elle aussi avait fait ce voyage, avec enthousiasme et impatience.

Les espoirs, les rêves et la passion dévorante qui avaient anéanti en elle tout bon sens et l'avaient jetée dans un abîme de terreur et de cauchemars appartenaient au passé mais elle s'en souvenait avec une clarté douloureuse.

Angélique avait beau être intelligente, elle pouvait se montrer obtuse. Elle tenait de son père le goût de l'inaccessible et de l'indépendance qui avait poussé John Lindsay à s'installer dans un pays barbare et à s'y cramponner.

Mon Dieu, comment protéger Angélique de son propre caractère ? Il fallait lui montrer qu'elle était trop raffinée et civilisée pour survivre dans un environnement hostile.

Quitte à prendre Jake Braden pour allié. Elle utiliserait toutes les armes à sa disposition afin de sauver Angélique, et elle aussi par la même occasion. Leurs destinées étaient liées. Elle avait cru jadis qu'elle n'aurait plus à affronter ses vieilles terreurs, qu'elle ne remettrait plus les pieds dans le pays de ses cauchemars… Quelle souffrance de s'y retrouver alors qu'elle avait tant lutté pour éviter ce retour ! Personne ne s'en rendait-il compte ? Non, car taisant ses peurs, elle s'était contentée de raconter que ce pays était rempli de sauvages et qu'elle ne voulait plus y revenir.

Le destin lui avait joué un sale tour. Il ne lui restait plus qu'à s'allier à Jake Braden pour ramener Angélique à la raison. Peu importait qu'il n'eût sans doute pas les mêmes motivations qu'elle pour entreprendre cette démarche. Elle lui prêterait assistance.

Le dîner fini, Angie se leva de la table du commandant en prétextant le besoin d'aller prendre l'air. Sa mère s'abstint de lui recommander la prudence et la laissa quitter la salle à manger.

— Quelle belle nuit, capitaine Braden, dit Louise peu après. Le clair de lune sur l'eau doit offrir un spectacle ravissant.

Braden, qui avait gardé un silence inhabituel durant le repas, haussa les sourcils.

— J'ai promis une partie de poker au commandant Sorenson, madame.

— Vraiment ? Quel dommage de passer la nuit dans une petite pièce enfumée à tripoter des cartes. Mais que chacun fasse ce qu'il lui plaît.

Le commandant Sorenson éclata de rire. C'était un bel homme aux cheveux blancs et aux traits rudes, un peu trop exubérant au goût de Louise.

— Madame Lindsay, s'écria-t-il, nous préférerions de beaucoup rester en votre charmante compagnie mais la dernière fois que nous nous sommes vus, le capitaine Braden m'a vidé les poches et j'aimerais prendre ma revanche. Vous ne voudriez pas me priver de ce plaisir, j'espère !

— Bien sûr que non, commandant. Faites votre devoir.

Elle surveilla Braden du coin de l'œil en se demandant s'il avait saisi son allusion et irait rejoindre Angélique pour la convaincre de sa folie. Cet Américain, qui parlait couramment français et semblait plus civilisé que la plupart de ses compatriotes, la surprenait. En plus de ces qualités inattendues, il était beau malgré son attitude bourrue.

Lorsqu'il se leva à son tour, tous les regards féminins se portèrent sur lui. Le voyant se diriger vers le pont-promenade, Louise sourit en son for intérieur. Peut-être parviendrait-il à mettre un terme à cette aventure avant qu'elle n'ait commencé.

— Encore un peu de vin, madame Lindsay ? demanda le commandant en la couvant d'un regard admiratif.

— Oui, merci, commandant. Vous êtes très aimable.

10

La lune dessinait un large chemin argenté sur les eaux tourbillonnantes et soulignait les ombres dentelées de noir des arbres sur la rive éloignée. Bercé par le bourdonnement sourd de ses machines, le bateau traversait le golfe du Mexique et remontait vers la côte du Texas.

Jake aperçut Angie Lindsay, accoudée au bastingage à la poupe du navire. Une lanterne éclairait ses cheveux d'un roux doré, son profil délicat et sa silhouette élancée. Décidément, elle était trop frêle pour endurer les rigueurs du voyage. Cependant, il savait pertinemment que lui dire d'y renoncer serait vain.

Angie tourna la tête et découvrit sa présence.

— Décidément, capitaine Braden, vous aimez vous approcher des gens de façon furtive !

— Je n'ai pas eu à le faire. Le bruit des machines étoufferait la cavalcade d'un troupeau de bisons.

— C'est ma mère qui vous envoie ? demanda-t-elle en repoussant les cheveux que le vent faisait voleter sur son visage.

— Vous vous y attendiez ?

— Toujours cette manie de répondre à une question par une autre ! On dirait un avocat.

Ce commentaire agacé le fit sourire.

— J'ai fait des études pour être avocat, jadis. Sans doute ai-je oublié que vous n'étiez pas sur le banc des accusés.

Elle l'examina avec surprise et ses yeux virèrent au violet sombre.

— Vraiment ? Je n'imaginais pas que la loi pût vous intéresser.

— Nous avons tous nos secrets, fit-il en s'accoudant à côté d'elle. Je pensais autrefois que connaître la loi était essentiel.

— Mais, maintenant que vous la connaissez, vous préférez l'enfreindre, n'est-ce pas ?

— Si vous faites allusion à l'incident de La Nouvelle-Orléans, je n'y suis pour rien. Sinon, je n'aurais pas été assez bête pour rester à côté du corps.

Avec un frisson, Angie tira sur son châle. Le regard de Jake tomba sur son décolleté et la naissance de ses seins, spectacle qui avait attiré son attention plus d'une fois durant le dîner. Cette Mlle Lindsay-là était bien différente de la gamine à la robe d'ingénue dont il avait fait la connaissance à La Nouvelle-Orléans. Ce soir, elle avait tout d'une femme mûre.

L'erreur commise à l'hôtel Saint-Charles lui revint à l'esprit. Fallait-il qu'il ait été impatient pour se jeter sur Angie Lindsay en la prenant pour Anna Crews ! Cette femme qu'il avait rencontrée lors de son séjour à La Nouvelle-Orléans, juste après la fin de la guerre, était une charmante personne qui ne cherchait que le plaisir physique sans s'embarrasser de liens sentimentaux. Exactement ce qu'il aimait.

Angie le dévisagea soudain, le front soucieux.

— Vous êtes innocent, n'est-ce pas ? J'ai reçu un message de votre colonel ; il m'assure que vous n'avez rien à voir avec cet horrible meurtre.

— Le colonel Patterson ne ment jamais.

Les yeux de Jake s'attardaient sur les courbes que le vent, plaquant sur le corps de la jeune femme le tissu souple de la robe bleue, révélait avec indiscrétion. Le profond décolleté n'était voilé que par une fine dentelle. Il s'étonna que Louise ait autorisé sa fille à porter une tenue aussi provocante.

Mais Angie Lindsay était têtue et sans doute refusait-elle qu'on se mêle du choix de ses vêtements.

Consciente de son regard, elle porta la main à sa gorge et joua avec son collier. Au bout d'une chaîne en or pendait une améthyste, petite, certes, mais de la même couleur que ses yeux. Un bijou d'une ravissante sobriété.

Leurs yeux se croisèrent. Elle se lécha les lèvres et l'éclair rose de sa langue le troubla, lui rappelant la tiédeur de son corps et le goût de sa bouche. Entendant son souffle court, il comprit qu'elle y pensait aussi.

Embarrassée, elle baissa les paupières et se mordilla les lèvres.

— Angie... mademoiselle Lindsay...

Il posa la main sur son épaule avec l'intention de lui conseiller d'annuler son voyage mais une subite embardée lui fit perdre l'équilibre et le jeta sur la jeune fille. Spontanément, il tendit les mains pour se raccrocher au bastingage, et c'est un corps féminin que ses bras étreignirent.

Lorsqu'elle rejeta la tête en arrière pour le regarder avec des yeux étonnés, il ne put se retenir et l'embrassa. À sa grande surprise, au lieu de la résistance qu'il escomptait, elle répondit à son ardeur. Son baiser n'était pas celui d'une adolescente mais bien celui d'une jeune femme passionnée.

Pris au dépourvu, il l'embrassa avec avidité et un désir qu'il ne prit pas la peine de cacher, la serrant contre le bastingage jusqu'à ce qu'il l'entende gémir. Sa main se posa sur l'un de ses seins et caressa le téton dressé.

Elle poussa un cri étouffé et cambra les reins pour se coller plus étroitement à lui ; il en oublia aussitôt où ils se trouvaient et qui elle était. Le contact de cette chair tendre, l'odeur enivrante de ce corps, cette reddition inattendue, tout se conjuguait pour l'embraser tout entier.

Sans cesser de l'embrasser, Jake l'étreignit plus étroitement encore jusqu'à sentir le doux renflement de son ventre contre le sien. Durant un bref instant, il eut la tentation de voir jusqu'où elle accepterait d'aller. Puis, la lucidité lui revenant, il s'écarta en s'injuriant à mi-voix. Fallait-il qu'il soit fou pour envisager une telle imprudence !

Elle respirait laborieusement et le fixait d'un regard où se mêlaient confusion et frustration.

— Je devrais vous gifler, dit-elle d'une voix qui n'avait rien d'irrité.

— Inutile, fit-il en secouant la tête. Je regretterai plus que vous cet instant d'aberration.

Elle recula comme s'il l'avait frappée et lâcha un soupir exaspéré qui fit tressauter ses seins. Il les recouvrit du châle, sans prêter attention à la gifle dont elle le menaçait.

— Qu'attendiez-vous de moi, mademoiselle Lindsay ? Les excuses ne sont pas mon style.

— J'en suis convaincue, dit-elle en rectifiant sa tenue d'une main malhabile. Pour être franche, je ne sais qu'attendre de vous. Vous ne ressemblez à aucun des hommes que j'ai rencontrés. Je n'arrive pas à vous ranger dans une catégorie. La plupart sont soit dangereux, soit ennuyeux. Vous êtes les deux.

— Vous me flattez.

Ce commentaire railleur la fit rougir de colère.

— Vous vous moquez de moi mais je suis sérieuse. Je voudrais vous faire confiance. Il le faut puisque ma vie repose entre vos mains durant ce voyage mais, parfois… vous m'effrayez. Êtes-vous capable d'assassiner un homme ? Dois-je avoir peur de vous ?

— Oui.

Sa réponse narquoise la fit rougir à nouveau. Il haussa les épaules.

— Si vous aimez qu'on vous dore la pilule, il vous faudra chercher ailleurs, mademoiselle Lindsay. Vous n'entendrez de moi que la vérité. Quand les circonstances l'exigent, je fais ce qu'il y a à faire et, si cela implique de tuer un homme, je le tue. Si je désire une femme, je la prends, à condition qu'elle soit consentante et sache que ça n'ira pas plus loin. Je ne nie pas que je vous désire, Angie Lindsay, mais, une fois mon désir apaisé, ne comptez pas me revoir. Nous irons chacun de notre côté. C'est aussi net et franc que ça. À vous de choisir. Si vous dites oui, nous irons tout de suite dans ma cabine mais, demain matin, vous ne serez plus pour moi que la femme qu'on m'a chargé d'escorter jusqu'au Nouveau-Mexique.

Tremblante dans le vent froid qui balayait le pont du navire, elle repoussa une mèche dorée. Puis elle le regarda dans les yeux et dit d'une voix calme :

— Et si je disais oui ?

Choqué par cette réponse inattendue, il répliqua sèchement :

— Ce n'est pas ce que vous voulez, mademoiselle Lindsay.

— Vous n'en savez rien. Peut-être que c'est ce que je veux. Peut-être ai-je envie de découvrir en quoi consiste ce que je suis censée ne pas vouloir. Les hommes préfèrent les arrangements simples, dépourvus d'obligations... Pourquoi une femme n'en voudrait-elle pas ?

— Pour l'amour de Dieu, vous n'êtes qu'une vierge jouant avec le feu. Vous n'avez aucune idée de ce dont vous parlez.

— C'est bien ce que je dis, capitaine. Le pouvoir réside dans la connaissance. Si je savais ce qui pousse les hommes à désirer aussi ardemment les femmes et pourquoi les femmes leur cèdent si aisément, peut-être serais-je plus forte.

— Alors, selon vous, c'est ce que vous voulez ? Eh bien, vérifions.

Avant qu'elle ait pu réagir, il l'attira à lui avec détermination et s'empara de sa bouche. Ni tendresse ni réserve dans ce baiser vorace. Il l'embrassa avec une férocité qui le surprit lui-même. Ses bras enserrèrent la jeune fille et la poussèrent dans l'ombre du rouf. Puis il la cloua au mur de tout son poids.

Elle leva les bras pour lui enlacer la nuque, ce qui fit glisser ses seins contre la poitrine de Jake dans un bruissement de satin. D'une main, il dénoua les cheveux d'Angie, qui cascadèrent dans son dos ; de l'autre, il tira sur son décolleté pour s'emparer d'un sein. Un frisson la parcourut et il s'attendit à être repoussé violemment.

Au lieu de quoi, elle se pressa un peu plus contre lui. Il inclina la tête pour embrasser le sein nu qui se dressait sous sa caresse puis, ignorant les protestations peu convaincantes qu'elle marmonnait, promena sa langue sur la peau parfumée et s'aventura sur l'autre sein. Les doigts d'Angie plongèrent dans ses cheveux comme pour le retenir.

— Angie… souffla-t-il.

Seigneur… il mourait d'envie de la pénétrer, de sentir sa douce chaleur se refermer sur lui, et d'apaiser la faim que son ardeur inexpérimentée éveillait en lui.

— Jake…

Le souffle d'Angie lui caressa le visage. Il prit un de ses seins entre ses lèvres, lui arrachant un gémissement. S'il le voulait, elle était sienne. Il lui suffisait de la prendre, là, maintenant.

Mais que de problèmes cette folie soulèverait… Délibérément, il s'écarta d'elle avant qu'il ne soit trop tard.

— Cela vous explique-t-il pourquoi les femmes cèdent aux hommes, mademoiselle Lindsay ?

Durant quelques secondes, elle parut totalement égarée. Le désir enflammait ses joues et embrumait ses yeux. Puis, comprenant qu'il l'avait repoussée, elle sembla se recroqueviller.

— Oui, d'une certaine façon, dit-elle.

Se drapant de son châle, elle se retrancha derrière un sursaut de dignité.

— J'imagine que je dois vous remercier pour cette leçon, dit-elle en réprimant le léger tremblement de sa lèvre inférieure.

Son chagrin évident le fit sourire.

— Tâchez de ne pas l'oublier.

— Je ne suis pas idiote. Je sais que vous essayez de m'effrayer mais vous n'avez pas à vous inquiéter. Comme je vous l'ai dit, je suis curieuse, et voilà tout… Mais, reprit-elle en lui jetant un bref coup d'œil, vous n'avez jamais eu la tentation de goûter à l'émotion au lieu de vous limiter à des plaisirs purement physiques ?

— Non, fit-il d'un ton froid. La plupart des femmes que j'ai fréquentées savent à quoi s'attendre et ne désirent pas plus que moi de suppléments. Il n'y a pas de place dans ma vie pour une cour lente, ponctuée de baisers romantiques, et si vous avez un grain de bon sens, vous arrêterez de jouer avec le feu. Je ne m'intéresse pas à ce que vous désirez et votre inexpérience fait de vous une proie trop facile.

— Merci pour ce sermon savoureux en matière de morale, ou en son absence, capitaine. Je ne l'oublierai pas.

Elle tourna la tête et il ne vit plus que ses cheveux qu'agitait le vent. Il attendit un instant puis haussa les épaules et s'éloigna.

Il ne se retourna qu'une fois ; elle regardait l'horizon, ciel et eau réunis sous la lumière argentée de la lune, comme si cette nuit n'avait ni début ni fin. Et qu'elle fît partie de cette nuit infinie lui parut juste.

Tout en rejoignant les joueurs de poker dans la cabine du commandant, il sentait encore le goût et la douceur d'Angie Lindsay. Elle était différente des femmes qu'il avait connues. Un pressentiment lui annonçait qu'elle ne lui apporterait que des ennuis. Mais il n'avait jamais fui les difficultés, et ce n'était pas maintenant qu'il allait commencer.

Dave Logan, Tom Spencer et le commandant Sorenson étaient assis dans un épais nuage de fumée et devant une bouteille de whisky à moitié vide.

Lorsque Jake entra, Logan tira une chaise du bout de sa botte et la poussa vers le nouveau venu. Jake le remercia d'un haussement de sourcils ironique et se laissa tomber sur le siège.

Dave Logan était né au Texas et connaissait Jake

Braden depuis qu'ils étaient deux gamins remuants, avides d'aventures. Ensuite, leurs chemins s'étaient croisés à maintes reprises et ils avaient accompli ensemble de nombreuses missions, comme celle-ci. Dave devina que quelque chose tracassait son ami.

— On dirait qu'accompagner deux jolies dames au Nouveau-Mexique ne te fait pas plaisir, remarqua-t-il en mâchonnant son cigare.

Pour toute réponse, Jake se contenta d'un coup d'œil et d'un haussement d'épaules.

— Ouais, on m'a dit que t'étais pas d'accord, insista Logan en s'esclaffant.

— C'est vrai.

Spencer distribua les cartes.

— Le capitaine Braden a passé le début de la soirée avec une ravissante jeune femme, dit le commandant Sorenson. Avec un peu de chance, il sera trop distrait pour rentrer complètement dans le jeu.

Ignorant la remarque, Jake alluma un cigare. Les joueurs se concentrèrent sur leurs cartes sans mot dire. Sorenson brisa le silence.

— J'ai un message de Patterson. Il vous attend, tous les deux, à San Antonio.

— Il y a du nouveau ? demanda Logan.

— Vous savez bien que le colonel ne me dira rien. Il préfère vous en parler directement. Il s'est contenté de faire quelques réserves au sujet d'un des hommes récemment engagés.

— Ringold ? demanda Jake en levant les yeux.

— Oui.

Sorenson rejeta une carte, en tira une autre et fit une mise de dix dollars. Spencer repoussa son jeu d'un geste dégoûté ; Logan tira trois cartes et Jake garda les siennes. Le commandant ajouta une autre pièce de dix dollars et dit :

— Il doute qu'il convienne. Annoncez vos jeux.

— Deux paires. De deux et de huit, dit Logan en étalant ses cartes.

Jake posa sur la table un brelan de valets et une paire de dix.

— Un full.

Sorenson poussa un soupir.

— Un carré d'as… Pleurez, messieurs.

Tout en ramassant la mise, il regarda Jake.

— Patterson dit qu'il se fiera à votre jugement.

— Ringold se fait appeler Ringo, maintenant. Il tire vite mais je doute que ce soit une bonne recrue. Il est trop instable.

— Vous avez confiance en lui ?

— Non. C'est un gamin qui a été à l'université et qui aime se vanter. En plus de cela, il est inutilement impitoyable. Quelque chose le ronge, qui le rend irritable. C'est le genre de type qui tire d'abord et pose les questions ensuite. Je ne le laisserais pas marcher derrière moi.

— Ça veut tout dire, fit Logan. Tu sais qui l'a engagé ?

— Gravier ?

— Exactement. Il a dit que, pour ce voyage, deux bons tireurs valaient mieux qu'un.

— Je parie que Gravier mijote quelque chose avec le gouverneur, dit Jake. Tu sais avec qui travaille Warmoth ?

— Ton oncle.

— Exact. On n'a jamais vu une telle paire de salopards. Si on les laisse faire, le Nouveau-Mexique reviendra au Mexique.

— Tu le soupçonnes d'avoir trempé dans cette vente d'armes aux Apaches et aux Comanches ? demanda Logan. C'est pourtant stupide.

— Pour nous, oui. Mais tu peux être sûr qu'il y trouve son intérêt. Dommage qu'ils soient tombés sur l'informateur avant nous. Ce pauvre type a dû se croire plus en sécurité à La Nouvelle-Orléans qu'à Santa Fé. Il s'est bien trompé.

— Tu penses que Ringold est dans le coup ?

— Peut-être. Si c'est le cas, il montrera son jeu sans tarder. Sans doute avant que nous ne quittions San Antonio. J'ai deux hommes qui collectent des informations pour moi au Texas. Je dois les rencontrer bientôt.

Sourcils froncés, Sorenson ramassa ses cartes.

— Quelqu'un d'important se cache derrière tout ça. Un gros poisson qui a les hommes et les relations nécessaires pour déclencher une autre guerre. Un conflit armé maintenant serait désastreux pour les États-Unis. Le dernier nous a ruinés, et je doute que nous puissions compter sur nos alliés européens si nous nous battons contre le Mexique...

— Combien ? demanda Spencer qui avait distribué les cartes. J'ai ce qu'il me faut.

— Seigneur, s'écria Logan en jetant son jeu. Je ne sais pas pourquoi je continue à jouer avec des requins comme vous. J'en sors toujours les poches vides.

— Tu devrais peut-être jouer avec les dames, suggéra Jake.

— Je te laisse ça, Braden. Tu es meilleur que moi pour risquer ton scalp auprès de femelles irritées.

— Pas meilleur, corrigea Spencer. Mais il n'a pas encore compris qu'asticoter les tigresses coûtait parfois très cher.

Logan éclata de rire et Sorenson esquissa un sourire espiègle.

— Oui, j'admire votre audace, capitaine Braden. Je suis content de ne pas être des vôtres dans ce voyage. Il promet d'être... explosif.

11

Galveston ne ressemblait ni à La Nouvelle-Orléans ni à rien de ce qu'avait imaginé Angie. Elle avait beau s'éventer avec vigueur, une chaleur moite l'enveloppait comme un bain de vapeur. Des gouttes de sueur perlaient sur son visage et dégoulinaient sur son corps, trempant sa robe.

Avec une ironie désabusée, elle se rappela comme les vents froids de France lui avaient fait désirer la chaleur. Et voilà qu'elle s'en plaignait ! Grâce au Ciel, leur séjour dans cette ville ne devait durer qu'une nuit. En supporter davantage lui semblait impossible.

Lorsque sa mère lui décocha un clin d'œil ironique, Angie se redressa, refusant d'admettre son inconfort. Elles étaient assises à l'ombre d'un patio ouvert sur la mer. Le feuillage des palmiers s'agitait doucement sous la brise qui montait de la mer.

— Le Texas te plaît, ma petite ?

— C'est très exotique. Comme l'Inde, j'imagine.

— Certainement, fit Louise en agitant son éventail. Ici, cependant, les fauves n'ont que deux jambes.

Son regard se porta sur la rue au-delà du patio. Avec un frisson d'inquiétude, Angie aperçut Jake Braden qui parlait avec deux hommes frustement vêtus. Tous étaient armés, même Jake, ce qui la choqua. La crosse d'un pistolet dépassait de la ceinture de cuir qui lui enserrait les hanches. Les dangers annoncés en devenaient réels.

— Je croyais que nous devions être escortées par l'armée, murmura-t-elle.

— Des éclaireurs de l'armée, rectifia Louise avec un petit rire. Il y a une grande différence, car les éclaireurs ne sont pas soumis aux mêmes règles. Mais, bien entendu, puisque tu es résolue à continuer, cela n'a pas d'importance. Je veux dire, le capitaine Braden ayant une telle réputation d'efficacité, peu importe qu'il n'ait pas à obéir aux mêmes règles que les soldats, n'est-ce pas ?

Angie tenta d'ignorer cette pointe subtile. Cette nuance était d'importance mais elle ne l'admettrait pas. Elle avait pris sa décision et, même si elle éprouvait des doutes occasionnels, elle était convaincue qu'une fois arrivée à bon port, tout cela serait oublié.

Pour l'instant, il lui était impossible de ne pas penser à la soirée de la veille, au corps de Jake Braden pressé contre le sien, à sa bouche ardente qui avait éveillé en elle d'étranges émotions. Oh, dans quelle confusion extrême l'avait-il jetée ! Elle s'était d'abord dit que tant de fougue devait forcément s'accompagner de quelque sentiment et puis il l'avait informée avec brutalité qu'il n'en était rien ! Et pourtant, son désir n'était pas feint, elle l'avait constaté.

Pis encore, elle ignorait ce qu'elle attendait de lui. Il l'avait abandonnée en proie à une sorte de fébrilité intérieure, ressentant un besoin douloureux que rien n'apaisait. Elle savait tout du désir sexuel mais cela semblait différent de ce qu'elle avait cru comprendre. N'avait-elle pas observé Juliette ? La passion de sa cousine pour Jean-Luc avait été un désastre depuis le début, une obsession très éloignée de ce que ressentait Angie envers Jake Braden.

Cet homme l'intriguait.

C'était une contradiction vivante, un mélange de gentleman et de rustre qui la fascinait. Deux fois déjà, il lui avait fait perdre la tête, l'avait rendue incapable de réaction, pantelante de désir. Avant de lui tourner le dos et de ne plus se soucier d'elle.

Ce matin, sur le bateau, son indifférence avait frôlé la grossièreté. Vexée, elle était passée du chagrin à la colère. Et, à présent, après un bref regard sur le patio, il faisait comme s'il ne la voyait pas et ne s'occupait que de ses compagnons. Furieuse, Angie avala une gorgée du jus d'orange glacé qu'un serveur venait de leur apporter et se jura de ne plus céder. Jake Braden avait intérêt à garder ses distances, désormais, car elle ne lui permettrait plus de semblables privautés.

Lorsque le soleil se coucha, la température se rafraîchit et des nuages s'amoncelèrent à l'horizon. Angie monta dans sa chambre tout de suite après le dîner, laissant sa mère et Bette dans le patio.

Jake Braden ne daigna pas se manifester mais envoya l'un de ses acolytes, un Texan très aimable du nom de Dave Logan, lui délivrer un message.

— Nous vous retrouverons sur le quai demain matin, dit-il avec affabilité. Nous arriverons à Corpus Christi demain soir. De là, nous repartirons pour San Antonio.

— Vous êtes monsieur Logan, n'est-ce pas ? fit-elle en souriant malgré son irritation. Dites au capitaine Braden que je souhaite être mieux informée de ses projets. Puisque je paye ses gages, c'est la moindre des choses.

Logan hocha la tête avec embarras.

— Entendu, m'dame, j'lui dirai.

— Bien. Qu'il fasse le nécessaire pour que notre séjour à Corpus Christi soit bref et sûr. Je tiens à arriver à destination sans retard.

Logan se dandina d'un pied sur l'autre. Grand et mince, il avait la peau tannée comme le cuir. Son front se rida.

— Madame, le capitaine Braden n'est pas un bleu. Il prendra soin de vous.

— Je ne voulais offenser personne, monsieur Logan, mais j'aime m'assurer que tous les détails ont été prévus avant de m'aventurer en territoire inconnu.

Logan parut sur le point de protester mais il se contenta de hausser les épaules et hocha la tête.

— Oui, m'dame. Je transmettrai.

Sur un salut poli, il enfonça son chapeau sur ses cheveux blonds luisant de sueur et fit demi-tour. Ses éperons claquèrent sur le plancher du couloir. Elle referma sa porte et s'appuya contre le battant. Pourquoi cherchait-elle à asticoter Braden ? C'était puéril et stupide mais le soin avec lequel il l'évitait lui mettait les nerfs à vif. Comme si elle avait fait quelque chose de mal !

Tout en fulminant, Angie enfila une chemise de nuit blanche, fraîche et confortable par cette chaleur, et alla s'asseoir devant la fenêtre qui donnait sur le golfe, pour profiter de la brise marine. Les rues de la ville scintillaient en arc de cercle au pied de l'hôtel, révélant une vie nocturne animée. Avec ses maisons blanchies à la chaux le long de la côte, Galveston avait le charme d'une petite cité méditerranéenne.

Sans les saloons peu élégants comme celui qu'elle voyait de l'autre côté de la rue, on se serait cru dans le sud de la France. Pourtant l'air lui-même semblait différent, chargé d'une tension primitive, d'une sorte d'attente qu'elle n'avait jamais sentie en Europe. L'Amérique était-elle comme ça ? Impétueuse et neuve ? Si La Nouvelle-Orléans lui avait fait penser à une vieille dame décadente et gracieuse, le Texas était corrosif et fringant, une terre vibrante, emplie de promesses.

Dans ce pays, le passé s'effaçait devant un avenir éblouissant et excitant. Ici, elle pourrait enfin s'épanouir en liberté.

Angie resta assise devant la fenêtre un long moment tandis que la nuit se refermait sur la ville et que la brise rafraîchissait sa chambre. Celle-ci étant petite, Bette dormait dans la pièce voisine avec Louise. Angie se réjouissait de cette dernière nuit de solitude avant des semaines de promiscuité.

Elle avait éteint sa lumière et s'était couchée lorsqu'un brusque éclat de rire brisa le silence. Elle se leva pour fermer la fenêtre quand elle reconnut l'une des voix.

— À toi de jouer, Johnny. Ça ne sera pas une balade de tout repos.

— Peut-être pas, mais après l'incident de La Nouvelle-Orléans, je te le dois bien.

— C'est vrai que tu m'as laissé payer les pots cassés.

— Ce n'était pas le moment de signaler aux autorités que nous nous connaissions. Je pensais que tu comprendrais.

Angie imagina sans peine le haussement d'épaules de Jake tandis qu'il grommelait son accord. L'odeur âcre du cigare envahit sa chambre. Les deux hommes devaient se tenir au pied de l'hôtel. Leurs voix étaient aussi nettes que s'ils s'étaient tenus dans la même pièce qu'elle. Elle s'approcha de la fenêtre et tendit l'oreille.

L'homme nommé Johnny reprit la parole.

— Benton te cherche. Il a picolé toute la journée au saloon en se vantant de te faire la peau, ce coup-ci.

— Qu'il essaie. Je l'ai prévenu que s'il se jetait sur moi, ce serait la dernière chose qu'il ferait de sa vie.

La certitude paisible de cette réponse interloqua Angie.

— Je lui ai dit que tu ne te déroberais pas, Jake. Il ne me croit pas. Vu tes récents problèmes avec la loi, tu devrais me laisser m'occuper de lui.

— C'était à La Nouvelle-Orléans. Nous sommes au Texas. Je n'ai pas besoin que quelqu'un se batte à ma place.

— Ce n'était qu'une proposition. Ça a été difficile d'empêcher les autres de s'en mêler. Deux de nos hommes se sont bagarrés avec des gars de Benton. Rod Jones et Sam Mason sont en prison pour la nuit.

— J'aurais dû régler ça il y a longtemps. Dommage pour lui qu'il débarque à Galveston aujourd'hui. J'avais l'intention de passer l'éponge mais, s'il me cherche, ce ne sera pas possible.

— Si vous vous battez, ne le blesse pas. Tue-le.

— C'est ce que je fais toujours.

Angie n'en croyait pas ses oreilles. Il parlait de tuer avec une telle indifférence… Et c'était l'homme qui l'avait embrassée et caressée… Mon Dieu, à quoi avait-elle pensé en lui cédant ?

Il y eut un long moment de silence puis la voix de Jake reprit :

— Bon. À plus tard, Johnny.

— Où vas-tu ?

— Tu ne m'as pas dit que Benton était dans le saloon, en face ?

— Si. Il y est.

— Alors je ferais mieux d'en finir ce soir.

— Tu vas te jeter sur lui ?

— Non, mais s'il me cherche, je serai là. Je préfère m'en débarrasser maintenant, alors que je suis prêt, plutôt que de me laisser surprendre.

Pressant les paumes sur ses joues brûlantes, Angie luttait contre la nausée. Autrefois, les aventuriers qui flirtaient avec le danger la fascinaient, mais ce qu'elle entendait n'avait rien à voir avec un combat chevaleresque ou un fait d'armes héroïque. Il s'agissait d'un meurtre. Mot répugnant qui désignait un acte répugnant.

Au silence assourdissant qui montait de la rue sur un fond de rires étouffés et de musique provenant du saloon, elle comprit qu'ils étaient partis.

Elle s'agenouilla et, s'agrippant au rebord de la fenêtre, examina la rue. Tout d'abord, elle ne vit rien puis, ses yeux s'accommodant, elle aperçut deux silhouettes sombres qui se détachaient sur le seuil éclairé du saloon. Le plancher était dur et froid sous ses genoux nus mais elle renonça à s'écarter pour tirer une chaise et resta immobile, les yeux écarquillés.

Jake et son compagnon disparurent dans le brouillard lumineux de la salle. Le cœur d'Angie s'emballa et sa bouche se dessécha. L'envie d'appeler au secours avant que le bruit dévastateur des balles ne déchire la nuit lui monta à la gorge.

Une éternité, lui sembla-t-il, s'écoula. Un piano égrenait un petit air guilleret et des éclats de rire jaillissaient de temps à autre. L'air sentait la pluie et des embruns salés montaient du golfe du Mexique. Angie avait beau scruter le saloon, ses yeux douloureux ne distinguaient que des silhouettes floues passant et repassant devant les portes ouvertes.

Aucune détonation ne se faisant entendre, elle espéra que le dénommé Benton s'était dérobé et elle se releva pour soulager ses muscles ankylosés. Et si c'était Jake Braden qui se faisait tuer ? Elle avait beau le tenir en piètre estime, elle ne souhaitait pas sa mort. D'abord parce qu'elle avait besoin de lui pour se rendre au Nouveau-Mexique. Oui, c'était une bonne raison de craindre...

Une rafale de coups de feu la fit sursauter. Ô mon Dieu, non ! Un silence absolu s'installa soudain et une odeur de poudre brûlée monta jusqu'à sa fenêtre. Puis des voix s'élevèrent ainsi que le bruit de galopades sur les trottoirs en bois.

Écartant les rideaux, Angie se pencha mais elle ne put rien voir. On frappa énergiquement à sa porte.

— Angélique ! Ça va ? Réponds-moi ! cria sa mère.

— Oui, maman. Ça va.

— Ouvre la porte. On a tiré.

— Je sais. Mais je n'ai rien, je te dis.

Au même moment, Jake Braden et son compagnon sortirent du saloon. Ils s'arrêtèrent une seconde et la flamme d'une allumette éclaira brièvement le visage de Jake.

Elle laissa retomber les rideaux puis, ahurie et le cœur au bord des lèvres, alla ouvrir à sa mère.

TROISIÈME PARTIE

LE VOYAGE

SAN ANTONIO, TEXAS

12

La poussière s'insinuait partout, dans la nourriture, dans l'eau et jusque sous les vêtements d'Angie qui mourait d'envie de se laver. Un bain ! Un *vrai* bain dans une grande baignoire en cuivre remplie d'eau chaude, avec une serviette moelleuse pour s'essuyer, suivi d'un repas parfaitement cuit et non carbonisé au feu de bois ou bouilli dans une grosse marmite. Cette nuit, elle n'aurait pas à redouter qu'un scorpion ou quelque autre créature se glisse sous sa couverture, ni à tendre l'oreille pour guetter le bruit de crécelle d'un serpent à sonnette ! Non, elle aurait droit à un bain, à une nourriture décente et à une chambre sans bestioles. San Antonio, enfin !

Ils suivaient les rues défoncées que bordaient d'innombrables façades en bois érigées au-dessus d'édifices robustes en adobe. Angie avait hâte d'arriver à l'hôtel.

Et d'être débarrassée de Jake Braden.

Durant leur longue marche dans la chaleur, il ne lui avait adressé la parole qu'une fois, uniquement pour lui reprocher de ne pas obéir à ses ordres. Elle en gardait une vive rancune et n'était pas près d'oublier ses propos acerbes.

— Je n'ai pas de temps à perdre avec une enfant gâtée, mademoiselle Lindsay, avait-il jeté, au grand amusement de ses hommes. Et, s'il le faut, je vous coucherai sur mes genoux pour vous donner une fessée.

— Je souhaitais me laver, capitaine, avait-elle protesté avec toute la dignité possible.

— Nous sommes entourés d'Indiens. Si vous vous éloignez de nouveau du campement, je vous le ferai regretter. Désormais, où que vous alliez, un homme vous suivra. Et ne me racontez plus que c'est vous qui me payez, parce que c'est inexact. Je touche une solde de l'armée américaine et c'est elle qui m'a confié la mission de vous conduire au Nouveau-Mexique.

Comprenant que poursuivre la discussion ne la ferait que paraître plus stupide et puérile, elle avait haussé les épaules et ravalé sa colère. Mais jamais elle n'oublierait ni ne pardonnerait l'incident.

Le voyage épuisant de Corpus Christi à San Antonio lui avait permis de faire la connaissance d'un charmant officier de cavalerie. Randy Walker était beau et attentionné, et il avait même pris la peine de présenter des excuses pour la grossièreté de Jake Braden.

— Il n'a pas beaucoup de tact mais c'est un bon éclaireur et il connaît les Indiens. S'il dit qu'ils rôdent dans le coin, vous pouvez le croire. Et je détesterais qu'il vous arrive quelque chose.

— Oui, lieutenant, je suis d'accord. Je n'aurais pas dû m'écarter mais, après tout, je n'étais pas loin et on aurait entendu mes cris. Je n'imaginais pas provoquer un drame en essayant de me débarrasser un peu de cette poussière.

Walker avait souri avec sympathie.

— La prochaine fois, demandez-moi de monter la garde. Je tournerai le dos mais je resterai à proximité. Dites-le-moi, c'est tout, mademoiselle Lindsay.

— Angie, rectifia-t-elle en lui décochant un sourire tel qu'il en rougit du cou aux sourcils, ce qui rendit ses yeux encore plus bleus. Je vous en prie, appelez-moi Angie.

Depuis cet instant, Randy Walker ne la lâchait quasiment plus, ce dont Jake Braden semblait se soucier comme d'une guigne. En fait, celui-ci restait rarement à côté de leur petit convoi de deux chariots bâchés et de vingt cavaliers, mais partait en éclaireur pour chercher des traces d'Indiens ou conférait avec l'un de ses hommes.

Se rappelant la nuit passée à Galveston, elle lui jeta un coup d'œil. Elle avait entendu dire le lendemain matin qu'un homme du nom de Benton avait été tué et regrettait amèrement d'avoir surpris la conversation de Jake et de son ami. Ce souvenir lui laissait une pénible impression de dégoût et de frayeur.

En ce moment même, Jake trottait devant elle, à côté d'un homme qu'on lui avait présenté sous le nom de Johnny Ringo. Avec la grâce étrange des cavaliers habitués à rester en selle des heures et des heures, ils avaient l'air de faire corps avec leurs montures.

Johnny Ringo était lui aussi une énigme ; ce jeune homme instruit qui échangeait des citations en latin avec Jake, autre surprise, avait la réputation d'être un tireur d'élite. Ces deux individus lui faisaient peur mais elle n'en avait rien dit à sa mère. Après avoir insisté pour poursuivre ce voyage, il n'était pas question qu'elle avoue son erreur.

Bien qu'ils aient enfin atteint San Antonio où ils resteraient quelques jours pour se reposer et acheter des provisions, elle commençait à se demander si elle possédait vraiment les qualités nécessaires pour survivre dans ce pays aride et chaud où chaque rocher, chaque colline, chaque buisson rachitique pouvait cacher un danger. Les serpents à sonnette somnolaient dans l'ombre maigre d'étranges plantes au feuillage piquant et seul le *brrrt !* de leurs anneaux avertissait de leur présence. Une demi-seconde plus tard, on était mordu.

Selon Jake Braden, de multiples signes révélaient la présence d'Indiens mais ils n'en avaient vu qu'une fois et la bande famélique de Tonkawas s'était plus intéressée à leurs vivres et à leurs couvertures qu'à leurs scalps. Cependant, cette crainte perpétuelle du danger et de la mort mettait les nerfs à vif et c'était avec soulagement qu'ils entraient dans une bourgade de taille suffisante pour offrir enfin un peu de sécurité.

Angie fut agréablement surprise par l'élégance des logements que proposait ce point névralgique du commerce du bétail. Lorsqu'elle pénétra dans l'hôtel Menger, en face du fort Alamo où tant d'hommes avaient trouvé la mort en défendant le Texas contre l'armée mexicaine, elle eut l'impression d'être revenue en Europe.

Tout aussi ravie, Louise, qui avait enduré les rigueurs du voyage avec une remarquable égalité d'humeur, déclara qu'elle ne repartirait pas sans avoir pris un certain nombre de repas décents et un supplément de linge propre.

— C'est charmant ici, observa-t-elle. Profitons-en pour nous reposer.

Les murs d'un blanc immaculé de l'hôtel recelaient un luxe inattendu : vestibule et salon dallés de marbre, boiseries, élégante rotonde avec colonnes corinthiennes, mezzanines ornées de tableaux à caractère religieux et de fresques représentant des scènes du Far West. Un immense miroir au plafond projetait sur le sol des prismes de couleurs chatoyantes.

— Je comprends pourquoi l'on dit que c'est le meilleur hôtel à l'ouest du Mississippi, remarqua Angie lorsque Bette et elle entrèrent dans leur chambre.

Elle s'affala sur le lit à baldaquin que voilait une fine moustiquaire. Avec ses fauteuils rembourrés et ses commodes à plateau de marbre, la pièce respirait l'opulence et le luxe.

Fermant les yeux, elle oublia un instant les courbatures dues aux longues heures passées dans un chariot cahotant, que même le sommeil ne pouvait effacer. Y avait-il eu une seule minute où son corps n'ait pas souffert la torture ? Non. Mais un bain chaud lui redonnerait la sensation d'appartenir à la race humaine et lui insufflerait le courage de poursuivre son voyage.

Lorsque Bette la secoua pour lui dire de se préparer pour le dîner, elle eut l'impression d'avoir fermé les yeux seulement une minute.

— Oh… j'ai dormi si longtemps que ça ? fit-elle en s'étirant. Ça veut dire que j'en avais besoin… Bette ! C'est vraiment un bain chaud ?

Bette hocha la tête en brandissant une serviette.

— J'ai pensé que vous aimeriez vous prélasser dans une baignoire avant de descendre. Je me trompe ?

— Non, bien sûr !

Enchantée, Angie se hâta de se dépouiller de ses vêtements poussiéreux et froissés et se glissa dans l'eau chaude et mousseuse avec un soupir d'aise. Quel luxe ! Non seulement l'hôtel disposait de chambres élégantes mais aussi de salles de bains avec eau chaude et sels de bain… Elle risquait de ne plus vouloir repartir, se dit-elle en se prélassant dans son bain.

Lorsque, à regret, elle sortit de l'eau et enfila une robe de chambre, elle se sentit à nouveau énergique et pleine d'allant. Du coup, elle autorisa Bette à la coiffer.

— J'aime bien quand on les remonte comme ça. Pas vous ? demanda celle-ci.

La jeune fille tourna la tête pour s'examiner dans le miroir. Ses cheveux étaient retenus par un peigne sur le haut du crâne et quelques boucles retombaient souplement sur le front et devant les oreilles.

— Oui, c'est très chic, Bette. Je ne sais pas ce que nous ferions sans tes talents. Je suis contente que tu aies décidé de venir avec nous.

Un sourire sur les lèvres, la petite domestique termina d'arranger les cheveux d'Angie de ses mains adroites, rajoutant ici et là épingles et peignes.

— C'est l'aventure qui m'a tentée et aussi l'idée qu'au retour j'aurais peut-être une dot suffisante pour épouser André.

— Vous êtes fiancés ?

— Ne soyez pas choquée, dit Bette en riant, mais André et moi sommes amants. On aimerait bien se marier mais nous manquons d'argent. Lorsque je reviendrai, nous nous marierons à l'église du village, et ça sera le plus beau mariage de l'année.

Elle brandit le corset exécré.

— Vous êtes prête ?

— Pas de corset, ce soir, protesta Angie. Il fait trop chaud, et avec ce truc, j'étouffe. La robe m'ira quand même si je n'en mets pas ?

— Bien sûr. Vous êtes si mince que toutes les femmes vous envient.

Tandis que Bette l'aidait à s'habiller, Angie s'enquit :

— Comment est-ce, d'aimer un homme au point de le prendre pour amant ?

Bette boutonna le dernier bouton, lissa les pans de la robe et recula pour admirer son œuvre.

— Ce n'est pas toujours une question d'amour. André n'était pas mon premier amant et il ne sera pas le dernier. Oh, je l'aime, certes, mais tant qu'on ne sera pas mariés, je ne me refuserai pas quelques aventures et lui non plus.

Légèrement choquée, Angie simula la désinvolture d'un haussement d'épaules.

— Ma cousine aurait dû faire comme toi. Elle n'aurait pas autant souffert lorsque ce goujat de Jean-Luc a refusé de l'épouser. Du coup, elle s'est mariée avec un homme qu'elle n'aime pas, et elle est malheureuse.

— Et vous ? Que ferez-vous ? Vous aurez beaucoup d'amants et vous profiterez de la vie ? Ou bien vous vous marierez pour être malheureuse ?

— Je ferai comme j'en aurai envie, déclara Angie. Mais si je me marie, ce sera avec un homme que j'aimerai, pas par obligation.

En surveillant du coin de l'œil la jeune fille, Bette poussa un soupir langoureux.

— Moi, j'aimerais bien fréquenter un peu le capitaine Braden, vérifier s'il est aussi bon amant qu'il est beau garçon.

— Le capitaine Braden ! s'écria Angie. Pourquoi diable ?

— Vous ne le trouvez pas beau ?

— Il n'est pas mal... quoiqu'un peu rude d'aspect et trop agressif. D'ailleurs, c'est un coureur qui préfère les femmes vulgaires.

— Vous croyez ? fit Bette avec un sourire. Pourtant, j'ai remarqué qu'il vous observait souvent. Et une fois je l'ai entendu ordonner à ce charmant lieutenant Walker de cesser de vous suivre comme un petit chien... Oh, ne riez pas ! C'est vrai. Il paraissait si jaloux que je me suis dit que vous lui plaisiez.

— Si c'est le cas, il a une bien curieuse façon de le montrer. Non, Bette, je n'aurai pas besoin du châle ce soir. Il fait trop chaud.

Était-ce vrai que Jake Braden la trouvait à son goût ? Cela lui était égal, bien sûr, mais c'était intéressant à savoir, malgré tout.

— Le capitaine Braden n'aime que lui, Bette. Je ne voudrais pas être l'une de ses maîtresses. D'ailleurs, si je prends un amant, ça ne sera pas quelqu'un d'aussi grossier. Ensuite, il est possible que j'attende d'avoir trouvé un mari pour coucher avec un homme.

Bette garda le silence quelques secondes avant de suggérer :

— Le mieux, c'est peut-être d'avoir en même temps un amant et un mari. Comme ça, pas de problème, non ?

Angie rit mais, tout en descendant rejoindre sa mère dans la salle à manger, elle songeait aux propos de Bette. Pourquoi devrait-elle se marier ? Pourquoi ne pas être audacieuse et moderne, et se contenter d'amants ? Une fois mariée, une femme cédait tout à son époux, son nom et son indépendance. Même en Amérique, terre de liberté, des associations féminines réclamaient ce que les hommes considéraient comme leur dû exclusif. Elles ne voulaient pas seulement voter mais recouvrer aussi la libre disposition de leurs corps.

Angie ne souhaitait pas être l'une de ces harpies qui repoussaient les hommes et réclamaient l'égalité des droits à grands cris, mais elle approuvait leur combat pour faire modifier les lois et que soient reconnus le changement des mœurs et le nouveau rôle des femmes dans la société. Il était illogique de maintenir la moitié de l'humanité à la merci des caprices de l'autre.

— Angélique... appela Louise du seuil de la salle à manger.

— Tu es très belle ce soir, maman, dit Angie en la rejoignant.

Rien n'était plus vrai. Loin d'évoquer une tenue de veuve, la robe noire, très ajustée, de Louise fit tourner plusieurs têtes masculines.

— Pas autant que toi, ma chérie, murmura-t-elle. Tout le monde te regarde.

Les joues d'Angie rosirent. Elle fut contente que sa mère ne lui reproche pas d'avoir mis cette robe. Une fois arrivée, elle se ferait envoyer celles qu'elle avait dû laisser à La Nouvelle-Orléans.

On se serait cru de retour en France, se dit-elle en admirant la nappe et les serviettes blanches, la vaisselle en porcelaine, les coupes que les maîtres d'hôtel discrets remplissaient de champagne et la chère délicieuse.

Bientôt, tous les territoires de l'Ouest seraient aussi civilisés et sa mère serait moins malheureuse, conclut-elle. Si San Antonio abritait déjà des hôtels aussi raffinés, le Nouveau-Mexique en avait sûrement aussi. Elle fit part de cette hypothèse à sa mère.

— Pas forcément, répondit Louise. Cette ville a été fondée il y a plus de cent cinquante ans par les Espagnols qui savaient comment créer une oasis de civilisation en plein milieu de terres barbares.

— Mais ils ont aussi colonisé le Nouveau-Mexique ? Et il a fallu une guerre pour le rattacher aux États-Unis, comme le Texas, non ?

— Oui, mais tout comme au Texas, il reste de vastes zones encore sauvages. Tu as vu le pays que nous venons de traverser, Angélique. C'était relativement plat, aride, et à tout moment on risque d'être attaqué par des animaux sauvages ou des Indiens. Nous allons traverser des régions entières de montagnes et de ravins, sans herbe ni eau, sous un soleil brûlant... tu verras ça bientôt.

Une voix masculine fit sursauter Angie.

— Encore en train d'essayer de la dissuader, madame ? Elle est trop têtue pour écouter et, de toute façon, il est trop tard pour faire demi-tour.

— Qu'en savez-vous, capitaine ? s'écria Angie en le fusillant du regard.

Comment osait-il les rejoindre sans y être invité ? Et se moquer d'elle aussi ouvertement ? Avec son pistolet enfoncé dans sa ceinture, sa chemise rouge, son pantalon noir et son gilet de cuir souple, il avait l'air d'un... d'un hors-la-loi. La lumière des bougies se reflétait sur ses boutons en argent et, bien qu'il tînt poliment son chapeau à la main, il était l'image même du danger.

Les doigts d'Angie se crispèrent autour du pied de sa coupe.

— Si vous avez peur de poursuivre cette expédition, je vous en prie, monsieur, dites-le-nous maintenant afin que nous puissions vous trouver un remplaçant. Ce serait aussi bien, d'ailleurs, car je trouve votre présence dérangeante.

Loin de paraître impressionné, Jake Braden haussa les épaules.

— Comme vous voudrez, mademoiselle Lindsay. Je suis sûr que vous trouverez à San Antonio quelqu'un pour vous escorter. Vous pouvez toujours demander au lieutenant Walker.

Bette avait raison. Il avait *bel et bien* remarqué les attentions que lui manifestait le jeune officier.

— Excellente idée, capitaine. J'en parlerai à Randy.

Dédaignant de lui répondre, Jake se tourna vers Louise.

— Madame, je suis venu vous dire que le colonel Patterson aimerait que vous le rejoigniez dans le patio quand vous aurez fini de dîner.

— Le colonel Patterson ? Il est là ? demanda Louise d'une voix calme que démentait son teint subitement empourpré. Merci, capitaine Braden. Dites au colonel que nous acceptons son invitation.

— Entendu, madame, fit-il. Autre chose : je ne tiens pas à vous effrayer, mais je vous conseille de rester à l'hôtel. Il y a parfois des bagarres à San Antonio et la sécurité en ville laisse à désirer.

— Voyons, capitaine, protesta Angie, vous n'êtes guère en position de nous dire ce que nous devons faire ou non. Nous ne sommes plus des enfants qui ont besoin d'être constamment surveillés.

Un sourire ironique sur les lèvres, Braden la dévisagea un long moment.

— Bon, eh bien, passez une bonne soirée, mesdames, dit-il enfin.

— Oh, elle sera sûrement excellente, capitaine, car, pour la première fois depuis une semaine, nous serons débarrassées de votre tyrannie.

— Angélique…

La faible remontrance de sa mère ne fit qu'accroître son irritation. Ignorant sa repartie, Braden s'inclina devant Louise.

— Bonne nuit, madame. Mademoiselle Lindsay.

Exaspérée, Angie le suivit des yeux. S'il ne s'était pas départi de son indifférence, au moins avait-il été obligé de lui parler.

Sa mère la dévisageait avec désapprobation.

— Tu as été très impolie, Angélique.

— C'était voulu. Je suis désolée, maman, mais cet homme est parfois très provocant.

— Je comprends.

— Tant mieux car je ne sais pas si je pourrai endurer sa compagnie plus longtemps. On devrait pouvoir trouver ici un autre guide.

Les sourcils de Louise se haussèrent légèrement.

— Oui, sans doute. Le colonel Patterson pourra peut-être nous suggérer quelqu'un.

Angie serra les dents. Pourquoi maman avait-elle accepté de rencontrer ce colonel ? Pour que lui aussi insiste sur les dangers de ce voyage ? Oh, que tout cela était donc horripilant !

Pourtant, lorsque, leur repas achevé, elles rejoignirent le colonel Patterson dans le patio orné de plantes tropicales exubérantes, il se montra extrêmement aimable et très encourageant.

— Quel plaisir de vous rencontrer enfin, mademoiselle Lindsay ! dit l'officier en lui décochant un grand sourire sous sa moustache grise parfaitement taillée. Je suis enchanté que vous acceptiez la responsabilité du ranch de John. J'admirais beaucoup votre père, vous savez.

— Colonel, j'ignorais que vous le connaissiez, répondit Angie en prenant le fauteuil qu'il lui indiquait. Vous m'approuvez donc de réclamer mon héritage ?

— Absolument. Je comprends que ce voyage ait suscité quelques discussions quant à son opportunité mais vous êtes une jeune femme forte, tout à fait capable d'en supporter les rigueurs. Le capitaine Braden me l'a assuré.

Cette dernière remarque la surprit.

— J'ai du mal à croire qu'il me connaisse aussi bien.

— Il vous a observée durant le trajet depuis Corpus Christi et il vous estime capable d'affronter la vie difficile qu'on mène dans ce territoire.

Nouvelle surprise qui la laissa sans voix. Louise se pencha pour regarder le colonel dans les yeux.

— Colonel Patterson, votre confiance nous flatte mais sans doute ignorez-vous quelle éducation délicate a reçue Angélique. Ce qui m'inquiète, c'est sa sécurité une fois que nous nous retrouverons seules.

Joignant le bout de ses doigts, Patterson lui adressa un sourire indulgent.

— Fort Selden n'est guère éloigné du ranch Double X, madame Lindsay. Il n'avait pas encore été construit lors de votre séjour. Le Nouveau-Mexique a beaucoup changé. Avez-vous entendu parler de Santa Rita ? Oui ? Cette mine de cuivre est moins productive qu'elle ne l'a été mais on projette de la développer. Avant que vous vous en rendiez seulement compte, le Nouveau-Mexique sera aussi civilisé que La Nouvelle-Orléans, peut-être même que Paris.

Louise esquissa une moue dubitative.

— Pardonnez-moi, colonel, si je vous parais un peu brutale, mais ce brusque revirement d'opinion m'étonne. Il y a peu, j'avais cru comprendre que vous vous opposiez au voyage d'Angélique. À présent, à vous entendre, les rues du Nouveau-Mexique sont pavées d'or. Puis-je vous demander ce qui vous a fait vous raviser ? Quel intérêt avez-vous à ce que nous nous installions au Nouveau-Mexique ?

— Maman ! s'écria Angie.

Le colonel ne sembla pas s'émouvoir des propos de Louise.

— Je vois que vous êtes aussi franche qu'autrefois, madame Lindsay.

— Vous pensiez qu'en vingt ans je changerais à ce point, colonel ?

Maman connaissait donc cet officier ? s'étonna Angie.

— Non, fit-il doucement. Je pensais que vous ne changeriez pas, et j'avais raison. Vous êtes aussi belle que jadis et, pour moi, c'est comme si vous n'étiez pas partie.

Un étrange courant passa entre eux. Puis Louise se détourna. Deux taches rouges se détachaient sur ses pommettes hautes.

— Vous êtes aussi effronté qu'autrefois, colonel.

— J'aurais dû l'être plus, répliqua-t-il avec dureté.

Il se tourna vers Angie et lui sourit.

— Ne vous inquiétez pas de notre conversation, mademoiselle Lindsay. J'ai essayé, autrefois, de convaincre votre mère de rester. J'ai échoué, aussi son retour me fait-il extrêmement plaisir.

Lui jetant un regard courroucé, Louise jeta d'une voix sèche :

— Ainsi, c'est grâce à vous que nous sommes là ? Vous avez fait en sorte que nous n'ayons pas le choix ? Je refuse d'être manipulée, colonel Patterson !

— Il ne s'agit pas de manipulation. J'ai tenté de retarder votre arrivée… bien qu'à parler franchement je pense que votre fille a bien fait de venir tout de suite. Malgré les raids des Apaches et des Comanches, ce territoire est riche de possibilités. Bientôt, tout le monde y vivra en sécurité.

— J'ai du mal à le croire.

— Je vous comprends sans peine, dit-il d'une voix radoucie. Ce qui s'est passé jadis a été… pénible.

Les mains de Louise tremblaient et, à part les deux taches rouges qui coloraient ses pommettes, elle était livide. Embarrassée, Angie se tortilla dans son fauteuil. Il y avait manifestement beaucoup de choses qu'elle ignorait, qu'elle n'avait pas soupçonnées.

— Maman ?

— Angélique, si ça ne t'ennuie pas, laisse-nous seuls un instant. J'ai deux ou trois choses à dire au colonel et je préférerais que tu ne les entendes pas.

— Mais, maman… ?

— Angélique ! S'il te plaît !

Angie se leva gauchement de son fauteuil et quitta le patio. Que c'était bizarre de connaître aussi peu sa propre mère, d'ignorer certains événements qui manifestement continuaient à la hanter !…

Troublée, elle suivit un couloir puis, ne reconnaissant pas les lieux, elle revint sur ses pas et se retrouva dans le vestibule. Là, elle hésita devant un autre couloir qu'elle ne reconnut pas plus que le précédent.

— Mademoiselle Lindsay ?

Elle sursauta et, se retournant, aperçut avec soulagement Randy Walker qui lui souriait.

— Vous avez l'air un peu perdue, mademoiselle Lindsay.

— C'est le cas. Où suis-je ?

Il était très beau dans son uniforme bleu. Et ses yeux, tout aussi bleus, la regardaient avec une sympathie réconfortante. Une fossette se creusait dans sa joue lorsqu'il souriait.

— C'est le bar. Le meilleur de San Antonio, un peu bondé en ce moment. Allons plutôt prendre un verre dans le patio…

— Non. Pas dans le patio.

Les cachotteries de sa mère l'irritaient. Pourquoi ne pouvait-elle confier à sa fille ce qui la perturbait ? Le regard intrigué de Walker l'obligea à cacher son désarroi sous un sourire.

— Y a-t-il un autre endroit où nous pourrions aller, lieutenant ? San Antonio a l'air d'être une ville très animée.

— C'est-à-dire que…

Le voyant hésiter, elle prit le ton suppliant qui ne manquait jamais de faire son effet sur les hommes sensibles.

— Je voudrais tellement voir quelque chose de différent, de vraiment américain. On ne trouve pas de ville de ce genre en Europe, vous savez. Je voudrais aller dans un quartier gai et animé, où l'on fait de la musique et où l'on danse… Y a-t-il un endroit comme ça où vous pourriez m'emmener ?

Randy semblait en proie à un dilemme déchirant. Angie lui décocha son sourire le plus séducteur.

— Oui, j'imagine qu'il y en a, fit-il. Mais il vous faudrait un chaperon, mademoiselle Lindsay. Il n'est pas décent que nous soyons seuls.

— Voyons ! Je suis une femme moderne, lieutenant, et je n'ai nul besoin d'une gouvernante. Si vous ne voulez pas m'emmener, dites-le, c'est tout.

— Non, non, ce n'est pas ça. Je pensais seulement… Non, tant pis. Je serais enchanté, bien sûr, de vous escorter.

Rejetée par sa mère et inquiète à l'idée qu'elle avait peut-être eu tort d'entreprendre ce voyage, Angie cédait au besoin d'agir avec impétuosité. Pourquoi ferait-elle toujours ce qu'on attendait d'elle ? En outre, puisqu'elle devait quitter San Antonio dans quelques jours, pourquoi ne pas en voir tout ce qu'il lui était possible de voir ?

— Parfait, dit-elle en posant la main sur le bras de Randy, car je me sens *très* audacieuse ce soir. Allons là où l'on s'amuse et dansons jusqu'à l'aube !

— Mademoiselle Lindsay, rien ne me ferait plus plaisir.

Comme il l'entraînait dans la nuit chaude, Angie se rappela l'avertissement de Jake Braden avant de l'écarter aussitôt. Il en savait peut-être beaucoup sur la piste et les Indiens, mais bien peu sur elle.

Ce soir, elle agirait comme bon lui semblerait car elle était lasse qu'on lui ordonne ceci et lui interdise cela. Personne ne lui demandait jamais son avis. Non, c'étaient toujours des ordres, des avertissements, des refus.

Eh bien, pas ce soir.

Jake Braden apprendrait qu'elle se fichait complètement de ses conseils. Cela lui ferait du bien de savoir que d'autres hommes la trouvaient séduisante. Randy avait beau jeter des coups d'œil sur son décolleté, elle se savait en sécurité avec lui. Jamais il ne la traiterait comme Jake l'avait fait. D'ailleurs, elle ne le désirait pas.

Que dirait Jake lorsqu'il découvrirait qu'elle était sortie avec Randy Walker, se demanda-t-elle avec un petit sourire narquois. Sans doute la regarderait-il différemment. C'était même sûr.

13

San Antonio avait été fondée par les Espagnols en 1718 et, bien qu'elle fût devenue américaine, l'influence espagnole était encore visible dans ses bâtiments en adobe blanchi à la chaux et ses toits de tuiles rouges. Centre du commerce du bétail et du transport du courrier, c'était une ville animée qui attirait quantité de visiteurs dont tous n'étaient pas de respectables marchands.

Dans ce quartier de saloons et d'hôtels miteux, hommes de main, cow-boys, joueurs professionnels et aventuriers de la frontière étaient au coude à coude, tous en quête des mêmes choses : du whisky et des femmes. La musique et les rires gras se mêlaient en une cacophonie sauvage.

Accoudé au comptoir éraflé, Johnny Ringo examinait la foule.

— Comment se fait-il qu'on voie les mêmes visages dans tous les saloons de l'Ouest ?

— Tu parles de quelqu'un en particulier ? demanda Jake.

— Non. Mais regarde-les, dit-il avec un grand geste de la main. Une masse grouillante d'humanité... et d'inhumanité.

Jake haussa les épaules. Cette tendance à moraliser était une facette du caractère du jeune homme à laquelle il ne s'habituait pas. D'ordinaire, il ne s'en formalisait guère mais, ce soir, il n'était pas d'humeur à se laisser entraîner dans une longue discussion philosophique.

Ringo avala son whisky d'une seule traite.

— « Quand mon amour me jure d'être toute fidèle, cita-t-il, je sais bien qu'elle ment, mais je la crois pourtant, pour qu'elle voie en moi jouvenceau sans tutelle, des mensonges trompeurs de ce monde ignorant. » *Le Pèlerin passionné*, de Shakespeare. Le début, si ma mémoire est bonne.

Il frappa le comptoir de son verre afin que le barman le remplisse à nouveau. Puis il regarda Jake avec mépris.

— Tu bois lentement.

— Je fais ce qu'il faut.

— Ouais, fit Ringo en vidant son verre d'un trait. Sans doute. Parle-moi de la prime promise pour trouver le type que Patterson cherche.

— Il offre mille dollars à celui qui mettra la main sur Nick Cooley. Si ça te tente, parles-en au colonel.

— Ouais, je vais le faire. Cet argent me rendrait bien service. Et toi, pourquoi tu ne t'y mets pas ?

— J'ai autre chose en tête.

Ringo examina en silence le fond de son verre puis il reprit :

— Je sais que je me suis engagé à t'accompagner au Nouveau-Mexique mais tu n'as pas vraiment besoin de moi et je commence à avoir des fourmis dans les jambes. Ce n'est pas ce que j'avais imaginé. Lorsque Patterson m'en a parlé, je croyais qu'il y aurait plus d'action. Tout ce que nous avons fait jusqu'à présent, c'est jouer les nounous pour deux Françaises qui ne supportent pas de nous voir. Moi, en tout cas. La piste de ce Cooley, ça m'amuse plus.

— Pas de problème. J'ai assez d'hommes avec moi pour escorter ces dames.

Jake ne regrettait pas de voir Ringo le lâcher. Le jeune homme était trop impétueux pour garder la tête froide sous le feu. Il l'avait déjà vu s'échauffer à plusieurs reprises, en particulier lorsqu'il avait bu comme ce soir. C'était Ringo qui avait déclenché la fusillade à Galveston, en provoquant Benton jusqu'à ce que celui-ci perde son calme et sorte son pistolet.

Erreur qui lui avait coûté la vie.

Jake préférait éviter les coups de feu inutiles ; les menaces et les intimidations faisaient autant d'effet.

— Je suis content que tu ne t'y opposes pas, dit Ringo. Je n'aimerais pas te faire une crasse.

— Ça ne me gêne pas. Patterson ne propose pas de me payer plus pour ça.

— On m'a dit qu'après que tu as quitté l'armée, il y a deux ans, les Apaches se sont montrés plus audacieux et que le colonel Patterson t'a convaincu de rempiler comme éclaireur. J'en conclus que la situation avec les Indiens est pire que ce que racontent les journaux de l'Est. C'est vrai que ce sont des Blancs qui leur vendent ces nouveaux fusils avec lesquels ils pillent la moitié du Texas ?

— Il faut bien qu'ils les obtiennent de quelque part. Tiens, la prochaine fois qu'on met la main sur un Apache, on lui demande qui lui a vendu sa winchester. D'accord ?

— Chiche, dit Ringo en s'esclaffant. Ça m'intéresserait d'entendre sa réponse.

Son verre fini, Ringo décida de quitter le saloon et Jake sortit avec lui.

— Tu rentres à l'hôtel, Jake ?

— Non. Pas maintenant. Je voudrais faire une visite à une vieille amie à moi qui vit ici.

— Je parierai qu'elle n'est pas si vieille que ça.

— Tu risques de perdre.

— Possible, fit Ringo en tapotant son chapeau pour lui redonner forme. Il y a deux semaines, j'aurais parié une pièce d'or que Mlle Lindsay et toi alliez finir dans les mêmes draps.

— Ça, c'est perdu d'avance, répliqua Jake en lui jetant un regard froid. Comme tu l'as dit, elle ne peut pas me voir en peinture.

— C'est ce qu'elle essaie de faire croire. Même un aveugle comprendrait qu'il te suffirait de dire deux ou trois mots. J'ai déjà vu ces yeux-là chez une fille. Et, même une fois, c'était moi qu'on regardait comme ça. Mais c'était il y a longtemps, avant que…

Il ferma à demi les yeux et pinça les lèvres.

— *Odi et amo*, je hais et j'aime, dit-il en remettant son chapeau. En ce moment, c'est la haine qui a la priorité. À demain, Jake.

Jake resta devant le saloon et écouta les bruits environnants. Au-delà des lumières, la ville n'était qu'une étendue obscure d'où montait l'odeur de la rivière San Antonio. Il attendit un instant sur le trottoir, un assemblage grossier de planches qu'une pluie d'orage emporterait à la première occasion, puis descendit la rue vers la *cantina* où il savait retrouver son amie.

La musique et les rires l'accueillirent. Une vigne vierge poussiéreuse formait une tonnelle au-dessus du patio. Des fleurs blanches répandaient leur parfum sucré. Jake poussa la porte et resta sur le seuil. Contrairement au saloon où les seules femmes présentes étaient des prostituées ou des danseuses de cabaret, ici, des clientes d'un certain âge modestement vêtues de chemisiers boutonnés et de jupes longues et des jeunes filles aux jambes nues étaient assises le long du mur.

Jake se faufila jusqu'à une table branlante qui lui

permettait de voir le patio dans son ensemble et l'entrée.

Un verre d'eau-de-vie lui fut apporté par une serveuse qui se présenta sous le nom de Juana et lui décocha un sourire aguicheur.

Elle s'inclina afin de lui offrir une vue complète de ses seins, ce qui lui valut un généreux pourboire. Elle le ramassa et le glissa dans la ceinture de sa jupe.

— *Muchas gracias, señor.*

— *De nada*. Lupe est là ?

— Peut-être, fit-elle d'un ton évasif.

Jake lui montra une autre pièce et, lorsqu'elle se pencha pour la prendre, la glissa dans son décolleté.

— Dis-lui que Diego est venu la voir, ma jolie.

Avec un sourire langoureux, elle s'éloigna et disparut dans le bâtiment en adobe. Faisant basculer sa chaise sur les deux pieds arrière, Jake posa une botte sur la table et se mit à siroter son verre. Les guitares jouaient des airs rythmés sur lesquels dansaient plusieurs personnes.

L'une d'elles, plus gauche que les autres, semblait découvrir les pas. Une longue mantille la recouvrait presque entièrement, ne laissant voir que son dos tandis qu'elle s'arrêtait en riant sur la piste encombrée. Examinant son compagnon, il reconnut avec surprise Randy Walker.

Le regard de Jake revint sur la femme qu'accompagnait le lieutenant. La mantille avait légèrement glissé, libérant quelques mèches d'un roux doré. Sa robe en satin bleu voletait autour de son corps tandis qu'elle dansait.

Angie Lindsay...

Une vague de fureur le submergea. Quelle idiote ! Et à quoi donc pensait Walker en l'amenant ici ?

En riant, Angie prit une bouteille brune qu'on lui proposait et la porta à ses lèvres. Le liquide la fit suffoquer. Avec une sollicitude excessive, Walker l'enlaça et murmura quelque chose à son oreille.

Angie fit non d'un mouvement de tête énergique. Des mèches rebelles s'agitèrent autour de son visage et sur sa nuque. Elle avait les joues rouges et paraissait un peu ivre, d'excitation ou d'alcool, Jake l'ignorait. De toute façon, il ferait bien de l'emmener hors d'ici avant qu'elle ne commette une bêtise.

Il se levait lorsque les guitares entamèrent une vive mélodie et qu'un jeune homme aux yeux noirs se mit à taper du pied sur le sol. C'était un *jarabe*, une danse paysanne mexicaine, dont apparemment Angie avait appris les pas car l'homme l'attira au centre de la piste.

Elle resta immobile un instant en regardant autour d'elle puis, haussant les épaules, elle éclata de rire. Lentement, son corps mince se mit à suivre le rythme avec autant d'aisance que si du sang gitan coulait dans ses veines. Sa chevelure seule aurait suffi à attirer l'attention parmi cette foule aux cheveux noirs, mais s'y ajoutaient l'éclat de sa peau blanche et les courbes gracieuses de son corps que révélait sa robe parisienne. C'était celle qu'elle avait mise sur le bateau, trop provocante déjà au goût des passagères. Mais Angie avait carrément dépassé les bornes. Tous les hommes avaient les yeux rivés sur elle, fascinés.

Les musiciens enchaînèrent sur un *corrido* ; les pieds d'Angie en trouvèrent tout de suite le rythme, ses bras se levèrent et son corps se mit à onduler avec grâce. Les yeux mi-clos, une expression rêveuse sur le visage, elle s'abandonnait à la danse avec un mélange de fougue et de langeur. À leur expression, il était clair que tous les hommes la désiraient.

Y compris Jake Braden.

Il regarda Walker ; le lieutenant semblait pétrifié et fixait Angie comme s'il la voyait pour la première fois. Cette fille jouait avec le feu. On eût dit qu'elle avait dansé le *corrido* toute sa vie.

Le jeune homme qui l'avait attirée sur la piste se mit à danser avec elle, la dévorant du regard. La lumière des lanternes faisait briller le col et les revers de sa veste courte et sa chemise d'un blanc immaculé soulignait son teint basané. Frappant du pied sur le sol, il tournait autour d'elle en restant à distance. Angie s'approchait de lui puis reculait ; ses mains se tendaient vers ses épaules, le repoussaient. Cette danse campagnarde évoquait l'entreprise de séduction, la provocation, l'invitation animale qui précède l'accouplement.

Quel jeu stupide ! grogna Jake en son for intérieur. D'ici quelques minutes, l'un de ces Mexicains au sang chaud accepterait cette invite évidente et Walker, en gentleman qu'il était, s'interposerait. Si Jake ne faisait rien immédiatement, la situation dégénérerait en bagarre.

Furieux autant contre lui-même qui avait trop attendu que contre cette idiote, il se fraya un chemin dans la foule. Devant son expression, les spectateurs s'écartèrent sans hésiter. Lorsque Angie tournoya devant lui, le visage rouge et les cheveux hirsutes, il l'attrapa par le bras.

Elle le reconnut et roula des yeux furieux.

— Comment osez-vous ? Lâchez-moi !

— Pour que vous persistiez à vous ridiculiser ? Venez sans faire d'esclandre, tout le monde croira que vous sortez de votre plein gré.

Elle secoua le bras pour se libérer mais les doigts de Jake resserrèrent leur étreinte. Suffoquant de rage et de douleur, elle le suivit hors de la piste sous le regard intrigué des spectateurs.

— Lâchez-moi, siffla-t-elle entre les dents, sinon je hurle !

— C'est la seule menace qui vous vient à l'esprit, mademoiselle Lindsay ? Vous l'avez déjà utilisée en vain.

— J'en ai assez que vous me suiviez partout, capitaine Braden ! C'est tout ce que vous avez à faire ? Si vous vouliez venir avec nous ce soir, vous n'aviez qu'à le demander.

Ignorant ses protestations, Jake l'entraîna auprès de Randy Walker. Celui-ci eut le bon sens de ne pas protester mais il se contracta lorsque Jake lui ordonna d'aller faire son rapport au colonel.

— Patterson sera content de savoir pour quelle raison vous avez jugé bon d'emmener cette demoiselle dans un quartier mal famé, lieutenant Walker.

— Je vais la raccompagner avant de faire mon rapport, répliqua le jeune officier d'un ton bref.

— Je pense que vous avez pris suffisamment de mauvaises décisions pour la nuit. Patterson devrait se trouver à l'auberge des éleveurs. Allez-y.

Walker se hérissa.

— Écoutez, Braden. Vous ne faites pas partie de l'armée et je ne suis pas de service. Vous n'avez pas à me donner d'ordres.

— Vous m'obéissez ou bien vous rendez compte de votre désobéissance à Patterson. Choisissez.

Walker parut sur le point de protester puis, secouant la tête, il se tourna vers Angie.

— Mademoiselle Lindsay, c'est le capitaine Braden qui vous reconduira à l'hôtel.

— Non !

Angie se libéra de l'étreinte de Jake et se jeta sur la poitrine de Walker. Il mit un bras autour de ses épaules.

— C'est vous qui m'avez amenée ici et c'est avec vous que je resterai, Randy, dit-elle avec un sourire narquois à Jake.

— Malheureusement, je ne peux accepter, répondit le lieutenant. Si je désobéis à Braden, je serai traîné en cour martiale. Je n'ai pas le choix.

— C'est ridicule ! Je parlerai au colonel Patterson et lui raconterai à quel point le capitaine Braden s'est montré tyrannique et *insensé*.

Les yeux brillants de colère, elle se campa devant Jake qui, pressentant une tirade, intervint sans attendre.

— Faites une scène ici, mademoiselle Lindsay, et vous le regretterez. Je vous le promets.

Son avertissement péremptoire la réduisit au silence. Le visage empourpré de rage, elle laissa Walker la saluer et sortir de la *cantina*.

— Alors qu'allez-vous faire maintenant, capitaine ? demanda-t-elle. Après tout, vous ne pouvez pas m'arrêter. On ne peut pas me traîner en cour martiale comme le lieutenant Walker et vous n'avez aucun pouvoir sur moi.

— N'en soyez pas si sûre.

Elle le regarda avec une légère inquiétude.

— Je suis lasse de vos menaces, capitaine.

— Dommage. Prenez votre mantille. Nous partons.

Voyant son visage s'assombrir à nouveau, il reprit :

— Vous avez le choix entre partir de gré ou de force, mais, de toute façon, vous partirez.

— Espèce de brute ! gronda-t-elle. Vous croyez que ce genre de comportement vous rend plus viril ? Eh bien, non. Ça prouve seulement que vous n'êtes qu'un goujat, comme je l'ai dit dès le premier jour.

— Peu m'importe ce que vous pensez de moi, du moment que vous faites ce que je dis.

Il lui tendit le châle qu'elle repoussa.

— Il n'est pas à moi. Je l'ai emprunté car j'avais froid.

— Alors rendez-le à sa propriétaire et partons.

— Pas de problème, fit-elle en lui adressant un sourire qui tenait plutôt de la grimace.

Elle s'approchait d'une jeune femme assise non loin de là pour lui rendre le châle lorsque Jake entendit son nom et aperçut Lupe qui fendait la foule.

— Diego ! Ah, Diego, ça fait une éternité que tu n'es pas venu me voir, s'écria une forte matrone en espagnol. Quel bel homme tu es devenu !

Des mèches grises striaient ses cheveux noirs ; la fierté et la tendresse éclairèrent son visage rond et ses yeux sombres tandis qu'elle le prenait dans ses bras.

— Et toi, tu es toujours la plus belle femme du monde, répondit-il dans la même langue. Quand est-ce que tu vas quitter ton bon à rien de mari et m'épouser ?

En riant, elle l'embrassa sur la joue avant de reculer pour l'examiner à son aise.

— Tu me poses toujours la même question et je te réponds toujours la même chose : quand tu me le demanderas sérieusement.

— Je te l'ai toujours demandé sérieusement.

Sans cesser de rire, elle lui assena une petite tape sur le bras avant de regarder Angie qui les avait rejoints et attendait avec une expression peu amène.

— C'est pour me montrer ta femme que tu es venu voir la vieille Lupe ?

— Non, ce n'est pas ma femme.

— Diego, ne la laisse pas s'éloigner. Elle est jolie, et gentille aussi, non ?

— Tant qu'elle n'ouvre pas la bouche, répliqua-t-il. Mais nous sommes grossiers, Lupe, car elle ne parle pas espagnol... Mademoiselle Lindsay, poursuivit-il en anglais, voici l'une de mes très bonnes amies, Lupe Martínez.

— Comment allez-vous, madame Martínez ?

Lupe balaya d'un geste de la main la formalité d'Angie.

— Nous ne sommes pas aussi cérémonieux ici, mademoiselle Lindsay. Je vous en prie, appelez-moi Lupe. Venez manger quelque chose, maintenant. Si, si, j'insiste. Cela fait trop longtemps que je n'ai pas vu Diego et je ne peux pas vous laisser partir avant le retour de Carlos. Il va revenir bientôt. Venez. Que vais-je vous offrir ? Tu es trop maigre, Diego. Il faut que tu manges.

— Mlle Lindsay doit rentrer à son hôtel, Lupe, mais je reviendrai plus tard pour bavarder avec Carlos et toi.

— Juana, petite paresseuse, s'écria Lupe en espagnol tandis que la serveuse passait à côté d'elle, dis à Rosario de sortir une bouteille de notre meilleur vin et qu'elle soigne sa cuisine, ce soir, car nous avons un invité exceptionnel.

Les yeux de Juana se posèrent sur Jake. Ses lèvres esquissèrent un sourire coquin qui disparut lorsqu'elle croisa le regard glacial d'Angie. Puis, s'étant détournée, elle rejeta la tête en arrière avec fierté.

— Oui, j'ai vu Diego tout à l'heure. C'est un homme exceptionnellement beau, effectivement.

Jake lui rendit son sourire.

— Et toi, poupée, tu n'es pas mal non plus, répliqua-t-il en espagnol.

— Voyons, Juana, laisse-le tranquille, gronda Lupe. Tu ne vois pas qu'il est accompagné d'une très belle femme ?

— Je ne la trouve pas si belle que ça, dit Juana avec une moue méprisante. Sa peau est trop pâle, comme du lait de chèvre. Et puis, s'ils ne sont pas mariés, ce n'est pas une femme respectable ou bien elle aurait une *dueña* avec elle, non ? Les femmes célibataires ne sortent pas sans chaperon, sauf les putains.

— Juana ! Va à la cuisine et fais ce que je t'ai dit. Demande à Rosario de préparer sa spécialité, vilaine fille. Et arrête de faire des œillades à Diego, sinon je dirai à ton père où tu vas la nuit, quand tu pars d'ici.

— Peut-être que c'est moi qui dirai tout à l'heure à Diego où l'on peut me retrouver la nuit… lâcha Juana avant de s'éloigner.

Lupe lança une volée de réprimandes à l'adresse de la fille, laquelle ne parut pas s'en formaliser.

— Pardonnez la grossièreté de ma nièce, reprit-elle en anglais. Je reviens tout de suite. Si je ne vais pas moi-même dire à Rosario ce qu'elle doit servir, ce sera raté. Mais tu reviendras me voir plus tard, n'est-ce pas, Diego ?

— Oui, bien sûr.

— Et vous, mademoiselle Lindsay, dit Lupe avec un mélange d'hésitation et de courtoisie, vous pouvez revenir demain. Les amis de Diego sont toujours les bienvenus chez moi et dans mon cœur.

Un éclair malicieux illumina le regard d'Angie.

— Diego veut d'abord vous voir seul, j'en suis sûre, mais cet endroit est charmant et la musique tellement belle qu'il est possible que j'accepte votre invitation et revienne demain

— *Bueno !* s'exclama Lupe. Alors, à demain !

Jake entraîna Angie à travers le patio surpeuplé puis, une fois la porte franchie, la fit virevolter face à lui.

— Quelle mouche vous a piquée, bon sang, mademoiselle Lindsay ?

— J'ai accepté une charmante invitation. Nous devons rester ici quelques jours, non ?

— Ça ne vous autorise pas à arracher une invitation sous un faux prétexte.

— Excusez-moi, Diego, mais c'est vous qui trichez en utilisant un faux nom.

— Diego, c'est James en espagnol.

— Vraiment ? Comme c'est intéressant ! Pourtant vous vous faites appeler Jake. Encore un pseudo ?

— Un surnom, mademoiselle Lindsay. Comme Angie pour Angélique.

Le ressentiment assombrissait les yeux violets de la jeune fille. Sous la lumière ténue des lanternes, elle était belle et désirable. Ses cheveux étincelaient d'éclats cuivrés et la peau pâle de sa gorge et de ses épaules avait l'air transparente.

Elle avait la bouche d'une courtisane, avec la lèvre inférieure un peu plus pulpeuse que celle du dessus. Il ne put s'empêcher de s'en rappeler le goût, ainsi que le grain velouté de sa peau.

Maudit soit Patterson qui l'avait encouragée à venir ! Angie Lindsay était faite pour Paris, New York, peut-être San Francisco, mais pas pour ce pays dangereux et instable. S'il avait le moindre bon sens, il désobéirait au colonel et la renverrait à l'Est.

Angie pointa le menton dans un geste de défi.

— Si vous m'appelez une voiture, je rentrerai seule à l'hôtel. Je n'ai nul besoin d'une escorte.

— Vous ignorez ce dont vous avez besoin.

— Et vous croyez le savoir ?

— Ne me forcez pas à dire ce que je pense, mademoiselle Lindsay. Cela ne vous plairait pas.

— Vous n'arrêtez pas de porter des jugements sur

moi, mais ils sont rarement justes. J'aimerais savoir d'où vous tenez vos certitudes.

— De l'observation.

Il la prit par le bras, au-dessus du coude, et lui fit traverser la rue crevassée. Ils étaient au milieu de la chaussée lorsqu'elle se dégagea d'un geste brusque et lui fit face.

— Vous ne savez rien de moi, Jake Braden. Rien.

— Vraiment ?

— Non. Rien. Vous croyez tout savoir. Je le vois à vos yeux, je l'entends dans votre voix. Mais vous ne savez rien, ni ce que je veux ni pourquoi. Alors cessez de dire que j'ignore ce que je veux.

— Eh bien, dites-le-moi donc, ce que vous voulez, bon Dieu de bon Dieu !

Elle le regarda dans les yeux. Derrière eux, la musique, les cris et les rires emplissaient la nuit mais entre eux vibrait un silence chargé d'électricité. Elle leva la main puis la laissa retomber.

— Je n'ai pas envie de me battre avec vous. Puisque nous devons passer ensemble les semaines à venir, pourquoi ne pas faire la paix, pourquoi ne pas arrêter de nous disputer à tout moment ?

Jake la prit par le bras, et l'attira à l'ombre d'un bâtiment. Elle frissonnait et ses yeux étaient comme deux flaques sombres dans son visage pâle.

— Ce n'est ni l'heure ni l'endroit pour causer, mademoiselle Lindsay.

— Non, fit-elle dans un soupir. Mais arrêtez de me traiter en enfant. Je suis une femme adulte, avec les émotions et les réactions d'une femme.

— Alors comportez-vous en adulte. Une femme ne fait pas la moue lorsque tout ne se passe pas selon ses désirs.

Les lèvres pincées, elle se laissa entraîner le long de la rue. Il était tard et aucune voiture de louage n'était visible, ce qui n'était guère étonnant dans ce quartier mal famé. Il décida de la ramener à l'hôtel où il était descendu. Là, il commanderait un fiacre et la fourrerait dedans.

— Où allons-nous ? demanda-t-elle d'un ton maussade tandis qu'ils suivaient une étroite ruelle longeant la rivière.

La brise fraîche apportait une odeur d'humidité et de moisi. Elle frissonna.

— Ce n'est pas le chemin que nous avons pris, Randy et moi.

— Peut-être bien, mais ce sera le chemin de votre retour.

Elle ne dit plus un mot jusqu'à l'hôtel. L'établissement était petit mais propre. Situé à l'écart des rues bruyantes, il était plus calme que les autres, ce qui lui valait la préférence de Jake. Les murs blanchis à la chaux étaient surmontés d'un toit en tuiles rouges ; une profusion de fleurs débordait d'innombrables bacs et pots en terre cuite. La porte ouverte projetait un rectangle de lumière sur le trottoir en planches. Une *cantina* voisine répandait sa musique, moins bruyante que celle du quartier chaud de la ville mais tout aussi fougueuse.

Jake héla une voiture. Les bras croisés sur la poitrine, Angie arborait un air de dignité offensée. Il avait compté sur leur marche dans la fraîcheur nocturne pour la dégriser ; elle avait recouvré ses esprits mais n'en était pas devenue plus malléable.

— Cette voiture va vous ramener au Menger, mademoiselle Lindsay, dit-il en ouvrant la portière. Je vous conseille de prendre un peu de repos.

La voyant rester immobile, il fronça les sourcils.

— Je n'ai pas l'intention de rentrer à l'hôtel d'aussi bonne heure, capitaine. J'ai passé la semaine enfermée dans un chariot, nourrie de poussière et abreuvée d'eau fétide, subissant vos insultes à tout bout de champ. J'ai besoin d'une nuit de détente, qui me fasse oublier votre existence.

— Alors vous auriez dû mieux choisir et l'endroit et le cavalier.

— Ah bon ? Si le lieutenant Walker est si peu recommandable, pourquoi alors l'avoir engagé pour nous escorter ?... Ah, je vois que vous ne savez pas quoi répondre, ajouta-t-elle avec un sourire moqueur.

La musique de la *cantina* prit de l'ampleur.

— Je suis trop énervée pour dormir, reprit Angie. Je veux écouter de la musique et danser. Je n'ai pas envie de rentrer maintenant.

C'était une erreur, il le savait, mais il était las des discussions. Peut-être se calmerait-elle une fois fatiguée. Après cette longue journée, cela ne devrait pas prendre trop longtemps.

— Très bien, fit-il. Mais à condition que vous ne discutiez plus lorsque je dirai que ça suffit.

— Pourquoi voudrais-je discuter avec vous, Diego ? demanda-t-elle avec un grand sourire.

14

Pourquoi n'aurait-elle pas le droit de s'amuser? fulminait Angie. Elle en avait d'autant plus envie que cela irritait Jake Braden. Quelques instants plus tôt, elle avait eu du mal à retenir sa langue lorsqu'il l'avait dénigrée auprès de Lupe et que Juana, cette fille, s'était montrée encore plus insultante. Révoltée, Angie avait prétendu ne pas comprendre l'espagnol, de peur de traiter cette mégère comme elle le méritait.

Ensuite, sentant combien Jake avait hâte de retourner auprès de Juana, elle avait insisté pour prolonger la soirée. Le plus curieux était qu'il ait cédé.

Elle lui jeta un coup d'œil et se demanda à quoi il pensait. Assis le dos au mur, face à la porte, il semblait attendre quelque action étrange de sa part. Peut-être devait-elle interrompre cette attente.

Elle se leva et ne s'étonna pas qu'il lui prenne le poignet.

— Où allez-vous, mademoiselle Lindsay?

— Je ne peux pas voir les danseurs de ma place. C'est pour ça que je suis venue, non? En plus, vous m'interdisez de boire autre chose que de l'eau et vous me jetez des regards mauvais. Ce n'est pas ce que je voulais dire quand je parlais de passer une bonne soirée.

— Très bien ! grommela Jake en se levant. Mais contentez-vous de regarder. Je ne tiens pas à me battre contre des admirateurs trop ardents.

Angie ne répondit pas mais une fois atteint le cercle des danseurs, elle se dégagea et se fondit parmi eux.

Puis elle croisa son regard et y lut un avertissement qu'elle écarta d'un haussement d'épaules.

Les danseurs lui firent place. Le petit orchestre jouait une valse mexicaine. Donnant une main à son voisin, Angie posa l'autre sur sa hanche. En imitant la fille aux cheveux noirs qui lui faisait face, elle eut vite faite d'apprendre les pas et de suivre la musique.

Un coup de talon sur le sol, un pas en avant, un demi-tour et on recommence.

— Je m'appelle Pablo Ortega, dit son partenaire. Vous apprenez vite, *señorita*…

— Lindsay. Angélique Lindsay.

— C'est comme si vous aviez toujours dansé.

— J'ai déjà dansé mais pas cette valse.

Il la prit par la taille et lui fit adopter une autre position. Adossé au poteau qui soutenait le toit, une main sur la hanche, le pouce glissé dans la ceinture, Jake Braden tenait un verre de l'autre main. Attitude nonchalante qui ne masquait pas sa vigilance.

Angie décida de ne pas y prêter attention. Ça lui ferait du bien de mariner un peu dans son jus. D'ailleurs, elle ne courait aucun danger. Pourquoi ne s'amuserait-elle pas comme tout le monde ?

— *Caramba !* s'exclama son partenaire comme elle frappait du pied avec enthousiasme. Vous êtes trop belle pour être venue seule. Vous êtes avec ce type, là-bas ?

— Oui. Mais ne vous inquiétez pas. Il n'est rien pour moi.

Il lui décocha un regard appréciateur, et ses dents blanches brillèrent.

— Il ne m'inquiète pas, *señorita*, mais il fallait que je pose la question. Il vous regarde avec tant d'intensité que je le prenais pour votre mari ou votre fiancé. Je n'ai pas envie de me faire tirer dessus.

— Je ne suis pas mariée, répondit-elle.

— *Bueno !* Les maris sont souvent jaloux. Et moi, je serais jaloux, que vous soyez ma femme ou non. Vous êtes la plus belle femme de la salle.

Son expression et sa voix la mirent sur ses gardes et, évitant son regard, elle se concentra sur ses pas. Lorsque la valse s'acheva, ce fut le tour de l'animé *jarabe* qu'elle avait déjà appris.

Pablo la poussa au milieu de la piste et, comme dans un rêve, ses pieds et son corps trouvèrent immédiatement le rythme. Elle se souvint de la jeune mulâtresse, Eugénie, qui dansait avec tant de grâce et de sensualité et dont la beauté avait captivé tous les hommes de l'hôtel Saint-Louis à La Nouvelle-Orléans.

Cette danse primitive était aussi enivrante que le vin. La chevelure dénouée ondulant sur les épaules telle une mer cuivrée et chaude, Angie virevoltait sous le regard admiratif des spectateurs.

Pour la première fois, elle comprit ce qu'éprouvaient les Gitanes en dansant, comment elles parvenaient à oublier toute inhibition et à s'abandonner au rythme. C'était une libération, une façon de laisser parler son âme. À la manière d'une artiste face à la toile vierge, elle cédait au besoin irrésistible de créer, de partager la beauté, oubliant tout sauf l'instant présent.

Son corps tournoyait de lui-même tandis que ses pieds suivaient le grattement rapide des guitares.

Un *corrido* s'ensuivit et elle dansa comme elle l'avait vu faire un peu plus tôt dans la soirée, les bras au-dessus de la tête, avançant, reculant, aguichant, repoussant. Les yeux mi-clos, le visage luisant de sueur, la bouche entrouverte, elle attirait tous les regards. Ses mouvements n'étaient plus qu'invite et provocation.

— *Dios mío*, marmonna Pablo qui la couvait des yeux. Que vous êtes belle ! Une vraie déesse !

Angie l'entendit à peine. Au début, elle n'avait rejoint les danseurs que pour irriter Jake ; à présent, elle dansait pour le seul plaisir de la danse, pour l'abandon libérateur qu'elle lui procurait. Était-ce ce pays, cette terre encore sauvage qui lui donnait le désir et le courage de s'abandonner à une émotion sincère ? Ensorcelée, elle oubliait tout ce qui n'était pas la musique et la danse.

L'orchestre se tut. Le visage imperturbable, Jake s'avança.

— Il est temps de partir, Angie.

— Non. Pas encore. Je m'amuse et il est tôt.

— Je suis attendu ailleurs et vous vous êtes assez amusée pour ce soir.

— Eh bien, allez-y ! Laissez-moi ici. Vous n'êtes pas mon ange gardien.

— Non, mais je suis responsable de vous. J'ai eu tort de vous emmener ici et de croire que vous tiendriez parole

Un peu honteuse, elle repoussa ses cheveux pour le regarder. Ses yeux étaient durs comme des morceaux de silex et chargés de mépris.

— Je n'ai pas donné ma parole.

C'était la chose à ne pas dire, et elle le regrettait déjà. Sa promesse avait été implicite, elle le savait. Avant qu'elle ait pu se repentir de cette repartie étourdie, il tendait la main et l'arrachait de la piste.

— À votre place, *señor*, je ne ferais pas ça, dit Pablo d'un ton menaçant. La dame a dit qu'elle ne voulait pas partir.

L'expression quasi meurtrière de Jake terrifia Angie.

— Non, non, s'écria-t-elle, tout va bien. Je vais partir avec lui…

Pablo posa sa main sur la sienne ; Jake prit le poignet du Mexicain. Les deux hommes se défièrent du regard.

— Ceci ne vous regarde pas, *amigo*. Allez prendre un verre et laissez-nous, dit Jake.

Angie frissonna. Bien qu'il n'eût pas élevé la voix, on y percevait l'avertissement auquel le dénommé Benton n'avait pas été sensible, huit jours plus tôt. Pablo ne semblant pas non plus s'en soucier, elle eut grand-peine à ne pas hurler.

Comme Jake lâchait son poignet, Pablo darda ses yeux sombres sur Angie.

— C'est votre frère ? Votre fiancé ?

Au bord du désespoir, elle fit non de la tête.

— Vous ne comprenez pas. C'est avec lui que je suis venue.

— Mais ce n'est pas votre mari, si ?

— Non, mais ça n'a pas d'importance. Je vous en prie…

— Angie, fit Jake en la poussant de côté, écartez-vous.

Les deux hommes se firent face, tels des loups qui se jaugent avant de se sauter à la gorge. La panique s'empara de la jeune femme. Malgré son air nonchalant, Jake était tendu comme un arc.

La main de Pablo se posa sur la crosse de son pistolet.

— Elle a dit qu'elle voulait rester, *señor*, fit-il d'une voix calme. Je veillerai sur elle. Partez.

— Elle viendra avec moi et je tirerai sur le premier qui voudra s'interposer.

Dans le silence qui s'était installé dès le début de l'altercation, des cris étouffés jaillirent. Tout le monde se pétrifia puis, d'un commun accord, les hommes repoussèrent les chaises et dégagèrent la piste.

Paralysée, Angie vit les deux adversaires écarter les pieds et plier légèrement les genoux, prêts à s'entre-tuer. Pourquoi personne n'intervenait-il ? Elle se retint de crier de peur de déclencher ce qu'elle redoutait. Ses nerfs étaient tendus à craquer.

Pourquoi gardaient-ils le silence ? Mon Dieu, elle avait sous-estimé Jake Braden. Jamais elle n'aurait imaginé qu'il irait jusqu'à défier cet homme, ce que n'avait pas prévu non plus Pablo Ortega.

Celui-ci se lécha les lèvres et sa main frémit au-dessus de la crosse de son arme. Une expression de doute se dessina sur son visage puis il se redressa lentement et son corps parut se détendre. Il recula et haussa les épaules.

— Si elle est à vous, *señor*, vous feriez mieux de la surveiller. Un autre que moi aurait pu ne pas entendre raison.

Jake empoigna fermement le bras d'Angie et l'emmena dehors.

— Jake… capitaine Braden, je ne voulais pas…

— Vous avez voulu cette scène de A à Z, n'essayez pas de le nier, répliqua-t-il, furieux. Cela aurait flatté votre vanité de voir deux hommes s'affronter pour vous. Peu importe si l'un d'eux y laissait la vie. Au contraire, ç'aurait été encore plus amusant. Car c'est bien ça que vous vouliez, vous amuser, non ? Faut-il que je rappelle ce type ? Il est trop fier pour se dérober deux fois de suite. Qu'en dites-vous ?

— Ce n'est pas juste, balbutia-t-elle. Ce n'est pas ce que je voulais, et vous le savez fort bien.

— Non, je ne le sais pas. La seule chose dont je sois sûr, c'est que vous pleurnichiez et réclamiez des distractions. J'avais raison à votre sujet. Vous n'êtes qu'une enfant gâtée, Angie Lindsay. Je suis content que John ne soit pas vivant pour voir ça.

Sans réfléchir, elle leva la main et le gifla, d'un coup sec qui laissa une marque blanche sur sa peau tannée. Le bruit la fit frémir mais il ne bougea ni ne cilla. Ses yeux devinrent deux glaçons qui examinèrent la jeune fille de la tête aux pieds. Pétrifiée, Angélique se recroquevilla. Puis, comprenant qu'elle n'avait nulle part où fuir, elle se redressa et le défia du regard.

— Laissez mon père en dehors de ça.

— Ça fait deux fois, déjà, que vous me frappez, dit-il d'une voix calme. La troisième, vous le regretterez. Ne jouez pas avec le feu.

Elle le crut. Sa colère se dissipa aussi vite qu'elle avait surgi. Mille pensées tourbillonnèrent dans sa tête. C'était vrai qu'elle n'avait cessé de le provoquer depuis le début de la soirée. Était-ce dû à l'alcool ? Elle se reprocha son comportement puéril et violent.

— Pardon, je n'aurais pas dû vous gifler…

— Non. Vous n'auriez pas dû.

Des ombres se dessinèrent sur le visage de Jake comme la porte de l'hôtel s'ouvrait et se refermait. La musique avait repris dans la *cantina* et un chien aboya à proximité.

— Jake, je suis désolée. J'ai eu tort, avoua-t-elle avec une sincérité qui la soulagea. Je me suis mal comportée ce soir et votre colère est justifiée.

Cet aveu le surprit.

— Il est tard, mademoiselle Lindsay. Votre mère doit s'inquiéter.

— Maman est déjà couchée, j'en suis sûre. Bette lui donne un médicament tous les soirs pour l'aider à dormir.

Le souvenir de leur étreinte sur le bateau revint inopinément la troubler. Il avait eu beau afficher un immense dédain, il n'avait pu cacher ce qu'il éprouvait. « Il est possible que je vous désire, Angie Lindsay, mais une fois mon désir apaisé, ne comptez pas me revoir », lui avait-il assené.

La sagesse lui ordonnait de s'enfuir ; au lieu de quoi, une étrange faiblesse la fit frissonner. Que c'était effrayant de perdre ainsi tout contrôle de soi, de vouloir qu'il la touche, qu'il l'embrasse, qu'il suscite à nouveau en elle cet émoi bouleversant ! Et pourtant, elle désirait ardemment l'entendre murmurer son prénom d'une voix rauque tout en l'étreignant.

Le cœur battant, la gorge sèche, les nerfs à se rompre, elle se sentait inexorablement attirée.

— Jake…

— Ne dites rien. Pour l'amour de Dieu, Angie Lindsay, éloignez-vous de moi, je vous en prie. Sinon, je ne réponds plus de moi… Ah, mon Dieu !

Elle s'appuya contre lui, bouleversée par la violence contenue de ses mots, par le désir ardent qu'elle lisait sur son visage. La sagesse aurait dû la faire reculer mais, sentant le cœur de Jake battre la chamade sous sa main, elle en fut incapable.

Puis ce fut trop tard car déjà il l'entraînait dans l'hôtel. Ils traversèrent le vestibule désert et suivirent un couloir obscur.

Sa chambre était chaude et étouffante, d'une intimité qui les absorba aussitôt. Il alluma une petite lampe et se retourna pour la regarder.

— Jake, je…

— Chut, Angie.

Il s'approcha et prit son visage entre ses mains. Ses prunelles brûlaient comme de l'or fondu. Lui caressant les lèvres du pouce, il s'inclina pour l'embrasser, et elle ferma les yeux.

Elle lui rendit son baiser qu'il prolongea jusqu'à ce qu'elle se détende un peu.

Baisers chauds, savoureux, sous lesquels elle avait la sensation de se transformer en pâte à modeler et qui pourtant lui fouettaient les sangs. Elle voulait tout ce qu'il lui ferait, elle avait besoin de se soumettre à sa force. Dès qu'elle l'avait aperçu dans la salle de bal de l'hôtel Saint-Louis, elle avait reconnu l'homme capable de lui faire baisser la garde.

Comme si elle l'attendait depuis toujours.

À présent, c'était à une nouvelle vie qu'il l'éveillait en lui caressant les seins, les hanches, les cuisses à travers le satin de sa robe.

— Enlevons ce truc, marmonna-t-il avec impatience en défaisant les boutons avec dextérité.

La robe glissa aux pieds d'Angie qui, vêtue de ses seuls sous-vêtements, frissonna sous la chaleur de son regard.

Lorsqu'il l'entraîna vers le lit, elle eut une pensée pour sa cousine Juliette qui, sortant des bras de Jean-Luc, venait lui raconter ce qu'ils avaient fait, des choses bien trop ridicules pour être vraies. Sûrement personne ne se livrait à de pareilles acrobaties, avait-elle estimé. Elle avait tenté d'imaginer maman autorisant de telles privautés à un homme, mais n'y était pas parvenue.

Et voilà qu'elle permettait à Jake Braden de s'allonger à côté d'elle et de caresser sa poitrine à travers la fine batiste. La soie collait à sa peau de telle façon qu'elle aurait pu aussi bien être nue.

La tête de Jake se pencha sur un sein qu'il prit dans sa bouche et titilla de la langue. Un éclair la traversa. Son gémissement ne l'arrêta pas, et elle s'étonna de ne pas le souhaiter. Comme si le feu qu'il venait d'allumer risquait de la consumer s'il s'arrêtait. Elle plongea les mains dans ses cheveux et le maintint contre elle.

Il souleva la tête, et passa à l'autre sein qu'il lécha lentement, à travers la soie. Le feu prit de la vigueur et descendit le long de son ventre, s'insinua entre ses cuisses.

Son corps désirait quelque chose d'inconnu, quelque chose qui apaiserait le feu qui l'habitait.

Jake se redressa d'un coup. Le souffle court, il la regarda dans la pénombre, puis il lui prit la main dont il embrassa la paume. Sans la quitter des yeux, il déposa un baiser sur chaque doigt, et elle sentit son tourment se dissiper légèrement lorsqu'il pressa sa bouche sur son poignet.

Heureusement, il savait comment calmer les craintes silencieuses d'Angie. Lentement, avec une infinie patience, il remonta le long de son bras, lui picorant la peau jusqu'à l'épaule. Puis il enfouit son visage dans le cou d'Angie ; son souffle chaud la fit frémir lorsque sa langue effleura son oreille.

Il l'embrassa sur la tempe, sur le front avant de redescendre sur la joue et de s'attarder sur la bouche. Ses lèvres glissèrent encore, savourèrent la texture de sa gorge, s'aventurèrent plus bas et, une fois encore, s'emparèrent d'un sein. Et à nouveau, elle se mit à désirer elle ne savait quoi.

Il s'agenouilla au-dessus d'elle et ôta avec délicatesse les derniers vêtements qui la voilaient encore à son regard amoureux. Elle serra les poings pour s'empêcher de protéger sa nudité des mains.

— Mon ange, que tu es belle !

Le son voilé de sa voix lui fit l'effet d'une caresse. La main de Jake s'insinua soudain entre ses cuisses ; elle voulut l'arrêter.

— Ne bouge pas, mon ange. Je ne te ferai pas mal. Tu le sais.

Elle le savait, mais être nue alors que lui-même, encore habillé, explorait son corps, était difficile. Son ventre semblait palpiter, et ses nerfs étaient si sensibles qu'elle poussa un cri lorsque la main de Jake alla se nicher dans le buisson doré entre ses cuisses.

Il penchait la tête, si bien qu'elle ne voyait plus que ses cheveux noirs et ses épaules tandis que ses doigts exploraient ce recoin secret. Elle trembla sous la pression insistante de ses caresses, et un nouveau brasier s'alluma en elle, plus fort et plus vif encore que le précédent.

L'explosion survint, la secouant tout entière, et elle se pressa avec extase contre la main de Jake tandis que de délicieux frissons la parcouraient.

— Oh, Jake, murmura-t-elle dans un sanglot. Que c'est bon... Ô mon Dieu...

— Oui, mon ange, dit-il en l'embrassant. Et ça va être encore mieux.

— Je ne crois pas que ce soit possible.

— Si, si, mon ange, assura-t-il en la regardant avec des yeux ardents. Ce n'est que le début. Touche-moi maintenant... Non, non, n'aie pas peur et puis il est trop tard pour s'arrêter, de toute façon.

Il lui prit la main et la posa entre les pans de sa chemise déboutonnée. Elle sentit les muscles durcir sous sa paume. D'une main, il défit sa ceinture et déboutonna son pantalon tandis que de l'autre, il entraînait celle d'Angie plus bas. La peau était chaude et tendre sous ses doigts curieux. Après un moment, elle retira sa main.

— Voilà, ce n'était pas si terrible que ça, si ? demanda-t-il en riant.

— Non, fit-elle en se mordant les lèvres.

Se détournant, elle entendit le choc métallique de la boucle de la ceinture sur le sol. Puis il se leva et, prise de panique, elle ferma les yeux pendant qu'il se débarrassait de son pantalon et de ses bottes.

Ô mon Dieu, tout allait trop vite. Elle ignorait si elle était prête pour ça, si elle pourrait faire ce qu'on lui avait raconté. Les sensations violentes qu'elle venait d'éprouver l'avaient anéantie, rendue incapable de réaction...

Le matelas s'affaissa sous le poids de Jake et elle sentit son corps chaud s'allonger contre le sien. Il lui prit le menton, et l'embrassa. Une main se posa sur son sein, et le caressa. Elle n'osait plus bouger.

Puis la langue de Jake se mit à dessiner des cercles autour du téton tandis qu'il caressait l'autre sein. Et, à nouveau, son ventre se creusa, palpitant, exigeant elle n'osait imaginer quoi. Elle serra les cuisses, ce qui ne fit qu'exacerber les sensations qu'elle ressentait déjà. Comme s'il devinait ce qu'elle éprouvait, Jake prit le bout de son sein entre ses lèvres et téta avec une ardeur qui la fit gémir.

— Jake... non. Je ne pense pas pouvoir...

— Chut, mon ange. Tu peux. Tu peux...

Ses mots se perdirent dans le brouillard confus des sensations nouvelles qui la submergeaient, et elle en oublia ce qu'elle avait voulu dire. Tout était très différent de ce qu'elle avait imaginé et la gêne qu'elle avait éprouvée à être nue avait disparu, balayée par le besoin irrépressible d'explorer les limites de sa sexualité.

Lorsqu'il s'en prit à l'autre sein, des vagues de plaisir proches de la douleur la parcoururent. Mais dès qu'elle se crut sur le point d'exploser à nouveau, il s'interrompit et la regarda avec des yeux brillants de passion. Puis il lui prit la main, et la posa sur sa poitrine puis sur son ventre. Elle sentit ses muscles se contracter sous sa paume tandis qu'il l'attirait plus bas encore.

Elle retint son souffle. Ça aussi, c'était bien différent de ce qu'elle avait imaginé, dur et tendre à la fois, étrangement chaud et d'une texture veloutée. Les yeux fermés, il lui maintint la main puis la lâcha.

Elle referma les doigts autour de son membre, découvrit sa force, le caressa d'abord avec hésitation, puis, sentant que Jake n'était pas insensible à son toucher, avec plus d'assurance. Il palpitait sous sa main.

— *Jésus*... souffla-t-il.

Elle le regarda. Ce visage qui lui avait toujours paru dur et insensible avait pris une expression douloureuse ; la mâchoire s'était crispée.

S'enhardissant, elle caressa le ventre plat et la poitrine, découvrant des cicatrices, certaines petites, presque indécelables, d'autres grandes et boursouflées.

— Angie... gémit-il lorsqu'elle s'empara de son sexe à nouveau.

Cette fois-ci, il lui prit le poignet pour stopper ses caresses, puis la fit s'allonger sur le dos et se hissa à califourchon sur elle. Sa poitrine se soulevait et s'abaissait sur un rythme rapide. Son poids la clouait sur le lit, et elle sentit son sexe se presser entre ses cuisses ouvertes.

Le cœur battant, elle comprit à son regard qu'il n'attendrait plus. Doucement, il s'introduisit en elle, chaud, puissant, tout en l'embrassant avec ardeur, lui faisant oublier ce qui allait se produire ensuite. Il en profita pour pousser plus avant et s'enfonça en elle. Une douleur fulgurante la fit crier.

Il releva la tête.

— C'était le pire, mon ange. Je te le promets. Tu ne souffriras plus.

Guère rassurée, elle ferma les yeux et bientôt il se mit à bouger en elle, cette fois avec une lenteur qui anéantit toute idée de résistance, en un va-et-vient languide.

Ce n'était plus le délicieux plaisir de tout à l'heure, car c'était encore trop vif, trop méconnu pour être agréable mais bientôt naquit un désir nouveau. Elle souleva les hanches pour mieux l'accueillir en elle, et noua les mains sur sa nuque afin de calquer son rythme sur le sien.

Comme c'était étrange de penser qu'il y avait peu, elle ignorait son existence, et qu'à présent ils étaient aussi proches l'un de l'autre que pouvaient l'être un homme et une femme... Avait-il fait cela avec Eugénie ? Avec la dénommée Anna ? Mais bien sûr, se dit-elle avec un brusque accès de jalousie.

Non, elle ne voulait pas penser à ça maintenant, pas alors qu'il l'étreignait avec une telle fougue. Et il s'était montré si prévenant, il avait tant cherché à ne pas l'effrayer qu'il devait forcément se soucier d'elle, peut-être même l'aimer...

Jake ayant accéléré ses mouvements, elle en fit autant et ne pensa plus qu'aux sensations qui naissaient en elle et aux encouragements qu'il lui murmurait à l'oreille. Mon ange, *querida*, chérie, les mots tendres se succédaient. Puis, comme de très loin, elle l'entendit émettre un râle, le sentit se raidir et enfin se détendre en reposant brièvement sur elle avant de basculer sur le côté sans pour autant relâcher son étreinte.

Le cœur d'Angie reprit peu à peu un rythme normal mais l'étrange impatience qui l'habitait ne l'avait pas quittée. C'était tout ? N'était-il pas censé y avoir un grand final ? Elle sentit les yeux de Jake scruter son visage et un accès de timidité lui fit tourner la tête. Il éclata de rire.

— Ne crois pas que ça doive s'arrêter là pour toi, *pequeña*, murmura-t-il. Simplement, il faut un peu de temps pour que tu en profites pleinement.

— Combien de temps ?

Elle ne s'attendait pas qu'il comprenne sa déception.

— Chérie… regarde-moi.

Comme elle ne bougeait pas, il glissa un doigt sous son menton et lui fit tourner la tête. Il souriait avec une expression proche de la tendresse.

— Dieu sait pourquoi, mais les femmes sont ainsi faites que leur première expérience n'est pas exceptionnelle. Pour moi, c'était très bien mais, pour toi, la prochaine fois, ce sera beaucoup mieux, je te le promets.

Le cœur d'Angie fit un bond dans sa poitrine. *La prochaine fois !* Oui, il y aurait une prochaine fois et il avait raison, ce serait beaucoup mieux. Elle le savait. Avec un soupir, elle nicha la tête dans le creux de l'épaule de Jake qui referma les bras sur elle. Un sentiment de sécurité l'envahit. Comme c'était étrange de reposer ainsi contre lui, comme s'ils étaient amants depuis des années.

Bercée par le rythme régulier du cœur qui battait sous son oreille, elle se détendit peu à peu. C'était donc cela, connaître un homme ; l'impression d'intimité la comblait plus que l'acte lui-même. En tout cas, ni l'un ni l'autre ne ressemblaient à ce qu'elle avait imaginé en entendant Juliette. Peut-être cette différence tenait-elle à ce que Jean-Luc était très différent de Jake. Oui, ce devait être ça. Pourquoi, sinon, se sentirait-elle aussi bien ? Si détendue et même un peu ensommeillée ? Bien qu'il se fît tard, elle s'autorisa à fermer les yeux deux minutes...

Jake la secoua.

— Il faut que tu rentres, Angie. Réveille-toi, mon ange.

Elle obéit et se laissa faire en rougissant lorsque, à l'aide d'une serviette trempée dans de l'eau tiède, il la lava délicatement entre les cuisses. Il l'aida à s'habiller puis s'agenouilla pour lui enfiler ses bas.

La voyant chanceler, il sourit.

— Je me rhabille et je te ramène. Dieu sait que je préférerais te garder ici toute la nuit, mais quelle histoire ça ferait demain !

Demain. Oui, lorsque la lumière du jour reviendrait, elle devrait lui faire face à nouveau. Qu'éprouverait-elle alors ? Et *lui* ? La regarderait-il autrement maintenant qu'il la connaissait intimement ? Ou bien, à l'exemple de Jean-Luc, la repousserait-il froidement ?

Elle frissonna, et il lui reprocha d'être sortie sans se munir d'un châle.

— Dans ce pays, il fait une chaleur d'enfer dans la journée, mais les nuits sont froides.

Jake la ramena à son hôtel et demanda au cocher de l'attendre. Heureusement, le vestibule était sombre et un seul employé occupait la réception, leur tournant le dos.

— Va tout droit dans ta chambre, Angie, dit Jake en lui prenant le menton. Inutile de chercher les ennuis.

Mais plus tard, une fois au lit, fixant le plafond que l'aurore commençait à éclairer, elle se demanda si les ennuis n'avaient pas déjà commencé.

15

Après deux jours de voyage, Angie devait admettre que si voyager à cheval était moins confortable que dans un chariot, c'était plus rapide. En une journée, ils pouvaient parcourir plus de quarante kilomètres. Et monter à califourchon était bien plus amusant que de monter sur une selle d'amazone !

Avant de quitter San Antonio, elles avaient acheté de vastes jupes-culottes et des chemisiers en coton léger, offrant une plus grande liberté de mouvement. D'abord scandalisée, maman s'était fait une raison.

Au soir du second jour, la pauvre Bette qui montait à cheval pour la première fois éprouva de grandes difficultés à marcher.

— Vous vous y habituerez, remarqua Dave Logan.

Ses yeux se plissèrent d'amusement quand elle marmonna en français qu'elle mourrait avant.

— J'ai beau ignorer cette langue, je crois avoir saisi l'essentiel de ce que vous avez dit, fit-il en adressant un clin d'œil à Angie qui, trop fatiguée, se contenta de hausser les épaules.

Chevaucher dans ce pays aride et rocailleux n'avait rien à voir avec les agréables promenades dont elle avait l'habitude.

— Dès demain, mesdames, vous vous occuperez vous-mêmes de vos montures, reprit Logan. Tom

Spencer et moi, on peut vous montrer comment faire, si vous le souhaitez.

Angie le fusilla du regard.

— Puis-je vous demander pourquoi nous devrions soigner nos chevaux, monsieur Logan ?

— Eh bien, mam'zelle, Braden pense qu'il faut que vous sachiez comment faire au cas où quelque chose vous y obligerait.

Il baissa les yeux sur ses bottes poussiéreuses avant de s'éclaircir la gorge et de poursuivre d'un ton embarrassé :

— On ne sait jamais. Si jamais on se retrouvait séparés, ça serait rudement embêtant que vous ne sachiez pas comment vous y prendre.

— Je vois. Pour survivre, il nous faut apprendre à nourrir nos chevaux ou à les manger ?

Angie faillit éclater de rire devant le regard peiné de Logan.

— Non, madame, répondit-il, mais si vous vous égarez et que vous n'y connaissez rien aux chevaux, vous risquez de vous retrouver à pied avant peu... Je n'ai peut-être pas choisi le bon moment pour vous le dire, vu que la journée a été longue.

— En effet, monsieur Logan, fit Angie en lui souriant. Est-ce que demain ça ira pour cette nouvelle leçon ?

— Oui, m'dame, ça ira.

Il effleura du doigt le bord de son chapeau, salua Louise d'un hochement de tête et, après un dernier coup d'œil à Bette, rejoignit les hommes qui installaient le campement.

Angie croisa le regard de Randy Walker qui la salua brièvement. Elle rougit. Avait-il raconté à ses compagnons qu'il l'avait vue rentrer à l'hôtel en compagnie de Jake ?

Le lendemain, Randy Walker était venu la trouver pour protester d'une voix amère :

— Si vous m'aviez dit que votre objectif était de rendre Braden jaloux, je ne me serais pas ridiculisé en tentant de défendre votre honneur.

Médusée, elle avait gardé le silence un moment puis elle lui avait demandé si c'était à cela qu'il devait son œil au beurre noir et sa lèvre fendue.

— Ça a l'air douloureux. La bagarre a été terrible ?

— C'est pour moi que vous vous inquiétez, ou pour votre amant ? avait-il grondé. Ne vous tracassez pas pour lui, en tout cas. Il est en bien meilleur état que moi.

Peinée, elle avait posé la main sur son bras ; il l'avait repoussée en lui jetant un regard noir.

— Il vaut mieux que Braden ne vous voie pas avec moi. Sinon, je vais me retrouver à faire l'éclaireur tout seul en plein territoire apache.

Depuis lors, il l'évitait. Attitude qui irritait la jeune femme. Pourquoi n'aurait-elle pas le droit de lui préférer Jake ? Elle ne lui devait rien, et il n'était pas le seul avec qui elle ait flirté. Dans ce pays, les hommes prenaient ce genre de choses trop *sérieusement* ; un Français aurait haussé les épaules et souri avec ironie avant de se trouver une autre compagne.

Maman ignorait tout, bien sûr, mais les regards entendus de Bette laissaient à penser qu'elle ne dormait peut-être pas lorsque sa maîtresse était rentrée dans la chambre. Quant à Angie, elle se demandait si tout le monde devinait combien elle avait changé.

Car elle avait réellement l'impression d'être quelqu'un d'autre. Non plus une vierge innocente, une enfant naïve, mais une femme expérimentée. Elle se rappela soudain Juliette et son bonheur au début de sa liaison avec Jean-Luc. Avait-elle ressenti le même optimisme avant que son amour n'ait été cruellement trahi ?

Mais le cas était différent. Elle n'était la fiancée de personne, et Jake Braden n'était pas un chasseur de dot comme l'affreux Jean-Luc. Non. Il s'était montré si gentil, si attentionné que jamais il ne la traiterait comme Jean-Luc avait traité Juliette.

Il faisait encore très chaud lorsqu'elle étendit sa couverture près du feu. Où était Jake et pourquoi n'avait-il pas tenté de la revoir ? se demanda-t-elle. Leurs seuls contacts avaient eu lieu en présence des autres, le pire étant qu'il ne paraissait pas souffrir de cette absence d'intimité. Elle avait droit à la même politesse froide que Louise, encore que celle-ci ait été conviée à l'accompagner en tête du convoi, ce qui avait exaspéré Angie.

Mais peut-être était-ce afin de la protéger, se dit-elle en se rappelant qu'il avait été sur le point de se battre pour elle. Si Jake avait montré la moindre hésitation, la moindre faiblesse, des coups de feu auraient été échangés. Pablo s'était retiré parce qu'il avait senti à quel point Jake était déterminé. Détermination qu'elle avait perçue elle aussi, tout comme elle avait perçu sa froide nonchalance, comme si tuer un homme était affaire de routine.

Était-ce le cas ? Des rumeurs lui étaient parvenues, sans qu'elle puisse en vérifier le bien-fondé. Autour du feu, le soir, pendant que Jake et Logan examinaient les environs, les hommes bavardaient, à propos de tout et de rien, et parfois au sujet de Jake.

Tom Spencer, un individu peu bavard et pince-sans-rire, raconta que Braden s'était jadis battu au côté des Comanches.

— Avec des peintures de guerre et tout le bazar, à ce qu'on m'a dit, fit-il avant de cracher un jet de chique brunâtre dans la poussière.

— Ah, Spencer, t'es vraiment un…

Dap Higdon s'interrompit, jeta un coup d'œil aux femmes, et acheva :

— … un imbécile. Si Braden s'était battu avec les Comanches, il ne serait pas éclaireur pour l'armée.

— Non ? Il y a plein d'Indiens qui travaillent pour l'armée de nos jours. On dit que pour dénicher les Indiens, il faut en être un soi-même. Et comme Braden les connaît mieux que personne, c'est qu'il a vécu avec eux… Ça m'étonnerait pas de le voir débouler un jour avec des plumes sur la tête et des scalps à la ceinture, ajouta-t-il en riant franchement.

— Voyons, il ne ferait jamais une chose pareille, protesta Louise, scandalisée.

— C'est pas sûr, m'dame, mais c'est pas impossible non plus, répondit Spencer. Comprenez-moi bien, Braden n'est pas une tête brûlée. Mais il a une réputation de tireur d'élite et il est pas homme à reculer devant une bagarre.

Angie frémit. Ces propos ne l'étonnaient pas. Ne l'avait-elle pas vu relever un défi ? Et entendu affirmer qu'il ne se déroberait pas en cas d'affront ? À Galveston, un homme était mort, exactement comme Jake l'avait prédit quelques minutes auparavant.

Les yeux écarquillés, Bette se pencha pour demander d'une voix haletante :

— Mais le capitaine Braden n'est quand même pas l'un de ces terribles Comanches ?

— Difficile à dire, m'dame. En tout cas, quand c'est nécessaire, il se comporte comme eux. Mais, d'un autre côté, il est trop civilisé pour en être un.

— Ça, ce n'est que *ton* opinion, intervint Randy Walker, attirant sur lui tous les regards.

Un lourd silence s'installa qu'Angie brisa.

— Il serait préférable que nous changions de

sujet, monsieur Spencer. Celui-ci semble agiter certaines personnes.

Randy ne répondit rien mais, la mâchoire serrée, il se leva et s'éloigna.

Je m'en fiche ! fulmina Angie. Qu'il boude autant qu'il veut. Il a tort de montrer qu'il n'aime pas Jake ; ces hommes ne sont pas stupides, et maman non plus. Je ne prendrai pas position. Pas tant que je n'aurai pas eu une conversation avec Jake... Ou dois-je l'appeler Diego ?

James... Diego... en espagnol. Était-il espagnol ou mexicain ? Malgré ce qu'ils vivaient ensemble, elle le connaissait mal et doutait de pouvoir lui poser un jour de telles questions.

Elle hésitait à prendre Spencer au sérieux mais imaginer Jake à moitié nu et couvert de peintures de guerre n'était pas difficile car, avec sa peau tannée et ses cheveux noirs, il avait effectivement le type indien. Henri Delacroix lui avait raconté d'un ton méprisant que Braden était un métis, issu d'un père mexicain et d'une femme comanche. Était-ce vrai ? Et cela avait-il de l'importance ? Quel dommage qu'elle ne puisse lui parler !

Ce n'était jamais le moment car, depuis leur nuit fiévreuse et passionnée, ils n'avaient pas été seuls une minute. Comment le prendre à part sans révéler aux autres... combien ils avaient été *intimes* ? Maman devinerait la vérité. Non, il était sans doute préférable d'observer pour l'instant une grande discrétion.

L'air frémissait encore de chaleur, mais avec le crépuscule, des ombres pourpres s'allongèrent sur la terre plate parsemée de buissons rachitiques. Le campement avait été dressé à l'ombre d'un bosquet de cotonniers, à proximité d'un maigre ruisseau.

Soulevant sa jupe pour éviter qu'elle ne traîne dans la poussière, Louise alla s'asseoir sur un rocher plat au bord de l'eau. De grandes herbes aux feuilles pointues et aux fleurs bleues se balançaient dans le courant. La nuit tombait doucement. La terre avait beau être durcie par la sécheresse, un orage pouvait transformer en un rien de temps ce calme cours d'eau en un torrent qui balaierait tout sur son passage. Les crues subites étaient fréquentes et terrifiantes dans ce pays aride.

Louise n'avait pas oublié celles auxquelles elle avait assisté. Visions cauchemardesques dont le colonel Jim Patterson lui avait rappelé les pires.

Elle serra les mains entre ses genoux et, oubliant ses courbatures et ses inquiétudes au sujet d'Angélique, revécut les mois terrifiants durant lesquels elle s'était sentie seule et vulnérable. Obsédé par sa terre, John n'écoutait pas ses plaintes. Il avait fallu qu'elle se trouve en danger de mort pour qu'il comprenne combien la vie était fragile. Il était trop tard, alors ; Louise avait acquis la conviction que rester un jour de plus au Nouveau-Mexique était une épreuve insurmontable.

Sans Jim Patterson, à l'époque simple capitaine, elle serait morte.

Fermant les yeux, Louise frémit. Ce pays impitoyable vous dépouillait de tout si l'on manquait de vigilance.

Pourquoi avoir accepté de revenir ? Si M. Gravier et le gouverneur Warmoth, qui avaient pourtant promis de l'aider, ne l'avaient pas trahie en encourageant la jeune fille à réclamer son héritage, elle serait parvenue à convaincre Angélique. Pendant qu'elles couraient mille dangers, les deux hommes restaient tranquillement à La Nouvelle-Orléans et les seuls ennuis qu'ils risquaient avaient trait à leur cupidité et à leur soif de pouvoir. Jamais elle n'aurait dû confier ses intérêts à Raoul Gravier mais il lui avait montré un papier qui avait toutes les apparences de la légalité. Le capitaine Braden avait raison à son sujet, elle aurait dû l'écouter.

Un vent chaud agita le feuillage des cotonniers. L'un des hommes s'approcha du ruisseau pour y remplir un seau. Elle l'observa en silence. Il avait l'air fatigué ; la poussière recouvrait son pantalon bleu et ses bottes d'un film épais. Elle reconnut Dave Logan, un ami de Jake Braden.

Le front de Louise se plissa. Jake Braden, une énigme. La façon dont Angélique le regardait ne lui avait pas échappé. Et réciproquement, ce qui était pire.

Il y avait quelque chose entre eux, quelque chose de nouveau. Les signes étaient visibles : ils s'évitaient avec soin ; Angélique lui jetait de brefs coups d'œil et rougissait lorsque leurs regards se croisaient. La peur envahit Louise ; elle espéra vivement que sa fille n'avait pas eu la sottise de céder à cette brute.

Angélique était obstinée, forte, courageuse, tout le contraire de sa mère à son âge. Louise avait toujours été craintive et, avec les années, elle l'était devenue encore plus, et pas seulement pour elle-même.

Elle savait ce qui les attendait à la fin du voyage car le ranch Double X ne devait guère être différent depuis son départ. En apparence peut-être, avec de nouveaux bâtiments, une plus grande maison, des murs plus épais, mais l'environnement serait le même. Rien ne pouvait modifier ce paysage désolé, ces collines nues, ces kilomètres et ces kilomètres d'herbe clairsemée et de buissons squelettiques. Ni rien changer à ces vents chauds qui charriaient une poussière suffisamment épaisse pour faire suffoquer un bouvillon.

L'idée que sa fille veuille demeurer sur cette terre hostile au péril de sa vie lui était insupportable.

Elle serra les poings. Quitte à signer un pacte avec le diable, elle ramènerait sa fille en France. Si seulement John n'avait pas envoyé cette lettre ! Il l'avait fait exprès. Il avait deviné qu'une jeune fille impressionnable se laisserait séduire par la perspective de vivre une aventure… Durant un instant, Louise ne fut pas loin de le haïr.

Poussée par la rancœur, elle en vint à envisager de demander l'aide de don Luis, le seul homme capable de faire modifier le testament de John.

En théorie, obtenir de l'argent en échange du ranch semblait facile mais ce ne serait pas le cas. Trop d'hommes désiraient cette terre et étaient prêts à tuer pour s'en emparer. Voilà pourquoi il lui fallait s'appuyer sur un pouvoir solide.

Mais elle le savait, traiter avec don Luis, cela revenait à traiter avec le diable.

Louise inspira profondément. Le parfum de l'armoise emplissait l'air. Le soleil s'était couché et il faisait plus frais. On apercevait déjà la lune, à demi pleine, qui scintillait au-dessus de la prairie pourpre sombre. Le cri aigu d'un coyote la fit frémir. Des prédateurs rôdaient partout, et ceux qui appartenaient à l'espèce humaine étaient plus effrayants que les autres. Elle regagna le campement.

Lorsque Jake Braden rentra, Louise se dit qu'avec ce visage tanné et ce corps maigre et musclé, il ressemblait vraiment aux sauvages peinturlurés qui tuaient et pillaient sans scrupule.

Apparemment, elle n'était pas la seule à le penser car, avant d'avoir pu identifier la silhouette sombre, l'un des éclaireurs avait saisi son fusil.

— Braden ! s'écria Spencer en abaissant son arme. Tu aurais dû t'annoncer. Tu vas te faire descendre si tu déboules comme ça.

— Un type qui ne peut pas distinguer un Apache d'un homme avec qui il travaille depuis deux semaines ne mérite pas que je le paye.

Jake passa une jambe par-dessus la selle et sauta à terre.

— Tu aurais pu au moins reconnaître le cheval, ajouta-t-il.

Sa monture, un bai au chanfrein orné d'une tache blanche, était facilement reconnaissable. Spencer rougit.

— Ce n'est pas avec un Apache que je vous ai confondu. Vous êtes trop grand pour qu'on vous prenne pour un de ces culs-de-jatte, mais quant à ressembler à un guerrier comanche, il ne vous manque qu'un peu de peinture jaune sur la figure et un pantalon de cuir… Comment pouvais-je deviner que c'était vous ?

— Utilise les jumelles. C'est pour ça qu'on nous en a donné, répliqua Jake en ôtant son chapeau pour s'essuyer le front. Qui est censé monter la garde, ce soir ?

— Wright et Jones.

— Envoie un homme jeter un œil. Je n'ai vu aucun d'eux.

Il s'approcha du seau d'eau et porta la louche à sa bouche. Louise intercepta le regard qu'il jeta à Angélique. Assise auprès du feu, l'air pimpant malgré la chaleur, les cheveux retenus sur la tête par un peigne, la jeune fille bavardait avec Bette. Elle fixa brièvement Jake Braden, puis se détourna.

Louise se renfrogna. Cet échange de regards était lourd de sous-entendus qu'elle ne désirait pas approfondir de peur qu'ils ne confirment ses soupçons. Ô mon Dieu... C'était le visage tuméfié de Randy Walker qui lui avait mis la puce à l'oreille.

Juste avant de quitter San Antonio, elle était tombée sur les deux hommes, les poings serrés et les vêtements déchirés. Ils avaient prétendu s'être battus par jeu mais leurs yeux ne révélaient aucune complicité, seulement la colère, et la lèvre fendue du lieutenant n'était manifestement pas due à une gifle amicale. Elle avait déjà vu des rixes mais pas depuis qu'elle avait quitté l'Amérique.

Son instinct lui avait aussitôt soufflé qu'Angélique y était pour quelque chose.

Après cela, Louise avait été surprise de voir que Walker faisait toujours partie de l'escorte bien qu'il ne fît plus mystère de son aversion pour Jake Braden.

La situation était extrêmement embarrassante.

Dave Logan aussi s'en était rendu compte et il s'arrangeait pour séparer autant que possible les deux hommes. Inutile de déclencher un drame.

Un peu surpris, Logan vit Angie Lindsay venir s'asseoir à côté de lui. Elle étala sa longue jupe-culotte sur ses jambes dans un geste bien féminin qu'il trouva à la fois charmant et inquiétant. L'expérience lui ayant appris que les femmes ne craignaient pas d'user d'artifices pour en venir à leurs fins, il se sentit nerveux.

— Bonsoir, mademoiselle, fit-il.

— Bonsoir, monsieur Logan. Je voulais vous demander quelques informations.

— Ah bon ? bredouilla-t-il en quêtant du regard le soutien de Jake Braden qui discutait auprès du feu. J'sais pas si je peux. Pour les informations, le capitaine Braden est meilleur que moi.

— Vous n'avez pas besoin de lui répéter nos propos, alors cessez de regarder dans sa direction.

Partagé entre l'amusement et l'inquiétude, il l'examina avec circonspection. Un beau brin de fille, avec des cheveux d'un roux doré et la peau blanche et lisse dont parlent les poètes. Un homme pourrait se noyer dans ses yeux violets qu'ombrageaient de longs cils. Ce n'était pas lui qui reprocherait à Jake de prendre ce qu'on lui offrait, mais il ne voulait surtout pas y être mêlé.

Les lèvres pulpeuses d'Angie s'incurvèrent dans un sourire qu'il lui rendit malgré lui.

— Vous êtes l'ami du capitaine Braden depuis longtemps, d'après ce que j'ai cru comprendre.

Devinant aussitôt où elle voulait en venir, il hocha la tête avec prudence.

— Oui, mademoiselle. Mais nous ne discutons jamais de nos affaires personnelles. Si vous voulez apprendre des choses sur lui, adressez-vous directement à lui.

— Vous ne mâchez pas vos mots, monsieur Logan.

— En effet. Ça fait gagner du temps.

Fronçant les sourcils, Angie lâcha un soupir exaspéré.

— Et que faites-vous de ce gain de temps, monsieur Logan ?

— Je m'estime heureux de l'avoir.

— Sans doute, fit-elle en lui décochant un regard en coin qui le troubla. Pourquoi faites-vous ce métier ? Je veux dire, voyager d'un bout à l'autre de ce pays et recommencer dans l'autre sens ? Ça doit être fatigant et, au bout d'un certain temps, ennuyeux.

— De temps en temps, oui.

Le buste légèrement renversé en arrière, elle plia une jambe et noua les mains autour du genou, dans une attitude à la fois détendue et séductrice.

— Mais peut-être que faire toujours la même chose vous donne un sentiment de sécurité ?

— La sécurité, j'peux pas dire. Si on ne rencontre pas d'ennemis, ça va, mais c'est rare. Ils sont toujours dans le coin.

— Toujours ? s'écria-t-elle en se redressant. Ils sont là, en ce moment ?

— Oui, mais que ça ne vous empêche pas de dormir. C'est trop plat par ici pour qu'ils se faufilent jusqu'à nous. On les verrait arriver de loin. Il n'y aura de danger qu'en approchant des montagnes. Les rochers et les arroyos leur permettent de se cacher. C'est à ce moment-là qu'il faudra faire attention. On n'a pas le temps de dire ouf qu'une bande d'Indiens vous tombe dessus et alors on a intérêt à être prêt.

— Monsieur Logan, êtes-vous en train d'essayer de me faire peur ? gronda Angie.

— Oui, mademoiselle, répondit-il avec un sourire. Mais pas la peine de vous fâcher contre moi.

Elle se leva, et lissa sa jupe en lui jetant un regard glacial.

— Je sais à quoi vous jouez.

Il se mit debout, repoussa son chapeau sur la nuque. Tout amusement l'avait quitté. Il eut très envie de lui dire ce qu'il pensait, à savoir qu'avec Braden elle ne récolterait que déceptions et souffrances, mais l'expérience lui avait appris que peu de femmes appréciaient ce genre d'avertissement, alors quant à en tenir compte… Aussi haussa-t-il les épaules et se cantonna-t-il au seul conseil qu'il jugeait acceptable.

— Mademoiselle, vous faites fausse route. Jake est là-bas. C'est à lui que vous vouliez parler.

Il s'attendait à une réaction de colère, au lieu de quoi elle hocha la tête et répondit avec une franchise inattendue :

— Jake est beaucoup plus difficile à approcher que vous.

Effectivement il avait l'air inaccessible. Accroupi à la manière des Indiens devant le feu, le visage fermé, il se servait de haricots dans une assiette en étain. Dave lui avait déjà vu cette expression, généralement annonciatrice d'ennuis.

Il chercha des yeux Randy Walker et ne le trouva pas. Une tension à couper au couteau séparait les deux hommes. Il ne s'écoulerait pas longtemps avant qu'un drame n'éclate. C'était inévitable.

Si cela devait arriver, se dit Dave, autant que ça se produise avant les contreforts des montagnes, car il n'avait pas menti en évoquant les dangers qui les guettaient. Ils n'avaient pas encore franchi la rivière Pecos que déjà les signes de la présence d'Indiens se multipliaient.

Décidément, ce voyage s'annonçait dangereux de plus d'une façon.

16

La traversée de la plaine se fit sous une chaleur accablante. Difficile de croire qu'il restait près de deux cents kilomètres à parcourir tant la barrière bleutée des montagnes semblait proche. Pourtant, il leur faudrait encore plusieurs jours avant d'atteindre le défilé.

Une espèce de routine s'était instaurée. Ils se levaient de bonne heure pour profiter de la fraîcheur et l'un des hommes, Tom Spencer le plus souvent, préparait un rapide petit déjeuner composé de bacon et de haricots, toujours accompagnés d'un café fort et brûlant. Angie avait mis plusieurs jours à s'habituer à son amertume mais si on le buvait vite et chaud, c'était supportable.

De si bon matin, rien n'avait d'importance ; elle était trop ensommeillée pour se plaindre de la monotonie du menu. Dormir enroulée dans une couverture, à même le sol, ne présentait plus le charme de la nouveauté et la pauvre Bette déplorait l'absence du chariot dans lequel elles avaient effectué le début du voyage.

— Mon Dieu ! Coucher sur cette banquette dure était moins pénible que sur la terre, comme un chien.

— Le chariot nous ralentissait, lui expliqua Logan avec une infinie patience. Sans lui, on va franchir les montagnes plus facilement et les mules qui portent nos affaires ont le pied sûr.

Angie était angoissée à l'idée d'approcher des montagnes mais pour rien au monde elle n'aurait avoué que Dave Logan avait réussi à lui faire peur.

Toute la journée, il leur fallut porter un foulard pour se protéger le nez et la bouche du sable que charriait un vent chaud. L'eau était rationnée entre les puits peu fréquents et les maigres ruisseaux que Spencer osait appeler rivières.

— Pour moi, c'est plutôt de la pisse de bison, commenta Danny Wright lorsqu'ils s'arrêtèrent près d'un filet boueux en fin d'après-midi.

Bien qu'elle fût d'accord sur ce point, Angie y trempa son foulard pour se laver le cou, ce qui eut pour seul résultat de transformer la poussière en boue. Elle aurait dû le deviner mais il faisait tellement chaud et elle se sentait si mal à son aise ! Avait-elle vraiment désiré cette chaleur ? Cela semblait un rêve, à présent.

Pris de pitié, Danny Wright lui proposa de s'occuper de sa monture pendant qu'elle « se rafraîchissait un peu ».

— Oh, merci, Danny, soupira-t-elle.

Il prit les rênes et emmena le cheval en amont du ruisseau. Elle s'agenouilla sur le sol durci par la sécheresse et enleva le chapeau à large bord qui la protégeait du soleil. Une douleur lui vrillait les tempes et ses yeux, meurtris par l'éclat brillant des rochers et des pierres, ne cessaient de pleurer.

Une main se posa sur son épaule. Avec un sursaut, elle se retourna. Jake Braden se tenait derrière elle.

— Vous devriez aller en amont, là où boivent les chevaux. L'eau y est un peu plus propre.

— Vous avez raison, dit-elle en rougissant de n'y avoir pas pensé. J'étais trop pressée. Il fait si chaud.

Les yeux de Jake s'attardant sur elle, elle se rendit compte que son chemisier était à moitié déboutonné et que sa peau brillait sous l'effet conjugué de la sueur et de l'eau. Le cœur battant, elle devina qu'il se souvenait de leur nuit à San Antonio.

Ils étaient seuls ; les hommes avaient emmené les chevaux dans le ruisseau et s'aspergeaient à l'aide de leurs chapeaux. Maman et Bette avaient eu la bonne idée de se rendre plus en amont pour mouiller leurs foulards et se rafraîchir le visage et le cou.

— Je croyais qu'il fallait attendre que les chevaux aient moins chaud avant de les faire boire, remarqua-t-elle afin de dissiper le silence gênant.

— D'habitude, oui. Mais, en fin de journée, il fait meilleur et boire un peu ne leur fera pas de mal. Dans ce pays, les chevaux sont notre bien le plus précieux.

— Oui. C'est ce que disait M. Logan.

Agacée de se sentir troublée par son regard, Angie tripotait gauchement les plis de sa jupe.

— Il a dit aussi, reprit-elle, qu'on peut aller plus vite à pied qu'à cheval.

— C'est vrai. Un soldat entraîné est capable de marcher quarante kilomètres par jour. Alors que si l'on veut garder un cheval en bonne santé, on ne peut pas lui en demander plus de trente-cinq.

— Je croyais les chevaux plus résistants que nous.

— Plus rapides, en fait.

Il repoussa son chapeau sur la nuque et ferma à demi les yeux pour se protéger du reflet du soleil sur l'eau.

— Vous voulez monter avec moi, demain, en tête du convoi ?

Le cœur d'Angie fit une embardée. « Oui ! » eut-elle envie de crier. Elle se retint, de peur de paraître trop ardente.

— Ça n'est pas dangereux d'être seuls ?

— Pas encore. D'ailleurs, nous ne serons pas très loin. Nous attendrons les autres à fort Lancaster.

— Oh… Nous y passerons la nuit ?

Il sourit et ses dents blanches éclairèrent son visage tanné.

— Avant que vous ne vous emballiez, sachez que ce fort est abandonné depuis deux ans. Les commodités se limitent à quelques bâtiments toujours debout, un puits pas encore à sec et le Pecos qui coule à proximité. Comme une de nos mules boite, nous nous arrêterons de bonne heure pour prendre un peu de repos pendant que des hommes iront chasser. De la viande fraîche sera la bienvenue, à moins que vous ne préfériez les haricots de Spencer.

Elle rit de bon cœur et, sans réfléchir, leva la main pour lisser le devant de la chemise de Jake.

— Je serai prête de bon matin, dit-elle.

Il croisa son regard et, indéchiffrable comme à l'accoutumée, hocha la tête avant de s'éloigner. Angie rejoignit sa mère et Bette, et entreprit de se laver.

Elle avait hâte de prendre un vrai bain, ce qui n'était pas pour bientôt. Mais devant accompagner Jake le lendemain, elle voulait se montrer sous le meilleur aspect possible. Il était temps qu'ils soient un peu seuls. Pourvu que sa mère ne proteste pas. Mais pourquoi le ferait-elle ? Elle aussi s'était éloignée avec Jake, non ? Et elle n'avait rien dit lorsque Bette avait fait la même chose avec Logan.

Angie sourit. Il ne lui avait pas échappé que Dave Logan s'intéressait d'assez près à Bette ; le grand et bel éclaireur semblait toujours avoir quelque chose à faire à proximité de la jeune domestique qu'il ne quittait guère des yeux. Quant à celle-ci, elle avait confié à Angie, alors qu'elles se reposaient toutes les deux, enveloppées dans leurs couvertures, auprès du feu, qu'elle le trouvait beau garçon, avec ses cheveux bruns aux mèches décolorées par le soleil.

— Et comme il est grand et fort ! Semblable à un chêne, vous ne trouvez pas ?

Si Bette et Logan devenaient très *proches* durant ce voyage, elle ne serait pas surprise, conclut Angie en souriant.

Le lendemain, elle se leva la première et descendit en silence au bord de la rivière en emportant une serviette propre. Elle se frotta le visage puis, ayant ôté ses sous-vêtements sous sa robe de coton, elle entra dans l'eau et se nettoya autant qu'il lui fut possible sans se dénuder complètement.

Le plateau aride s'éclairait peu à peu, avec des ombres bleues et noires dues aux vallonnements du terrain. Puis, le soleil s'élevant, le sol prit une teinte rosée. Des buissons de *mezquite* s'agitaient dans la brise et les herbes rares chatoyaient dans la lumière.

Spectacle impressionnant. Stérile et sinistre seulement si l'on n'était pas sensible à sa beauté austère.

Angie s'assit sur la rive pour essuyer ses pieds et enfiler ses chaussures ; derrière elle, le camp s'éveillait doucement. Comme tous les matins, Dap Higdon se racla bruyamment la gorge et Tom Spencer rouspéta contre ceux qui manquaient de respect envers ses talents de cuisinier. Dave Logan alla jeter un œil aux sentinelles et Randy Walker ordonna aux hommes restants de s'occuper des chevaux.

Lorsqu'elle revint auprès du feu sur lequel chauffaient une cafetière et une casserole de haricots, Spencer lui jeta un regard désapprobateur.

— Vous êtes allée toute seule à la rivière, mademoiselle Lindsay ?

— Oui, fit-elle en prenant la tasse qu'il lui tendait.

— Braden ne sera pas content s'il l'apprend…

Comme à l'accoutumée, le café était chaud et amer. Elle regarda le jeune homme par-dessus le bord de sa tasse.

— Vous comptez le lui dire ?

— Peut-être, fit-il en saupoudrant de sel les haricots.

— Si vous lui en parlez, c'est sûr qu'il aura quelque chose à me reprocher… À propos, si vous rajoutiez un oignon dans les haricots, ils auraient meilleur goût et vous ne seriez pas obligé de les saler autant.

— Tout le monde sait comment faire une meilleure cuisine que moi mais personne ne veut s'y mettre, marmonna-t-il.

Angie ne répondit pas. Deux minutes plus tard, Spencer sortit un oignon du sac à provisions et le coupa en morceaux qu'il jeta dans la casserole.

— Ça va comme ça, m'dame ? demanda-t-il en lui jetant un regard narquois.

— Je suis sûre que vous les trouverez bien meilleurs, répondit-elle en riant.

— Faut toujours qu'on me critique.

Il avait beau grommeler, ses yeux souriaient et ils bavardèrent aimablement durant quelques minutes. Puis Angie alla s'occuper de sa monture.

Apprendre à harnacher un cheval avait été plus difficile qu'elle ne l'avait prévu. Le matin, les chevaux étaient presque toujours hargneux et ils se méfiaient de la selle et des rênes. Angie avait trouvé l'idée de soudoyer le sien à l'aide d'un morceau de sucre. Technique efficace et, tandis qu'il la bousculait gentiment des naseaux pour en réclamer un autre, elle parvenait à le brosser et à l'équiper.

Lorsque Jake la rejoignit, l'alezan était prêt.

— Vous avez déjà mangé quelque chose? demanda-t-il.

Elle fit non de la tête.

— J'ai mis des biscuits et du bacon dans mon sac. Nous les mangerons en route. Partons avant qu'il ne se mette à faire chaud.

Elle leva les yeux sur lui, et son cœur bondit de plaisir. Les souvenirs de la nuit passée dans sa chambre d'hôtel l'assaillirent.

— Je suis prête.

Elle n'osa en dire plus de peur de trahir son émoi.

Comme ils s'éloignaient, Angie se retourna et aperçut l'ovale aux contours flous du visage de sa mère. Louise devait fulminer. Mais c'est *ma* vie, protesta la jeune fille en son for intérieur. D'ailleurs, que pouvait-il arriver de plus que ce qui s'était déjà produit?

Ils gardèrent le silence un long moment; les seuls bruits provenaient du choc des sabots sur le sol dur et du crissement des selles en cuir. Des monticules rocheux ondulaient en vagues autour d'eux et, au fur et à mesure qu'ils avançaient, le plateau se hérissait de buttes déchiquetées.

Angie mangea des biscuits et du bacon, et but l'eau tiède au goût métallique que contenait sa gourde. Le vent relevait le bord de son chapeau mais, comme ils se dirigeaient vers l'ouest, le soleil était derrière eux et ne l'ébouissait pas.

Ils s'arrêtèrent pour faire reposer et désaltérer les chevaux auprès d'une source qui jaillissait de dessous un gros rocher. Jake s'agenouilla pour mouiller son foulard et le passer sur son visage.

— On trouve près d'ici des cavernes souterraines. Immenses avec des stalactites et des stalagmites superbes.

— Vous pouvez m'y emmener ?

— Non. On n'a pas le temps. Et même si on l'avait, on n'y verrait quasiment rien sans torches… Nous avons encore du chemin à parcourir avant d'atteindre fort Lancaster, ajouta-t-il en se relevant.

Sentant combien il avait hâte de repartir, Angie fit exprès de traînasser. Elle s'assit sur un rocher plat et ôta son chapeau. Tout en s'éventant mollement, elle l'observait de dessous ses cils, sachant très bien qu'il en faisait autant.

Qu'allait-il dire ? Que *désirait-elle* l'entendre dire ? Elle ne le savait pas exactement. Il lui fallait cependant sortir de l'état de confusion extrême dans lequel elle avait l'impression de se noyer.

La politesse de Jake était exaspérante. À croire qu'elle était une inconnue et non la femme avec laquelle il avait fait l'amour. Et pas une seule allusion à cet événement ! Leur conversation avait été aussi maigre que la végétation rencontrée.

— Nous perdons du temps, dit-il enfin. Allons-y.

— Je croyais qu'ils devaient nous rattraper, fit-elle en agitant son chapeau.

— À ce rythme, ça ne tardera pas.

— Ça nous changerait agréablement, non ? ricana-t-elle, prise d'une brusque impatience. Une compagnie forcée peut se montrer lassante, vous ne trouvez pas ?

— Ça dépend du compagnon.

Elle le regarda attentivement. Ses lèvres étaient serrées et sa mâchoire crispée. Pour quelle raison l'avait-il emmenée dans cet endroit isolé s'il n'avait pas l'intention de *dire* ou de *faire* quelque chose?

— Qu'attendez-vous de moi, Jake Braden? s'entendit-elle demander. Nous sommes seuls... N'avez-vous rien à me dire d'un peu personnel?

Il lui jeta un regard méfiant puis haussa les épaules.

— Et vous, qu'attendez-vous de moi?

— Je ne sais pas ce que j'attends, répondit-elle au bout d'un moment. Sinon un peu de franchise. Que vous me disiez ce que vous éprouvez. Ce que vous désirez de moi.

Elle fit une pause qu'il laissa passer sans intervenir. Le coton humide de son chemisier collait aux épaules d'Angie.

— J'ignore pourquoi les hommes sont soit trop bavards, soit taciturnes. Le juste milieu, ça n'existe pas? Ne pouvez-vous me dire ce que vous attendez de moi? Je vous croyais différent, capable de faire et de prendre ce que vous voulez sans vous soucier de l'opinion d'autrui.

Ses propos n'avaient ni queue ni tête, mais les mots jaillissaient de sa bouche malgré elle. Jake l'observait en silence, le regard froid et indéchiffrable.

— Vous n'avez peur de personne, reprit-elle. On dit que vous êtes un mercenaire, un métis dangereux qu'on n'ose pas provoquer. Qui êtes-vous, Jake Braden? L'homme de main prêt à tirer à tout moment ou l'amant passionné que j'ai connu à San Antonio?

— Seigneur, gronda-t-il d'une voix rauque.

Il la prit par les poignets et la fit se lever. Le chapeau d'Angie roula à terre.

— C'est ça qui vous fascine? Les rumeurs qui courent sur mon compte?

— Non! Mais je ne connais qu'elles. Vous ne me dites rien et vous n'aimez pas que je pose des questions. Nous ne pouvons même pas discuter sans nous disputer ou…

— Ou faire l'amour ? acheva-t-il en lâchant ses poignets. Vous voulez que je sois franc, Angie Lindsay ? D'accord. Je vous ai désirée dès que je vous ai vue dans votre robe blanche d'ingénue. Mais vous êtes la fille de John Lindsay, lequel était mon ami. Une vierge innocente, nom de Dieu… Il était hors de question que je me jette sur vous. Mais c'est vous qui vous êtes jetée sur moi et je m'en veux terriblement de m'être laissé piéger, d'avoir perdu tout bon sens et trahi mon ami. Pourtant, il n'est pas trop tard pour s'arrêter avant que les choses ne dérapent et ne soient irrattrapables.

Angie n'en croyait pas ses oreilles. Les mots de Jake lui firent l'effet d'un coup de fouet et le sang déserta son visage.

— Espèce de salaud ! Vous croyez que vous pouvez prendre ce que vous voulez et tourner les talons sans penser aux conséquences de vos actes ?

D'une main tremblante, elle repoussa une mèche que le vent avait libérée et la coinça derrière son oreille.

— Eh bien, il est trop tard, poursuivit-elle. Vous ne pouvez pas me rendre ce que vous avez pris, ce que je vous ai *donné*. Car vous n'êtes pas le seul responsable. Je suis une adulte, avec des besoins et des émotions d'adulte, et capable de décider ce que je veux. N'allez pas imaginer que ce que nous avons fait était uniquement votre idée, parce que si je ne vous avais pas désiré, vous n'auriez pas pu m'approcher !

Hors d'haleine, déchirée par la rancœur et la colère, Angie le fusillait de ses yeux violets, brillant de larmes contenues. Elle serra les lèvres pour les empêcher de trembler.

Il ne la verrait pas pleurer, il ne saurait pas quel mal il lui avait fait… Oh, qu'elle avait donc été bête ! Elle n'avait pas tenu compte de la leçon apprise en observant Juliette et Jean-Luc. À moins qu'elle ne se soit jugée plus maligne que sa cousine… Une idiote, oui !

Il ne l'avait pas amenée ici pour lui dire qu'il l'aimait ni pour lui faire l'amour, mais pour lui annoncer froidement qu'il ne voulait plus d'elle. Et, comme une imbécile, elle s'était réjouie de son invitation !

Elle se pencha pour ramasser son chapeau. Ses mains tremblaient tant qu'il lui fallut s'y prendre à deux fois pour nouer les rubans sous son menton.

Quand ce fut fait, elle se tourna vers lui ; il baissa à demi les paupières pour voiler son regard.

— Montrez-moi le chemin, capitaine Braden. Je suis prête à rejoindre les autres.

— Angie… souffla-t-il, l'air exaspéré. Vous savez bien que j'ai raison. C'est ma faute si les choses sont allées trop loin et je ne veux pas vous faire du mal.

— Est-ce une tentative d'excuse ? s'esclaffa-t-elle. Oh, pardon, c'est vrai… Les excuses, ce n'est pas votre genre, vous me l'avez dit. Quelle sotte je suis de l'avoir oublié… Lorsque plus d'une personne juge un homme peu recommandable, c'est que c'est vrai.

— Si je suis un tel salaud, gronda-t-il, vous n'aviez qu'à ne pas vous approcher de moi, Angie Lindsay.

Avant qu'elle ait pu reculer, il l'avait empoignée et plaquait la bouche sur la sienne en un baiser brutal qui étouffa ses protestations. Il n'y avait plus trace de la tendresse manifestée à San Antonio.

Le chapeau d'Angie s'était de nouveau dénoué. Jake la poussa jusqu'au rocher plat sur lequel elle s'était assise un instant plus tôt et l'y allongea de force, en la pressant de tout son corps.

Tandis que sa langue explorait la bouche de la jeune fille, ses mains libéraient ses cheveux et déboutonnaient son chemisier. Il s'empara d'un sein et tritura le téton sans ménagement.

Le feu familier l'envahissant à nouveau, elle cessa de se débattre et ferma les yeux, cédant à la vague de désir qui montait de son ventre. Son corps s'arqua contre celui de Jake, l'appelant avec urgence, prêt à l'accueillir.

Le soleil cognait fort mais ce n'était rien comparé à l'embrasement qui les dévorait tandis qu'il caressait sa poitrine. Les sensations connues et étrangères à la fois, violentes et irrésistibles, effaçaient tout bon sens et toute dignité. Allait-elle s'abandonner ainsi à cette sauvagerie bestiale?

Non!

Dans un sursaut de révolte, elle le repoussa des deux mains et écarta la bouche.

— Arrêtez! Ô mon Dieu... Je vais être malade.

Malade, elle l'était réellement, tant l'idée de s'être donnée à un homme qui ne l'aimait pas l'écœurait.

Jake la lâcha et se releva. Son regard dur lui ordonnait de garder le silence. Il avait raison et c'était cela qu'elle ne pouvait supporter, la certitude qu'elle l'avait poursuivi et avait voulu ce qui s'était passé... Et qu'elle désirait à présent bien plus qu'il n'était prêt à donner.

Elle se redressa et reboutonna son chemisier. Ses cheveux volaient en tous sens et son chapeau traînait à nouveau dans la poussière. Il lui fut difficile de recouvrer une attitude digne sous le regard de Jake qui, lui, ne semblait pas avoir eu de mal à reprendre son calme.

— Me suis-je bien fait comprendre, mademoiselle Lindsay? demanda-t-il d'un ton froid.

Elle serra les poings pour se retenir de le gifler.

— Si le but était de me faire comprendre quel salaud vous êtes, oui, vous l'avez atteint, capitaine Braden.

Un bref éclair d'admiration illumina les yeux de Jake.

— À cheval, maintenant. Le temps que nous arrivions à ce qu'il reste de fort Lancaster, les autres y seront.

En silence, Angie lui laissa le soin de ramasser son chapeau qu'elle attacha solidement malgré les nuages noirs qui s'amoncelaient, cachant le soleil. Puis, tous deux descendirent la pente rocailleuse qui rejoignait la piste.

17

Maigres abris contre les éléments et silencieux témoins des rigueurs du pays, les murs carbonisés et croulants de fort Lancaster dressaient leurs frêles silhouettes sur le ciel gris. Le vent chaud faisait claquer les planches à demi déclouées. Les chevaux hennirent d'inquiétude lorsque Dave Logan les fit entrer dans un enclos à peu près intact dont il barricada l'entrée.

— Ça devrait les retenir un petit moment, dit-il.

Jake hocha la tête. Dave suivit son regard et aperçut Angie Lindsay qui bavardait avec Randy Walker près d'un mur noir de suie. La voyant rire et poser une main sur la poitrine du lieutenant, Jake ne put retenir un juron étouffé. Puis, se rappelant la présence de Dave, il s'efforça d'adopter une attitude désinvolte.

— Si Walker se débrouille bien, il finira par l'épouser. Elle y trouverait la solution de l'un de ses problèmes.

— J'en suis pas sûr... En tout cas, si elle ne reprend pas le ranch Double X, reprit Dave après une brève hésitation, ça ne m'étonnerait pas que don Luis mette la main dessus.

— Tout est possible, fit Jake en s'éloignant.

Dave se demanda si Angie Lindsay n'était pas pour quelque chose dans l'humeur maussade de son ami. C'était probable mais poser des questions était inutile. Connaissant Jake Braden depuis des années, il savait quel était son comportement envers les femmes. Elles tombaient dans ses bras comme des mouches, mais lui ne s'attachait à aucune. Non qu'il fût cruel ; dès le début, il les prévenait qu'il n'avait pas l'intention de se fixer.

Cependant, Angie Lindsay ne ressemblait pas aux conquêtes habituelles de Jake. Bien qu'elle aimât à flirter et à séduire, ce n'était pas une femme légère. Et surtout elle avait un caractère indépendant et fier, se dit Dave en regardant Angie qui, ignorant Jake avec ostentation, continuait à roucouler avec Walker.

Il leva les yeux. Quel que soit l'orage qui s'annonçait dans le ciel, ce n'était rien en comparaison de celui qui se préparait sur terre.

L'air, chargé d'électricité, mettait les animaux et les humains sur les nerfs. Même Dap Higdon, au tempérament habituellement débonnaire, fit savoir à Spencer qu'il ne pouvait plus avaler un seul de ses foutus haricots.

Louise et Bette aussi s'étaient montrées nerveuses ; s'étant approprié celui des bâtiments qui avait gardé un toit, elles avaient tendu des couvertures pour en masquer la porte béante. Louise s'était allongée tandis que Bette restait dehors à observer Angie qui discutait avec Randy Walker dans un coin éloigné de l'esplanade.

Le tonnerre gronda et le vent souleva un nuage de sable. Adossé au mur, Dave hésitait à rejoindre Bette, afin de bavarder un peu. Avec ses yeux et ses cheveux noirs, et ses lèvres roses qui lui souriaient chaque fois qu'ils se croisaient, c'était une jolie fille avenante.

— Va te faire voir, Dap Higdon ! Tu n'y connais rien en cuisine ! Tu ne sais que bouffer ! gronda la voix de Tom Spencer.

Dave Logan se redressa. Les ennuis se précisaient.

Les deux hommes se faisaient face près du feu, lèvres retroussées comme des chiens prêts à se battre. Danny Wright allait s'interposer lorsque Randy Walker lui ordonna de ne pas s'en mêler. Furieux, Wright lui répliqua vertement. Marmonnant un juron étouffé, Dave s'avança mais il n'avait pas traversé la moitié de l'esplanade que la querelle s'était envenimée et avait viré à la bagarre.

Jake surgit. Randy Walker pivota, le visage grimaçant de colère.

— Si vous faisiez votre boulot, *capitaine*, je ne serais pas obligé de m'en mêler.

— Eh bien, si tu crois pouvoir me remplacer, ne te gêne pas !

Le ton menaçant de Jake immobilisa Logan. Dans un claquement sec, un éclair zébra le ciel et l'air vibra d'électricité. Le cri d'une femme jaillit. Jake et Randy s'étaient jetés l'un sur l'autre.

Angie Lindsay se précipita et, les mains sur les oreilles, les supplia de cesser de se battre. Sa voix se perdit dans le vacarme des éléments qui se déchaînaient.

Elle hurla à nouveau mais personne n'y prêta attention. Les hommes s'étaient mis en cercle pour assister à la bagarre.

Bette rejoignit Angie et lui prit le bras.

— Vous ne pouvez pas les arrêter ? cria-t-elle en français.

Angie fit non de la tête. C'était trop tard ; la haine les avait rendus sourds. Était-il possible, Seigneur, que des êtres humains puissent s'abandonner ainsi à leurs plus bas instincts ?

Le bruit des poings écrasant la chair, les grognements rageurs, les halètements rauques lui soulevaient le cœur. Pétrifiée, le cœur battant, elle regardait avec horreur Jake et Randy s'étriper et se rendit à peine compte que sa mère était sortie.

— Mais c'est de la folie ! s'exclama Louise. Arrêtez-les, ils vont se tuer !

— Non, m'dame, fit Dave Logan. Jake ne le tuera pas.

Il avait parlé avec tant de certitude qu'Angie se tourna vers lui.

— Qu'est-ce qui vous fait penser que c'est Randy qui a le dessous ?

Sans mot dire, Logan désigna du menton les deux combattants. Il avait raison. Jake secouait son adversaire comme une poupée de chiffon. Un coup de poing dans le ventre du lieutenant le fit se plier en deux. Il s'écroula à terre. Le souffle court, les yeux brillants de colère, Jake attendit un instant puis, voyant que Randy n'essayait pas de se relever, il fit demi-tour et s'éloigna.

Angie hésita. Son instinct l'incitait à rejoindre Jake mais sa raison lui disait qu'il la repousserait. Aussi s'agenouilla-t-elle à côté de Randy tandis que Tom Spencer allait chercher la trousse de secours. Paupières enflées, lèvre fendue, joue déchirée, le visage du lieutenant faisait penser à un morceau de viande crue. En grimaçant, il tenta de se redresser. Angie le retint.

— Non. Restez tranquille. Bon sang, pourquoi vous êtes-vous battu avec lui ? Il aurait pu vous tuer...

La bouche sanguinolente du lieutenant laissa passer un petit rire ironique.

— Merci... de votre... confiance.

— Oh, non, ne parlez pas. Gardez vos forces. Il

vous faudrait quelques points de suture sur la joue.

Spencer étant revenu avec le nécessaire de secours, elle s'écarta, laissant Randy aux soins de son camarade. Pure lâcheté sans doute mais elle ne supportait pas la vue du sang et s'était évanouie la seule fois de sa vie où elle s'était sérieusement coupée.

Louise s'approcha d'elle.

— Pourquoi se battaient-ils, Angie ?

— Comment le saurais-je ? répliqua-t-elle d'un ton acerbe. Ce sont des hommes... Ils n'ont pas besoin d'une raison pour se battre.

— C'était à cause de toi, oui ou non ?

— Non ! protesta Angie. Pourquoi dis-tu ça ?

— Tu as passé toute la journée avec le capitaine Braden et ce soir tu as honteusement flirté avec Randy Walker.

Choquée mais incapable de nier, Angie adopta un ton de défi :

— Et alors ? Ça leur donne une excuse pour se conduire comme... comme des animaux ?

Les yeux gris-bleu de Louise s'assombrirent et ses lèvres se serrèrent.

— Non, bien sûr, mais tu dois reconnaître que tu es partiellement responsable de cet esclandre. Angélique, que t'est-il arrivé ? Depuis notre arrivée en Amérique, tu es différente... rebelle. Ah, c'est la faute de ce pays sauvage. Je t'en prie, ravise-toi, accepte de retourner en France. Ce n'est pas un endroit pour toi, ici. La civilisation ne l'a même pas effleuré.

Le ton désespéré de Louise chagrina Angie. Comment lui expliquer ce qui avait changé en elle ? Ce n'était pas le fait de sa présence physique dans ce pays mais le désir de quelque chose de nouveau, qu'elle n'aurait jamais si elle renonçait.

Elle voulait la stabilité. La sécurité. L'indépendance. Mais pour obtenir les deux premières, il lui fallait d'abord acquérir la dernière. Si elle dépendait d'autrui, le reste la fuirait.

— Je ne peux pas revenir en arrière, et je ne le ferai pas, répondit-elle enfin.

Les poings pressés sur sa bouche, Louise se détourna une seconde. Quand elle fit face à nouveau à Angie, ses yeux étaient remplis de larmes.

— Fille ingrate ! Tu ne sais pas tout ce que j'ai fait pour toi ! Tu es trop bête pour voir au-delà de l'instant présent et tu risques de tout perdre ! Je ne le permettrai pas, tu m'entends ? *Je ne le permettrai pas !*

La colère s'empara de la jeune femme.

— Cela ne dépend plus de toi, maman. Depuis que je suis toute petite, tu me répètes que tu as souffert pour moi, que tu as renoncé à ta vie de femme pour moi, mais sans jamais t'expliquer. Lorsque je t'interrogeais sur mon père, tu restais muette ou évasive. Quoi que je demande, tu ne répondais *rien* ! Que devais-je penser ? *Sentir ?* À t'entendre, je n'ai représenté pour toi qu'un fardeau, la cause de ton malheur et maintenant que je vais enfin pouvoir toucher et voir les choses que mon père a aimées, tu veux m'en empêcher. Je regrette que tu ne sois pas restée en France. En ce qui me concerne, tu peux y retourner tout de suite. Je n'ai pas besoin de toi ici.

Au bord des larmes, Angie dut s'interrompre. Le visage de sa mère n'était plus qu'un ovale flou. Et, soudain, la main de Louise s'écrasa sur sa joue.

La gifle la bouleversa ; elle tourna les talons et s'éloigna en courant. Fuyant sans savoir où, elle traversa l'esplanade et franchit le portail effondré.

Des broussailles griffaient le bas de sa robe. Le tonnerre roulait au-dessus d'elle et un éclair aveuglant zébra le ciel noir.

Un martèlement sourd la fit se retourner.

À cru sur son grand cheval bai, Jake Braden galopait derrière elle. Il la rejoignit et s'arrêta. Une estafilade zébrait son front, et une autre, la joue. Sa monture hennit et s'ébroua, piétinant l'armoise dont l'odeur se mélangea à celle de la poussière et de la pluie imminente.

— Vous allez quelque part ? demanda Jake d'un ton désinvolte.

Elle le fusilla du regard.

— Oui. Là où vous *n'êtes pas* !

— Décidément, vous n'avez pas de chance, aujourd'hui... Venez, je vais vous ramener, ajouta-t-il en lui tendant la main.

— Je ne tiens pas à rentrer tout de suite, fit-elle en s'écartant.

— Prenez ma main, insista-t-il. L'orage va éclater d'une minute à l'autre. Il faut se hâter.

Elle s'aperçut tout d'un coup qu'elle avait couru beaucoup plus loin qu'elle ne l'avait cru. Le fort n'était plus qu'un ensemble minuscule de ruines dont les murs noirs se détachaient sur le ciel. Le vent chargé de sable lui fouettait le visage et les bras nus.

Il lui faudrait bien rentrer, évidemment, mais plus tard. Elle ne se sentait pas encore capable d'affronter sa mère, ni les autres qui, tous, devaient penser la même chose d'elle, à savoir qu'elle n'était qu'une petite garce. Inutile de chercher à expliquer ce qu'elle ne comprenait pas elle-même. Elle secoua la tête.

— Non. Laissez-moi ici. Ça ira.

Jake lâcha un juron en espagnol dont elle devina vaguement la signification. Elle s'emporta.

— Vous n'avez pas à jouer au héros, capitaine Braden ! Rentrez et cognez sur quelqu'un d'autre, ou...

Ce fut comme si elle avait reçu un seau d'eau sur le crâne. La pluie s'était mise à tomber, noyant le reste de sa phrase et la mouillant d'un coup jusqu'aux os. Elle s'étrangla. La pluie était à l'image de ce pays, violente, impitoyable ; en une seconde, elle eut l'impression de se débattre au milieu d'une rivière.

Jake sauta à terre, la prit par le bras et, glissant dans la boue, la tira derrière lui. Chancelante, elle s'agrippa à sa veste. L'orage se déchaînait en une succession quasi ininterrompue d'éclairs et de fracas. Une détonation plus assourdissante que les autres la fit hurler.

Elle tomba ; Jake la remit sur pied sans ménagement et l'entraîna. À demi aveugle, elle le suivit. Lorsqu'elle trébucha à nouveau, il la prit par la taille et la souleva à moitié. Elle s'accrocha à son cou.

Puis il la poussa d'un geste brusque devant lui, et elle se retrouva dans une sorte de grotte. Pour la première fois depuis le début de l'orage, il lui fut possible de respirer.

Une quinte de toux la fit s'affaler contre la pierre humide. Jake s'accroupit à côté d'elle. Ses cheveux noirs dégoulinaient et sa chemise trempée lui collait à la peau. Elle frissonna.

— Ça va ? demanda-t-il.

Elle fit oui de la tête, puis suivit son regard qui descendait sur ses seins moulés par le corsage humide. Il détourna aussitôt les yeux mais elle avait eu le temps d'y reconnaître la lueur chaude du désir. Elle rougit.

— Installons-nous confortablement, proposa-t-il

d'un ton calme. Cet orage va durer un bout de temps.

— Je croyais qu'il ne pleuvait jamais par ici.

Elle croisa les bras sur sa poitrine.

— C'est rare. Mais, quand ça arrive, la terre est si sèche que l'eau n'y pénètre pas. Les crues sont fortes et les rivières enflent et débordent. Quand la pluie s'arrête, elles retournent à l'état de ruisseau.

Il avait beau s'exprimer d'une voix neutre, c'était la première fois qu'il en disait autant depuis leur dispute du matin. Elle frissonna de nouveau et, claquant des dents, serra les genoux contre sa poitrine.

Jake se tourna vers elle.

— Il ne fait pas si froid que ça, voyons.

— Eh bien, j'ai froid. Maman dit que j'ai une peau très fine et délicate qui ne me protège pas.

Sa voix se brisa en pensant aux mots durs de sa mère et à la gifle qu'elle lui avait assenée. Jake l'examina un instant puis sourit du coin des lèvres.

— Moi, j'aurais dit que vous êtes un animal au sang froid comme le caméléon mais la version de votre mère est plus élégante.

— Sans doute, bredouilla-t-elle dans un claquement de dents.

— Déshabillez-vous, Angie, dit-il en déboutonnant sa chemise.

— Pardon ?

— Vous voulez avoir chaud, non ? Alors ôtez vos vêtements.

— De tous les hommes fats et égocentriques que j'ai…

— Ne soyez pas stupide. Il ne s'agit pas de ce que vous pensez. Vous êtes trempée. Moi aussi. La pluie va durer un certain temps. Réchauffons-nous mutuellement jusqu'à ce que nous puissions partir.

À moins que vous ne me trouviez trop irrésistible pour résister à la tentation.

— Je ne suis pas naïve au point de tomber dans ce piège, Jake Braden ! s'écria-t-elle en évitant de regarder sa poitrine nue.

— Angie... Ce n'est pas comme si je ne vous avais jamais vue. Dès que la pluie se calmera, nous rentrerons. Mais, pour l'instant, nous sommes coincés ici. Ne craignez pas que quelqu'un survienne. Personne ne se risquera dehors avec ce temps et, de toute façon, ils ne savent pas où nous sommes.

Raisonnement logique, mais comment se fier à lui ?

— Où est votre cheval ?

— Je l'ai lâché. Je ne pouvais m'occuper simultanément de vous et de lui et, comme un idiot, je me suis dit que vous étiez plus importante.

— Je suppose que je devrais être flattée.

— Oui. C'est le meilleur cheval que j'aie jamais eu. Je serais furieux de le perdre.

Décontenancée par ce Jake anxieux de son confort, elle baissa la tête. Un nouveau frisson la parcourut ; lorsqu'elle voulut se relever, sa jupe-culotte trempée s'entortilla autour de ses jambes.

— Très bien, marmonna-t-elle, mais tournez-vous pendant que j'enlève ça.

— Voyons... commença-t-il.

Puis la voyant redresser le menton d'un air résolu, il hocha la tête.

— Bon, d'accord.

Gauchement, dissimulée derrière le rocher, elle laissa tomber sa jupe sur le sol et l'enjamba. Puis, sans réel espoir de la faire sécher, elle l'étala sur une pierre plate. Ensuite ce fut le tour du chemisier de coton. Ses chaussures avaient disparu, sans doute avalées par la boue, et il ne lui restait qu'un seul bas, roulé autour de la cheville. Une fois nue, elle se coucha par terre et remonta les genoux sous le menton.

— Il n'y a pas moyen de faire du feu ? demanda-t-elle comme Jake se retournait.

— Au cas où vous ne l'auriez pas remarqué, je suis aussi mouillé que vous. D'ailleurs, si j'avais de quoi l'allumer, il me manquerait encore le bois. Il faudrait que je brûle vos vêtements. Venez. Je ne peux pas vous réchauffer si vous restez là.

Il tapota la petite dépression qui les séparait. Elle hésita un instant avant de le rejoindre. Il avait ôté sa chemise et ses bottes, mais portait encore son pantalon et sa ceinture d'où dépassait la crosse du pistolet. Elle jeta un regard inquiet sur l'arme brillante.

— Il est trop mouillé pour être dangereux, dit-il.

Timidement, Angie se glissa à côté de lui, en lui tournant le dos, et le laissa refermer les bras autour d'elle. Le pantalon de Jake n'était qu'humide et la chaleur de son corps se communiqua rapidement aux reins d'Angie. Elle sentait son cœur battre régulièrement contre elle et le pistolet peser sur sa hanche.

— On n'est pas trop mal, comme ça ?

Son souffle lui caressa la nuque.

— Non, c'est mieux que je ne le pensais. Mais ne bougez plus.

— Où irais-je ? Je n'ai guère le choix ici, bien qu'on y soit mieux que dehors.

Entendant le crépitement continu de la pluie et le grondement du tonnerre que déchirait la détonation sèche d'un éclair, Angie se rangea à son avis. Sa tension se dissipa peu à peu. La respiration régulière et le silence de Jake lui firent penser qu'il dormait. Une odeur de terre humide emplissait leur refuge.

Son corps se réchauffant, elle ferma les yeux. Peut-être dormit-elle ; en tout cas, lorsqu'elle rouvrit les yeux, il pleuvait toujours et les bras de Jake avaient glissé de ses épaules. Elle tourna la tête et vit qu'il était réveillé et la regardait.

— Maman doit s'inquiéter.

— Sûrement. D'autant plus que vous vous êtes chamaillées comme des chattes en fureur.

Elle se redressa brutalement.

— Vous trouvez que battre un homme à mort est plus reluisant ?

— Walker a quelques écorchures mais il est loin d'être mort. S'il n'avait pas lancé le premier coup de poing, il ne se serait rien passé.

— Vous n'aviez pas à le frapper.

— Si le sort de votre nouvel amour vous inquiète autant, allez pleurnicher auprès de lui dès votre retour.

— Vous n'êtes qu'un goujat, Jake Braden, et je crois bien que je vous hais !

— Vraiment ? fit-il en la dévisageant. Parfois, vous me donnez envie de vérifier à quel point vous me haïssez, Angie Lindsay.

— Je peux vous simplifier les choses : vous êtes l'homme le plus méprisable que j'aie jamais rencontré.

Un léger sourire retroussa les lèvres de Jake sans atteindre ses yeux. Il lui prit le menton et la força à le regarder.

— Vous en êtes sûre ? souffla-t-il dans un murmure menaçant qui la fit frémir.

— Oui, s'entêta-t-elle. Oui. Je vous hais.

De l'autre main, il la plaqua sur le sol et sa bouche se posa sur la sienne, avec une douceur inattendue. Ses lèvres étaient chaudes et ardentes à la fois. Elle se sentit fondre et, tout en se traitant de tous les noms, lui rendit son baiser.

La terre frémit sous un coup de tonnerre plus violent que les autres. Angie se cramponna à Jake dont la bouche brûlante descendait le long de sa gorge.

C'était inévitable.

Sans se l'avouer, elle avait toujours su que s'il la touchait de nouveau, elle fondrait. À présent, elle se liquéfiait sous ses caresses. Les mains de Jake s'étaient emparées de ses seins. Puis ce fut au tour de sa bouche de jouer avec l'un et l'autre. Angie laissa retomber la tête et s'abandonna tout entière.

Il étendit sa veste en daim sur le sol et aida Angie à s'y allonger. Elle tremblait mais cette fois-ci le froid n'y était pour rien. Il glissa la main entre ses cuisses.

— Angie, mon amour... murmura-t-il contre sa joue. Que tu es douce...

Avec une émotion proche du désespoir, elle s'aperçut qu'elle n'avait cessé de désirer cet instant. Le plaisir physique n'était pas seul en cause. L'élan qu'il savait susciter la prenait corps et âme.

Nue dans cette grotte battue par la pluie, cernée par l'orage et pourtant à l'abri, elle se sentit en sécurité et se livra sans réserve à la montée du désir.

— Mets tes bras autour de moi, murmura-t-il à son oreille tout en défaisant son pantalon.

Elle obéit tandis qu'il se hissait sur elle.

Il l'embrassa de nouveau avec une ardeur possessive tout en la pénétrant. Un petit cri s'échappa des lèvres d'Angie qui étreignit son dos musclé.

— Tu me hais toujours, Angie Lindsay ?

Il releva la tête et darda sur elle ses yeux fauves. Elle arqua son corps pour mieux l'accueillir.

— Dis-moi... combien... tu me hais... amour, répétait-il entre chaque coup de butoir.

Elle n'y parvint pas.

Les mains de Jake exploraient son corps avec une fièvre contagieuse. Il l'empalait, l'emplissait, la clouait sur le sol tandis qu'elle se tendait vers l'extase. L'explosion la secoua, accompagnée d'un roulement de tonnerre qui n'eut peut-être lieu que dans sa tête.

Contrairement à la dernière fois où le plaisir s'était dissipé rapidement, il l'inonda en vagues chaudes qui la laissèrent pantelante et comblée.

Elle s'agrippa à Jake qui poussa un cri rauque avant de s'écrouler contre elle, haletant. Il resta ainsi un instant, puis releva la tête pour la regarder avec des yeux voilés.

— Je ne sais pas qui est le plus fou de nous deux.

Le front soucieux, il avait repris une expression calme et froide.

— Pourquoi dis-tu ça ?

Il bascula sur le côté mais garda la main sur la hanche d'Angie.

— Il faut être fou pour faire ça pendant que les autres nous attendent et s'inquiètent.

— Tu as dit toi-même que nous devions rester là tant que la pluie tombait, et il pleut toujours.

— Mon Dieu, Angie, remarqua-t-il d'un ton maussade, ce n'est pas ce que je voulais dire, et tu le sais bien.

— Je ne sais pas du tout ce que tu voulais dire ! s'écria-t-elle en repoussant sa main. Si tu ne voulais pas... faire *ça*, alors tu n'avais qu'à pas le faire.

— C'est ça le problème, répondit-il avec un léger sourire. Quand tu es à proximité, je ne pense plus qu'à te posséder. Tu es comme une fièvre qui me ronge le sang, et ne dis pas que tu ne sais pas ce que tu fais lorsque tu me regardes avec ces grands yeux violets. Tu sais très bien quel effet tu produis sur les hommes, avec ta crinière cuivrée et cette moue qui semble réclamer un baiser.

Stupéfaite, elle garda le silence. D'ailleurs, que pouvait-elle dire ? Qu'elle était heureuse de son pouvoir sur lui mais en même temps furieuse qu'il le regrette ?

— Merci pour le compliment, dit-elle en attrapant son chemisier encore mouillé. Si tu me trouves si dévergondée que ça, que fais-tu avec moi, monsieur le vertueux ?

Jake se redressa sur un coude.

— Comme d'habitude, tu t'es arrangée pour comprendre de travers. Ça ne me surprend pas.

— Bien sûr, bien sûr, répondit-elle en enfilant son chemisier, frissonnant au contact du tissu trempé.

Jake restait à demi nu, sa poitrine luisant dans la pénombre. Pourquoi ne s'habillait-il pas ? Tremblante, Angie s'acharnait sur les boutons de son chemisier. Et pourquoi continuait-il à la regarder ainsi ?

— Angie…

— Laisse-moi tranquille !

À sa grande honte, les larmes affluèrent.

Proférant un chapelet de jurons en espagnol, Jake tendit la main vers elle. Le manque d'espace empêcha Angie de s'écarter.

— Laisse-moi, protesta-t-elle en vain.

— Écoute-moi une minute, nom de Dieu !

— Pour quoi faire ? Pour m'entendre dire quelle affreuse traînée je suis ? Non, merci. Je suis prête à rentrer, et je me fiche bien qu'il pleuve encore !

— Moi, je ne m'en fiche pas. Les crues sont dangereuses dans le coin. Nous sommes sur une éminence mais, en bas, il y a le Pecos qui va déborder d'une minute à l'autre. Nous ne bougerons pas tant que ça ne se sera pas calmé, sinon tu vas te retrouver en train de nager jusqu'au golfe du Mexique.

Agitée de sentiments contradictoires et violents, Angie s'agenouilla devant l'ouverture de la grotte.

— Angie, tu me rends fou, gronda-t-il. Sois raisonnable et attends encore un peu. Ne m'oblige pas à courir te rattraper.

Elle examina la prairie inondée. La rivière bouillonnante et boueuse avait déjà débordé. Le vent froid sur ses bras nus la fit frissonner.

— Je suis capable de rentrer sans toi.

— Tu sais bien que je ne te laisserai pas faire ça.

— Oui, dit-elle en le regardant par-dessus son épaule, je le sais bien.

Elle aurait voulu trouver le courage de l'envoyer au diable et cependant elle mourait d'envie d'entendre autre chose que des compliments sur ses talents de séductrice. Ô mon Dieu, était-ce le mot *amour* qu'elle attendait ? Après s'être juré de garder son cœur inviolé, avait-elle eu la sottise de s'éprendre de Jake Braden ?

Voilà pourquoi, sans doute, elle ne cessait de le provoquer. Afin de lui arracher l'aveu qu'il l'aimait.

Il posa la main sur son épaule.

— Angie… *querida*, je ne te laisserai pas mettre ta vie en danger. Ne me rends pas les choses plus pénibles.

— Plus pénibles ? répéta-t-elle en se mettant à rire, la gorge nouée. Comment pourraient-elles être plus pénibles qu'actuellement ? Alors que je ne sais même pas ce que tu éprouves, ce que *moi* j'éprouve ?

C'était la stricte vérité, car même s'il lui avait dit des mots doux, elle ignorait tout de ses sentiments.

Une semaine à peine s'était écoulée depuis le jour où elle avait confié à Bette qu'elle préférait le statut de maîtresse à celui d'épouse. Que mieux valait rester célibataire et prendre des amants plutôt que de se donner corps et âme à un seul homme, et cependant n'était-ce pas ce qu'elle avait fait ? Sa naïveté l'effrayait. Elle avait sous-estimé la force de ses propres émotions.

Juliette s'était persuadée de l'amour de Jean-Luc, se souvint-elle. Pas question de commettre la même bêtise !

— Angie, fit Jake en se redressant. Tu sais que je te désire. Est-ce que ce n'est pas visible ?

— Si, bien sûr.

Elle serra les genoux contre sa poitrine. Lorsqu'il l'attira à lui de nouveau, avec ce regard brûlant qu'à présent elle connaissait bien, elle céda sans résistance et passa ses bras autour de son cou. Ni mots d'amour ni promesses, rien qu'un désir ardent qui ne visait qu'au plaisir.

Tandis que dehors l'orage se calmait, un autre se déchaîna dans la grotte. Angie comprit que si elle voulait survivre, il lui faudrait combattre l'attraction mortelle qui la poussait vers cet homme.

18

Les pieds dans la boue, Louise attendait anxieusement leur retour. Pourquoi tardaient-ils autant ? La pluie s'était enfin arrêtée et le cheval de Braden était revenu, rênes pendantes, trempé et ombrageux mais indemne. Trois hommes étaient partis explorer les environs, bien que Dave Logan ait jugé cette mesure inutile.

— Jake a été élevé dans ce pays et le connaît comme sa poche. Il s'est probablement mis à l'abri dans une grotte pour attendre la fin de la pluie.

— Avec ma fille ? s'inquiéta Louise.

— Sans doute. S'il est allé la chercher, c'est sûr qu'il l'a trouvée.

Ce qui signifiait qu'ils étaient ensemble quelque part, et seuls.

Les tempes de Louise se mirent à battre et elle pensa avec envie au médicament qu'elle prenait le soir pour s'endormir. Elle en usait d'ordinaire avec parcimonie mais récemment il lui avait fallu augmenter les doses afin de combattre ses angoisses.

— Madame ? fit Bette en la rejoignant. Je suis sûre que le capitaine l'a mise à l'abri. M. Logan a raison, il connaît bien le pays et vous ramènera Mlle Angélique.

— Oui, je n'en doute pas, Bette. Je ne devrais pas m'inquiéter ainsi, mais c'est le sort des mères.

— Vous devez avoir mal à la tête avec ces soucis.

— Oui, j'ai une légère migraine. Donne-moi une tisane.

— Je vais la préparer comme vous l'aimez.

Message implicite car Bette savait fort bien ce que Louise aimait trouver dans sa tisane. Mais la jeune domestique était trop correcte pour en parler à qui que ce soit. Même Angélique n'était pas au courant, se rassurait Louise.

Mon Dieu, qu'arrivait-il donc à sa fille ? S'était-elle laissé séduire par le capitaine ? Angélique avait trop de caractère pour céder à contrecœur, et si Jake Braden et elle étaient devenus intimes, c'était qu'elle l'avait bien voulu.

Louise ferma les yeux et pressa les doigts sur ses tempes douloureuses.

— Un cavalier en vue !

Le cri lui fit rouvrir les yeux, et elle examina anxieusement la prairie. Hélas, le cavalier solitaire n'était ni sa fille ni le capitaine.

Le fusil à la main, Dave sortit à la rencontre de l'homme qui ne lui était pas inconnu car ils bavardèrent un moment avant de revenir vers le fort.

Pris de pitié, Logan bifurqua vers Louise, affalée contre le mur.

— Il y a un problème, monsieur Logan ? demanda-t-elle.

— Non, madame. Pas de problème. Écoutez, je sais que vous êtes inquiète, mais ils seront de retour avant la nuit, ou peu après. Comme ils sont à pied, ça peut prendre un peu de temps, c'est tout.

— Qui est notre visiteur ?

— L'un des éclaireurs du colonel Patterson. Il ne fait que passer.

— Eh bien, il a eu de la chance de nous trouver en plein milieu du désert.

Un sourire ironique se dessina sur le visage de Logan.

— Oui, madame. C'est sûr qu'il a eu de la chance.

Il toucha du doigt le bord de son chapeau et s'éloigna vers le feu qu'abritait une arcade du mur. Louise le suivit d'un regard sombre.

Visiblement, on lui cachait quelque chose, et elle n'aimait pas du tout ça.

Son humeur ne s'améliora pas lorsque Angélique revint, accompagnée de Jake Braden. Leurs regards se croisèrent puis se détournèrent et ni l'une ni l'autre ne fit allusion à leur dispute et aux doutes qui les rongeaient.

Le lendemain matin, on leur annonça que Jake Braden était parti durant la nuit avec l'éclaireur qui les avait rejoints la veille.

— Mais pourquoi nous a-t-il abandonnés ? demanda Angie à Dave Logan qui, évitant son regard, repoussa son chapeau sur la nuque. Qui va nous guider jusqu'au Nouveau-Mexique, maintenant ?

— Il a dû penser qu'après sa bagarre avec Walker c'était préférable. Le lieutenant connaît la piste presque aussi bien que Braden, et moi j'en sais assez pour nous mettre sur le bon chemin. Vous arriverez indemne à votre destination, mademoiselle.

Ce n'était pas du tout ce qui l'inquiétait ; Jake l'avait abandonnée sans un mot de réconfort ni même un adieu, encore moins l'assurance qu'elle comptait pour lui plus que n'importe qui d'autre ! Pis encore, vu son expression embarrassée, Logan savait ce qui s'était passé entre Angie et Jake.

Mais que s'était-il passé *réellement* ? Elle l'ignorait. La veille, elle croyait le savoir tant il s'était montré gentil, puis sauvagement possessif. Mais maintenant qu'il l'avait délaissée aussi cavalièrement, elle se retrouvait en plein brouillard.

À ces angoisses s'ajoutaient les regards des autres pour qui elle n'était sûrement qu'une énième conquête du capitaine, utilisée puis jetée sans ménagement.

Ignorant les silences lugubres de sa mère et le sourire narquois de Bette, Angie se força à garder la tête droite, malgré le sentiment qu'elle avait d'être près d'exploser de rage et de désespoir.

Vers midi le lendemain, Jake Braden et Steve Houston approchaient du défilé. Ils étaient partis la veille après que Jake eut confié le convoi à Dave Logan.

— Walker sera ton second, avait-il ajouté.

— Bien. Et que dois-je dire aux autres ?

— Ce que tu veux. Du moment que tu les amènes à bon port, il n'y aura pas de problème. Si tout va bien, je vous retrouverai à fort Stockton ou El Paso.

Steve Houston n'aurait pu arriver aux ruines de fort Lancaster à un meilleur moment. Jake savait que la tension entre le lieutenant et lui ne pouvait qu'empirer. La perspective de mettre la main sur les saligauds qui vendaient des armes aux Apaches avait vaincu ses scrupules d'abandonner le convoi et, compte tenu de ses relations avec Walker, il avait jugé préférable de partir sans fournir d'explications.

Pas même à Angie Lindsay.

Sans qu'il puisse se l'expliquer, au lieu de songer aux ennuis incessants qu'elle lui causait, il était obsédé par le souvenir de ses gestes tendres et passionnés.

Le mieux était donc de prendre le large. Si elle en souffrait, elle s'en remettrait vite. Il l'avait suffisamment observée pour savoir que, tel un chat, elle retombait toujours sur ses pieds.

— Ils se planquent à environ quarante kilomètres au sud de fort Stockton, dans un petit canyon près de la Sierra Madera, le renseigna Houston lorsqu'ils s'arrêtèrent pour faire boire leurs chevaux. Avec des sentinelles postées auprès de l'unique accès, ils doivent se sentir en sécurité. Ils ont même construit une cabane mais je ne crois pas qu'ils comptent s'y installer durablement.

— Ça doit être un point de rendez-vous. Je me demande qui ils attendent.

Les parois rocheuses qui bordaient la piste caillouteuse y jetaient des ombres noires. Ils avaient l'impression de s'enfoncer dans un entonnoir.

— C'est là, fit Houston en arrêtant son cheval à l'entrée d'un sentier. Stewart va nous rejoindre dès que j'aurai envoyé le signal.

Houston fit miroiter un morceau de verre au soleil, attendit quelques secondes puis recommença.

Deux minutes plus tard, un homme apparut à mi-pente, chaussé de mocassins lacés jusqu'aux genoux, un foulard rouge autour de la tête. Courbé en deux, un fusil à la main, il courut jusqu'au fond du ravin et remonta sur l'éminence où se tenaient Jake et Houston. Il se débarrassa de l'arc et des flèches qu'il portait sur le dos.

— Il était temps que vous arriviez. J'ai cru que j'allais devoir leur tomber dessus tout seul.

— Fallait pas nous attendre, répliqua Houston en sautant à terre. Y a du nouveau ?

— Deux types de plus les ont rejoints. Ils sont sept maintenant.

Il s'agenouilla et dessina un plan sur le sable.

— Ici, le ravin et là, c'est la cabane, adossée à la falaise. Les sentinelles sont là, à l'entrée de la piste.

Ils pourront nous voir de loin sauf si on arrive par-derrière en les contournant, mais c'est à découvert et la pente est raide. Notre seule chance de les coincer, c'est de les attirer dehors. Sinon, ils nous abattront à vue.

— Et si on les enfumait ? suggéra Jake en examinant le plan.

Ce ne fut pas aussi difficile qu'ils l'avaient craint. Tout en rampant sur la crête qui dominait la cabane, Jake calcula la distance et la force du vent puis il prit l'arc de Stewart et y engagea une flèche. Le bout était emmailloté d'un morceau de chiffon enduit de graisse animale pour le rendre inflammable.

Son séjour chez les Comanches lui avait permis d'apprendre le tir à l'arc. Cela remontait à plusieurs années, aussi prit-il son temps. La surprise était un élément déterminant. À découvert, il offrait une belle cible. Pourvu que Stewart et Houston se soient débarrassés des sentinelles, se dit-il.

Un reflet qui dansa sur les murailles rouges du défilé lui envoya le signal.

Jake enflamma le bout de chiffon, banda l'arc et lâcha la flèche qui partit en sifflant et frappa avec un bruit sourd le toit de la cabane.

Après trois flèches, des flammes orange et jaune s'élevèrent du bois sec en même temps que des cris jaillissaient de la cahute

Une fumée épaisse monta dans le ciel et trois individus sortirent en chancelant, accueillis aussitôt par des coups de feu. Jake prit son fusil et attendit. L'un des bandits se cacha derrière un rocher tout en ripostant et les deux autres coururent s'abriter derrière un petit monticule de pierres. Les yeux mi-clos, Jake attendait toujours.

Le feu faisant rage, deux autres hommes sortirent en courant de la cabane et plongèrent entre les balles pour chercher un abri. Lorsque les deux derniers émergèrent, toussant et crachant, Jake mit un genou en terre et visa le fond du canyon. Des vagues de chaleur dansaient au-dessus de la cabane ; une odeur de bois brûlé emplissait l'air. Il patienta encore, laissant les bandits vider leurs armes sur Stewart et Houston. Les coups secs ricochaient sur les flancs du défilé.

Lorsque trois des hommes s'interrompirent pour recharger, Jake visa avec soin. Sa première balle en toucha un au bras et l'envoya rouler à terre. La suivante percuta une épaule. La troisième s'enfonça dans une cuisse. Délibérément, il ne cherchait qu'à blesser. S'ils se rendaient, ce serait fini. S'ils résistaient, le combat reprendrait.

L'odeur âcre de la poudre se mêla à celle du bois brûlé. Comme prévu, les bandits s'affolèrent, certains tirant vers Jake, d'autres vers l'entrée du défilé. Stewart et Houston les clouaient à terre d'en haut et, au bout de quelques minutes de fusillade, trois hommes gisaient morts et deux autres étaient blessés. Les deux encore valides étaient recroquevillés derrière les rochers et l'abri dérisoire d'un pin.

— Cessez le feu ! cria Jake lorsque des balles firent voler des pierres en éclats au-dessus des deux désespérés.

Il voulait en prendre au moins un vivant afin d'obtenir quelques informations.

Les survivants étaient en mauvais état mais n'avaient pas perdu de leur vindicte. L'un d'eux, un Mexicain à la moustache épaisse, lâcha un chapelet d'obscénités. Stewart envoya un coup de pied dans sa jambe blessée, ce qui le fit gémir de douleur.

— Attache-les pendant qu'on réfléchit à la suite, dit Jake à Houston.

Stewart les ligota à l'aide d'un morceau de corde

et les laissa à l'ombre chétive du pin. Des nuages de fumée et de chaleur se dégageaient de la cabane.

Jake examina tranquillement les prisonniers puis se tourna vers Stewart.

— Lequel peut nous dire ce que nous voulons savoir ?

— Je connais l'Apache. Il s'appelle Six Plumes. Il y a quelques années, il était avec un nommé Gokhlayeh, un rebelle pire que tous les autres réunis. Il a appris à Six Plumes quelques tours de sa façon. Ils détestent les Mexicains et les Blancs autant qu'ils aiment l'eau-de-vie.

— Je connais ce nom, dit Jake. Gokhlayeh s'appelle maintenant Geronimo et combat avec Cochise.

Stewart acquiesça de la tête.

— Tu parles apache ? demanda Houston.

Stewart sourit et alla s'accroupir devant le prisonnier. Ils parlèrent deux minutes puis Stewart revint auprès de Jake.

— Il parlera si on l'éloigne de son compagnon.

Houston sortit une petite flasque de son sac et la lança à Stewart.

— Regarde si un peu de whisky ne lui délierait pas la langue.

Pendant que Stewart donnait à boire à l'Apache, Jake examina les réserves du camp. Elles étaient beaucoup trop importantes pour sept hommes.

— C'est sans doute une base arrière, dit Houston. Ils y viennent de temps en temps pour se réapprovisionner en munitions et en nourriture.

— C'est ce que je pensais, fit Jake en se relevant. Il va falloir rester un peu ici pour attendre les visiteurs.

Avec une grimace, Houston s'étira.

— On a intérêt à être prêt. J'ai idée qu'ils ne seront pas contents de nous trouver là.

19

El Paso était presque aussi civilisé que San Antonio. Les travaux pour installer le chemin de fer y avaient même commencé. Avec ses rues larges et baignées par le soleil et ses bâtiments en bois ou en adobe, c'était une ville frontière typique mais dotée de commodités modernes surprenantes.

Allongée sur un épais et confortable matelas en plume, Angie regardait les rideaux de sa fenêtre que soulevait le vent chaud. Le Nouveau-Mexique se trouvait juste de l'autre côté de la frontière et, d'ici quelques jours, elle découvrirait le ranch Double X.

Il était temps.

Profitant de ce confort exceptionnel, elle ferma les yeux et tenta d'oublier les rigueurs du voyage. Ils n'avaient été accostés par les Indiens qu'une seule fois et, grâce à la proximité de fort Stockton, leur fuite avait été brève. Tandis qu'ils galopaient pour se réfugier au poste, des soldats étaient accourus pour leur porter secours. Les Apaches avaient aussitôt disparu, emmenant quelques chevaux mais sans faire de blessés. L'incident avait bouleversé Angie.

À la suite de ce déplaisant intermède, ils s'étaient attardés plusieurs jours à fort Stockton pour refaire le plein de provisions. Malgré une politesse extrême qui donnait à la jeune fille l'envie de hurler d'exaspération, Dave Logan ne lui avait fourni aucune explication quant au départ subit de Jake. Le reverrait-elle seulement… ?

Ce départ était lié à l'arrivée impromptue d'un éclaireur du nom de Steve Houston auquel Angie n'avait guère prêté attention jusqu'à ce qu'elle apprenne que Jake était parti avec lui.

Ensuite, elle avait mis à profit les longues et ennuyeuses heures passées à cheval pour réfléchir et en avait conclu que ce départ était un bien. Non seulement Jake lui faisait perdre la tête, mais en plus et surtout il n'avait aucunement l'intention de rester dans sa vie.

Après avoir franchi sans incident le défilé des monts Davis, ils avaient enduré une succession de jours de soleil accablant et de nuits d'angoisse, un vent chaud incessant et l'inconfort total jusqu'à El Paso.

Protégée au nord par fort Bliss, la ville s'étalait à la frontière du Texas et du Mexique, à quelques kilomètres seulement du Nouveau-Mexique. Une proximité qui expliquait le bouillonnement culturel.

Ils y resteraient quelques jours afin de se munir des denrées nécessaires au reste du voyage, lui expliqua Dave Logan le lendemain tandis qu'elle se rendait au restaurant de l'hôtel pour déjeuner.

— Ça ne devrait pas durer trop longtemps. Le colonel Patterson a demandé au commandant de fort Bliss de tout préparer d'avance. Nous aurons aussi de nouveaux chevaux. Et à propos, mesdames, ajouta-t-il en regardant Louise, vous êtes invitées à dîner par le général Smith.

Angie se demanda si *cet officier-là* était aussi un ami de sa mère mais, inclinant la tête, Louise se contenta de répondre qu'elle réfléchirait à l'invitation.

— Dites-lui que ce voyage nous a beaucoup fatiguées et que nous avons besoin de repos avant d'être de bonnes convives.

— Oui, m'dame. Je le lui dirai. Je suis sûr qu'il attendra volontiers que vous soyez remises. C'est pas souvent qu'on a des dames par ici.

Après son départ, Angie jeta un coup d'œil à sa mère. Il existait toujours entre elles une barrière pénible qu'elle ne savait comment abattre. Pourquoi maman se montrait-elle aussi compliquée ? Ne comprenait-elle pas combien Angie désirait sauter sur l'occasion qui se présentait à elle d'être indépendante ?

Louise s'essuya délicatement la commissure des lèvres et leva les yeux sur sa fille.

— Nous allons bientôt arriver, Angélique. J'espère que tout sera tel que tu le veux.

— Oui, maman. Moi aussi.

— Et si ce n'est pas le cas ? demanda Louise en lissant sa serviette sur ses genoux. Que feras-tu alors, ma chérie ?

— Eh bien, je ne sais pas… En tout cas, j'aurai la satisfaction d'avoir pris seule ma décision, et non d'avoir suivi l'opinion d'autrui.

La réponse avait jailli avec plus de dureté qu'elle ne l'aurait voulu ; sa mère haussa les sourcils avec ironie.

— Vraiment ? Et le capitaine Braden, quelle est son opinion ?

Les doigts d'Angie se crispèrent sur son verre.

— Je n'en ai aucune idée et ça m'est égal.

— J'avais pourtant le sentiment que tu te souciais de ce qu'il pensait. Vous sembliez très… proches.

— Fais-tu allusion à quelque chose de plus intime, maman ?

— Je ne sais pas, Angélique. Tu sembles connaître toutes les réponses, ces derniers temps. Peut-être est-ce à toi de me dire ce à quoi je fais allusion.

— Les circonstances du voyage m'ont rendue proche de bon nombre de nos compagnons. Je partage souvent la couverture de Bette mais nous ne nous sommes pas tripotées dans le noir.

— Angélique ! Quelle vulgarité inutile !

Fâchée à l'encontre de sa mère qui avait osé aborder ce sujet et contre elle-même qui s'offensait de la vérité, Angie haussa les épaules.

— Qu'est-ce qui t'arrive ? demanda Louise en se penchant en avant, contenant sa colère à grand-peine. Tu as affreusement changé depuis que nous sommes arrivées en Amérique ! Je ne te reconnais plus !

— C'est normal puisque je ne me reconnais plus moi-même.

La franchise soudaine d'Angie émoussa la colère maternelle ainsi que la sienne, et elles se dévisagèrent avec une expression de regret. Puis Louise se cacha les yeux d'une main.

— Ah, ma petite, dit-elle d'une voix émue, que t'a-t-on fait ? C'est ma faute, je le crains, car je n'ai pas pris les bonnes décisions.

Sa main retomba sur la table et, se rappelant qu'elles se trouvaient en public, elle se redressa.

— Je n'aurais pas dû t'empêcher de voir ton père il y a des années. Tu n'aurais pas éprouvé le désir irrépressible de venir ici.

— Peut-être, mais je ne crois pas que cela aurait changé quelque chose, maman. Essaie de comprendre… J'ai toujours désiré me retrouver dans un pays comme celui-ci, même s'il est plus effrayant que je ne l'avais imaginé. On trouve ici des opportunités, un sentiment d'indépendance et une fraîcheur auxquels je ne m'attendais pas. C'est comme si... quelque chose m'appelait.

Le visage de Louise était devenu blême et ses yeux ressemblaient à de petits morceaux d'ardoise, tout le bleu avalé par les pupilles noires.

— Angélique... ! Tu ressembles tant à ton père parfois, je l'entends me dire les mêmes mots... que ce pays l'appelle, le réclame. Il n'a jamais admis que je n'éprouve pas la même chose. Il n'a jamais vu ce que je voyais alors, ce que je vois aujourd'hui : la sauvagerie, le danger, la peur, la chaleur, la poussière et la cruauté primitive de tout ce qui nous environne. L'attaque des Indiens avant fort Stockton, tu te rappelles ce que tu as ressenti alors ?

— Oui, bien sûr. J'ai eu peur.

— C'est ce que tu éprouveras bientôt à chaque heure de la journée en les attendant, en surveillant les collines pour les voir fondre sur toi comme des aigles... C'est un spectacle terrifiant, Angélique. Ils hurlent comme des bêtes fauves, ils ont de la peinture sur le visage et des armes redoutables. La peur de les entendre t'empêchera de dormir et tu n'oseras pas faire une promenade ni même aller t'asseoir au soleil car ils peuvent surgir de nulle part et te kidnapper. Je le sais. J'ai vécu chaque jour cette attente jusqu'à ce que je ne puisse plus la supporter et en vienne à désirer qu'ils débarquent enfin, et que tout soit fini... C'est cette attente, cette peur de ce qui doit forcément arriver un jour ou l'autre qui m'a presque détruite avant que je ne trouve le courage de m'enfuir.

Durant un long moment, Angie resta muette tandis qu'elle tentait de se représenter ce qu'avait vécu sa mère. Oui, elle la comprenait mieux à présent qu'elle avait éprouvé la même terreur. Incapable de penser ou de faire quoi que ce soit, elle avait laissé Randy prendre les rênes de son cheval pour l'entraîner dans la bonne direction.

Cela n'avait pas duré longtemps ; très vite, ils s'étaient retrouvés en sécurité derrière les palissades du fort, si bien qu'elle n'avait pas eu le temps de craindre de suite dramatique à cette attaque. Mais, désormais, cette terreur débilitante ne lui était plus incompréhensible.

— Maman, je comprends. Mais je ne peux pas vivre dans la peur. Je dois affronter la réalité et non mes propres frayeurs.

— Et si la réalité se mue en cauchemar ? demanda Louise qui avait repris son calme. Tu es jeune. Tu crois qu'il ne t'arrivera rien. Je prie le Seigneur que tu aies raison, mais j'ai peur que tu n'aies tort.

Cette conversation hanta les pensées d'Angie durant longtemps, mais même après avoir quitté El Paso elle ne regretta pas sa décision.

La transition entre le Texas et le Nouveau-Mexique se remarquait à peine car le paysage restait identique : de grandes étendues d'armoise et de buissons de *mezquite* entre lesquelles se dressaient des éminences plates de calcaire ou de hautes buttes en granit. De profonds arroyos sillonnaient la plaine. Des figuiers de Barbarie poussaient çà et là. À l'ouest, les monts Guadalupe dressaient leurs crêtes acérées et sinistres.

Épuisée, accablée par la chaleur et toute courbatue, Angie fut soulagée lorsque Randy Walker vint lui annoncer que d'ici deux jours au plus, leur voyage toucherait à sa fin.

— Nous serons à Las Cruces à la tombée de la nuit et, ensuite, il ne nous restera qu'une cinquantaine de kilomètres à parcourir avant d'atteindre le ranch Double X. Fort Selden est à mi-chemin.

— Nous voilà donc quasiment arrivés.

Angie se tenait au bord d'une falaise rocheuse qui dominait le Rio Grande, modeste ruban d'eau boueuse. Quelques arbres offraient une ombre fraîche.

— Angie… Mademoiselle Lindsay, fit Randy en posant une main sur son bras.

Il la retira lorsqu'elle le regarda. Sa peau rougie par le soleil rendait ses yeux encore plus bleus.

— Je regrette de vous avoir dit certaines choses, dit-il avec gêne. J'étais… comme fou. Je n'aurais jamais dû me battre avec Braden, mais son arrogance m'a poussé à bout. Je vous en prie, pardonnez-moi.

— Bien sûr, répondit-elle en souriant. Il n'y a rien à pardonner. Le capitaine Braden est parfois… horripilant.

— Oui, il m'exaspère. Je suis content qu'il nous ait quittés.

— Nous le sommes tous.

Elle se mordit la langue. Inutile d'ajouter que si Jake n'était pas parti, Randy aurait pu perdre la vie au lieu d'avoir quelques écorchures. C'eût été mesquin et, de toute façon, le voyage touchait à sa fin. Bientôt, elle serait chez elle.

Dans *sa* maison. Une maison qui lui appartiendrait totalement, à condition qu'elle y vive, ce qu'elle ferait volontiers.

Elle dénoua le foulard qui maintenait son chapeau et ôta celui-ci. Quel plaisir de libérer ses cheveux !

— Angie, vos cheveux sont splendides. Quand le soleil les éclaire comme ça, on dirait une flamme vivante…

Les mots de Randy la tirèrent de sa rêverie et, heureuse de son admiration, elle lui sourit. Qu'un homme pût la trouver séduisante alors qu'elle était décoiffée et trempée de sueur réconforta son ego meurtri.

— Vous avez une âme de poète, murmura-t-elle.

À son expression, elle devina qu'il souhaitait l'embrasser. Pourquoi pas, après tout ? Peut-être pourrait-il effacer le souvenir de Jake et de ses baisers passionnés. Elle tendit le visage en une franche invite.

Il lui prit le menton et chuchota :

— Je peux ?

Sa tête s'inclina et sa bouche se posa sur celle d'Angie. Ne rencontrant pas de résistance, il s'enhardit et l'étreignit avec force.

Sans que cela soit désagréable, elle n'éprouvait rien de spécial. En tout cas rien qui ressemblât aux sensations que Jake éveillait en elle. Elle se demanda avec désespoir s'il lui faudrait toute sa vie en garder le souvenir aussi vif.

— Vous me rendez fou, gémit Randy. Je sais que ça peut paraître un peu rapide mais je vous observe depuis Galveston. Vous buviez un jus d'orange dans le patio de l'hôtel.

— Vous m'avez vue ce jour-là ?

— Oui. Votre beauté m'a ébloui. Angie, permettez-moi de vous faire la cour. Je viendrai vous voir chaque fois que j'en aurai l'occasion. Le fort n'est pas loin de Double X et je veillerai à votre sécurité.

Éludant sa question, elle recula, et il dut lâcher ses épaules. Son ardeur la mettait mal à l'aise et elle eut peur de le blesser en lui donnant de faux espoirs. Aussi dit-elle la première chose qui lui passa par la tête.

— Vous venez souvent au ranch ?

— J'y suis allé une fois ou deux mais désormais j'aurai une raison pour m'y rendre plus souvent. Vous me recevrez, n'est-ce pas ?

— Bien sûr, répondit-elle en regrettant de s'être laissé embrasser. Au début, tout sera nouveau pour moi, et j'imagine que j'aurai envie de mettre un peu d'ordre. Je ne sais même pas si mon père avait des choses comme du savon ou des draps. Les hommes se soucient si peu de ces choses-là...

— Je pense que Mlle Lindsay lui en a fait acheter. Elle est du genre à apprécier les savons parfumés et les objets élégants.

— Mlle Lindsay ? Que voulez-vous dire ? Mon père avait une sœur ?

Randy eut l'air surpris.

— Je parle de votre sœur. Ou plutôt de votre demi-sœur puisque vous n'avez pas la même mère.

Angie se pétrifia. Malgré la chaleur, un long frisson la parcourut.

— Je ne comprends pas de quoi vous parlez, balbutia-t-elle.

— Mon Dieu, Angie... Vous voulez dire que vous n'êtes pas au courant ? Oh, chérie, excusez-moi... Je ne savais pas... Attendez !

Mais déjà la jeune femme s'était élancée vers le campement à la recherche de sa mère. Était-elle la seule à ignorer ce fait essentiel ? Mais comment était-ce possible ? Durant toutes ces années, elle s'était crue l'unique enfant de son père. Il lui avait laissé son ranch afin qu'elle l'aime autant que lui et qu'elle découvre quel homme il était. Non, ce n'était pas vrai !

Mais elle avait beau souhaiter désespérément que ce soit faux, elle pressentait que c'était la vérité, car sinon Randy n'en aurait pas parlé comme d'un fait notoire.

La nouvelle bouleversa Louise tout autant que sa fille.

— Non ! C'est sûrement faux. Vous devez vous tromper, lieutenant Walker. Je le saurais s'il avait eu un autre enfant. Après tout, le testament que j'ai lu ne le mentionne pas et…

— Madame Lindsay, je comprends votre détresse et je regrette que vous ayez appris cette nouvelle de ma bouche, dit-il, accablé. Je répète seulement ce que j'ai entendu. Il est très possible que j'aie compris de travers.

— Dites-moi ce que vous savez, lieutenant, exigea Louise d'un ton tranchant. Si ce fait est exact, il explique beaucoup de choses.

— Eh bien, madame, j'ai rencontré une jeune fille que tout le monde appelait Mlle Lindsay et dont le père semblait être John Lindsay. C'est tout ce que je peux vous dire.

Les yeux d'Angie se portèrent au-delà de la vaste prairie sur les monts Organ. Son excitation s'était brutalement dissipée à la nouvelle qu'elle avait une sœur. *Une sœur !* Ce n'était peut-être pas aussi dramatique que ça, en fin de compte, d'avoir une sœur qui pourrait lui parler de leur père. À moins que… Oui, il était possible que cette Mlle Lindsay-là soit une fille adoptive de John Lindsay, ou une petite-nièce, ou encore une orpheline recueillie par charité.

Le ton offusqué de sa mère lui fit comprendre qu'elle n'avait pas envisagé ces explications.

— Maman, il y a d'autres possibilités, tu sais. Cette Mlle Lindsay peut être l'enfant d'un parent qu'il aurait accueilli et à qui il aurait donné son nom.

Légèrement rassurée, Louise hocha la tête.

— Bien sûr. Je n'aurais pas dû m'affoler ainsi

mais cette nouvelle m'a prise au dépourvu. Quelqu'un aurait dû nous informer plus tôt.

Cette remarque frappa Angie et l'emplit de colère. Jake Braden, qui prétendait être l'ami de John Lindsay, était forcément au courant. Pourquoi n'avait-il rien dit ?

Voilà qui lui donnait une raison supplémentaire de le haïr mais, hélas, on ne hait pas à volonté. Pour l'instant, découvrir l'existence d'une sœur la bouleversait trop pour qu'elle fût capable d'une autre réaction.

À quoi ressemblait-elle ? Allaient-elles s'aimer toutes les deux ?

Comme Randy l'avait promis, ils atteignirent le ranch Double X deux jours plus tard. Des ombres pourpres recouvraient les collines lorsqu'ils parvinrent au sommet d'une éminence où paissait du bétail. Tout était calme. C'était l'heure où l'air lui-même respirait la sérénité et où la chaleur accablante de la journée cédait la place à une fraîcheur relative.

Des cavaliers, armés mais pas belliqueux, se portèrent à leur rencontre.

L'un d'eux, qui se présenta sous le nom de Bill North, sourit à Angie et porta les doigts à son chapeau en guise de salut.

— Content de vous voir, mademoiselle Lindsay. Le colonel Patterson nous avait annoncé votre arrivée pour aujourd'hui, et nous commencions à nous inquiéter.

— Y a-t-il une raison de s'inquiéter ? demanda Louise d'une voix aiguë qui attira l'attention de North.

— Non, madame. Rien de spécial, sauf que vous risquiez de manquer le dîner.

Guidé par North, le groupe descendit la colline, et Angie découvrit enfin le ranch Double X. Elle en resta bouche bée. On eût dit une forteresse ! De hauts murs de pierre entouraient un ensemble de bâtiments disséminés sur plus de deux kilomètres jusqu'à une colline derrière laquelle il disparaissait. Des arbres et des tuiles roses dépassaient des murs. Des clôtures encerclaient des jardins, des potagers et des vergers. Avec le moulin à eau et l'immense réservoir planté sur ses piliers, on devait pouvoir se suffire à soi-même.

— En général, il n'y a pas de problème d'eau, expliqua North. Nous avons la chance d'avoir une source qui, jusqu'à présent, ne s'est jamais tarie. C'est ce qui donne toute sa valeur à ce domaine.

Lorsqu'ils franchirent le portail, Angie regarda brièvement sa mère. Pensait-elle au temps jadis quand elle vivait là avec son mari ? Était-ce ce pays qu'elle haïssait ou bien John Lindsay ? Parfois, Angie se demandait si le silence buté de Louise n'était pas dû au désir de cacher à sa fille qu'elle avait haï son père.

La vue de sa nouvelle demeure, où se mélangeaient le bois et l'adobe, submergea Angie d'émotion. Des chiens se ruèrent dans les jambes des chevaux en aboyant furieusement. Une vigne vierge s'enroulait autour du porche, des fleurs au parfum puissant s'ouvraient au crépuscule. D'autres fleurs bordaient un mur, s'insinuaient entre les pierres, s'étalaient sur une allée pavée, escaladaient une petite clôture, dégageant une odeur épicée.

Randy Walker aida Angie à mettre pied à terre.

— C'est magnifique, souffla-t-elle avec révérence comme si elle pénétrait dans un sanctuaire.

La porte s'ouvrit sur une grosse Mexicaine à la figure avenante. Une jeune fille la suivait. Rita ?

Elles hésitèrent une seconde, puis la Mexicaine s'avança pour les accueillir.

— Bienvenue chez vous, *señoras*, dit-elle avec un fort accent. Je m'appelle Concha Gonzales. Nous nous réjouissons que vous soyez arrivées sans encombre.

Angie fit quelques pas, un sourire aux lèvres. Rita devait sûrement éprouver le même embarras doublé d'excitation. Si elles devenaient amies, la pauvre Juliette manquerait moins à Angie…

— Merci de votre accueil, *señora* Gonzales, répondit-elle tout en regardant Rita.

La lampe du porche éclairait le visage à la peau mate et les longs cheveux noirs. La jeune fille soutint froidement le regard d'Angie puis se retourna vers quelqu'un pour demander en espagnol si c'était *la fille*.

L'homme à qui elle s'adressait fit un pas hors de l'ombre et, avec un pincement au cœur, Angie reconnut Jake Braden.

— Heureux de vous revoir, mademoiselle Lindsay, dit-il en croisant son regard.

Devant le mutisme d'Angie, Rita gloussa et, passant un bras autour de la taille de Jake, posa la tête sur son épaule. Elle sourit enfin.

— Bienvenue, Angélique. Tu as déjà rencontré mon *novio*, il me semble ?

Novio… amant. Ou fiancé… *Le salaud !*

Plus tard, Angie fut incapable de se rappeler ce qu'elle avait répondu. Affectant l'indifférence, elle avait froidement salué Jake qui protestait vaguement, et était entrée dans le vestibule à la fraîcheur reposante.

Une tension presque palpable s'instaura immédiatement. Tandis que Jake et Randy échangeaient des coups d'œil hostiles, Louise s'appropria la chambre la plus grande et, plaidant l'épuisement et la migraine, se retira pour la nuit. Concha courut l'aider à s'installer. Randy s'excusa sous prétexte de s'occuper des hommes et des chevaux, et laissa Angie seule avec Jake et Rita.

Celle-ci faisait part de ses griefs à Jake en espagnol.

— Elle a pris ma chambre ! Sous prétexte qu'elle a vécu ici autrefois, elle croit qu'il lui suffit d'apparaître pour tout reprendre comme avant !

— C'est sa veuve, répondit platement Jake.

Puis il regarda Angie, comme s'il en attendait quelque chose. Quoi donc ? Une explosion de colère à cause de sa perfidie ? Non, elle ne s'abaisserait pas à cela.

Elle ne leur dirait pas non plus qu'elle comprenait ce qu'ils disaient quoique leur dialecte fût légèrement différent de l'espagnol qu'elle avait appris au couvent.

Mécontente, Rita haussa les épaules et la tension s'accrut dans la pièce spacieuse aux solides meubles en cuir et en bois. Une cheminée occupait tout un pan de mur et des doubles portes s'ouvraient sur un patio fleuri. Une oasis dans un désert n'aurait pu être plus inattendue et appréciée.

— Eh bien, mademoiselle Lindsay, dit enfin Jake, vous devez être fatiguée. Rita va vous montrer votre chambre si vous voulez.

Furieuse de le voir se comporter en maître de maison, Angie ne lui répondit pas et se tourna vers Rita.

— Je suis très contente de faire ta connaissance. Nous aurons beaucoup de choses à nous raconter demain, j'en suis sûre, mais ce soir il faut que je me repose. Ça ne t'ennuie pas de me montrer ma chambre maintenant ?

Un sourire fugitif éclaira le visage sombre de la jeune fille.

— Je ne pensais pas que tu serais aussi fatiguée, répondit-elle, mais, bien sûr, tu n'as pas l'habitude de la vie que nous menons ici. Tu veux que Concha ou Blanca t'apporte un plateau ?

— Oui, s'il te plaît. La journée a été longue et tu as raison, je n'ai pas l'habitude de ce genre de vie. Mais j'espère que bientôt je me sentirai chez moi.

Rita désigna Bette qui était restée sur le seuil.

— Elle dort avec toi ou elle préfère avoir sa chambre ?

— Je suis sûre qu'elle préfère avoir sa chambre. Qu'est-ce que tu en penses, Bette ?

— Oui, en effet, j'aimerais disposer d'une pièce pour moi toute seule.

— Blanca va t'emmener dans le quartier des domestiques, dit Rita qui se tourna ensuite vers Jake et lui sourit. Chéri, peux-tu appeler Blanca pendant que je montre sa chambre à notre invitée ?

Serrant les dents, Angie ne daigna pas regarder Jake. Celui-ci répliqua qu'il avait du travail à terminer.

— Mais je vais indiquer à Bette le chemin. Bonne nuit, mademoiselle Lindsay.

Sans lui répondre ni même lui accorder un regard, Angie suivit Rita dans un long couloir aux murs blancs et au sol carrelé. Sa chambre était charmante ; deux grandes fenêtres laissaient entrer la brise fraîche et parfumée. Angie s'approcha de l'une d'elles. La crête découpée des montagnes se détachait en noir sur le ciel bleu sombre qu'éclairait un mince croissant de lune.

— Que c'est beau ! murmura-t-elle en inspirant profondément. Avec cette vue, je laisserai ouvert tout le temps.

— Il y a des volets qu'on peut fermer en cas d'attaque des Indiens.

Devant la mine de sa demi-sœur, Rita reprit avec un sourire triomphant :

— Ils dévalent des collines mais les Apaches craignent d'irriter les esprits en se battant après le coucher du soleil. Les Comanches, eux, préfèrent la nuit lorsque la lune est haute et éclaire bien leurs victimes.

— Essaierais-tu de m'effrayer, par hasard ?

Rita fit la grimace, ce qui lui donna l'air enfantin. Ses yeux noirs brillèrent de malice.

— Oui. Ça marche ?

— Parfaitement !

La main sur la poignée de la porte, Rita se retourna.

— Tu m'en vois déçue. Tâche de ne pas trop me faciliter les choses. Ça m'ennuierait.

— Je ferai tout mon possible pour ne pas t'ennuyer. Tu verras, demain je serai plus courageuse et plus agressive.

— Bien. J'aime les défis.

— J'ai la réputation d'être coriace.

— Moi aussi.

Le regard et le sourire de Rita étaient franchement insolents. Ce qu'Angie comprenait parfaitement car elle aussi n'aurait pas aimé qu'une intruse débarque chez elle. Avec une rancœur subite, elle se demanda pourquoi son père n'avait pas arrangé les choses avec plus de diplomatie et pourquoi personne n'avait eu la gentillesse de la prévenir de la situation.

Peut-être avait-on craint que, sachant les difficultés qui l'attendaient, elle ne relève pas le défi. On aurait pu au moins lui donner le choix, se dit-elle.

— Alors, nous aurons de quoi nous amuser, reprit-elle. Mais j'espère que cela ne nous empêchera pas de devenir amies. Ce serait merveilleux d'avoir enfin une sœur.

Il y eut une longue pause. Dehors, des hommes bavardaient et des chiens aboyaient. Une vache mugit et un oiseau chanta. Un rire éclata, réconfortant.

— Je vais dire à Blanca de t'apporter un plateau, dit Rita avec un regard étrange dans lequel Angie crut lire une pointe de chagrin.

Comme la porte se refermait, Angie se demanda s'il était vrai que Jake allait épouser Rita. Seigneur, comme elle le détestait tout à coup ! Non seulement il lui avait caché l'existence de sa sœur mais voilà qu'en plus elle découvrait qu'il était son fiancé ! Qu'elle était sotte d'avoir perdu son temps et gaspillé tant d'émotions avec un homme aussi dépourvu de sens moral !

Allongée sur son lit, les yeux perdus dans le ciel sombre constellé d'étoiles, elle ne put repousser une vague de tristesse et, se retournant pour enfouir son visage dans l'oreiller, elle pleura amèrement.

Un rire monta de la cour, dont le son discordant lui rappela qu'elle se trouvait dans un monde radicalement différent de celui dans lequel elle avait été élevée. Ici, apparence et réalité étaient deux choses distinctes. La chaleur pouvait créer un mirage qui ressemblait à un lac sur la terre brûlante, et Jake Braden pouvait susciter l'illusion qu'il l'aimait. Quelle idiote elle était ! En ce moment même, il devait être en train de murmurer à l'oreille de Rita les mots qu'il lui avait dits à elle, des mots qu'il ne pensait pas.

Angie avait en partie raison. Jake murmurait en effet à l'oreille de Rita mais ses propos n'avaient rien à voir avec ceux qu'il avait tenus à Angie.

— Bon sang, Rita, à quoi joues-tu ?

— Je suis une grande personne, maintenant. Je ne t'ai pas manqué durant ce voyage ?

Elle le regardait avec des yeux provocants et effleurait sa poitrine nue d'une caresse légère. Il lui prit le poignet et écarta sa main. La brise qui balayait la cour des communs lui rafraîchissait la peau.

— Tu crois que tu as grandi mais tu te comportes comme une enfant stupide. Arrête de me tripoter.

— Pourquoi ? Je sais que tu aimes ça. Je t'ai vu avec Rosa, tu sais.

— C'était il y a longtemps, répondit-il d'un ton où l'amusement se mêlait à l'exaspération. Rosa est mariée, maintenant.

— Oui, je sais. Mais pas moi. Je t'ai attendu, exactement comme je l'avais dit.

— Rita, tu sais très bien que je ne t'épouserai pas. Qu'est-ce qui t'a fait dire ça devant tout le monde ?

— Oh, je ne sais pas. C'est peut-être parce qu'Angélique est très jolie et que j'ai vu comme tu la regardais quand elle est entrée. Tu l'aimes bien, hein ?

— Pas tellement. Elle est encore plus gâtée que toi.

Sa bonne humeur lui revenant, Rita éclata de rire.

— Vraiment ? Je vais peut-être l'aimer, finalement. En tout cas, on ne s'ennuie pas avec elle.

— Non, fit Jake avec une grimace. On ne s'ennuie vraiment pas.

Rita reprit son expression soupçonneuse.

— Pourquoi es-tu arrivé avant elles ? Je croyais que tu devais les escorter jusqu'ici.

— J'ai fait ce que j'avais à faire. Walker était capable de les amener saines et sauves et c'est ce qu'il a fait.

— Ce Walker, je le connais. Il vient acheter du bœuf, comme tu le faisais avant. Il est très beau et la moitié des filles du pays soupirent après lui lorsqu'il vient en ville ou assiste à une fête… Je devrais peut-être profiter de ses passages ici pour apprendre à le connaître, ajouta-t-elle en lui jetant un regard en coin.

— Tu risques d'avoir des ennuis. Il appartient à Mlle Lindsay.

— Oh ? Elle le préfère à toi ?

— Elle a sans doute meilleur goût que je ne le pensais. Écoute, Rita, il est tard et Concha va te chercher. Rentre à la maison avant que quelqu'un ne te découvre ici et n'en tire une conclusion erronée.

— Je pourrais rester, Jake.

Elle se rapprocha et appuya ses seins fermes et chauds contre sa poitrine nue. Il sentit le cœur de Rita s'emballer et son souffle lui caresser le cou.

— Personne ne le saura, sauf si tu leur dis. Tu te rappelles la fois où tu m'as embrassée ?

— Je me souviens de la fois où tu m'as embrassé, corrigea-t-il en la repoussant. C'est stupéfiant que ton père ne m'ait pas arraché la peau des fesses à coups de fouet.

— Il t'aimait bien. Je l'ai entendu dire un jour que je devrais épouser un homme comme toi.

— Ce qu'il voulait dire, c'était qu'un homme comme moi n'hésiterait pas à prendre une ceinture pour te donner une raclée quand tu aurais fait une bêtise. Rentre, Rita. Il est tard et je suis fatigué.

Avec une moue, Rita se résigna à partir. Jake s'adossa au pilier du petit bâtiment où logeaient les officiers de passage et se roula une cigarette.

Logan allait arriver dans la nuit. Quelques bouteilles d'alcool avaient délié la langue de Six

Plumes. Les rebelles attendaient une nouvelle cargaison de fusils dans un canyon situé entre le Pecos et le Rio Grande. Jake pinça les lèvres. Il n'avait pas été du tout surpris d'apprendre que l'homme qui vendait les armes à répétition aux rebelles n'était autre que son oncle.

Ce qui ne rendait pas sa tâche plus facile. Son oncle n'était pas le dernier des sots et débarquer chez lui sans raison valable éveillerait ses soupçons. Restait à attendre la fête que don Luis donnerait chez lui dans quelque temps.

Il y retrouverait sûrement Angie qui, bien sûr, simulerait l'indifférence. Il ne pouvait s'empêcher de penser à sa peau douce et blanche alors que des tâches importantes auraient dû monopoliser son attention. Il lui suffisait de fermer les yeux pour voir apparaître son regard violet et ses cheveux dorés. De quoi devenir fou…

Pire, depuis qu'il l'avait rencontrée, aucune femme ne l'avait tenté, ce qui était tout à fait inhabituel. S'il n'y prenait garde, il allait se retrouver à ses pieds. Idée qui lui était insupportable. Il n'y avait pas de place dans sa vie pour une femme, en dehors de quelques brèves rencontres purement physiques.

Il n'avait pas le choix, il lui fallait absolument se débarrasser du besoin absurde qu'il avait d'elle.

QUATRIÈME PARTIE

LA CROISÉE DES CHEMINS

JUILLET 1870

20

Angie se réveilla dans un grand lit moelleux inondé de soleil. Concha déposa sur la table du café et des petits pains tout chauds au parfum appétissant, puis tira les rideaux pour tamiser la lumière.

— Bonjour, *señorita*, s'écria-t-elle d'un ton enjoué.

Encore ensommeillée, Angie se redressa sur les oreillers.

— Je suis la dernière à me réveiller ?

— *Sí*. Même la *señora* est debout mais elle a préféré rester dans sa chambre. Les soldats se préparent à partir et le lieutenant a déjà demandé deux fois à vous voir. Je lui dis que vous serez bientôt visible ?

— Oui, s'il te plaît. M'habiller ne me prendra pas longtemps... Il y a de l'eau dans le broc ?

— Oui. Et voici un gant et des serviettes propres. Votre domestique est en train de repasser votre robe, je vous l'apporterai dès qu'elle aura terminé. Vous avez besoin d'autre chose ?

— Non, merci.

Elle n'osait pas demander si Jake était encore là. Sans doute. L'atmosphère trouble de la veille n'avait pas semblé le gêner alors que, malgré ses airs assurés, on sentait chez Rita un certain flottement, comme si elle éprouvait le même sentiment de dépossession qu'Angie.

Leurs points communs finiraient bien par les réunir mais, pour l'instant, une barrière difficile à franchir les séparait. Jake Braden constituait une bonne partie de cet obstacle. Rien qu'en pensant à sa duplicité, Angie frémissait de rage. Non, on ne pouvait se méprendre sur la façon dont le regardait Rita, elle trahissait des sentiments bien proches de ceux qu'avait éprouvés Angie.

Mais qu'elle n'éprouvait plus. Désormais, il n'évoquerait plus pour elle qu'une période abhorrée de son passé, une erreur de jugement dont elle avait tiré une leçon profitable. Il ne se jouerait plus d'elle, et elle cesserait de rêvasser.

Leurs relations n'avaient été que des relations charnelles. Aucun lien ne s'était créé entre eux. D'ailleurs, il l'avait prévenue, plutôt brutalement, sur le bateau qui les menait à Galveston. Elle avait ignoré cet avertissement, ainsi que d'autres.

C'était fini. Elle était enfin arrivée à destination et un monde nouveau l'attendait. Dès qu'elle en aurait terminé avec Jake Braden, elle pourrait s'y plonger.

Les bruits de ce monde lui parvenaient du dehors : le chant d'un coq, le mugissement éloigné du bétail et les bruits étouffés des hommes vaquant à leurs tâches. Le ranch Double X était une affaire florissante qui approvisionnait en viande fraîche les forts avoisinants et la réserve apache de fort Stanton. Qui donc lui avait dit cela ? Oh, oui... Jake.

Résolue à jouir dès à présent de sa nouvelle vie, Angie se leva dès que Concha eut quitté sa chambre. Le café était fort et chaud, les petits pains croustillants à point étaient délicieux. Elle commençait sa toilette lorsque Bette apporta sa robe repassée.

— Il y en a des choses étonnantes, ici ! s'écria joyeusement la jeune domestique. Il faisait encore nuit que le coq s'est mis à chanter à tue-tête sous ma fenêtre ! Et ces femmes… Comme elles sont calmes au milieu de tous ces hommes qui réclament à manger à n'importe quelle heure. À propos, j'ai vu le capitaine Braden ce matin, car toutes les personnes qui travaillent ou séjournent ici viennent se restaurer dans la cuisine.

Affectant l'indifférence, Angie se passa un gant mouillé sur la figure.

— Je trouve que le capitaine Braden est le plus beau de tous, poursuivit Bette d'un ton rusé. Bien que M. Logan ne soit pas mal non plus. Vous ne trouvez pas ?

— M. Logan est beau garçon, c'est vrai. Avec ses cheveux décolorés par le soleil, ses yeux bleus et sa peau bronzée, il est très séduisant.

Angie enfila la robe que lui tendait Bette sans s'encombrer d'un jupon. Elle n'avait pas l'intention de se laisser entraver… par rien ni personne.

— C'est vrai, murmura Bette d'une voix langoureuse. M. Logan est vraiment beau.

— Parle anglais, maintenant, Bette. Nous sommes en Amérique ; nous devons nous conformer aux usages.

— Nous conformer ? répéta Bette en agitant la tête avec tant d'énergie que ses boucles brunes virevoltèrent autour de son visage. Moi, je peux me conformer facilement si je le veux. Mais vous, j'en doute ! Vous croyez que je n'ai pas remarqué comme vous aimez votre indépendance ? Être votre propre maîtresse ? Oui, c'est visible !

Bette ne put retenir un éclat de rire.

— C'est vrai, non ? insista-t-elle.

— Oui, Bette. Maintenant, aide-moi à me coiffer.

Bette lui brossa longuement les cheveux avant de les ramener sur le sommet du crâne où elle les maintint avec des peignes. La perspective de rencontrer tous les hommes qui travaillaient pour elle la rendait nerveuse. Pour *elle* ! Pourquoi pas pour Rita ?

Dès que possible, elle demanderait à Jake de lui expliquer en détail le testament de son père. Interroger Rita serait par trop embarrassant et, à part ces deux-là, personne ne pouvait la renseigner. Jake savait sûrement pour quelles raisons c'était elle qui héritait du ranch, et non Rita qui y vivait depuis toujours.

Déterminée, Angie sortit de sa chambre et se rendit au salon. Elle portait une robe lavande qui soulignait les courbes de son corps mais flottait autour des chevilles et la rendait libre de ses mouvements. Dès qu'elle entra dans la pièce, les hommes se levèrent.

Dave Logan et Bill North la saluèrent d'un hochement de tête. Appuyé à la porte qui menait au patio, les bras croisés sur la poitrine, Jake affichait une nonchalance insolente. Lorsque leurs regards se croisèrent, il inclina brièvement la tête mais elle comprit à son expression qu'il n'était pas de bonne humeur. Eh bien, elle n'en avait cure ! Elle non plus.

— Bonjour, messieurs, dit-elle en traversant la pièce.

Un chœur de salutations lui répondit.

— J'espère que vous avez bien dormi, reprit-elle.

Elle s'assit dans un fauteuil, imitée par tous sauf par Jake qui resta debout, silencieux et sévère.

Sachant que les hommes guettaient ses premières paroles, elle sentit son cœur s'emballer et regretta l'absence de sa mère qui savait comment se comporter dans n'importe quelle situation. Mais n'était-elle pas chez elle ? Et son rôle n'était-il pas d'assumer ses nouvelles responsabilités ? Oui, bien sûr. Alors, autant s'y mettre tout de suite. Elle s'éclaircit la gorge et se releva, faisant face à ses employés.

— C'est ma première matinée ici et, bien sûr, j'ai besoin de me familiariser avec la vie du ranch avant d'opérer quelques changements ou de faire des suggestions. Aussi, je vous en prie, pardonnez-moi si, tout en vous regardant travailler, je pose des questions qui vous sembleront stupides.

Le regard consterné de Bill North, le contremaître, la fit hésiter à poursuivre. Ce fut Jake qui intervint d'une voix brutale.

— Ne vous mêlez pas de changer les choses, mademoiselle Lindsay. Tout marche très bien.

Exaspérée qu'il ose intervenir, elle se tourna vers lui.

— Ce n'est pas à vous que je parlais, capitaine. Le contremaître du ranch, c'est M. North.

— Effectivement, mais il est trop poli pour vous dire que vous ne distingueriez pas un veau d'un mouton et qu'en tournant autour des hommes pendant qu'ils travaillent, vous allez les gêner.

— Vous me conseillez donc de ne pas me renseigner sur la vie du ranch ?

— Madame, je vous conseille seulement de rester tranquille. Attendez avant de donner des ordres. De toute façon, ces hommes n'écouteront pas les avis d'une femme et, si vous contredisez North, vous allez vous retrouver toute seule avec le bétail.

— Êtes-vous obligé de m'appeler *madame* comme si j'étais une vieille femme mariée ?

— Désolé, fit-il d'un ton qui prouvait le contraire.

Angie faillit lui demander de sortir. Mais, s'il partait, qui interrogerait-elle sur l'étrange testament de son père ? Rita ? Ce serait l'offenser, ce qu'elle désirait éviter.

— Merci de votre suggestion, capitaine Braden, dit-elle d'un ton froid. Monsieur North, soyez persuadé que jamais je ne contredirai l'un de vos ordres ni ne m'insurgerai contre vos méthodes de travail.

Triturant le bord de son chapeau de ses grosses mains, North se leva gauchement.

— Oui, madame. Je suis sûr que vous le ferez pas. Et si vous voulez jeter un œil partout, vous serez la bienvenue mais ce serait mieux si quelqu'un vous accompagnait. Il y a quinze mille hectares, à peu de chose près, et on peut se perdre facilement. Bien entendu, faudrait pas que vous alliez vous promener toute seule.

— Non ? Eh bien d'accord, puisque vous le dites.

Soulagé, il hocha la tête.

— Il y a un tas de paperasses à examiner, et aussi les actions de la mine dont vous pourrez discuter avec George Sherman, le notaire de votre père.

— Les actions de la mine ?

— Oui, madame, fit-il d'un air gêné. Sherman viendra vous en parler dans quelques jours.

— Il parle de la mine de Santa Rita, expliqua Louise qui, attirant tous les regards, entrait dans la pièce dans un nuage de parfum. C'est bien d'elle que vous parlez, monsieur North ?

— Oui, madame. C'est celle-là.

— C'est une mine d'or ou d'argent ? demanda Angie, intriguée.

— De cuivre, répondit Jake. Elle appartenait autrefois aux Espagnols, puis à Francisco Elguea, de Chihuahua, au Mexique. Depuis que le Nouveau-

Mexique fait partie des États-Unis, les Mexicains disent qu'elle leur appartient toujours mais le gouvernement américain la revendique.

— Alors, à qui appartient-elle ? insista Angie.

— Elle appartenait à ton père, précisa froidement Louise. J'imagine qu'il en a gardé les droits.

— Sherman vous en parlera, mesdames, dit Jake.

— J'ai l'impression que vous savez beaucoup de choses qui me concernent, capitaine Braden, répliqua Angie. J'aimerais que vous m'accordiez quelques minutes.

— Si vous faites vite. Je dois partir bientôt.

Angie retint un cri de colère.

— Je vous verrai partir avec plaisir. Mais il y a la question de votre salaire et deux ou trois choses à régler auparavant. Faites-moi la faveur de rester après le départ des autres.

— Puisque vous me le demandez si gentiment, mademoiselle Lindsay, dit-il avec une ironie acerbe.

Les hommes se levèrent et quittèrent la pièce. Dave Logan s'arrêta devant Louise et lui présenta son bras.

— Je vais vous montrer le verger. Il y a un banc pour profiter du soleil.

Contrariée mais résignée, Louise accepta son offre et s'éloigna sans un regard pour Jake et Angie qui restèrent seuls.

— Vous m'avez menti ! s'écria la jeune fille.

— Je savais que vous diriez ça.

— Si vous le saviez, pourquoi ne m'avez-vous pas prévenue que non seulement j'ai une sœur mais qu'en plus *elle vit ici* ? Vous pensiez que j'allais commettre un acte abominable ?

— Ce que je pensais n'a aucune importance. Si John Lindsay avait voulu que vous le sachiez, il l'aurait couché noir sur blanc dans son testament... Peut-être craignait-il que cela vous décide à ne pas venir.

— Pourquoi donc ? Au contraire, ça m'aurait donné une raison supplémentaire de faire le voyage ! Surtout maintenant qu'il est mort. Qui d'autre que Rita pourrait me parler de lui ?

Sa voix se brisa sur les derniers mots, et il la regarda attentivement.

— Et votre mère ?

— Elle... elle n'aime pas parler de lui. J'espérais qu'en arrivant ici, je le trouverais vivant, qu'il m'accueillerait les bras ouverts, et que nous ferions enfin connaissance.

Devant la sympathie qu'elle lut dans les yeux de Jake, Angie se détourna. Plutôt la haine que la pitié. Les mots jaillirent sèchement.

— Vous vous êtes dit que ce serait amusant de vous pavaner aux côtés de votre fiancée lorsque j'arriverais. J'espère que ma réaction ne vous a pas trop déçu.

— Pas du tout. Tout s'est passé comme je l'avais escompté.

— Salaud !

— C'est une question ou une observation ?

— C'est un jugement.

Elle s'éloignait à grands pas lorsqu'il la retint par le poignet. Les doigts de Jake s'enfoncèrent dans sa peau tendre, et elle dut serrer les dents pour ne pas crier.

— Lâchez-moi, sinon je hurle.

— J'ai déjà entendu cette menace, vous vous en souvenez ?

Oh, oui, elle s'en souvenait. Ainsi que des baisers qui avaient suivi.

— Allez au diable, Jake Braden ! Vous n'êtes

qu'une bête immorale et licencieuse dont j'aurais dû me méfier.

— Grave erreur, en effet, répondit-il d'un ton amusé. Mais écoutez-moi. Échanger des insultes ne réglera rien. J'avais mes raisons pour ne pas vous parler de Rita. Laissez-lui une chance. Elle souffre plus que vous de cette situation. Elle n'avait que John Lindsay et, maintenant, elle n'a même plus de maison. Ayez un peu pitié d'elle.

La pendule de la cheminée sonna avec bruit comme pour souligner ses propos. Angie était consternée. Il fallait qu'il aime vraiment Rita pour implorer sa compréhension. Mais elle, Angie, que devenait-elle dans cette affaire ? Cachant son désarroi, elle haussa les épaules.

— Si vous vous souciez autant de ses sentiments, vous auriez dû m'éviter. À moins que vous n'ayez l'intention de la mettre au courant de ce qui s'est passé ?

— À vous de décider.

— Oh, vous préféreriez sûrement que je me charge du sale boulot, mais c'est hors de question. C'est vous le responsable de ce gâchis. À vous d'expliquer à votre précieuse Rita pourquoi vous allez de l'une à l'autre. Mais, pendant que vous y êtes, dites-lui que je ne veux plus rien avoir à faire avec vous. Je préfère les gentlemen, un homme comme le lieutenant Walker qui sait comment traiter les femmes.

— Alors, vous feriez mieux de lui dire de vive voix toutes ces gentillesses, mademoiselle Lindsay, car il vous a attendue toute la matinée. Désirez-vous que j'aille le chercher ?

Le regard froid de Jake attisa la rage d'Angie.

— Inutile de vous occuper de quoi que ce soit au sujet du lieutenant Walker, capitaine Braden.

Randy s'est montré un compagnon de valeur que j'apprécie comme il se doit. C'est un gentleman, bien élevé et instruit, et non un rustre mal dégrossi.

Sans lui laisser le temps d'en dire plus, Jake quitta la pièce d'un pas vif. Anéantie, Angélique se laissa tomber dans un fauteuil.

Il n'avait pas nié être fiancé à Rita. Et il ne s'était pas excusé.

La gorge douloureuse et les yeux emplis de larmes, elle resta immobile quelques instants, attentive aux bruits de la maison. Rien ne s'était passé comme elle l'avait imaginé. Et voilà que l'existence d'une sœur venait tout compliquer, ainsi que la propriété contestée d'une mine. Elle fit une moue désespérée. Maman serait contente de savoir à quel point Angie se sentait perdue, au point de se demander si elle devait rester.

Mais elle avait fait l'effort de venir jusqu'ici et, bien que le voyage n'ait pas été aussi terrible qu'on le lui avait fait craindre, elle n'avait nulle envie de renouveler l'expérience dans l'immédiat. Non, elle resterait, et peut-être, en parlant avec Rita, obtiendrait-elle quelques informations.

Si Jake Braden ne s'en était pas mêlé, sa sœur et elle auraient pu devenir amies. À présent, cela lui semblait loin d'être évident. Et ce le serait encore moins si Rita devinait ce qui s'était passé entre Jake et elle.

La porte du salon s'entrouvrit, et Rita apparut.

— Tu as vu mon *novio* ?

— Oui, il était là il y a cinq minutes, répondit Angie après une seconde d'hésitation, déconcertée par ce terme.

Au lieu de s'éloigner en quête de Jake, Rita s'attarda sur le seuil. Elle portait un corsage en coton blanc, une jupe ample qui semblait encore plus pratique que celle d'Angie et les sandales qu'affectionnaient les paysannes mexicaines. Avec son épaisse chevelure noire et sa peau mate, elle était ravissante et paraissait très jeune.

— Tu le connais bien ? demanda soudain Rita.

Prise au dépourvu, Angie essaya de gagner du temps.

— Tu parles du capitaine Braden ?

— Bien sûr ! Moi, je le connais depuis mes douze ans. Et depuis, je l'aime.

— Oh…

Ne sachant que dire, Angie se tut. Partagée entre la rancœur et le désir de combler le gouffre qui les séparait, elle jugea préférable d'éviter de parler de Jake. Il ne pouvait être que source de conflits.

Rita traversa la pièce, effleurant des doigts le dessus brillant d'une table, tout en surveillant Angie du coin de l'œil.

— Ta mère est très belle. La mienne n'était pas mariée avec mon père, mais ça, tu le sais déjà.

— Non, je ne le savais pas. Avant d'arriver, je ne savais même pas que j'avais une sœur.

— Vraiment ? s'écria Rita en écarquillant les yeux. Ça a dû te faire un choc !

— Oui. Mais un choc heureux.

— Heureux ? répéta Rita avec un regard soupçonneux. Tu dis ça maintenant, mais tu ne t'en réjouiras pas toujours.

— Pourquoi donc ? Tu as l'air gentille.

— Oui, peut-être bien, fit Rita en s'adossant à la cheminée. En tout cas, toi, tu n'es pas comme je l'avais imaginé.

— Ah bon ? À quoi t'attendais-tu ?

— À une petite chose délicate. Comme une fleur du désert.

— Je croyais que les fleurs du désert étaient plutôt robustes.

— Elles ne vivent pas longtemps. Elles sont trop fragiles. S'il pleut, elles s'épanouissent, mais la plupart du temps elles meurent avant la fin de la journée.

— Alors, je suis un cactus, et je tiens mieux le coup… avec mes piques.

Rita éclata de rire.

— Tu n'es pas si mal que cela, finalement. Je ne m'attendais pas à te trouver sympathique.

— Est-ce que c'est parce que tu as peur que je prenne tout et t'oblige à partir ?

— Oh, le testament de mon père ne te permet pas de me chasser. Je possède des actions de la mine, si bien que j'aurai toujours des revenus. Quant au ranch, s'il te l'a donné, c'est tout simplement parce que je n'en veux pas.

Elle s'était rapprochée, et son parfum léger vint chatouiller les narines d'Angie. Ce n'était qu'une jeune fille vulnérable, aux yeux noirs et graves, qu'Angie avait de plus en plus envie de connaître.

— Pourquoi tu ne veux pas du ranch, Rita ?

— Je déteste vivre ici. C'est trop loin de tout. J'aime entendre de la musique et danser, de la vraie musique et de la vraie danse, pas ce zinzin auquel s'amusent les vachers mexicains le soir dans les communs. Je veux découvrir La Nouvelle-Orléans, New York, et même Paris. Tu connais ces villes ?

— Paris et La Nouvelle-Orléans, oui.

— À quoi est-ce que ça ressemble ? demanda Rita d'une voix pleine d'ardeur.

Elle s'assit à côté d'Angie et, prenant un genou entre ses mains, se mit à se balancer d'avant en arrière.

— Est-ce qu'il y a beaucoup de monde, et des lumières partout, et des endroits où on s'amuse ? As-tu vu des choses défendues ?

— Oui, il y a beaucoup de monde... Je ne l'ai jamais raconté à maman, ajouta Angie après une brève hésitation, mais un jour, alors que j'étais à Paris avec mes cousins, nous sommes entrés dans un cabaret où dansaient des filles à moitié nues. Elles levaient leurs jambes en l'air et montraient tout aux hommes qui les regardaient. C'était très risqué et nous n'aurions pas dû être là, car les spectateurs étaient venus uniquement pour choisir celles qu'ils allaient... protéger.

Rita gloussa.

— Je sais ce que ça veut dire. Ça t'a choquée ?

— À ce moment-là, oui.

— Mais maintenant, ça ne te choquerait plus.

— Eh bien, je suis plus grande et j'ai un peu vu le monde.

Angie se tut un instant. Puis formula la question qui lui brûlait les lèvres :

— Comment était-il ?

— Qui ? Notre père ? Très grand. Solide comme un pin des montagnes, répondit Rita avec un sourire. Je l'ai vu terrasser un veau presque adulte, et sans même s'essouffler. Ses yeux étaient comme les tiens, tu sais. De ce bleu profond qui tourne parfois au violet... Même vos cheveux sont pareils, bien que les siens aient été plus sombres, avec juste des mèches rouges. Moi, j'ai les yeux et les cheveux de ma mère.

— Elle a dû être très belle, elle aussi.

— Oui, je le crois, mais je ne m'en souviens pas. Je n'avais que deux ans quand elle est morte.

— Je suis désolée.

Rita se leva et fit mine de paraître indifférente.

— Je ne l'ai pas connue. Et je suppose que tu ressens la même chose en ce qui concerne notre père.

— Non, je me sens... dépossédée. Trahie. J'aurais aimé l'avoir connu. Je regrette de n'avoir pas pu l'aimer.

Sa propre franchise surprit Angie. La vulnérabilité de sa sœur l'émouvait et, malgré sa jalousie, elle se sentait proche d'elle. N'avaient-elles pas toutes les deux perdu leur père récemment ?

Rita lui jeta un regard étrange puis s'éloigna. Elle allait franchir le seuil lorsqu'elle s'arrêta :

— Quand je me marierai, je partirai d'ici.

Elle sortit, laissant derrière elle l'écho de sa remarque énigmatique. Angie s'effondra sur le canapé. Pour une première conversation, ça n'avait pas été dramatique. Sauf incident grave et guerre ouverte, tout se passerait peut-être bien, finalement.

21

Il y en avait eu, des changements, en vingt ans. Assise dans le verger qui n'abritait que de timides arbustes au moment de son départ, Louise laissait ses yeux errer au-delà des branches noueuses des pommiers et des pêchers, sur la crête bleutée des montagnes. À cette heure de la matinée, tout était calme et paisible ; des oiseaux gazouillaient dans le feuillage et l'air était encore relativement frais. On avait l'impression que rien ne pourrait les atteindre dans cette oasis, qu'aucun intrus ne pourrait menacer la sécurité qu'offraient les hauts murs du ranch.

Il n'en restait pas moins qu'à l'extérieur de cette forteresse, le Nouveau-Mexique était resté pareil à lui-même, sauvage et meurtrier.

Et d'une cruauté perverse. Durant toutes ces années, John Lindsay avait eu une autre femme, un autre enfant, une autre vie, alors qu'elle vivait seule en France. Elle aurait dû divorcer, sans se soucier du scandale qui en aurait résulté. Pourquoi n'avait-elle jamais soupçonné qu'il prendrait une autre compagne et engendrerait un autre enfant ? Si cet enfant avait été un fils, aurait-il fait venir Angélique en Amérique ?

Garder sa dignité en découvrant la vérité avait été une épreuve. C'était une insulte, un affront à son statut d'épouse légitime qu'il lui infligeait de son tombeau. Il avait certainement imaginé ce qu'elle éprouverait et pourtant jamais il n'avait fait allusion à sa liaison avec une paysanne mexicaine.

Personne n'en avait soufflé mot, pas même Jim Patterson. Quel outrage ! Comment devait-elle se comporter avec cette fille ? Son existence changeait tout.

Louise s'obligea à respirer à fond. Rita, bien évidemment, n'y était pour rien, mais elle devait savoir qu'il n'y aurait pas de compromis. Le domaine appartenait à Angélique. C'était elle, l'héritière légitime de John Lindsay, et non cette donzelle habillée à la va comme je te pousse et qui décochait à Jake Braden des œillades éhontées.

Un coup de vent chaud agita les feuilles d'un pommier et vint la rafraîchir ; elle se lissa le visage pour prévenir les rides, et sourit. Ce geste de coquetterie était une vieille habitude, un peu dénuée de fondement puisqu'elle ne s'était jamais intéressée qu'à John Lindsay. Non, il y avait eu un autre homme, mais cela remontait à tellement loin… À l'en croire, il la trouvait toujours très belle. Compliment qui n'était peut-être pas exagéré. Mais si elle s'attardait au Nouveau-Mexique, le vent chaud et la chaleur la feraient vite ressembler à une vieille pomme ridée.

Quelle importance ? Bientôt, pour elle, il serait trop tard. C'était d'Angélique qu'elle devait se soucier. Sa tâche consistait à la confier à un mari qui saurait s'occuper d'elle. Mais certainement ni un John Lindsay ni un Jake Braden, lequel regardait Angélique d'un peu trop près. Celui-ci n'était pas du tout l'homme qu'il fallait. Il ressemblait beaucoup trop à John ; rude et sûr de lui, effrayant et réconfortant à la fois, et encore plus dangereux que ne l'était John.

Était-elle la seule à détecter le danger ? Elle en avait parfois l'impression. Personne ne l'écoutait, Angélique moins que quiconque. Ce qui ne l'étonnait pas, sa fille ayant toujours été une forte tête.

— Décidément, le capitaine Braden n'est pas un gentleman, avait-elle confié à Dave Logan qui, après quelques bredouillis polis, l'avait laissée seule dans le verger.

Fermant les yeux, elle se revit en train de planter ces pommiers, de minuscules arbres alors, sous un soleil conquérant qui semblait plus à même de les calciner que de les faire pousser. Et cependant, ils avaient prospéré.

Tout avait changé, y compris elle-même. Et John ? Angélique l'ignorait mais Louise aussi avait reçu une lettre de lui, un rappel émouvant de ce qui avait existé jadis entre eux en même temps qu'il la priait d'autoriser leur fille à venir au Nouveau-Mexique. Mais elle avait eu peur, pas seulement de ce pays barbare mais aussi de John et des sentiments qu'elle gardait prudemment enfouis. Mieux valait bannir définitivement toute émotion violente plutôt que risquer de perdre à tout jamais la paix de l'âme.

L'afflux de souvenirs se faisant insupportable, Louise se leva et se dirigea vers la maison. Le vent tourbillonnait autour d'elle, avec son odeur d'armoise. Odeur exécrée qui lui rappelait le passé.

Et John...

Sa gorge se serra. Dès qu'elle était entrée dans la demeure, elle avait cru le voir partout dans cette grande maison qui, lorsqu'elle était partie, n'était qu'une petite bâtisse de trois pièces en adobe. À présent, elle en comptait quinze, sans mentionner la cuisine. Il y avait même, dans le fond, une salle réservée aux bains, une merveille au confort surprenant. C'était sûrement cette fille, Rita, qui l'avait exigée. Le John Lindsay qu'elle avait connu n'aurait eu que faire de telles commodités.

Force lui était d'admettre que cette maison au toit rouge et aux murs blancs était plus accueillante que la modeste structure qu'elle s'attendait à retrouver. Avec ses fleurs et sa pelouse fraîche, c'était une sorte de paradis clos de murs.

Passé ces murs, rien n'avait changé : le danger et la mort rôdaient toujours sur les contreforts des montagnes et dans les arroyos.

Elle approchait de la maison lorsque Jake Braden sortit de la cuisine. Il vint à sa rencontre, ceinture bas sur les hanches afin que la crosse de ses pistolets soient à la hauteur de ses mains. Il ressemblait plus à un bandit qu'à un éclaireur de l'armée, et Louise se demanda une fois de plus pourquoi Jim Patterson avait choisi cet individu pour les escorter.

Comme toujours lorsqu'elle pensait à Jim, elle s'empressa de le chasser de ses pensées.

— Bonjour, capitaine, dit-elle avec un bref hochement de tête. Vous avez l'air pressé.

— Je voulais vous annoncer que je partais sur-le-champ.

— C'est ce que vous avez dit tout à l'heure. Mais je croyais qu'il était convenu que vous resteriez un moment.

— Non, madame. Il y a assez d'hommes ici. Vous n'avez pas besoin que Logan et moi restions dans vos jambes.

— Et vos camarades ?

— Spencer, Higdon et les autres partent ce matin mais il reste assez de monde pour vous protéger.

North est un homme capable ; il a réussi à préserver le ranch et à le faire marcher. Tout ira bien.

— Je vois.

Louise hésita. L'indifférence du capitaine envers Angie était trop évidente pour qu'il n'ait pas une autre raison de partir.

— Ma fille y est-elle pour quelque chose ? s'enquit-elle. Je sais comme elle peut se montrer… difficile parfois et, ces derniers temps, j'ai eu l'impression qu'elle vous avait pris en grippe.

Cette remarque était un coup tiré au hasard ; le voyant changer de figure, elle sut qu'elle avait fait mouche.

— Pardonnez-moi, madame, mais votre fille est plus que difficile. C'est une forte personnalité, et elle risque de s'attirer des ennuis si elle continue à défier le bon sens. Elle a besoin qu'on la bride un peu.

— Sans doute. Angélique a toujours été volontaire. Et ce trait de caractère s'est affirmé après la lettre de John. Je ne la reconnais plus. Elle a beaucoup changé, en particulier depuis notre étape à San Antonio.

Si Jake Braden avait noué des relations intimes avec Angélique, il se garderait bien de l'admettre, songea-t-elle aussitôt.

— Tout le monde change, remarqua-t-il avec un haussement d'épaules désinvolte.

— Oui, mais ma fille me paraît plus… adulte… que lorsque nous sommes arrivées en Amérique, capitaine. Cela m'intrigue.

Jake se frappa la cuisse d'un grand coup de chapeau. Il avait hâte de s'en aller, c'était visible.

— Elle a vingt et un ans. Il est temps qu'elle devienne adulte, vous ne pensez pas, madame Lindsay ?

— Être adulte et devenir une femme expérimentée sont deux choses différentes, capitaine.

— Pas toujours, répliqua-t-il en la regardant dans les yeux. Parfois, c'est simultané. La cause et la conséquence, pour ainsi dire.

— Vous savez, capitaine, vous aussi vous m'intriguez. Au début, je vous prenais pour un homme de la frontière mal dégrossi. Maintenant, je ne sais plus. Vous essayez de cacher votre éducation mais elle surgit de temps à autre dans votre façon de parler et dans vos opinions.

— Pourquoi est-ce que je cacherais mon éducation, m'dame ? demanda-t-il en forçant sur l'accent texan.

— Je l'ignore, mais vous devez avoir une bonne raison. Vous connaissez assez de latin pour échanger des citations avec un camarade et vous parlez couramment le français. Ne me dites pas que vous l'avez appris à la Nouvelle-Orléans, je ne vous croirais pas. Le vocabulaire et l'accent sont différents.

— Je l'ai appris d'une fille qui était née dans la vallée de la Loire. Nous avons été très proches à une époque.

— Sans doute, mais je ne vous crois toujours pas aussi fruste que vous le prétendez. Et, deux ou trois fois, j'ai eu l'impression de vous avoir déjà rencontré. Avant ce voyage, je veux dire.

— Non, madame. Peut-être avez-vous connu quelqu'un de ma famille. C'est possible.

Il s'inclina et la quitta. Puis, se retournant, il la regarda avec une expression d'inquiétude sincère.

— Soyez prudente en choisissant vos amis, madame Lindsay.

— Je le suis toujours.

Jake acquiesça de la tête et s'éloigna à grands pas vers les écuries et le corral d'où parvenaient les bruits d'hommes au travail. Oui, le capitaine Braden piquait sa curiosité et, quoi qu'il dise, elle jurerait l'avoir déjà rencontré.

Elle ne savait plus à quelle occasion mais ça lui reviendrait. En attendant, elle ferait son possible pour le tenir éloigné du ranch jusqu'à ce qu'Angélique ait obtenu son héritage et qu'elles soient toutes les deux reparties pour la France. La vie serait plus simple sans lui. Peut-être pourrait-elle avoir une vraie conversation avec sa fille qui lui était devenue étrangère.

Louise suivit l'allée pavée de briques concassées qui contournait la demeure. Le soleil avivait le parfum des herbes, de l'ail, de l'oignon, du persil. Au-delà du verger, un potager fournissait les haricots, les courges et le maïs nécessaires à la maisonnée.

On entendait venant de la cuisine des éclats de rire et les ordres en espagnol dont Concha abreuvait ses aides. Non, peu de choses avaient changé durant ces vingt ans.

D'ici quelques jours, elle prendrait contact avec don Luis. Traiter avec un tel individu lui déplaisait fortement, mais c'était la seule solution.

Angie avait beau écouter Randy, ses pensées ne quittaient pas Jake. Il partait donc ? Elle l'apercevait au loin en train de seller son cheval tout en discutant avec Dave Logan et quelques hommes. Eh bien, qu'il fiche le camp ! Ça lui était complètement égal ! Pourquoi s'obstinait-elle à penser à lui alors qu'il ne s'intéressait pas à elle ?

— Angie, disait Randy, cela vous amuserait de m'accompagner à une réception, une fiesta comme on dit ici, dans deux semaines ? Ce sera très gai. On y jouera de la musique et on y dansera.

Elle s'obligea à le regarder.

— Avec plaisir. En quel honneur est-elle donnée ?

Lorsque Randy souriait, c'était vraiment un beau garçon, se dit-elle, navrée. Si seulement…

— Je l'ignore, mais peu importe du moment qu'il y a de la musique et un bon buffet. C'est l'un des grands propriétaires du pays qui reçoit chez lui une fois par an. Il invite la plupart des éleveurs et leurs femmes ; elles se vêtent de leurs plus beaux atours et nous rappellent, à nous autres pauvres célibataires, ce dont nous sommes privés.

Un rire féminin s'éleva, et Angie s'aperçut que Rita était entrée dans le corral. La gorge serrée, elle vit le bras de Jake entourer les épaules de la jeune fille. Cela ne dura qu'un instant, mais ce geste d'intimité la bouleversa. La seconde suivante, il la cherchait des yeux. Elle se raidit. Il ne manquerait plus qu'il vienne me parler, maintenant, se dit-elle, furieuse. Quel traître… Et quelle sotte j'ai été !

Elle se retourna vers Randy et, lui décochant une œillade suggestive, posa la main sur sa poitrine en murmurant :

— Vous vous trouvez trop seul ?

Il lui prit la main et déposa un baiser sur sa paume tout en la regardant dans les yeux.

— Je l'étais jusqu'à ce que je vous rencontre, Angie.

Le ton intime de Randy la mit mal à l'aise mais elle lui laissa sa main et sourit.

— Comment pouvez-vous vous sentir seul avec tous ces gens autour de vous ? plaisanta-t-elle. Il me semble qu'au contraire vous devez souffrir de ne pouvoir vous isoler.

— Un homme peut se sentir seul au milieu de la foule, répondit-il avec gravité. Je suis fatigué de ma solitude. Je voudrais partager ma vie avec quelqu'un. Je n'ai pas l'intention de rester officier longtemps. Mon père possède une compagnie de navigation à Savannah et j'ai promis de travailler à ses côtés lorsque je quitterais l'armée. Nous serions riches, Angie. Nous pourrions voyager, voir d'autres pays. Et Savannah est une jolie ville qui borde l'océan sur des kilomètres. Vous vous y plairiez. Tout y est vert.

Angie refoula une vague de colère et de remords en entendant le sérieux de son ton. Elle ne devrait peut-être pas pousser ce flirt car il le prenait manifestement beaucoup plus à cœur qu'elle.

Écartant sa main, elle haussa les épaules avec nonchalance.

— Ça a l'air merveilleux, Randy. Mais je me plais bien ici. Oh, je sais que ça peut vous paraître idiot, à vous qui êtes là depuis longtemps, mais tout me semble si nouveau, si exceptionnel et merveilleux…

— Moi aussi, au début j'étais emballé mais, après quelques raids d'Apaches et de poursuites en plein désert, mon enthousiasme s'est refroidi.

— Les Apaches sont si hargneux que ça ? demanda-t-elle pour changer de sujet.

— Les rebelles, oui. Les autres vivent dans des réserves ou bien au Mexique. Mais il reste quelques bandes qui n'obéissent qu'à leurs lois et lancent des raids chaque fois qu'elles en ont l'occasion. Ils possèdent de nouvelles armes qui les rendent particulièrement hardis ; nous ignorons qui les leur vend… La plupart du temps, ils sont mieux armés que nous, ajouta-t-il, le bleu de ses yeux virant au noir.

— Alors c'est plus dangereux que ce qu'on m'a dit.

— Parfois. Mais je vous protégerai, si vous me le permettez, dit-il avec un sourire qui éclaira à nouveau son regard.

Malgré elle, les yeux d'Angie furent attirés vers le corral où, d'un geste gracieux, Jake enfourchait son cheval sans s'aider des étriers. Sa monture et lui ne firent plus qu'un et l'on eût dit un guerrier indien, un centaure des plaines.

Rita posa la main sur sa botte, et il se pencha pour lui embrasser le front. Angie rougit de colère et de chagrin. Était-il vraiment obligé de montrer aussi... ostensiblement à qui allait sa préférence ?

Puis, tout en poussant son cheval vers le portail, il se tourna vers Angie et la salua d'un hochement de tête. La minute suivante, il rejoignait Dave Logan et s'éloignait, la laissant folle de rage, et immensément triste.

— Angie, vous viendrez à la fiesta ? insista Randy.

— La fiesta ? Oh, oui, bien sûr.

Le portail s'était refermé, cachant les silhouettes de Jake et de Dave Logan.

— Je suis sûre que Bette et Rita aimeraient venir aussi, reprit-elle d'une voix qui lui parut étrangement plate. Et peut-être parviendrons-nous à convaincre maman de nous accompagner. Elle connaîtra sûrement des tas de gens.

— C'est possible. Beaucoup se sont installés après son départ mais elle retrouvera ceux qui étaient déjà là, comme les Rivera, les Maguire et les Holt. Certaines de ces familles vivaient déjà dans ce pays du temps où il appartenait au Mexique.

— Ah bon ? Je croyais que les Mexicains avaient regagné leur pays.

— La plupart, oui, et pas toujours de bon cœur. Quelques-uns ont préféré rester et devenir américains.

— J'ai hâte de faire leur connaissance.

Randy s'attarda jusqu'à ce qu'Angie prétexte le besoin d'explorer sa nouvelle maison et de s'installer. Il lui dit au revoir en promettant de revenir quinze jours plus tard, puis il rejoignit ses hommes qui, déjà en selle, l'attendaient près du portail. Cette fois-ci, lorsque les portes s'ouvrirent et se refermèrent, ce fut du soulagement qu'elle éprouva.

Plus tard, comme elle regardait la crête des montagnes qui semblait gratter le ciel, elle se demanda si encourager Randy n'était pas faire preuve de cruauté.

Il serait plus honnête de décliner son invitation. D'un autre côté, la fiesta lui ferait rencontrer ses voisins, des gens qui avaient connu John Lindsay. Elle ne pouvait refuser cette occasion. Le mieux était de profiter de la réception pour lui dire gentiment qu'elle ne désirait que son amitié.

Cela n'avait rien à voir avec Jake Braden. Rien du tout.

22

Les jours s'écoulaient lentement dans un voile de poussière et de chaleur. Angie passait de longues heures à explorer la maison et à découvrir peu à peu qui était John Lindsay. Il avait dû avoir une personnalité complexe car le peu qu'en disait Rita, à contrecœur, ne correspondait guère avec ce que racontaient ses employés.

Pièce par pièce, elle reconstituait une image de John Lindsay, à la fois curieuse et ordinaire. Il représentait une énigme, comme le pays qui l'entourait. Avait-il été à la fois un bon éleveur et un père insouciant ? Oui, si l'on en croyait Rita. Ç'avait été un homme courageux, en tout cas, car il était parvenu à bâtir dans ce désert sauvage un ranch prospère qui fournissait en bœuf les forts de l'armée et une réserve indienne, et ce, en dépit de difficultés sans nombre. Inondations, hivers rigoureux, attaques d'Indiens et sécheresses estivales accablaient les habitants dont beaucoup, cependant, restaient, séduits par la beauté du territoire et la promesse du succès.

Le Nouveau-Mexique était une terre de contrastes surprenants, où s'affrontaient splendeurs et abominations. Angie rêvait d'explorer les environs, mais chaque fois qu'elle en parlait, Bill North ou l'un de ses hommes l'en dissuadait.

— C'est pas prudent, disait North. Les rebelles sont plutôt agités en ce moment.

— Ils sont venus par ici récemment ?

Non, avouait North, mais cela ne prouvait rien.

La patience d'Angie s'épuisait. Elle avait hâte d'explorer son domaine, de voir de plus près les montagnes et les plaines qui s'étendaient au-delà des murs de sa prison. Car elle commençait à se sentir prisonnière même si elle ne l'aurait admis pour rien au monde. Sans mot dire, sa mère lui jetait des regards entendus qui en disaient long.

Louise s'était repliée sur elle-même, et gardait le plus souvent la chambre en se plaignant de migraines à répétition. La visite du notaire, George Sherman, y était pour quelque chose, se disait Angie, car il avait déclaré sans ambages que le testament de John Lindsay était inattaquable.

— Il était sain d'esprit lorsqu'il l'a écrit, madame. Angélique deviendra propriétaire du ranch à condition d'y vivre une année entière. Si elle part, la propriété échoira à Rita María, la cadette. Les actions de la mine de cuivre sont à partager entre les deux filles, mais Rita bénéficiera d'une part plus importante pour compenser sa part du ranch.

Sherman fit une pause, et regarda Angie et Rita avec un sourire d'excuse.

— Si les deux demoiselles refusent le ranch, il reviendra à une association constituée de trois hommes dont les noms doivent rester secrets jusqu'à ce que la situation exige de les révéler.

— Je vois, fit Louise au bout d'un long silence.

Sherman rassembla ses papiers et les rangea dans une serviette en cuir.

— Dites-moi ce qu'aura Angélique si elle décide de ne pas rester ici ? reprit-elle.

— Maman ! Il est inutile de poser cette question puisque je veux rester, protesta Angie.

— Elle recevra un petit revenu provenant de ses actions de la mine, et c'est tout, madame Lindsay. Grâce aux contrats avec l'armée et la réserve, le ranch a beaucoup de valeur. Dès que le chemin de fer arrivera jusqu'ici, cette valeur sera multipliée par dix. M. Lindsay ne voulait pas qu'il tombe entre les mains d'individus peu scrupuleux, et il a pris toutes les précautions nécessaires pour que cela ne se produise pas. Il aimait sa terre, vous savez.

— Oui, fit Louise avec une pointe d'amertume. Je ne le sais que trop bien. Merci de nous avoir accordé un peu de votre temps, monsieur Sherman, dit-elle en se levant, signifiant ainsi la fin de l'entretien.

Lorsque le notaire fut parti, elle refusa de discuter des termes du testament avec sa fille et se réfugia dans sa chambre en se plaignant de migraine, ce qui ne l'empêcha pas d'écrire plusieurs lettres.

Trois jours s'écoulèrent puis, à la grande surprise d'Angie, Louise l'accompagna à la ville voisine de Santa Ana, sous la protection de Bill North et de quelques hommes. Cette brève expédition avait pour but d'acheter des provisions, mais Louise disparut un instant à la poste où Angie la trouva en train d'envoyer un télégramme.

— À qui est-il adressé, maman ?

Louise haussa les épaules et décréta d'un ton sec qu'elle avait des affaires à régler dans le pays, elle aussi.

Depuis leur arrivée au Nouveau-Mexique, maman était devenue étrange, secrète et repliée sur elle-même, pensa Angie qui choisit de ne pas insister. Du moment que Louise était contente, peu importait le reste.

— Tout a changé, affirma Louise tandis qu'elles

regagnaient le ranch. Et je me sens plus en sécurité qu'autrefois.

— Alors, tu resteras en Amérique avec moi ?

Louise marmonna qu'il était trop tôt pour décider quoi que ce soit.

— D'ailleurs, tu peux fort bien désirer repartir, ajouta-t-elle.

— Oh, je ne crois pas que je changerai d'avis, répondit Angie en regardant les collines hérissées de broussailles et les montagnes bleutées. Tout cela m'appartient et j'ai envie de rester.

Louise garda le silence mais, une fois à la maison, elle se retira dans sa chambre, prétextant une énième migraine due au soleil.

Plusieurs jours plus tard, de bonne heure le matin, Rita vint trouver Angie dans le verger. Se dandinant gauchement d'un pied sur l'autre, elle se mit à arracher les feuilles d'une branche de pommier qu'elle venait de casser.

— Ça te plairait d'aller te promener ? demanda-t-elle tout à trac.

— Tu veux dire, à l'extérieur du ranch ?

— Oui, fit Rita avec une grimace ironique. Je ne te parle pas de tourner en rond dans le corral.

La suggestion était trop tentante pour qu'Angie perdît son temps à s'irriter de cette réponse sarcastique.

— Je suis prête, s'écria-t-elle, mais je m'étonne que M. North ait changé d'avis. Hier encore, il m'a interdit de sortir.

— Bill North est un enquiquineur, marmonna Rita en repoussant ses mèches rebelles. Tu ne vas pas lui dire que nous sortons, si ? Parce que, au lieu de nous promener, on se retrouverait en train d'éplucher des pommes de terre ou de faire du crochet avec la vieille Juana.

— Oh, fit Angie, un peu troublée. Alors, c'est que ce n'est pas prudent.

— Je suis née ici, rappelle-toi. J'ai toujours vécu ici et, sauf une fois ou deux, les seuls dangers que j'aie rencontrés ont été un serpent à sonnette ou un cow-boy ivre. Alors ? Tu m'accompagnes ou pas ?

La tentation était forte, et Rita avait raison. Elle connaissait bien le pays et ne prendrait pas de risques inutiles.

— Oui, mais il faut d'abord que j'aille mettre ma jupe d'équitation.

— Dépêche-toi. Je connais une cascade où l'on peut se baigner. Tu sais nager ?

— Oui, mais ça fait longtemps que je n'en ai pas eu l'occasion.

— Bien. Retrouve-moi aux écuries une fois prête. Et sois discrète, sinon on nous empêchera de sortir. Si tu tardes trop, je ne t'attendrai pas.

Si c'était ainsi que Rita s'y prenait pour briser la glace, cela manquait de chaleur, se dit Angie tandis qu'elle se changeait, mais au moins avait-elle fait le premier pas ; les deux sœurs allaient peut-être pouvoir sympathiser. L'ambiance de la maison s'en améliorerait et les repas n'en seraient que plus agréables.

Car Rita réservait son humeur maussade et son humour caustique pour le dîner familial. Le matin, dans la cuisine où tout le monde mangeait au coude à coude, Rita riait et plaisantait avec les hommes ; Angie la voyait alors telle qu'elle était lorsqu'elle se sentait en sécurité.

Elle devinait fort bien les sentiments de Rita, les éprouvant elle-même. La situation était embarrassante, et elle ne comprenait pas que John Lindsay l'ait créée, alors que, avec un peu de soin et de considération, il aurait pu aisément arranger les choses de façon plus agréable pour tout le monde.

Angie se glissa hors de la maison et referma la porte derrière elle. Il était encore tôt et une brise fraîche agitait les fleurs bordant l'allée qui menait à la petite porte de l'enclos entourant la maison. Rita avait tenté d'en faire un jardin ; le résultat était moyen mais les fleurs qui avaient survécu aux rigueurs du climat s'épanouissaient avec exubérance.

Le calme régnait dans les écuries. Rita sortit deux chevaux qu'elle attacha à la barrière du corral.

— J'imagine qu'il va me falloir seller ton cheval, dit-elle d'un ton condescendant.

— Ne te donne pas ce mal. Où est la sellerie ?

Rita lui indiqua du menton la petite pièce mais son sourire ne s'effaça que quand Angie en ressortit avec la selle, la bride et la couverture. Celle-ci se félicita d'avoir appris à se débrouiller, et sella sa monture avec des gestes lents mais précis sous le regard inquisiteur de Rita.

Lorsqu'elle eut fini, l'air narquois de Rita avait fait place à une expression approbatrice.

— La plupart des hommes sont dehors avec le bétail mais il en reste toujours quelques-uns qui s'affairent dès qu'ils voient apparaître Bill North. Suis-moi et imite-moi, ils ne poseront pas de questions.

Personne ne les arrêta ni même ne parut les remarquer lorsque Rita ouvrit le portail, monta sur son cheval et fit signe à Angie de la suivre. Comme elles sortaient, l'un des hommes survint et cria quelque chose. Rita lui demanda de refermer derrière elles, ce à quoi il obéit sans piper mot.

— C'était facile, dit Angie une fois qu'elles se furent un peu éloignées. Si j'avais su, je l'aurais fait depuis longtemps.

— Tu n'y serais pas arrivée. Ils t'en auraient empêchée ; moi, ils ont l'habitude de me voir sortir.

— Tu n'as jamais peur ?

— De quoi ?

Rita enfonça un peu plus son sombrero et mit son cheval au trot.

— Où est ton chapeau ?

— Le voilà, fit Angie en montrant sa capeline en paille. Je l'ai porté tout le long du voyage.

— Ça ne sera pas suffisant pour ici. Avec cette peau de déterrée que tu as, tu vas rougir et peler.

Stoïque, Angie serra les lèvres. C'était tellement bon d'être enfin sortie des murs du ranch, de monter librement sans entendre de remontrances, que si Rita cherchait la dispute, elle en serait pour ses frais.

— Tu as peut-être raison, dit-elle placidement.

Rita haussa les épaules. Le silence s'installa, seulement rompu par le choc des sabots sur le sol durci par la sécheresse.

Le soleil brûlait, et Angie regretta de ne pas avoir mis de gants. Le dos de ses mains rougissait et ses paumes s'irritaient au contact des rênes. Mais l'air était d'une clarté limpide et les montagnes somptueuses.

Des plantes inconnues parsemaient la prairie et un ruisseau creusait son lit entre deux berges rocheuses. La plaine se haussait peu à peu en mamelons successifs couverts de buissons de *mezquite* dont les feuilles vertes cachaient des épines acérées. Leurs formes torturées s'élevaient parfois à la hauteur d'arbustes. Des bosquets de yuccas hauts de trois mètres frémissaient comme des sabres aux lames gris-vert. En silence, les deux jeunes filles traversèrent une prairie recouverte de hautes herbes et atteignirent un nouveau ruisseau dont elles suivirent le tracé sinueux. Le sol s'éleva, devenant plus désertique. Des figuiers de Barbarie et des touffes de broussailles jaillissaient des fissures creusées dans le roc.

Peu après, elles arrivèrent à la cascade et mirent pied à terre.

— C'est magnifique, dit Angie. Comment as-tu trouvé cet endroit ?

L'eau tombait d'une crête, ricochait sur des rochers et se déversait dans un bassin peu profond. Des cotonniers ombrageaient la rive. L'air était plus frais et la perspective de faire un plongeon follement séduisante.

— Jake a raison, lâcha Rita subitement, tu n'es pas vraiment une raseuse.

Angie se raidit.

— J'ignorais que le capitaine Braden avait l'habitude de parler de moi.

— C'est moi qui l'ai interrogé... Sinon, comment aurais-je pu savoir qui tu étais ?

— Tu aurais pu me le demander.

— Comme tu me l'as demandé ?

Gardant le silence, Angie tira les bras en arrière et se cambra pour détendre ses muscles.

— Tu as raison, fit-elle enfin. On devrait reprendre tout de zéro. Si tu as une question à me poser, vas-y. Et je ferai pareil.

Rita lui tournant le dos pour desserrer la sangle de son cheval, Angie crut qu'elle allait ignorer sa proposition. Puis la jeune fille déposa la selle sur le sol, et regarda Angie.

— D'accord.

— Vas-y. Que veux-tu savoir en premier sur moi ?

— Es-tu amoureuse de Jake ?

Angie s'attendait à cette question, mais pas formulée avec une telle brutalité. Elle sourit tristement.

— Apparemment tu ignores tout de la subtilité. Mais enfin, puisque c'est moi qui ai pris l'initiative de l'interrogatoire, je te répondrai franchement : j'ignore ce que j'éprouve pour Jake Braden. Parfois, je le déteste. Et d'autres fois... simplement je ne l'aime pas. C'est pour ça que tu m'as amenée ici ? Pour m'interroger sur Jake ?

— C'est ça, ta question ? demanda Rita avec un sourire rusé. Non, ne fais pas attention, je plaisante. Oui, c'est surtout pour cette raison que je voulais que tu m'accompagnes. Et puis, je voulais voir si tu aimes ce pays autant que tu le dis.

— C'est difficile à dire après seulement quelques heures de balade, murmura Angie. Et si je le détestais, cela ferait-il une différence ?

— Oui. Tu partirais.

— C'est ce que tu souhaites ?

— De temps en temps, oui. Je n'arrive pas à comprendre pourquoi tu as fait tout ce voyage, pourquoi tu as quitté la ville pour venir dans ce pays de poussière, de tarentules, de serpents à sonnette et d'Apaches. C'est absurde.

— Tu y vis bien, toi.

— Je suis née ici. Je n'ai pas eu le choix. Et même maintenant, je ne l'ai pas... J'ai de l'argent, mais nulle part où aller, ajouta-t-elle en grattant la terre jaune sur la semelle de ses bottes.

— Tu as peur de voyager seule ? s'étonna Angie. Tu pourrais, tu sais. Prends avec toi l'un des domestiques et...

— Je n'ai pas peur ! s'emporta Rita. Ce n'est pas ça du tout. D'ailleurs, je vais épouser Jake, tu t'en souviens ?

— Oui, je m'en souviens. Il t'emmènera où tu veux.

— Non, il ne le fera pas, dit Rita en s'asseyant pour ôter ses bottes. Il dit qu'il aime ce pays. Je n'arriverai pas à l'en détacher. Je n'arrive même pas à le retenir.

Elle rit en regardant Angie par-dessous ses cils.

— Mais il a toujours été comme ça. Un jour, il reviendra et s'installera. Après tout, il a déjà parcouru la moitié du monde et vu tout ce que je veux voir. Je pensais qu'on le verrait ensemble et puis j'ai découvert qu'il avait déjà tout vu. Drôle, non ? Lui, ça ne le passionne pas et moi, j'en crève d'envie. Et c'est lui qui est allé en France, en Angleterre et même en Inde, alors que je suis coincée au milieu du désert.

En silence, Angie s'assit à côté de Rita et retira ses bottes et ses bas. Toutes deux se mirent en sous-vêtements, et Rita la première trempa le pied dans le bassin.

— Pas trop froid, dit-elle avant de plonger.

Elle disparut sous la surface et émergea aussitôt.

— Alors, tu viens ? s'écria-t-elle en repoussant ses cheveux.

Angie inspira profondément, et sauta. Le contact de l'eau froide lui coupa le souffle. Ses pieds touchèrent tout de suite le fond, et elle remonta. À ce moment-là seulement, elle se demanda comment elle expliquerait par la suite ses cheveux et ses sous-vêtements mouillés. Tant pis, se dit-elle, chaque chose en son temps.

Son corps se détendit et une intense sensation de liberté l'envahit. Rita barbotait à côté d'elle, ses longs cheveux étalés sur l'eau comme une cape noire. Ses yeux étaient fermés et sa chemise en coton moulait ses jeunes seins, comme sans doute le faisait aussi celle d'Angie. Mais l'endroit étant désert, elles ne risquaient rien.

Elles se laissèrent dériver un moment, entre le soleil brûlant et l'eau froide. Le calme environnant était reposant. Les ailes grandes ouvertes, un aigle planait en cercles paresseux dans le ciel d'un bleu immaculé, poussant de temps à autre un cri aigu.

Pour la première fois, Angie se sentit chez elle et fut reconnaissante envers Rita de lui avoir offert ce cadeau. C'était ce qu'elle avait cherché depuis qu'elle avait reçu la lettre de son père, ce sentiment de paix et d'appartenance qui l'avait fuie jusqu'à présent.

Peut-être ne durerait-il pas mais, en attendant, elle souffrait moins du rejet de Jake Braden et de la préférence qu'il accordait à Rita.

C'était délicieux de se détendre ainsi et de ne penser à rien. Elle chassa résolument Jake Braden de ses pensées et s'immergea en entier. L'eau clapota dans ses oreilles et elle n'entendit plus que le battement sourd de son cœur.

Lorsqu'elle refit surface, Rita suggéra qu'elles s'assoient sur les rochers pour se sécher.

— Concha découvrira sans doute où nous sommes allées mais il est inutile de lui faciliter les choses.

— Apparemment, tu fais ça souvent, dit Angie en riant.

— Assez souvent. Maintenant que je suis grande, Concha me surveille moins qu'autrefois mais autant éviter de provoquer ses réprimandes.

Rita sortit de l'eau, et se hissa sur un rocher plat, suivie d'Angie. Malgré l'ombre du cotonnier, la chaleur était intense et la pierre brûlante. Angie allongea les jambes et tenta de démêler ses cheveux en y passant ses doigts.

— J'imagine que tu as mené une vie insouciante, dit-elle.

— Tu parles ! s'écria Rita. Ça n'a pas été facile. Tu crois que notre père était merveilleux, mais c'est parce que tu ne l'as pas connu. Il l'était parfois, bien sûr, mais le plus souvent, soit il m'ignorait, soit il s'emportait contre moi. Il y a des choses que j'ai faites dans le seul but d'attirer son attention. Il était toujours très occupé à acheter du bétail, à le rassembler, à le vendre, à réparer des clôtures et à dresser des chevaux, si bien qu'il m'oubliait complètement.

Angie la regardait avec sympathie.

— Je suis sûre qu'il t'aimait.

— Bien sûr qu'il m'aimait ! s'écria Rita en lui jetant un regard irrité. Pourquoi ne m'aurait-il pas aimée ? Je voulais juste t'expliquer qu'il était débordé, c'est tout.

— Je ne sous-entendais rien, Rita, protesta Angie, exaspérée. Je n'ai pas eu la chance de le connaître, aussi je cherche à en savoir le plus possible sur lui.

— Oui, eh bien, je t'ai dit tout ce qu'il y avait à en dire, répondit Rita en contemplant ses longues jambes brunes. Pourquoi es-tu venue ici, Angie ?

— Je te l'ai expliqué. C'était l'occasion d'être indépendante et d'en apprendre un peu sur l'homme qui était mon père. Ça t'agace de me l'entendre répéter mais je me sens frustrée de ne pas avoir pu le connaître.

— Oui, tu l'as déjà dit, fit Rita qui examinait maintenant ses orteils avec un intérêt excessif. Tu ne pouvais pas être indépendante en France ?

— Non. C'est différent ici. Là-bas, on m'aurait forcée à épouser un homme que je n'aimais pas, simplement pour trouver la sécurité. Je ne voulais pas de cela.

— Alors, c'est pour trouver un mari que tu es venue ici ? demanda Rita.

— Non. J'ai fait le voyage pour rencontrer mon père et je n'ai appris sa mort qu'en arrivant à La Nouvelle-Orléans. Ensuite, je suis venue au Nouveau-Mexique pour être indépendante.

— Tu risques d'être déçue.

Rita arracha un brin d'herbe d'une touffe qui poussait entre deux cailloux et se mit à la mâcher.

— Ici, c'est pareil qu'en France. Les hommes nous veulent soit disponibles, soit vertueuses, mais pas les deux. La putain du samedi soir ou la sainte du dimanche matin. Je n'en ai pas rencontré un seul qui vaille la peine qu'on s'y intéresse. Sauf Jake... Non, il y en a un autre qui me paraît intéressant, repritelle après avoir craché le brin d'herbe. C'est ce beau lieutenant qui tourne autour de toi comme des fourmis autour d'un pique-nique.

— Randy ? s'écria Angie, surprise que Rita l'ait remarqué. Pourquoi dis-tu ça ?

— Je ne sais pas. Peut-être parce qu'il est toujours très gentil avec moi quand il vient acheter du bœuf. Il fait le travail que faisait Jake. C'est comme ça que j'ai fait sa connaissance, tu sais... je veux dire, la connaissance de Jake... et du lieutenant Walker aussi. J'avais douze ans quand Jake est venu pour la première fois acheter du bœuf pour l'armée. Il était en poste à fort McLane, à ce moment-là. Ce fort est abandonné depuis six ou sept ans, maintenant, mais il était tout près. Plus près que fort Selden. C'était beaucoup plus pratique, si tu vois ce que je veux dire.

Angie le comprit fort bien, mais évita de l'admettre.

— Le lieutenant Walker a été très efficace, dit-elle. Lorsque nous avons été attaqués par les Indiens juste avant d'arriver à El Paso, il a combattu si courageusement que je n'ai même pas eu le temps d'avoir peur. Tout a été fini très vite et il m'a sauvé la vie en m'emmenant au galop à fort Stockton juste à temps.

— Jake m'a sauvé la vie une fois, comme ça, dit Rita en lui adressant un regard en coin. C'était il y a longtemps. J'avais seize ans, et nous nous trouvions dans une cabane dans le canyon Mimbres. Inutile de te dire ce que j'y faisais. Bref, pendant le retour, une bande d'Apaches nous a poursuivis. Jake s'est mis en bouclier entre moi et nos agresseurs, sans cesser de tirer sur eux. Dès que j'ai été en sécurité dans le ranch, il est reparti pour revenir plus tard avec un scalp en guise de trophée.

La grimace dégoûtée d'Angie la fit rire aux éclats.

— Tu ne savais pas qu'il est à moitié indien ? C'est ce qu'on raconte, du moins.

— Je préférerais ne pas parler de Jake Braden.

— Tiens ? Pourquoi ? demanda Rita d'un ton de défi.

— Je ne le trouve pas aussi intéressant que toi.

Le silence se fit, que Rita brisa soudain :

— Menteuse.

— Comment ? Qu'est-ce que tu veux dire ?

— Que je vous ai vus ensemble. Je ne suis ni aveugle ni sourde. J'ai remarqué comme tu le regardes.

— Si tu crois qu'il m'intéresse, tu te trompes. Je le trouve abject.

— Je le connais mieux que toi, et il n'est pas du tout ce que tu dis !

Rita bondit sur ses pieds, attrapa sa jupe et ses bottes.

— Il est tard. Rentrons.

Angie se leva lentement. La bonne humeur de sa sœur s'était dissipée. Rita était trop versatile pour qu'on puisse discuter avec elle.

Elle était habillée et nouait ses cheveux lorsque Rita se hissa sur son cheval. Le temps qu'elle détache sa propre monture, sa demi-sœur s'éloignait déjà.

— Attends, je ne suis pas prête, cria Angie.

— Dommage. Tu me rattraperas.

Inquiète, Angie se hâta de brider son cheval, mais Rita éperonnait le sien et partait au galop. Lorsque

Angie voulut monter, la selle glissa sur le côté, et elle dut resserrer la sangle. Le temps que tout soit prêt, Rita n'était plus qu'un nuage de poussière sur la piste.

Angie refoula la vague de panique qui montait en elle. Non, elle ne se laisserait pas impressionner ! Rita s'amusait simplement à l'asticoter. Jamais elle ne l'abandonnerait ainsi en plein désert.

Elle monta sur son cheval et le poussa dans la direction qui lui semblait être celle du ranch. Rita devait s'être cachée derrière un rocher ou un buisson de *mezquite*, riant de sa méchante farce. Lorsqu'elle l'aurait rejointe, Angie cacherait sa peur et affecterait une nonchalance qu'elle était loin d'éprouver.

Les rênes courtes, elle emprunta une piste caillouteuse qui menait au plateau. C'était par là qu'elles étaient arrivées, non ? La rangée d'arbres lui parut vaguement familière et, le soleil étant dans son dos, elle devait se diriger vers l'est. Oui, le ranch était bien dans cette direction, et Rita l'attendait sans doute un peu plus loin.

Quelle garce ! Elle trouvait ça drôle ? Moi pas, en tout cas, fulminait Angie. Il est peut-être temps que je lui mette les points sur les *i* !

Le sommet du plateau atteint, elle découvrit une étendue désertique similaire à celle qu'elle venait de quitter. Les kilomètres se succédant sans qu'elle aperçoive Rita, la peur commença à prendre le pas sur la colère. Le paysage était désolé et, à part l'aigle qui dessinait des cercles au-dessus de sa tête, tout était immobile des lieues à la ronde. Rien ne lui semblait familier et en même temps tout se ressemblait.

Rita l'avait bel et bien abandonnée.

C'est alors qu'Angie se mit à avoir franchement peur.

23

Louise regardait Rita avec ahurissement. Les yeux emplis de larmes et les lèvres tremblantes, la jeune fille répétait qu'elle n'avait voulu que plaisanter.

— Je croyais qu'elle pouvait me voir, je le jure ! Mais elle a dû prendre une autre direction parce que, lorsque j'ai fait demi-tour, impossible de la trouver. Oh, je vous en prie, croyez-moi, je ne voulais pas la perdre comme ça !

— Ah bon ? Et comment voulais-tu la perdre, alors ? Tu sais bien qu'Angélique ne connaît pas ce pays. Ta farce stupide lui a probablement coûté la vie.

— Vous dites ça comme si je l'avais fait exprès !

— Parce que ce n'est pas le cas ?

— Non !

Rita fixait un regard noir sur Louise qui retint une folle envie de la gifler. Cela ne réglerait rien, se dit-elle. Au contraire.

Elle se tourna vers le contremaître qui, consterné, était venu les rejoindre au salon.

— Combien d'hommes allez-vous emmener à sa recherche ?

— Une quinzaine environ. Nous allons rayonner large. Il ne fera pas nuit avant plusieurs heures. Si elle a la bonne idée de rester sur place, nous la retrouverons vite.

— Et si elle essaie de rentrer toute seule ? demanda Louise, bien qu'elle connût déjà la réponse.

Comment oublier sa propre expérience ? Brûlée par le soleil, à moitié folle de peur, titubant de rocher en rocher, elle avait erré des heures durant et délirait lorsqu'une patrouille de l'armée l'avait retrouvée par hasard. Elle n'avait dû son salut qu'à la chance, et voilà que sa fille vivait la même aventure. Qui pouvait garantir qu'un tel miracle se reproduirait ?

— Si elle se rapproche suffisamment, dit North, nous la retrouverons. Si elle prend l'autre direction, elle arrivera à Dona Ana ou fort Selden. J'ai envoyé un homme au fort pour demander du secours, au cas où nous n'y arriverions pas seuls.

— Bien, merci. Avec toute cette aide, je ne doute pas que nous la retrouverons.

Lorsque North fut parti, Bette proposa à Louise une de ses tisanes curatives.

— Non, Bette. Pas maintenant. Je ne veux pas dormir. Je veux attendre le retour d'Angélique.

Visiblement, Bette était affolée ; trop bouleversée elle-même pour supporter la détresse d'autrui, Louise se détourna.

— J'aimerais rester seule, dit-elle. Dis à Concha que je dînerai dans ma chambre, mais qu'on me prévienne dès qu'il y aura des nouvelles.

— Oui, madame.

Fébrilement, Louise maudissait le destin et la gamine cruelle qui avait abandonné Angélique sur cette terre hostile. Comment Rita avait-elle pu se montrer aussi méchante ? Quant à Angélique, quelle mouche l'avait piquée ? Quitter la sécurité des hauts murs du ranch et s'aventurer dehors frisait la démence ! Que ferait-elle s'il était arrivé quelque chose à sa fille ? Jamais elle ne se pardonnerait d'avoir amené Angélique dans cet horrible pays.

Elle serra les poings. Un messager lui avait apporté le matin même une réponse à son télégramme. Tout d'abord, elle avait hésité. À présent, elle savait ce qu'elle devait faire.

Si le destin lui rendait Angélique indemne, elle accepterait la proposition de don Luis, cela afin de protéger sa fille et qu'elles se libèrent toutes les deux des maléfices de cette terre...

— Un cavalier en vue !

En entendant cette exclamation, Louise sortit de sa chambre et se rua vers le porche. Était-ce Angélique ? Ou bien l'un des hommes revenant bredouille ? Elle murmura une brève prière.

Les ombres de la nuit voilaient les montagnes d'une brume bleue. Le portail s'ouvrit, et la lanterne de la poterne éclaira une chevelure cuivrée. Bouleversée, Louise dut s'adosser au poteau tandis que sa fille pénétrait seule dans l'enceinte du ranch.

Elle était saine et sauve... Dieu merci.

L'un des hommes s'empara des rênes, un autre lui présenta ses bras pour descendre de selle. Une fois qu'elle fut à terre, Angie se dirigea en boitillant légèrement vers sa mère qui l'attendait sur le porche.

— C'est Bill North qui t'a retrouvée, Angélique ? demanda Louise en s'efforçant de rester calme.

— Non.

Elle repoussa de son front une mèche humide. Son visage était rose vif, malgré la pénombre.

— Je n'ai vu personne, je n'ai rien vu du tout à l'exception de lézards, de scorpions et d'un serpent à sonnette qui a failli me faire perdre définitivement la tête. J'ai chaud, je suis fatiguée, je meurs de soif mais, lorsque j'aurai pris un bain, j'aimerais avoir une petite conversation avec Rita. J'imagine qu'elle est rentrée sans problème ?

— Oui, fit Louise. Elle attend à l'intérieur.

— C'est parfait.

Comme elle passait sous la lampe du porche, Louise vit les traces noires qui sillonnaient les joues de sa fille et reconnut la moue qui lui tordait la bouche. Elle était en colère à présent, mais elle avait eu très peur, et avait même pleuré.

— Mon petit chou… Comment as-tu retrouvé ton chemin sans aide ?

— Grâce au Ciel, le cheval a eu faim. Il connaissait sans doute très bien la route. J'aurais dû le laisser faire dès le début mais je croyais…

Le souffle court, elle s'interrompit et ses lèvres frémirent.

— Je croyais que je pouvais m'en sortir seule, acheva-t-elle péniblement. Oh, maman, que j'ai eu peur !

— Je sais. Je sais très bien ce que tu as ressenti, dit Louise en posant une main rassurante sur l'épaule de sa fille. Peut-être qu'un jour je te raconterai…

— *La patrona !* cria Concha en se ruant sur Angie. Nous étions très inquiets ! Vous n'êtes pas blessée ? Mais vous devez avoir faim et soif, bien sûr. Venez à la cuisine… Non, vous préférez sûrement prendre un bain d'abord. Blanca ! María ! Occupez-vous du bain et sortez des vêtements propres pour la *patrona*. Détendez-vous maintenant. Je vais vous préparer une boisson fraîche et quelque chose de bon à manger.

Avec un léger sourire, Louise suivit des yeux sa fille qui disparaissait dans la maison, une Concha débordante d'affection et de recommandations sur les talons. Malgré les années, la joyeuse Mexicaine n'avait pas changé. Tout le reste avait plus ou moins changé, mais Concha était toujours la même, attentionnée et réconfortante.

Rita apparut sur le seuil.

— Elle est rentrée, dit Louise. Tu es déçue ?

— Bien sûr que non ! protesta Rita avec véhémence. Je vous ai dit que je ne cherchais pas à l'égarer. Si je voulais me débarrasser d'elle, je trouverais d'autres moyens. J'aurais pu la noyer, ou la vendre à des rebelles, et alors on ne l'aurait pas revue.

— Tu y as déjà réfléchi, il me semble.

— Vous ne m'aimez pas, si bien que vous ne croirez pas un mot de ce que je dis. Je comprends pour quelles raisons vous me détestez mais ça ne vous donne pas le droit de me parler comme ça. C'est ma maison, ici. Ce n'est plus la vôtre.

— Ah, mais tu te trompes, petit chat en colère. J'ai épousé John Lindsay en justes noces et nous n'avons jamais divorcé. J'ai plus de droits que toi sur cette maison et cette terre, alors ne crois pas que tu peux nous en dépouiller, ma fille et moi !

Rita eut un rire amer.

— C'est ça qui vous intéresse ? La maison et la terre ? Je peux vous épargner quelques soucis car elles ne m'intéressent pas. Je ne les ai jamais aimées. Comme vous, j'ai toujours voulu partir. Mais, contrairement à vous, je me plierai aux vœux de mon père. Que cela vous plaise ou non, et il est évident que cela vous déplaît, il était mon père. Ma mère a vécu avec lui après que vous l'avez quitté et je suis née ici. Je mettrai le feu à cette maison plutôt que de la laisser à quelqu'un comme vous, qui la déteste, et je crois que mon père m'approuverait !

— Soit tu ne connaissais pas ton père aussi bien que tu le crois, soit il avait beaucoup changé en vingt ans, répondit Louise sèchement. Le John

Lindsay que j'ai connu n'aurait pas permis qu'on mette le feu à une brindille sans son accord. Il aimait cette terre et ce bétail plus que n'importe qui. Je sais très bien ce qu'il voulait. Il voulait laisser ce ranch à Angélique parce qu'il pensait qu'elle l'aimerait autant que lui. Et, que Dieu vienne en aide à ma fille, il a peut-être eu raison. Mais je suis sa mère, et je compte lui faire comprendre que sa place n'est pas ici mais dans un pays civilisé où l'on ne risque pas de voir des sauvages dévaler la colline pour tout mettre à feu et à sang.

— Pardonnez-moi, mais j'ai lu un livre au sujet de la Révolution française. On y racontait que la populace détruisait vos villes et assassinait les aristocrates, que la guillotine fonctionnait nuit et jour. À moins que je ne me trompe ?

— Je n'ignore pas l'histoire de ma patrie, répliqua froidement Louise. Ça n'a rien à voir avec ce pays.

— Ah non ? Eh bien, je crois que vous faites erreur. Il n'existe pas de contrée que la guerre ait épargnée. Le Nouveau-Mexique n'est guère différent.

— Tu défends le pays que tu prétends haïr ? J'ai donc raison quand je dis que tu veux empêcher Angélique de recevoir son héritage.

— Pourquoi aurait-elle tout ? s'écria Rita, les yeux brillants de fureur. Elle a le ranch et des actions de la mine. Et, à cause de sa peau blanche et de son ridicule accent français, tous les hommes sont à ses trousses, comme des chiens derrière une chienne en chaleur. Ce n'est pas juste qu'elle ait tout !

Louise étudia le visage empourpré de la jeune fille et comprit un peu mieux de quoi il retournait. Le ranch n'était pas la seule cause de sa rancœur. Ah, comment avait-elle pu être aussi aveugle, si obnubilée par son désarroi pour ne rien remarquer ?

Elle s'était trompée sur le compte de Rita, ainsi que sur celui de Jake Braden. Mais tout cela pouvait tourner à son avantage, finalement.

Louise sourit.

Le lieutenant Walker et sa section arrivèrent quelques heures plus tard. Angie, qui se reposait sous le porche, entendit les chiens aboyer. Elle soupira. La perspective de le recevoir après cette rude journée était loin de l'enchanter.

— Si tu veux, je dirai à Walker que tu te reposes, dit Rita.

Angie fronça les sourcils. Il lui était difficile de croire que sa sœur ne l'avait pas abandonnée volontairement. Pour seule excuse, Rita avait prétendu qu'elle n'avait pas imaginé qu'on pût prendre la piste dans l'autre sens.

— Je croyais que tu serais assez maligne pour suivre mes traces, avait-elle ajouté.

Angie se leva de son fauteuil.

— Non. Je vais le recevoir. Sinon, il se demandera pourquoi je l'évite.

Sans dire un mot, Rita disparut derrière le coin de la maison. Sans doute vers le verger où elle aimait se réfugier sous un vieil arbre auquel s'accrochait un rosier hirsute.

— Angie !

Randy sauta par-dessus la petite clôture, remonta l'allée et bondit sur la véranda. Empoignant Angie par les épaules, il scruta son visage sous la lumière ténue de la lanterne.

— On m'a dit que vous étiez rentrée toute seule. Vous allez bien ?

— N'en ai-je pas l'air ? fit-elle avec un faible sourire.

— Vous êtes toujours aussi belle, répondit-il en

lui soulevant le menton. Dès que j'ai reçu le message de North, je suis accouru aussi vite que possible.

— Heureusement, je suis déjà là et non au milieu de la prairie, attendant qu'on me retrouve.

D'abord décontenancé, Randy sourit d'un air crispé.

— Ignorant où vous vous trouviez au moment où vous vous êtes perdue, j'aurais pu aller dans la mauvaise direction. Il me fallait au moins apprendre d'où vous veniez.

— Oui, je sais. Excusez-moi, Randy. Tout cela m'a bouleversée.

— C'est normal, chérie. Mais ne restez pas debout. Cette épreuve a dû vous épuiser. Comment est-ce arrivé ?

Se dégageant de son étreinte, elle se laissa retomber dans le fauteuil en rotin.

— Je montais avec Rita, et nous avons été séparées.

— Grands dieux, quelle folie de quitter le ranch sans escorte ! Vous auriez pu vous faire tuer, ou pire. Il faut réprimander sévèrement North pour vous avoir laissées partir comme ça.

— Bill North n'y est pour rien. Rita et moi voulions faire un tour dehors. Si je ne m'étais pas perdue, personne n'en aurait rien su. D'ailleurs, je ne comprends pas pourquoi on en fait tout un plat. Le pire que j'ai vu a été un serpent à sonnette qui s'est enfui dès qu'il m'a aperçue.

Il lui reprit les mains et s'agenouilla à ses pieds.

— Promettez-moi que vous ne recommencerez pas, Angie. C'est trop dangereux.

— Je ne promettrai rien de ce genre ! riposta-t-elle. Je n'ai pas l'intention de passer mes journées à tourner en rond derrière les murs comme une princesse du Moyen Âge enfermée dans son donjon !

Randy la dévisagea avec un désarroi manifeste. Bon sang, pourquoi adoptait-il cette attitude de suppliant au lieu de se dresser devant elle comme un homme et de dire ce qu'il avait à dire ? Il avait l'air... si faible, si mou.

— Angie, je comprends. Mais vous devez écouter les gens qui vivent ici depuis longtemps. Je ne veux pas qu'il vous arrive quelque chose.

Son ton désespéré et son regard éploré la hérissèrent. Les propos énamourés de ce garçon bien élevé l'agaçaient.

— Randy, je vous en prie, il se fait tard et je suis épuisée. Nous en discuterons une autre fois.

Elle se leva. Il l'imita et lui serra les mains.

— Bien sûr, je suis un monstre de n'y avoir pas pensé. Nous nous verrons demain matin. Comme la fiesta a lieu dans deux jours, je vais rester ici afin de vous y escorter.

— La fiesta ? Oh... J'avais oublié. Où se passe-t-elle ? Je croyais que c'était à fort Selden.

— Oh, non. C'est à l'hacienda Rivera.

Un insecte bourdonna près du visage d'Angie avant de s'envoler vers la source de lumière de la lanterne. Un chien aboya furieusement et un rire jaillit des communs. Elle tenta de dégager ses mains mais il les retint fermement.

— Randy, lâchez-moi, s'il vous plaît, lui ordonna-t-elle.

Au lieu d'obéir, le jeune homme l'attira à lui. Le voyant s'incliner, elle tourna la tête et ses lèvres effleurèrent sa joue et non sa bouche.

Sans plus insister, il la lâcha et recula.

— Bonne nuit, Angie chérie.

— Bonne nuit, Randy, répondit-elle en rentrant dans la maison.

— Gardez-moi toutes vos danses, supplia-t-il.

Elle se retourna et esquissa un sourire.

— Peut-être. Mais ça risque de vous fatiguer et il me faudra alors danser avec d'autres officiers.

— Jamais. Avec vous, je danserai toute la nuit.

— Nous verrons, dit-elle en riant. Nous verrons cela !

24

On apercevait l'hacienda à des lieues à la ronde. Le Rancho de Tesón, le Ranch de la Ténacité, s'étalait majestueusement auprès d'un bosquet de chênes dont les branches épaisses ombrageaient son toit de tuiles rouges et ses murs en adobe d'un blanc aveuglant.

Ils avaient franchi sans incident le défilé de San Agustín. Au loin se dressaient les Jarillas, masse déchiquetée de crêtes de granit et de calcaire qui dominait la vallée, à mi-chemin entre les monts Organ et les monts Sacramento. Sectionnée en tronçons, la chaîne avait près de vingt kilomètres de long et dix de large. La hacienda Rivera jouissait d'une position stratégique et d'une vue exceptionnelle.

Dans la voiture qui cahotait sur la piste, Angie n'écoutait que d'une oreille le bavardage de Rita et de Bette qui semblaient être devenues les meilleures amies du monde. Fréquemment, leurs têtes brunes se rapprochaient, et les deux jeunes filles échangeaient une plaisanterie ou éclataient de rire.

Bette ayant été durant des années sa confidente, Angie voyait dans cette amitié une défection. Comment désormais confier ses soucis à quelqu'un qui risquait de les répéter, sans penser à mal d'ailleurs, à l'objet même de ses inquiétudes ? Ce n'était pas possible. Aussi, depuis la trahison de Rita, deux jours auparavant, se repliait-elle sur elle-même et se méfiait-elle de tout le monde.

— Oh, ça te plairait, s'écria Rita en désignant l'hacienda. C'est son anniversaire et il invite toute la région. Il y aura des officiers, des éleveurs, des hommes politiques ; tous les gens qui ont un peu d'importance sont conviés. Ça dure environ deux jours, avec des danses, de la musique et des buffets somptueux. Tu dois te joindre à nous.

Angie remarqua le coup d'œil que Bette jeta à Louise.

— Je ne sais pas si c'est permis ; je ne suis qu'une servante, après tout.

— Ne t'inquiète pas. Tu es française, et personne ne saura ce que tu fais. N'est-ce pas, *doña* Louise ?

Titre qu'Angélique soupçonnait dicté par le goût de la provocation plus que par le simple respect.

— D'ordinaire, répondit Louise, je ne considère pas les domestiques comme mes égaux mais il me semble qu'ici, en Amérique, c'est différent. Peut-être parce que tant d'Américains sont issus de la paysannerie.

La remarque fit à Rita l'effet d'une gifle.

— Si vous faites allusion à ma mère, elle n'était pas la servante de mon père !

— Non ? Et cependant, d'après mes souvenirs, elle travaillait à la cuisine quand j'étais là. À moins qu'il ne s'agisse d'une autre Mexicaine.

Louise lissa sa robe en soie grise et, sans plus se soucier de Rita, se replongea dans la contemplation du paysage.

— J'ai pris plaisir à aider Concha à la cuisine, intervint Angie. Elle m'a montré comment frire les haricots, préparer des tortillas et faire quelque chose de bon à partir de presque rien. C'était intéressant.

— Si l'on aime la cuisine populaire, pourquoi pas ? répliqua Louise sans se départir de son calme.

Angie retint difficilement une exclamation de colère. Elle avait beau en vouloir à Rita, elle la comprenait. Ne réagirait-elle pas comme elle, à sa place ?

Le lieutenant Walker s'approcha de la voiture et, bien qu'il s'adressât à toutes, ses yeux ne voyaient qu'Angie.

— Nous allons bientôt arriver et je ne vous reverrai pas avant ce soir. Je tiens à ce que chacune de vous, mesdames, me garde une danse afin de rendre jaloux tous les autres messieurs.

Ce fut Rita qui répondit en riant :

— Nous en serons très honorées, lieutenant, mais ce sont les femmes qui seront jalouses.

Walker s'esclaffa. Il porta le doigt à son chapeau puis, après un dernier regard à Angie, rejoignit ses hommes en tête du convoi.

Le sourire de Rita vira à la grimace lorsque Bette remarqua :

— Il ne cache pas ses préférences.

— Le lieutenant Walker est poli, c'est tout. Tout le monde ne tombe pas amoureux d'Angie dès le premier regard.

Surprise par cette véhémence insoupçonnée, Bette ne répondit rien, et Angie se détourna. La voiture descendit la longue route sinueuse dans un silence tendu.

Les chambres étaient attribuées aux invités dès leur arrivée ; Angie devait partager la sienne avec Rita et plusieurs autres jeunes femmes. Trois grands lits recouverts de moustiquaires étaient alignés en rang d'oignon et des servantes chargées de robes s'affairaient au milieu de la pièce.

— J'ai entendu dire que vous étiez enfin arrivées ! s'écria une jeune fille au sourire déluré qui se faisait appeler Natacha. Ma mère se demandait si vous alliez venir, en fin de compte, et rester.

— J'ai l'intention de rester, répondit Angie en s'asseyant sur le tapis comme les autres.

Une brise légère leur parvenait du porche sur lequel donnait leur chambre. C'était la mi-journée, l'heure de la sieste.

— Et votre mère ? Je ne me souviens pas d'elle, bien sûr, car j'étais trop jeune, mais la mienne se rappelle qu'elle n'est pas restée longtemps. Elle est partie juste après cet incident déplaisant avec les Apaches. Nous pensions qu'elle ne reviendrait jamais.

— Les Apaches ? Oh, vous devez parler des raids.

— C'était une époque terrible, et maintenant, ça ne va pas beaucoup mieux. Mon père dit qu'une bande de rebelles continue à rôder dans le coin. Ils ont attaqué *doña* Ana il y a quelques semaines. Ils ont volé des chevaux et pillé le magasin.

— Et qu'est-ce qu'on fait pour se protéger ? demanda Angie qui frémit en pensant à ce à quoi elle avait échappé quelques jours plus tôt. L'armée ne peut pas protéger les villes et les maisons ?

Linda, l'une des filles, s'esclaffa.

— Si elle y parvenait, le Nouveau-Mexique serait plus peuplé que New York. C'est la menace des attaques indiennes qui retient beaucoup de pionniers de s'installer, et je pense que ça ne déplaît pas aux politiciens. Ça leur laisse plus de terres à s'approprier illégalement.

— Voilà que tu parles comme mon père, remarqua Natacha. Il dit la même chose. À propos, est-ce que le gouverneur ne doit pas venir à la fiesta ?

— Non. Seulement un sénateur. Je crois que don Luis a des ambitions politiques. En tout cas, il cultive tout un tas de relations importantes. Quantité de jeunes gens riches et ambitieux seront présents !... C'est ce qui m'a poussée à venir, ajouta Linda avec un sourire rusé.

— Pour écouter des discours politiques ? plaisanta Natacha, ce qui fit rire tout le monde.

L'air mystérieux, Rita s'étira comme un chat.

— Diego, le neveu de Don Luis, sera sans doute présent. Vous le connaissez ?

L'une des filles poussa un gros soupir qui déclencha un autre fou rire.

— J'aimerais bien, avoua Linda. Il est tellement beau...

— Mais quel macho ! ajouta une autre fille. J'ai dansé avec lui l'année dernière mais il n'est pas resté longtemps. Comme d'habitude, son oncle et lui se sont disputés.

— Selon mon père, Diego reproche à son oncle de lui avoir volé son héritage.

— On dirait que c'est devenu une pratique courante, dans ce pays, remarqua Rita. Mais il ne viendra peut-être pas, et il ne nous restera qu'à nous languir de lui.

— Il vient toujours, déclara Linda. Et tant mieux car en nous faisant danser, il rend jaloux les autres hommes qui font ensuite des pieds et des mains pour nous plaire. C'est vrai, non ?

Toutes les jeunes filles éclatèrent de rire, puis la conversation reprit sur le neveu de don Luis ainsi que sur d'autres charmants jeunes gens.

Angie ne partageait pas cette humeur folâtre. Elle se sentait déplacée parmi ces gentilles jeunes filles, un peu sottes, qui se contentaient de flirter, alors qu'elle-même avait franchi cette étape.

Plus tard, Bette apporta les robes de Rita et d'Angie et leur annonça que la maison était déjà pleine et que d'autres invités ne cessaient d'arriver.

— Quelle foule ! Ça fourmille d'hommes beaux et élégants et de femmes aux tenues très espagnoles, avec des mantilles et des flots de dentelles. Les jeunes filles ont des chaperons qu'on appelle *dueñas* et qui ne les lâchent pas d'une semelle. Tenez, *doña* Rita, voici votre robe. Celle en soie ivoire est pour…

— Non, fit Angie en repoussant celle que lui destinait Bette. Je ne la porterai plus. Donne-la à qui tu veux et apporte-moi la bleue. Je sais qu'elle est là, je l'ai mise moi-même dans la malle.

— Madame me l'a fait retirer, avoua Bette. Oh, je vous en prie, ne vous fâchez pas contre moi. Je lui ai dit que vous ne seriez pas contente mais elle a insisté !

— Tu aurais dû m'en avertir avant que nous ne quittions le ranch. Qu'est-ce que je vais porter, maintenant ?

Bette haussa les épaules dans un geste d'impuissance.

— À toi de me trouver une autre robe, Bette, reprit Angie avec colère. Je ne porterai plus cette chose ridicule avec tous ces falbalas. Elle me donne l'impression d'être enfermée dans une bonbonnière.

— Mais où vais-je en trouver une ?

— Je l'ignore, mais tu es une femme de ressources. Tu y arriveras certainement avant que les festivités ne commencent.

Bette sortit en courant.

— Tu n'aimes pas cette robe ? demanda Rita.

— Je la déteste. Tu l'as vue ?

— Oui. Moi aussi, je me sentirais ridicule dedans.

— Maman veut toujours que je la porte alors qu'elle-même s'offre des tenues qui la mettent en valeur. J'ai envie d'être belle ce soir, pas d'avoir l'air d'une gamine.

— Tu attends quelqu'un ? Ou bien tu veux séduire un inconnu ?

— Ni l'un ni l'autre. Je veux simplement être à mon avantage. Ces gens sont mes nouveaux voisins et, je l'espère, de futurs amis. J'aimerais me sentir à l'aise avec eux… J'espère que tu ne me réserves pas d'autres surprises, ce soir ? ajouta-t-elle en regardant Rita dans les yeux.

— Des surprises ? Je ne comprends pas de quoi tu parles.

— Je crois que si, fit Angie en se rapprochant afin que personne ne puisse les entendre. Ça ne te plaît pas que je sois là, mais je resterai. Alors autant que nous soyons amies, plutôt qu'ennemies. Penses-y la prochaine fois que tu voudras me faire une farce.

C'était à la fois une déclaration de guerre et une offre de paix. Rita réfléchit deux secondes puis haussa les épaules.

— Je serai gentille avec toi si tu l'es avec moi.

— Parce que tu trouves que je ne l'ai pas été ?

— Je trouve que ta mère et toi vous me regardez comme un obstacle ou une gêne. Vous m'avez fait clairement comprendre que vous ne vouliez pas que je reste dans la maison où je suis née.

Angie refoula une réplique acerbe. C'était Rita qui lui avait déclaré la guerre dès le premier jour en revendiquant Jake Braden.

— Moi aussi, je suis née ici. Et, si j'ai hérité de la maison, tu y es toujours chez toi. Pourquoi ne pas la partager ?

— À toi de voir, fit Rita qui s'éloigna en enjambant les jupons et les chaussures éparpillés sur le sol. Tu me diras tout à l'heure ce que tu as décidé. Si tu me parles toujours.

Angie la suivit des yeux. Elle avait la très nette impression que Rita complotait quelque chose.

Les guitares, les tambours et les trompettes retentissaient dans la nuit. Des lanternes chinoises éclairaient les patios et les porches, et les portes et les fenêtres ouvertes répandaient une vive lumière. Des groupes d'invités discutaient sous les arbres ou se promenaient dans le jardin. La voix d'un chanteur italien s'élevait au-dessus du brouhaha.

Les vieilles familles mexicaines se mêlaient aux nouveaux venus. On entendait plusieurs langues : espagnol, anglais, dialectes. De superbes buffets proposaient une grande variété de mets et des espaces avaient été dégagés et recouverts de planchers afin de danser.

Se préparant à la réaction de sa mère lorsqu'elle la verrait, Angie lissa sa robe d'une main. Des peignes retenaient ses cheveux dénoués qu'une mantille noire recouvrait. Elle ne portait pas la robe ivoire que Louise lui avait destinée mais une autre, très ajustée, qui descendait jusqu'aux chevilles. Tout en étant décente, elle révélait sans ambiguïté qu'Angie n'était plus une gamine mais une femme aux formes épanouies. Sa mère ne la trouverait certainement pas à son goût mais sa bonne éducation l'empêcherait de faire une scène en public. Elle garderait ses réflexions pour plus tard

Mais c'est sa faute, se dit Angie. Elle veut toujours m'habiller en petite fille. Même si cela lui est désagréable, je suis une femme. C'est un fait.

Bette avait échangé la robe ivoire contre celle-ci, de moins belle facture, certes, mais du goût d'Angie. D'ailleurs, d'autres jeunes filles étaient vêtues à peu près de la même façon.

Inspirant un grand coup, Angie quitta l'ombre du seuil et traversa la salle bondée en direction de sa mère qui conversait avec un homme d'un certain âge à l'allure distinguée. Les yeux de Louise s'écarquillèrent à la vue de la jeune femme. Puis, se reprenant, elle accueillit sa fille d'un bref hochement de tête.

— Te voilà enfin, Angélique. Je voudrais te présenter à don Luis de Rivera, dont nous fêtons l'anniversaire ce soir. C'est lui le propriétaire de cette ravissante hacienda.

Angie esquissa une révérence à laquelle don Luis répondit par un sourire. Il avait les cheveux gris, des yeux noirs et la peau claire des créoles.

— Bonsoir, mademoiselle. Je suis enchanté que vous m'ayez fait l'honneur de venir chez moi, dit-il dans un français parfait. Vous êtes aussi ravissante que votre mère bien qu'elle ait l'air beaucoup trop jeune pour avoir une aussi belle personne pour fille.

— Vous êtes trop aimable, monsieur, répondit Angie.

Le regard de don Luis s'attarda sur elle, et son sourire s'élargit.

— Je suis très flatté de vous voir porter une robe de mon pays. C'est très gentil d'y avoir pensé.

— Je suis heureuse que vous l'ayez remarqué, don Luis, dit Angie sans regarder sa mère.

— C'est bien naturel. Un tel geste ne peut rester ignoré. Je suis sûr que vous apprécierez votre séjour chez nous. Si vous avez besoin de quelque chose, faites-m'en part. Ma maison est la vôtre.

— J'apprécie votre gentillesse envers une étrangère, don Luis.

— Votre mère et moi avons fait connaissance il y a très longtemps. Je pensais ne plus la revoir et je suis heureux de m'être trompé.

— Don Luis, excusez-moi, je souhaiterais dire deux mots à ma fille, intervint Louise.

Lorsqu'elles se furent écartées, elle se pencha vers Angie et, sans cesser de sourire, siffla :

— Ce n'est pas la robe que j'ai apportée pour toi !

— Oui, je sais bien. Mais c'est celle que je voulais porter.

— Je vois, fit Louise dont le sourire était maintenant franchement crispé. Nous en reparlerons. Ce soir, je veux que tu sois très polie envers don Luis et ses invités.

— Je suis toujours très polie.

Louise lui jeta un regard exaspéré. Angélique ne se rendait pas compte de la gravité de la situation. Don Luis avait beau se montrer encourageant, il risquait de refuser son aide s'il la pensait susceptible de se rebeller. L'affaire était délicate mais, avec un peu de bonne volonté de part et d'autre, elle pouvait être résolue à la satisfaction de tous. Angélique recevrait de l'argent au lieu de cet héritage ridicule et toutes les deux rentreraient en France. Don Luis obtiendrait les terres qu'il convoitait et Rita aurait les actions de la mine qui lui permettraient d'aller vivre où bon lui semblerait. Oui, tout irait bien, à condition qu'Angélique ne fasse pas la sotte !

Hélas, depuis qu'elles avaient appris la mort de John Lindsay, tout était allé de travers. Ce qui n'aurait dû être qu'une brève visite tournait au cauchemar. Angélique ne comprenait-elle donc pas qu'elle était en danger ? Ah, que cette fille était têtue et volontaire ! Elle avait de plus acquis une maturité certaine et semblait particulièrement désireuse de voler de ses propres ailes. Se découvrir inutile était pénible. Le mari de Louise lui aussi s'était fort bien passé d'elle, car l'amour qu'il portait à sa terre surpassait tous les autres, y compris celui qu'elle éprouvait envers lui... Mais ce qu'elle avait pris pour un grand amour n'avait dû être qu'une tocade, sinon comment aurait-elle pu le quitter aussi aisément ?

Louise se ressaisit. Elle avait mieux à faire que ressasser le passé. Don Luis avait promis de l'aider à arracher à Angie le contrôle du ranch puis de le lui racheter pour une belle somme. Angélique ne comprendrait peut-être pas tout de suite les motifs maternels mais un jour elle lui en serait reconnaissante.

— Oui, dit-elle à sa fille, tu es toujours polie mais ce soir, je veux que tu sois particulièrement aimable. Don Luis était un grand ami de ton père.

— Vraiment ?

Angie regarda la haute silhouette de leur hôte avec intérêt. Le mot « ami » n'était pas vraiment le terme qui convenait, se corrigea silencieusement Louise. John avait connu don Luis, certes, mais il l'avait toujours détesté. Selon lui, c'était un bandit qui dépouillerait le Nouveau-Mexique si personne ne l'arrêtait. Jugement qu'Angélique n'avait nul besoin de savoir.

— Les Rivera sont une des plus vieilles familles du pays, Angélique. Ils s'y sont installés il y a deux cents ans pendant la domination espagnole. Don Luis connaît tout le monde. Je crois même que c'est à lui que ton père a acheté son ranch, mais mes souvenirs sont un peu nébuleux. C'était il y a trop longtemps. Si tu l'interroges, il te parlera de ton père.

Le regard d'Angélique s'éclaira et elle sourit.

— Merci, maman.

Voyant soudain sa fille écarquiller les yeux et pâlir, Louise comprit qui arrivait.

Accompagné du nouveau venu, don Luis les rejoignait.

— *Doña* Louise, vous vous souvenez de mon neveu ? Il est venu fêter mon anniversaire.

— Diego ! s'écria Angie. C'est votre neveu ?

Vêtu d'une courte veste espagnole et d'un pantalon étroit, Jake Braden lui décocha un sourire ironique.

— Mademoiselle Lindsay et moi avons déjà fait connaissance, *tío*.

L'air se chargea d'électricité et Louise se demanda comment elle n'avait pas reconnu dans le capitaine arrogant qui les avait escortées depuis La Nouvelle-Orléans le petit garçon rencontré autrefois.

Comment avait-elle pu être aussi aveugle ? Diego Rivera et Jake Braden ne faisaient qu'un. Les choses allaient sérieusement se compliquer car les dissensions entre don Luis et son neveu étaient terribles et ne dataient pas d'hier. Mon Dieu, quelle catastrophe !

25

Don Luis ne parut pas percevoir l'atmosphère tendue et s'étendit avec complaisance sur la beauté de la nuit, la jolie musique jouée par l'orchestre et l'importance qu'il fallait accorder aux liens familiaux. Avec ses paupières tombantes et son sourire perpétuel, il n'avait guère changé, se dit Jake. À part un surcroît de cupidité et de fausseté.

Se pliant aux usages, Jake s'inclina avec grâce devant les deux femmes. L'ahurissement d'Angie et surtout celui de Louise le faisaient jubiler. Celle-ci semblait enfin se rappeler qu'elle l'avait connu enfant.

Angie se reprit rapidement. Ses yeux violets s'assombrirent et ses lèvres se serrèrent. La mantille noire et la robe ajustée soulignaient sa peau blanche et ses cheveux brillants. C'était vraiment une beauté. Rien d'étonnant à ce que Walker s'en soit épris. Le lieutenant ne manquerait pas de s'irriter de le voir aux côtés d'Angie, ce qui pimenterait la soirée.

— J'ignorais que votre neveu fréquentait une société aussi élégante, dit Angie d'un ton caustique que don Luis fit semblant de ne pas remarquer.

— Je ne suis pas surpris que vous l'ayez déjà rencontré, répondit-il, car il a la réputation de s'agiter beaucoup dans ce pays. Il est tellement occupé qu'il ne vient plus me voir qu'une fois par an alors qu'autrefois il rendait souvent visite à son vieil oncle.

— Ne parle plus de cette histoire, dit Jake en espagnol. Sauf si tu désires que je raconte pourquoi j'ai espacé mes visites.

Sans lui répondre, don Luis s'inclina devant Louise.

— Dansons, si du moins mes vieux os le permettent. C'est incroyable que vous soyez la mère de cette jeune femme car je vous revois au même âge comme si c'était hier.

Sa main pressa les doigts que Louise avait posés sur son bras.

— J'ignore qui est la plus ravissante des deux, ajouta-t-il.

Angie les regarda s'éloigner avec une rancœur visible qui fit sourire Jake.

— Je ne pense pas que vous souhaitiez danser, dit-il.

— Inutile de vous charger de cette corvée, Diego. Je suis capable de remplir mon carnet de bal sans votre aide.

— Grâce à l'incontournable lieutenant Walker, sans doute ?

— Parce que vous croyez que personne d'autre ne m'invitera ?

— Non. D'ailleurs, je viens de vous inviter à danser.

— Parce que c'était une invitation ? À vous entendre, on aurait dit que vous parliez d'aller vous pendre.

— J'avais oublié quelle harpie vous êtes, Angie. Savez-vous, je crois que vous me manquiez.

— Oh, voilà qui ne me surprend pas ! riposta-t-elle avec un regard hargneux. Vous avez sans doute aussi oublié que vous aviez une fiancée ?

— Bon sang, Angie, vous savez parfaitement que c'est faux... Ne me dites pas que vous l'avez cru ? reprit-il en voyant ses yeux s'agrandir. Je connais Rita depuis toujours. Je l'aime bien, mais il n'est pas question que je me marie avec elle. Ni avec personne, d'ailleurs.

— Alors, c'est bien cruel de votre part de la laisser croire que vous allez l'épouser.

— Elle sait qu'il n'en est rien. Elle essayait seulement de vous faire monter sur vos grands chevaux. Je constate que ça a marché.

Angie hésita un instant puis émit un rire bref.

— J'aurais dû le deviner, surtout après les tours qu'elle m'a joués. J'ai vraiment dû avoir l'air d'une imbécile.

— Rita peut se montrer particulièrement convaincante... Bien que je n'aime pas imiter mon oncle, nous devrions danser. Il n'est pas décent que nous restions à bavarder sans chaperon.

— Il est un peu tard pour y penser, non ?

Elle le suivit sur la piste de danse où d'autres jeunes couples entamaient une valse sous l'œil vigilant de *dueñas* et de parents. Jake aperçut la mère d'Angie et son oncle qui discutaient dans un coin, trop absorbés par leur conversation pour prêter attention à ce que faisait la jeune fille. Il se demanda à quel point tous deux avaient été liés autrefois.

L'avertissement que lui avait prodigué Jim Patterson lui revint à l'esprit.

— Don Luis fera tout pour s'emparer non seulement du ranch Double X, mais aussi de la mine de cuivre. S'il parvient à contrôler les deux, il possédera l'essentiel du Nouveau-Mexique. Surveille-le, Jake. C'est un homme résolu et sans scrupule.

— Vendre des armes aux rebelles est une chose mais, pour s'emparer du ranch et de la mine, il lui faudra tuer les deux héritières, ce qui attirerait un peu trop l'attention. Mon oncle a quantité de défauts mais il n'est pas assez bête pour prendre le risque de finir ses jours en prison ou de se balancer au bout d'une corde.

— Il y a plusieurs moyens de se débarrasser d'héritiers encombrants sans susciter de soupçons, Jake. Il trouvera quelqu'un pour faire le sale boulot à sa place. Tu es bien placé pour le savoir.

C'était vrai. Il savait comment son oncle opérait. Était-il en train de recruter Louise comme pion involontaire de quelque complot tortueux ? Cela lui ressemblerait bien.

La valse s'acheva ; Jake s'arrêta et regarda Angie. Elle paraissait mal à l'aise. Il en oublia son oncle et Louise, et examina la jeune fille. La lumière éveillait dans ses cheveux des éclats fauves. Mon Dieu, il ferait mieux de ne pas s'attarder à ses côtés car aussitôt lui revenait le souvenir de sa peau tendre sous ses mains, de ses gémissements de plaisir et du rose qui lui montait aux joues lors de l'extase…

— Vous voulez une boisson fraîche ? demanda-t-il abruptement.

Elle le regarda avec une expression étrange.

— Jake… Que faites-vous ici ? Je veux dire, que faites-vous *réellement* ?

— C'est l'anniversaire de mon oncle. Il compte sur ma présence tous les ans.

— Pourtant vous n'êtes pas en bons termes avec lui. J'ai entendu les autres filles parler de vous, sauf qu'à ce moment-là j'ignorais qu'il s'agissait de vous, Jake Braden. Elles disaient qu'un vieux litige vous séparait. C'est exact ?

— Oui. Mais ce sont mes affaires, pas les vôtres.

— Vous connaissez toutes mes affaires, pourquoi ne serais-je pas un peu au courant des vôtres ?

— Si ça ne vous ennuie pas, je préférerais ne pas discuter de mes problèmes personnels en plein milieu de la foule. Bon sang, Angie, ne me regardez pas comme ça.

Tout en parlant, il l'entraîna dehors. Puis, la faisant reculer contre le pilier de la galerie supérieure, il posa les mains sur ses épaules.

— Jake, que faites...

Il s'inclina, et étouffa de sa bouche ses protestations. Au désir qui monta d'un coup, il comprit qu'il avait commis une bêtise. Bouleversé par le contact enivrant du corps d'Angie, il en avait oublié qu'il devait observer certains invités et repérer ceux avec lesquels son oncle discutait le plus souvent.

Malgré ses résolutions, il la serra contre lui et, lorsqu'il sentit ses seins lui effleurer le torse, sa mission lui sortit définitivement de la tête.

— Jake, je...

— Pas maintenant, murmura-t-il avant de l'embrasser à nouveau avec ardeur.

Lorsqu'il s'écarta, elle chuchota :

— Pourquoi êtes-vous revenu ?

— Ne me demandez pas de réfléchir maintenant, Angie, alors que je ne pense qu'à vous faire l'amour. Ce serait très embarrassant d'être pris en flagrant délit. À moins que ça ne vous tente ?

— Vous dites des choses affreuses, protesta-t-elle avec indignation.

La reprenant alors dans ses bras, il se mit à l'embrasser avec une fougue qui étouffa tout esprit de résistance. Lorsqu'il la lâcha à nouveau, elle garda le silence et resta immobile dans l'ombre, la bouche légèrement tuméfiée. La musique leur parvint et il reconnut une ballade espagnole qu'il avait souvent entendue lorsqu'il était enfant. Les guitares vibraient, la clarinette sanglotait, évoquant un amour perdu et un destin tragique. Il revint à l'instant présent avec regret.

— Angie, il faut que je voie quelqu'un mais je voudrais vous parler plus tard. Du moins si vous croyez que nous pouvons échanger plus de trois mots sans nous battre.

— Je ne vous garantis rien, dit-elle en réajustant sa mantille. Il serait peut-être préférable que nous attendions demain.

— Non. Il est possible que je ne sois plus là demain. Rendez-vous près de la fontaine dans le jardin du fond, avant minuit. Si vous n'y êtes pas, je comprendrai.

— Vraiment ? Peut-être que j'y serai, mais peut-être pas.

— Angie, s'écria-t-il avec impatience, je n'ai pas le temps de vous expliquer maintenant, surtout avec votre vaillant protecteur qui se dirige droit vers vous. Mais il y a des choses que je dois vous dire. Y serez-vous, oui ou non ?

— Oui. Peut-être en retard mais je viendrai. Attendez-moi.

Il s'enfonça dans la nuit, la laissant seule sous la galerie. Lorsque Randy la rejoignit, elle vit à son expression qu'il avait eu le temps d'apercevoir Jake.

— Qu'est-ce que Braden fabrique ici ? s'écria-t-il d'un ton accusateur qui irrita immédiatement Angie.

— C'est à son oncle qu'il faut poser la question, répliqua-t-elle avec une âpreté qui le surprit.

— Je croyais qu'ils ne s'entendaient pas.

— Pourquoi suis-je toujours la dernière personne à être au courant de ce genre de choses ! Pourquoi ne m'avez-vous pas dit que Jake Braden était apparenté à don Luis ?

— Je ne pensais pas que cela avait de l'importance. Vous ne connaissiez pas don Luis et, selon la rumeur, Braden était parti en Arizona. Comment aurais-je pu deviner que vous vouliez être au courant de leurs relations de famille ? En quoi cela vous importe-t-il ?

— Pas pour les raisons que vous semblez imaginer, mentit-elle. Simplement, j'en ai assez d'être toujours la dernière personne à savoir les choses.

Rassuré, Randy lui sourit. Il était vraiment beau garçon avec son uniforme bleu orné de boutons en cuivre et de bandes jaunes. Si les choses s'étaient déroulées différemment, peut-être aurait-elle été attirée par lui au lieu de Jake. À présent, il était trop tard. Sa route était tracée et elle avait beau lutter, à la seule vue de Jake, elle se liquéfiait littéralement.

— Alors, vous m'avez gardé une danse, Angie ?

— Au moins deux, dit-elle en posant la main sur son bras.

Elle le suivit dans le salon brillamment éclairé dont tous les meubles avaient été enlevés pour faire de la place aux danseurs. Maman était toujours là. Elle parlait avec don Luis et un inconnu dans un coin, à l'écart de la foule. Personne ne semblait avoir remarqué l'absence d'Angie.

Comme elle dansait avec Randy un quadrille animé, elle repéra Rita qui flirtait avec un jeune homme aux cheveux noirs, vêtu comme l'était Jake. Elle portait une robe d'un rose soutenu à la jupe ample et au décolleté profond qui seyait particulièrement à son teint mat et à sa chevelure de jais.

— Que penses-tu du neveu de don Luis ? demanda-t-elle comme le quadrille les amenait à se croiser.

— J'ai l'impression de l'avoir déjà rencontré, répondit Angie sans cesser de danser.

En riant, Rita prit la main de Randy et Angie, celle du jeune homme aux cheveux noirs. Le quadrille sépara les couples, chacun reculant, avançant, tapant des mains et se rejoignant à nouveau. La rancœur d'Angie se dissipa : Rita distrayait Randy, ce dont elle s'abstiendrait si elle connaissait le rendez-vous que Jake lui avait fixé.

Plus tard, lorsqu'elle s'écarta de la foule et sortit pour prendre l'air, elle remarqua avec soulagement que le jardin était quasiment désert. Les seuls bruits qui lui parvenaient provenaient d'endroits isolés où devaient s'être réfugiés des amoureux désireux de ne pas être dérangés.

Un lieu de rendez-vous idéal.

Angie suivit l'allée bordée de treillis fleuri et parvint à la fontaine. Un poisson crachait un filet d'eau qui retombait dans le bassin.

Ce luxe au beau milieu d'un désert était surprenant. L'hacienda devait posséder une source comme le Double X. C'était elle qui sauvait le ranch en période de sécheresse, lui avait expliqué Bill North. En rationnant l'eau, on pouvait survivre et abreuver le bétail. Dans ce pays, une source était plus précieuse que l'or.

Fronçant les sourcils, elle passa la main sur la pierre sculptée de la fontaine. Cela faisait plus de deux semaines qu'elle était au Nouveau-Mexique et rien encore ne l'avait dissuadée de rester. Qu'est-ce donc qui terrifiait autant sa mère ? Bien sûr, elle avait eu peur lorsqu'elle s'était perdue mais elle avait retrouvé son chemin, non ? Et, bien qu'on parlât souvent des raids d'Apaches, elle n'avait rencontré personne qui en eût souffert récemment. Au fur et à mesure que l'on bâtissait des forts et que l'on refoulait les Indiens dans des réserves, la menace s'estompait.

Le pays se civilisait ; de plus en plus de pionniers arrivaient, décidés à s'installer durablement. Un jour, des conduites apporteraient l'eau dans les villes qu'éclaireraient des réverbères à gaz. On y trouverait tous les avantages de la civilisation.

Curieusement, elle redoutait ce jour. Le pays était sauvage, certes, mais intact. Sans trop savoir pourquoi, elle préférait le Nouveau-Mexique au petit village de Saint-Dié où elle avait passé de nombreuses années. Ici régnait une sorte d'excitation qu'elle n'avait pas perçue en France, où les gens vivaient et mouraient là où ils étaient nés, se transmettant leurs terres de génération en génération.

Oui, elle comprenait enfin ce que son père avait éprouvé et pourquoi il était resté là. C'était le sentiment que chaque jour valait le risque d'être vécu.

L'air frais de la nuit soulevait les coins de sa mantille. Les notes discordantes de deux orchestres de mariachis lui parvenaient, chacun faisant assaut de son art.

Les minutes s'écoulant, elle se dit que Jake avait renoncé à leur rendez-vous. Où donc avait-il passé le reste de la soirée ? Elle ne l'avait pas revu mais avait été surprise de buter sur Dave Logan, engoncé dans un costume trois pièces particulièrement peu seyant. Il lui avait parlé brièvement et lui avait demandé avec gêne si Bette était là puis s'était éloigné.

Était-il venu pour Bette ? Il s'était intéressé à elle durant le voyage tout en gardant une distance respectueuse qui avait quelque peu frustré la jeune fille.

Angie sursauta en reconnaissant la silhouette qui sortait de l'ombre et avançait vers elle à longues enjambées.

— Vous m'avez fait peur, dit-elle lorsque Jake la rejoignit.

— Ça n'aurait pas été poli de crier.

— Depuis quand vous souciez-vous d'être poli ?

— Depuis que j'ai constaté votre grossièreté envers moi. Ça ne m'a pas plu, répliqua-t-il.

— C'est pour m'insulter que vous m'avez fait venir ?

— Non.

Sans autre préambule, il l'attira à lui et l'embrassa avec une voracité qui l'embrasa tout entière. Lorsqu'il desserra son étreinte, elle eut l'impression qu'elle allait s'effondrer.

— Je vous ai demandé de venir pour vous prévenir.

— Me prévenir de quoi ?

— Sans rentrer dans les détails, vous êtes en danger. Des gens sans scrupule sont prêts à tout pour s'emparer de vos terres.

Angie en resta bouche bée. Puis, se reprenant, elle secoua la tête.

— C'est ridicule. Que peuvent-ils faire ? Me les voler ?

— Oui. Bon sang, Angie, tâchez de réfléchir. Il y a trente-six façons de s'emparer de ce qui ne vous appartient pas.

— Mais qui voudrait me voler mes terres, et pourquoi ?

— Lorsque John Lindsay a pris possession de son domaine, il savait que sa richesse ne se limitait pas à des milliers d'hectares. Il y a la mine Santa Rita au nord-ouest et des rumeurs prétendent que les contreforts des montagnes recèlent de l'or. Plus important encore, le Double X possède une source qui fournit assez d'eau pour le bétail et les hommes. C'est plus précieux que la terre elle-même car, sans eau, tout le reste n'a aucune valeur.

— Cela n'explique pas...

— Je n'ai pas le temps de discuter, Angie. Si je ne

devais pas partir tout de suite, je vous ramènerais moi-même au ranch. Demandez à Walker de vous raccompagner dès que possible, ainsi que Rita et les autres, mais le plus discrètement possible afin de ne pas éveiller de soupçons.

— À vous entendre, on dirait qu'ils sont...

— Ici ? Oui, ils sont ici. Si l'information que j'ai obtenue est juste, certains des invités ne rentreront pas vivants chez eux. N'en faites pas partie.

— Jake, si c'est la vérité, ne devriez-vous pas en avertir tout le monde ?

— Ce serait inutile. J'ai déjà prévenu ceux qui sont susceptibles de m'écouter mais les autres devront le découvrir eux-mêmes. Rita et vous êtes en danger, Angie. Écoutez-moi, bon sang ! Vous êtes les héritières de John Lindsay et, si vous disparaissez toutes les deux, les terres reviendront au plus offrant ou bien à celui qui aura le plus de fusils de son côté.

— Il faut que j'aille en parler avec maman, s'écria Angie en s'élançant vers la maison.

— Non, fit-il en la retenant par le bras, le clair de lune éclairant ses traits durcis. Dites à votre mère que vous êtes malade et que vous voulez rentrer. Mais surtout ne lui parlez pas de ce que je viens de vous raconter.

— Pourquoi donc ?

Il pinça les lèvres et ses joues se creusèrent. Comprenant qu'il soupçonnait sa mère d'être impliquée dans le complot, elle se dégagea d'un geste sec.

— C'est ridicule ! Maman a beau vouloir se débarrasser du ranch, jamais elle ne permettrait qu'on fasse du mal à quelqu'un ! Comment osez-vous suggérer une chose pareille, Jake Braden ? Oh, je n'aurais pas dû perdre mon temps à venir écouter de telles sottises...

Il la rattrapa brutalement.

— Votre mère est manipulée. Comme vous et Rita. Si vous ne me faites pas confiance, vous serez la première à le regretter.

Bouleversée, elle scruta longuement son visage. Comment se fier à lui ? Sans aller jusqu'au mensonge, il lui avait caché certaines choses pourtant essentielles.

— Je ne peux vous fournir de preuves, dit-il comme s'il devinait ses pensées, mais sur ce point, vous devez me croire, Angie. Je ne veux pas qu'il vous arrive quelque chose.

Déchirée entre le besoin de lui faire confiance et le souvenir de ses omissions, elle le regardait avec une perplexité douloureuse.

Il l'attira à lui à nouveau et murmura contre ses lèvres :

— Il faut que tu me croies.

Fermant les yeux, elle passa les bras autour de son cou. Il l'embrassa en la pressant contre la fontaine, d'une main lui soutenant la nuque, de l'autre caressant, pétrissant un sein à travers le mince tissu de son corsage.

La soulevant à demi, Jake l'entraîna au fond du jardin où se dressait un belvédère en cèdre. Une odeur épicée régnait à l'intérieur du petit édifice dont il referma la porte. Filtré par les panneaux ajourés, le clair de lune dessinait des taches lumineuses sur le plancher.

Le regard de Jake brillait comme de l'or fondu.

— Si j'avais le moindre bon sens, je te ramènerais à ta mère et je ficherais le camp.

— Certes. Encore faudrait-il que tu aies le moindre bon sens, répondit-elle avec un sourire provocant.

Avec un marmonnement résigné, il la prit à nouveau dans ses bras et la serra avec fougue avant de la coucher avec douceur sur le plancher du belvédère.

Entrecoupant ses gestes de caresses, Jake lui ôta sa mantille et défit ses boutons avec dextérité. Lorsqu'elle ne porta plus que ses sous-vêtements, il recula légèrement pour la regarder.

— Je t'ai souvent vue ainsi dans mes rêves, dit-il à mi-voix. Mais ça, c'est mieux car je peux te toucher, caresser ta peau douce, entendre les petits bruits que tu fais quand je te touche là... et là. Oui, *amante*, comme ça.

Ses mains se promenaient sur elle avec adresse, sachant où s'attarder, où insister, quand s'arrêter pour exacerber son désir... Elle lui tendit les bras et il s'allongea sur elle.

— *Querida... te quiero*... murmura-t-il en la pénétrant lentement.

Ses lèvres s'emparèrent de celles d'Angie dans un baiser qui lui fit tout oublier hormis l'homme qui l'étreignait. La musique lointaine, la brise qui les caressait, le chant de la fontaine, la lumière de la lune et des étoiles, et le désir... Rien d'autre ne comptait.

Le cœur battant, Angie se cambra à la rencontre du corps musclé qui la pressait et, lorsque l'extase survint, l'inondant d'une chaleur familière, elle s'y abandonna sans restriction et sans pudeur.

Comblés, ils étaient blottis l'un contre l'autre lorsque Jake se redressa brutalement et scruta la nuit.

— Qu'y a-t-il ? marmonna-t-elle.

Il se leva en hâte, et chercha ses vêtements dans l'obscurité.

— Habille-toi, ordonna-t-il, mais attends-moi ici. Je viendrai te dire si tu peux sortir sans risque.

— Que... que veux-tu dire ?

Inquiète, elle se redressa et ramassa sa robe qu'elle enfila prestement.

— Tu n'as pas entendu ?

Elle avait bien entendu des détonations et des cris mais, un feu d'artifice ayant été annoncé, elle ne s'était pas inquiétée.

— Le feu d'artifice ?

— Bon sang, Angie, gronda-t-il. C'étaient des coups de feu. À moins que cela ne fasse partie des distractions prévues, il semble que nous ayons des invités inattendus. Et je ne suis pas armé... J'ai été stupide d'écouter mon oncle, j'aurais dû prendre au moins un pistolet.

Angie se leva d'un bond et s'agrippa au bras de Jake.

— Ne m'abandonne pas ici !

— Si nous sommes attaqués, tu y es plus en sécurité que dans la maison. Reste tranquille et ne sors que lorsqu'on viendra te chercher. Si tu ne fais pas de bruit, personne ne soupçonnera ta présence.

— Ce sont les Indiens ?

— Je ne peux pas le dire rien qu'au bruit des coups de feu, répliqua-t-il en ouvrant la porte pour sonder les alentours.

— Jake...

Il se retourna et l'embrassa avec passion avant de s'éloigner en courant. Seuls les motifs argentés de sa veste restèrent un instant visibles dans la nuit. Angie se laissa tomber à genoux sur le plancher et le regarda disparaître.

Mon Dieu, qu'allait-elle faire ? Pourvu que maman et Rita ne soient pas blessées... Était-ce des Indiens ? Les anecdotes atroces qu'on lui avait racontées lui revinrent en mémoire et la firent frissonner d'horreur.

Mais je ne me laisserai pas vaincre par la peur, s'exhorta-t-elle. Non. Non !

Il lui fut terriblement difficile de ne pas céder à la panique : elle sursautait à chaque bruit et les détonations accompagnées de hurlements la faisaient se recroqueviller. La pensée des risques que couraient sa mère, Bette et Rita l'emplissait d'effroi. Rester dans l'ignorance était pire que tout.

— Angie !

À quatre pattes, elle se traîna jusqu'à la paroi ajourée et risqua un œil à l'extérieur. Une haute silhouette s'approchait, en laquelle elle ne reconnut pas Jake. Le cœur battant, elle attendit de distinguer ses traits.

— Angie, vous êtes là ? Répondez-moi, pour l'amour de Dieu ?

L'homme sortit de l'ombre. Il avait des cheveux blonds et des boutons dorés. Randy !

— Oui ! cria-t-elle en s'élançant vers la porte du belvédère.

Elle l'ouvrit, et descendit les marches en titubant.

— Je suis là... C'est fini ? Ils sont partis ? Que s'est-il passé ?

Il la rattrapa dans ses bras et l'étreignit.

— Mon Dieu, Angie, souffla-t-il, je vous ai cherchée partout ! Si don Luis ne m'avait pas suggéré de venir voir ici... Mais que faisiez-vous là-dedans ?

— Je me cachais, répondit-elle simplement. Qui nous a attaqués ?

— C'était l'un de ces raids éclair qu'affectionnent les rebelles. Mais ils ont été reçus plus vigoureusement qu'ils ne l'escomptaient. Le portail était fermé et les flèches enflammées n'ont allumé que quelques foyers, juste de quoi nous occuper. On a perdu un peu de temps pour riposter parce que la moitié des hommes étaient déjà ivres… Ç'aurait pu être bien pis.

— Maman ? Bette et Rita ? Elles vont bien ?

— Elles n'étaient pas loin de la maison et ont pu courir s'y abriter. Vous avez bien fait de rester cachée au lieu de tenter de rentrer. Quelques rebelles sont arrivés jusqu'aux murs et ont abattu des gardiens avant de se faire descendre. Il est impossible de protéger toute la longueur de l'enceinte mais je m'étonne que don Luis n'ait pas posté plus de sentinelles cette nuit. Sans doute s'est-il dit qu'avec tous ces invités, les rebelles n'oseraient pas attaquer.

— Apparemment, il a eu tort.

— Oui, dit Randy en la pressant contre lui. Venez, maintenant. Rentrons. Nous serons plus en sécurité dans la maison.

Les mains tremblantes, elle s'accrocha à lui. Un pistolet à la main, il l'entraîna dans la nuit.

Ils atteignaient l'allée lorsqu'un bruit léger fit se retourner Randy. Il repoussa Angie, et braqua son arme. Un choc sourd retentit, suivi d'un cri et, avec horreur, Angie vit Randy s'écrouler sur le sol.

Une flèche était fichée dans sa poitrine. Elle se jeta à genoux à côté de lui.

— Randy ! Ô mon Dieu… Pouvez-vous parler ? Je vous en prie, ne mourez pas… Non, non.

Saisissant la flèche à pleines mains, elle tenta vainement de l'ôter. Un gémissement lui fit comprendre qu'il n'était pas mort.

— Ne bougez pas, Randy. Je vais chercher du secours.

Apercevant le pistolet qu'il avait lâché en s'écroulant, elle le ramassa.

— An… gie…

Elle se pencha sur le lieutenant pour l'écouter. Mais un nouveau bruit la fit se retourner. Une silhouette bondissait sur elle.

Sans réfléchir, elle braqua son arme et tira. Le choc de la décharge la fit tomber en arrière. Un cri rauque déchira la nuit. Une seconde silhouette surgit et la maintint au sol en la désarmant. Des mots gutturaux et des grognements hargneux jaillirent tandis qu'elle se débattait…

Paniquée, Angie crut qu'elle allait être tuée et qu'on retrouverait son corps à côté de celui de Randy. Ses mains glissèrent sur une peau huileuse et sa terreur s'accrut lorsque la lune éclaira le visage peinturluré et la poitrine nue d'un Indien.

Une gifle lui fit heurter le sol de la tête. Après quoi, elle eut vaguement conscience qu'on la soulevait et qu'on lui faisait franchir le mur derrière lequel d'autres mains s'emparèrent d'elle.

Puis il y eut les tressautements durs et familiers d'un galop, et le brouillard vert de l'herbe et de la terre qui défilaient sous ses yeux tandis qu'une poigne ferme la maintenait en travers de la selle.

26

Des voix bourdonnaient, s'éteignaient, s'élevaient à nouveau avec plus d'ampleur. Une femme gémissait, plainte monotone. Jake tenta d'ouvrir les yeux mais la douleur fut telle qu'il dut y renoncer. Puis, d'un seul coup, les souvenirs affluèrent.

Doucement, il souleva les paupières et aperçut Rita, en larmes, à son chevet.

— Comment te sens-tu ? demanda-t-elle en se penchant sur lui.

Il se redressa lentement puis s'assit sur le banc sur lequel on l'avait allongé.

— Pas bien, grommela-t-il. Je n'ai jamais aimé qu'on me tire dessus.

Découvrant la présence de son oncle qui l'observait d'un regard froid, il ajouta :

— Encore moins quand ce sont des amis qui s'en chargent.

— C'était une erreur, Diego, répondit don Luis avec agacement. Dans la panique, mes *vaqueros* ont tiré comme des fous. Mais tu n'es pas blessé, à part une éraflure à la tête.

— Un centimètre plus bas, et j'étais mort, dit Jake en se levant avec prudence. Où est Angie ?

Les lèvres tremblantes et le teint livide de Rita répondirent à sa question. Jake fit face à son oncle qui recula de quelques pas.

— Bon Dieu, si elle est blessée, quelqu'un le payera cher ! Où est-elle ?

— Loin, hélas. Parle moins fort, Diego. Inutile de bouleverser sa mère plus qu'elle ne l'est déjà. Regarde-la. Le kidnapping de sa fille l'a anéantie.

Louise était recroquevillée dans un coin de la pièce, entourée de quelques femmes qui essayaient de la réconforter tandis que Bette lui tendait une tasse de sa tisane apaisante.

— Buvez, madame, lui dit-elle en français. Et quand vous vous réveillerez, peut-être sera-t-elle rentrée.

Impatient de partir, Jake esquissa un mouvement brusque qui lui donna le vertige. Il s'agrippa au dossier d'un fauteuil et fusilla son oncle du regard.

— Où est-elle, *tío* ?

— Diego, tu me fais honte avec tes insinuations. Comme si je savais ce qui est arrivé à la charmante *doña* Angélique… Pourquoi lui voudrais-je du mal ? Que pourrais-je espérer d'un acte aussi vil ?

— À toi de me le dire.

— Diego, ton attitude m'offense.

Don Luis fit signe à deux de ses *vaqueros*, armés jusqu'aux dents, de les rejoindre.

— Ces hommes te diront que j'ai donné l'ordre de protéger toutes les personnes présentes dans l'hacienda et qu'ils ont vaillamment combattu pour repousser nos assaillants.

— Explique-moi pourquoi il n'y avait pas de sentinelles postées sur le mur.

— Il y en avait, Diego.

— Alors elles ont choisi de ne pas donner l'alerte.

— *Cállate* ! Tais-toi ! cria l'un des hommes en faisant un pas vers Jake.

Don Luis leva la main pour l'arrêter.

— Je vais te réduire en bouillie ! menaça le *vaquero*.

— Si je ne t'envoie pas en enfer d'abord, riposta Jake.

Dave s'approcha de lui et posa une main sur son épaule en murmurant.

— Viens dehors avec moi. L'air frais t'éclaircira les idées.

Une fois sortis, Dave reprit :

— Tu sais qui est derrière tout ça, j'imagine.

— Oui, fit Jake, les yeux-mi-clos tant sa tête l'élançait. Raconte ce qui s'est passé pendant que j'étais inconscient.

— Quand je t'ai vu tomber, je me suis demandé d'où tu venais et je suis parti dans cette direction. Je me disais que tu devais avoir eu une bonne raison pour ficher le camp alors que nous étions en train de surveiller don Luis.

— Sur le moment, ça m'a paru une excellente raison, remarqua Jake avec une grimace.

— Bon ? En tout cas, quand je suis arrivé au fond du jardin, j'ai trouvé le lieutenant Walker une flèche plantée dans la poitrine. Il est vivant et pourra te raconter ce qui s'est passé quand on lui aura retiré la flèche. S'il n'en meurt pas. Il a eu le temps de me dire qu'Angie a tiré sur l'un des assaillants. C'était elle qu'ils voulaient car ils ont attendu que Walker l'ait trouvée pour les attaquer. Jake, les flèches qu'ils ont utilisées ce soir ont des marques comanches.

— Comanches ? Voilà qui est bien commode.

— Moi aussi, je trouve que c'est trop commode. Don Luis appelle à la vengeance et rassemble une petite troupe pour leur courir sus. Il veut déclencher une guerre sans merci.

— Il y arrivera peut-être mais il le regrettera ensuite. Écoute, Dave, je pars à la recherche d'Angie. Si ce sont les Comanches qui la retiennent, ce dont je doute, ils me la rendront. Si ce ne sont pas eux, je saurai la retrouver et je l'arracherai, quoi qu'il en coûte à ses ravisseurs.

— Tu ne veux pas que je t'accompagne ?

— Non. J'aurai plus de chances de les approcher si je suis seul.

— C'est vrai. J'avais oublié que tu as vécu avec les Comanches.

— C'était il y a longtemps mais je crois qu'ils me font encore suffisamment confiance pour répondre à mes questions. Veille à ce que les dames rentrent au ranch sans dommage. Et garde un œil sur la mère d'Angie. Elle n'a sûrement pas voulu tout ça mais, à mon avis, elle en sait plus qu'elle ne le dit. Et préviens Patterson.

Moins d'une heure plus tard, Jake quittait le Ranch de la Ténacité. Un nom très approprié : en deux cents ans, la famille Rivera n'avait pas cédé un pouce de terrain. En se cramponnant à son domaine par tous les moyens, qu'ils fussent honnêtes ou non, son oncle ne faisait que pérenniser la tradition familiale.

Toutes les informations désignaient don Luis comme l'homme qui organisait la vente d'armes aux rebelles, cela afin d'entretenir la guerre et d'écarter de nouveaux pionniers. Il voulait tout, la terre, les mines, le pouvoir.

Si Angie Lindsay avait souffert de la cupidité et des ambitions de son oncle, Jake lui ôterait le tout. Terre, mine, pouvoir.

Dans l'immédiat, le plus urgent était de la retrouver. Ses kidnappeurs ne la tueraient pas, mais il y avait des choses bien pires à infliger à une captive.

Ils n'allaient donc jamais s'arrêter ? se demandait Angie tout en redoutant ce moment. Jusqu'à présent, rien ne s'était passé durant les pauses brèves et rares : un moment de solitude derrière un buisson, une gorgée d'eau qui sentait le cuir de la gourde.

Les six cavaliers montaient à cru. Où l'emmenaient-ils? Comment pourrait-on la retrouver? Ces questions la taraudaient.

L'air froid de la montagne la fit frissonner dans ses vêtements trempés par la traversée de rivières successives. Malade de peur, elle ne protesta pas quand on l'assit à califourchon, les mains liées devant elle. Elle garda la tête droite et, dès que le soleil se leva et fit virer le noir absolu en un gris brumeux, elle tenta de se faire une idée de l'endroit où elle se trouvait grâce au paysage. Ils traversaient un étrange territoire qui semblait toujours le même, succession de mamelons rocheux et d'arbres tordus qui ressemblaient à des vampires accroupis dans la poussière.

L'Indien sur lequel Angie avait tiré la rejoignit pour vociférer d'un ton hargneux dans une langue gutturale. Elle se recroquevilla contre l'homme qui la tenait; celui-ci répondit sans ménagement à son camarade qui, après un coup d'œil furieux à Angie, enfonça les talons dans les flancs de son cheval et accéléra l'allure.

Des tremblements incoercibles la secouèrent, ce qui provoqua des grommellements méprisants de la part de son coéquipier.

— Alors, donnez-moi une couverture! s'emporta-t-elle tout en doutant qu'il la comprenne.

À sa grande surprise, il fouilla dans un sac accroché à la croupe de leur monture commune et en sortit une couverture qu'il lui mit sur les épaules. Elle la maintint tant bien que mal de ses mains liées.

Il faisait plus clair à présent; de hauts flancs rocheux encadraient une piste à peine visible et si caillouteuse que les chevaux étaient forcés de ralentir le pas. Lorsqu'ils parvinrent au sommet d'une colline, Angie s'aperçut avec désespoir que les efforts qu'elle avait fournis pour se graver le paysage dans la mémoire étaient inutiles : devant eux se déployait une vaste étendue de terrain absolument identique à celle qu'ils venaient de traverser.

Comment faisaient-ils pour ne pas s'égarer ? Leur sens de l'orientation était étonnant. Tout comme leur adresse. Ils poussaient leurs montures sur des pistes quasi inexistantes à peine assez larges pour un chien, taillées à flanc de falaise. Tout en redoutant ce qui l'attendait à l'issue de ce périple, Angie avait hâte d'arriver à destination.

Il lui paraissait ahurissant que ces Indiens soient parvenus à franchir l'enceinte de l'hacienda et à la kidnapper. « Si les héritières de John Lindsay disparaissent toutes les deux, les terres reviendront au plus offrant ou bien à celui qui aura le plus de fusils de son côté », avait dit Jake.

Mon Dieu, tout s'expliquait. Ces hommes avaient été payés pour l'enlever. La menace qui pesait sur elle, ce n'était pas tant les dangers inhérents à ce pays, mais la cupidité et la soif de pouvoir de quelque despote. Curieusement, en prenant conscience de ce fait, elle reprit espoir. Elle représentait une monnaie d'échange. Sa vie contre ses terres. C'était simple. Elle accepterait ce marché pour se sauver, et sauver sa famille.

Soutenue par cette idée, Angie endura les heures de cavalcade avec stoïcisme et, lorsqu'ils s'arrêtèrent pour la nuit dans un arroyo isolé, elle réfléchit soigneusement à ce qu'elle allait dire. C'était son dernier espoir, mais cela marcherait peut-être car, s'ils avaient voulu la tuer, ils l'auraient déjà fait.

Sans cérémonie, on la déposa à terre ; ses jambes courbaturées se dérobèrent et elle s'écroula tête la première. Des éclats de rire jaillirent tandis qu'on la remettait sur pied. Elle serra les dents de peur de lâcher des paroles malheureuses. L'homme qui l'avait relevée la poussa en avant, non pas avec brutalité mais de la même façon qu'il aurait poussé une vache. Elle se retrouva assise sur une couverture, à même le sol.

Conversant dans leur langue, ils la regardaient de temps à autre d'un air interrogateur. Terrifiée, Angie se mit à douter de son raisonnement et se demanda s'ils n'allaient pas la tuer. Elle restait assise sans bouger, les mains enfouies dans les plis de sa jupe déchirée. Ses bras et ses jampes étaient éraflés et ses muscles étaient douloureux. Elle avait perdu ses peignes et ses cheveux lui tombaient dans les yeux. Quant à la mantille, elle avait dû rester dans le belvédère.

Elle pensa alors à Jake et pria le Seigneur qu'il ne lui soit rien arrivé. S'était-il lancé à sa recherche ? Et Randy vivait-il ? Maman devait être dans tous ses états ! Car malgré leurs fréquentes disputes, sa mère l'aimait sincèrement. Cet amour était une arme à double tranchant, blessante et réconfortante à la fois.

Avec un certain malaise, Angie se rappela que Jake se méfiait de sa mère. C'était ridicule, bien sûr. Maman ne lui ferait jamais de mal. D'un autre côté, elle était capable de beaucoup de choses lorsqu'elle était convaincue d'avoir raison. N'avait-elle pas demandé à Jake de faire peur à Angie afin qu'elle renonce à réclamer son héritage ? Le pire était qu'elle avait eu raison, car, à présent, Angie était *réellement* en danger.

Tortillant prudemment les mains, elle parvint à desserrer les liens qui lui coupaient la circulation.

Des cris attirèrent son attention. Une querelle s'était déclenchée. Elle comprit avec horreur qu'elle en était le sujet lorsqu'elle vit l'Indien qu'elle avait touché au bras la désigner. Bien que sa blessure ne semblât pas le gêner, il ne cessait de lui jeter des regards noirs particulièrement inquiétants.

Le cœur battant, Angie les regardait échanger des propos violents. L'homme qui l'avait transportée sur son cheval finit par hausser les épaules et s'accroupit devant le feu. Il lui lança un coup d'œil, puis se détourna et elle réalisa avec effarement qu'il avait cédé aux récriminations de son adversaire. Ce dernier s'approcha d'elle pour l'examiner avec une satisfaction évidente et lui dit quelques mots d'un ton hargneux.

Cependant, il ne se passa rien durant un long moment. Rassemblés autour du feu, ils parurent oublier sa présence et discutèrent en buvant de longues rasades de leurs gourdes, leurs voix se faisant de plus en plus fortes et impétueuses à mesure que le temps passait.

Silencieuse et paniquée, Angie s'acharnait sur ses liens. Et cependant, même si elle parvenait à s'enfuir, s'aventurer seule dans ce territoire serait se perdre à coup sûr. Mais cette fin lui paraissait plus supportable que ce qu'ils lui destinaient.

Elle avait toujours les poignets ligotés lorsque l'homme qu'elle avait blessé s'approcha d'elle, grimaçant de plaisir. Lorsqu'il brandit un couteau, Angie se recroquevilla d'effroi. Mais il se contenta de trancher ses liens.

Puis il l'empoigna par les cheveux et, sans se soucier de ses cris, la tira et la poussa vers le feu avant de dire quelque chose à ses camarades qui s'esclaffèrent bruyamment.

Angie fit alors appel à tout son courage et se tourna vers l'Indien avec lequel elle avait voyagé

— Vous parlez anglais ? Je sais que oui ! Vous m'avez comprise quand j'ai demandé une couverture. S'il s'agit de la terre que mon père m'a laissée, je signerai tout ce que vous voudrez. Vous pouvez l'avoir. Laissez-moi partir et je signerai tout.

Des yeux noirs se rivèrent aux siens mais le visage de l'homme resta imperturbable. Puis il secoua lentement la tête et se détourna.

Retenant ses larmes, Angie se raidit sans prêter attention aux mains qui la tenaient.

— Il faut être un lâche pour traiter ainsi une femme désarmée. Si vous voulez me tuer, donnez-moi au moins une chance de me défendre. À moins que vous n'ayez peur de moi ?

Ses sarcasmes lui valurent un regard étonné et l'homme qui la maintenait lâcha un rire gras.

— Toi, folle de croire qu'on va te donner une arme, dit-il dans un anglais rocailleux. Tu m'as blessé, déjà.

— C'est pour ça que vous avez peur de moi ? Vous n'êtes que des lâches.

Tout en grommelant, il la fit pivoter brutalement. Angie retint un cri de douleur.

— Nous, pas te tuer, gronda-t-il. Mais s'amuser un peu. Comme toi, dans la petite maison.

Paniquée, Angie comprit qu'ils les avaient épiés, Jake et elle, et que, pour une raison inconnue, ils avaient attendu qu'elle sorte du belvédère pour attaquer. L'idée qu'ils l'avaient observée la révulsait. Elle tenta de se dégager mais il la fit tomber sur les genoux. Les cailloux lui écorchèrent les mains. Il empoigna à nouveau ses cheveux et la força à se redresser.

Lorsque sa robe se déchira, elle sentit l'air froid de la nuit balayer sa peau nue. Un homme lui arracha ce qui restait de sa robe tandis que deux comparses la maintenaient. Après que la robe eut volé au loin, l'homme s'attaqua aux sous-vêtements auxquels il fit suivre le même chemin que la robe.

Angie était nue maintenant, frissonnante de froid

et de peur, offerte à leurs regards lubriques. Des doigts durs caressèrent sa chair tremblante, lui pincèrent les seins, lui écartèrent les jambes, tandis qu'elle ruait et se débattait, cherchant à fuir ce contact avilissant.

Les flammes jetaient sur la scène une lumière erratique, illuminant les figures peintes et les peaux sombres comme dans un cauchemar.

Des rires rauques fusaient et les yeux noirs brillaient de lubricité. L'un des Indiens tira sur la fourrure dorée de son entrejambe avec un commentaire qui fit jubiler ses camarades.

Angie parvint à libérer un bras et enfonça ses ongles dans une joue. Des hurlements offensés emplirent la nuit.

Une gifle d'une violence inouïe fit exploser des étoiles sous ses paupières. Confusément, elle sentit qu'on la couchait brutalement sur le sol. Deux hommes lui maintinrent les mains au-dessus de la tête pendant que deux autres agrippaient ses chevilles. Celui qu'elle avait blessé s'agenouilla entre ses cuisses.

— Toi, impuissante, hein? Plus tirer sur moi, maintenant.

Avec une infinie répulsion, elle sentit ses mains palper ses seins, les pincer méchamment, et serra les dents pour retenir un cri de douleur. Lorsqu'elle se tortilla dans l'espoir vain de lui échapper, il s'esclaffa. La panique la faisait suffoquer, et l'humiliation, la honte et la peur se mélangeaient à l'angoisse de ce qui allait suivre tandis qu'il riait de sa souffrance.

Puis il s'assit sur les talons, le visage rouge d'excitation, et entreprit de dénouer la corde qui lui servait de ceinture. Il dit quelque chose, et ses camarades firent rouler Angie sur le ventre, ses seins éraflés par la terre dure. Des mains avides se promenaient sur ses épaules, son dos, ses reins. Angie ne put retenir un gémissement.

Soudain, on lui tira la tête en arrière jusqu'à lui tordre le cou. Oh, non, ils voulaient qu'elle les regarde, qu'elle voie leurs figures tandis qu'ils la violaient.

Les yeux brouillés de larmes, elle aperçut l'homme qui lui avait donné une couverture s'approcher. Jusque-là, il était resté à l'écart. Mais à son regard brûlant, elle comprit qu'il comptait se joindre au jeu cruel de ses camarades. Il s'arrêta devant elle et commença à dénouer sa ceinture.

Captant alors son regard, Angie parvint à bredouiller :

— Je ne pensais pas que vous aussi étiez un animal.

Une lueur étrange, du regret peut-être, éclaira brièvement les yeux noirs, puis il secoua la tête.

— Je ne peux pas vous sauver.

— Vous le pourriez si vous le vouliez.

— Non. On ne vous tuera pas. Ça ne vous suffit pas ?

— Ça vous suffirait, à vous ? À votre mère, à votre sœur ?

Comme il hésitait, l'homme qui se tenait derrière Angie dit quelque chose et elle sentit sa main s'aventurer entre ses jambes.

— Ne l'écoutez pas ! supplia-t-elle.

Mais lorsqu'il secoua la tête, elle sut qu'elle était perdue.

Ils allaient la violer, et elle ne pouvait rien faire pour échapper à cet horrible sort. Fermant les yeux, Angie se mit alors à hurler son désespoir. Le cri s'éleva dans l'air comme celui d'un loup, vibrant d'angoisse et d'intense souffrance.

27

Son cri s'éteignait lorsqu'une explosion retentit, la libérant des mains qui la clouaient au sol. À la seconde détonation, les rebelles s'écartèrent en hâte de la jeune femme pour se figer aussitôt. Des hommes sautaient des rochers et se ruaient sur eux. Jambes nues, visages peinturlurés, ces Indiens avaient l'air aussi sauvages que ses ravisseurs. L'un d'eux brandit un fusil, et se mit à parler dans la même langue brutale.

Angie allait-elle changer de bourreaux ? Hésitant à prendre la fuite, elle se redressa à quatre pattes. Les Indiens discutaient âprement et celui qui portait un fusil tira en l'air. La balle alla ricocher contre la paroi rocheuse et des éclats de pierre s'écrasèrent au sol.

Angie s'immobilisa, s'attendant à recevoir une balle. Pourvu qu'ils s'entre-tuent jusqu'au dernier, se dit-elle en se redressant lentement et sans bruit. Avec la sensation d'être aussi nue et vulnérable que le jour de sa naissance, elle s'élança sur le sol caillouteux.

À peine avait-elle fait trois pas qu'une main la saisissait par les cheveux, la faisait trébucher et tomber à genoux. Des larmes de désespoir jaillirent de ses yeux mais elle serra les dents et s'interdit de supplier ses agresseurs. Faire appel à la pitié ne faisait que les amuser ; si elle ne pouvait modifier son destin, qu'au moins elle les prive de ce plaisir.

Se préparant au pire, elle ne bougea plus. L'homme au fusil jetait un torrent de phrases gutturales. Au bout de quelques minutes, une sorte d'accord parut s'établir et Angie frissonna en le voyant jeter son fusil et se camper devant celui qui avait failli être le premier à la violer.

Un cercle de spectateurs se dessina autour d'eux, chaque clan encourageant son camarade. Un long couteau à la main, les deux hommes se jaugeaient en se balançant d'un pied sur l'autre. Puis ils se jetèrent en avant.

Les cheveux du rebelle étaient longs et gras ; ceux de son adversaire, plus courts, étaient retenus par un bandeau. C'était la seule chose qui les distinguait tandis qu'ils s'empoignaient, reculaient, revenaient à la charge, sans cesser de s'injurier. Le sang coulait sur les peaux sombres.

Malgré sa peur, Angie ne pouvait s'empêcher d'être fascinée par le combat de ces deux hommes animés par la haine. On eût dit une sorte de danse primitive où chacun, coutelas brandi, défiait la mort, appelait le sang.

Un cri rauque éclata. Une étrange expression d'incrédulité se dessina sur le visage du rebelle qui lentement s'écroula sur les genoux puis tomba en arrière. Son vainqueur se jeta sur lui. Au moment où Angie criait « Non ! », la lame du couteau étincela, et elle perçut le bruit écœurant des chairs déchirées.

Au bord de la nausée, elle enfouit son visage dans ses mains. Qu'allait-il lui arriver maintenant ? Le vainqueur allait-il se ruer sur elle ou bien se la partageraient-ils tous ? Peut-être la tueraient-ils car les nouveaux venus n'avaient aucune raison de respecter la parole des rebelles.

Elle releva la tête. L'homme se tenait debout au-dessus du corps inerte et semblait jeter un défi aux spectateurs. Personne ne parut le relever, et l'Indien qui avait donné une couverture à Angie dit quelque chose d'une voix neutre.

Le vainqueur acquiesça de la tête et rangea son couteau dans son étui. Puis il se dirigea vers Angie. Horrifiée, elle se recroquevilla. L'odeur de sang et la sauvagerie du spectacle auquel elle venait d'assister la révulsaient.

— Non ! Ne me touchez pas... Ô mon Dieu, tuez-moi plutôt...

Elle tendit la main pour s'emparer de son couteau ; un coup sec lui bloqua le bras. Alors, la panique supplantant tout ce qui lui restait de raison et proche de l'hystérie, Angie se rua sur lui.

Hurlant des insultes espagnoles, françaises et anglaises, elle se battit de toutes ses forces. Des éclats de rire accompagnaient ses efforts grotesques. Comme elle tentait de lui arracher les yeux, il lui tordit le poignet et la força à tomber à genoux. Tout en la maintenant au sol, il se retourna vers les autres et lâcha une remarque qui les fit s'esclaffer méchamment.

Sa main s'étala sur le torse d'Angie comme pour montrer qu'il en prenait possession. Angie se vit condamnée au pire. Ce sauvage assoiffé de sang n'avait pas hésité à tuer un homme pour avoir le droit de la violer.

Son esprit avait beau lui souffler que la soumission serait moins pénible que ce qui l'attendait si elle persistait dans la révolte, son caractère la poussait à la résistance et, lorsqu'il la tira vers un buisson que n'atteignait plus la lumière du feu, elle reprit la lutte. Faiblement, elle essaya d'écarter le bras qui la maintenait dans un étau. En vain. Les muscles d'acier se durcirent tout en l'entraînant avec une vigueur accrue.

De la main qui ne la retenait pas prisonnière, il étendit une couverture par terre et la jeta dessus, puis la cloua au sol de tout son corps. Elle leva un genou et envoya des coups de pied.

— Merde ! grogna-t-il en français.

La voix familière la fit se pétrifier.

— Continue à te débattre sinon ils vont se poser des questions, reprit-il.

Non, ce ne pouvait être... Elle rejeta la tête en arrière et scruta le visage caché derrière sa crinière maintenant hirsute. Les yeux n'étaient ni noirs ni même bruns mais dorés comme ceux d'un tigre. Jake ? Mon Dieu, si c'était lui, pourquoi se comportait-il ainsi ?

— C'est toi ?

Il plaqua une main sur le ventre nu d'Angie et, de l'autre, dénoua sa ceinture. Les yeux dorés étaient plongés dans les siens, impitoyables.

— Crie ! Hurle ! Il faut que ça ait l'air vrai.

— Mais que... Non !

Brutalement, il lui écarta les cuisses et, sans autre préambule, la pénétra d'un coup sec qui la fit crier. Puis la maintenant au sol d'un bras en travers du torse, il la prit sans ménagement. À nouveau, Angie hurla, cédant aux émotions violentes endurées depuis la veille au soir. Jake marmonna un juron puis son corps se détendit et il se redressa légèrement pour la regarder.

— Plutôt convaincant, je trouve.

S'étant relevé, il rectifia sa tenue et recouvrit Angie d'un pan de couverture. Puis il se tourna vers les hommes assis auprès du feu et dit quelques mots auxquels personne ne répondit.

Laissant Angie près du buisson, il alla s'accroupir devant le rebelle qui avait donné une couverture à la jeune femme.

— Qu'est-ce qui t'est arrivé ? lui demanda-t-il en comanche.

— Rien, grommela l'Indien d'un air maussade.

— Pourtant tu vis avec des hommes qui ne respectent pas la loi de ton peuple, dit Jake en désignant les autres. Je sais que tu n'aimes pas ce qu'ils font.

— Je n'aime pas ce que fait l'homme blanc. C'est contre lui que nous devons nous battre et non entre nous. Sinon, nous serons anéantis.

— C'est vrai, dit Jake après un bref silence. Mais tu n'as pas choisi le bon moyen.

— Tu connais un autre moyen ?

— Je sais qu'il y a plus d'hommes blancs que de gens de ta race et que, si tu les combats avec des armes à feu, ils gagneront toujours.

Un sourire amer accueillit sa réponse ambiguë. Regrettant de ne pouvoir lui en donner une autre, Jake se leva.

— Je pars et j'emmène la femme blanche avec moi.

Le Comanche, qui s'était levé lui aussi, hocha la tête.

— Tu l'as gagnée. Elle est à toi. Si tu l'amènes à don Luis de Rivera, il te la payera cher.

— Je m'en souviendrai.

Cela confirmait ses soupçons. Bouillonnant de rage, il hissa Angie sur son cheval, monta derrière elle et se hâta de quitter le campement, suivi de son groupe de Comanches.

Ceux-ci les accompagnèrent quelque temps puis les quittèrent, l'un après l'autre, en prenant des directions différentes. Plusieurs pistes égareraient d'éventuels poursuivants.

Lorsque le jour se leva, Angie somnolait d'épuisement contre lui. La couverture avait légèrement glissé, laissant voir ses seins ivoire. Il se rappela le courage avec lequel elle avait résisté aux rebelles, et la colère l'envahit à nouveau.

Cela ne lui suffisait pas d'en avoir tué un, il aurait dû tous les étriper, à la manière des Apaches. Et dire que s'il n'avait pas entendu son hurlement et aperçu la lueur du feu, il ne les aurait pas trouvés ! La proie de six hommes déchaînés, elle n'aurait pas survécu.

Et le responsable, c'était son oncle.

Don Luis paierait cher pour cette perfidie, mais encore fallait-il des preuves. Même si le rebelle comanche acceptait de témoigner, sa parole ne suffirait pas. Ni les déclarations d'individus que don Luis avait lésés. Contre un homme influent comme son oncle, il fallait plus : il fallait des témoins crédibles, incontestables.

Au fil des ans, personne n'avait pu convaincre don Luis de trahison mais, un jour, il serait tellement sûr de lui qu'il commettrait une faute. Un jour…

— Où allons-nous ? demanda Angie qui s'éveillait. Il faut que je rentre et rassure maman.

Jake resserra la couverture sur ses épaules nues.

— Nous ne pouvons pas rentrer tout de suite, Angie.

— Pourquoi ? dit-elle en se retournant et il remarqua sa joue écorchée. Il n'est pas question que je retourne au Rancho de Tesón !

— Non, bien sûr. Mais je ne peux pas prendre le risque de te ramener chez toi. Ce qui est arrivé une fois peut se reproduire.

— Tu veux dire que les rebelles… C'est à cause de mes terres que je suis en danger ?

Au lieu de répondre, il arrêta son cheval sous un rocher à mi-pente d'un canyon. Le soleil qui se levait derrière eux teintait de rouge les sommets aplatis des mesas. La piste périlleuse s'accrochait à la paroi et grimpait jusqu'au sommet couvert de pins. Dans le fond, une mince rivière dessinait un chemin sinueux et rafraîchissant.

Les Apaches Mescaleros aimaient s'y réfugier. Les Mexicains qui suivaient le sentier étroit se faisaient accueillir par une volée de pierres et de flèches et s'écrasaient dans le fond.

L'endroit idéal pour une embuscade.

Jake aida Angie à mettre pied à terre. Puis, à l'aide de son couteau, il fit un trou dans sa couverture. Elle l'enfila par la tête et il lui noua un cordonnet de cuir autour de la taille.

— Ça ira jusqu'à ce qu'on te trouve des vêtements décents, dit-il en rangeant son couteau dans l'étui.

— Au début, je t'ai pris pour un Indien, avoua-t-elle.

C'était sa première allusion à la nuit passée ; il la regarda avec gravité.

— Je sais. Si l'un ou l'autre avait reconnu le neveu de don Luis, je n'aurais pas pu te libérer.

— Tu aurais pu me prévenir plus tôt, protesta-t-elle.

— Tu sais bien que non.

Elle réfléchit un instant puis poussa un soupir.

— Oui, tu as raison. Je ne sais pas ce que j'aurais dit ou fait...

Ses joues rosirent. Son regard violet s'assombrit et ses lèvres frémirent. Il tendit la main vers elle.

— Non ! s'écria-t-elle en reculant. Je t'en prie. Ne me touche pas.

— Angie, tu sais bien que jamais je ne te ferai de mal.

Elle garda les yeux fixés sur le fond du canyon recouvert de rochers et de buissons broussailleux.

— Je sais. Mais tu as vu. Tu as vu ce qu'ils faisaient...

— Ils t'ont fait mal ? demanda-t-il après une seconde d'hésitation.

L'étonnement et la rage la mirent au bord des larmes.

— Bien sûr qu'ils m'ont fait mal ! Peut-être pas au sens où tu l'entends, mais ils m'ont touchée là où toi seul m'as touchée, et c'était tellement... humiliant. Ah, mon Dieu, j'aurais voulu mourir, ou les tuer, ou les deux... Je me sens souillée. Je n'arrête pas de me demander ce que j'aurais dû faire pour les arrêter, ou pour empêcher que ça arrive... Peut-être que si je ne t'avais pas accompagné dans le belvédère, ou si je n'en étais pas sortie pour fuir avec Randy, ou...

— Angie, rien n'est ta faute. Tu n'avais aucun moyen de te défendre ni de les arrêter. Rappelle-toi ce que j'ai essayé de te faire comprendre. Ce n'est pas toi qui es en question, mais tes terres, le ranch, la source, les mines de cuivre et peut-être d'or. Il y a toujours des hommes prêts à tuer pour s'enrichir, sans se soucier des dégâts qu'ils causent. Et vous êtes prises au milieu, Rita et toi.

— Rita va bien ?

— Oui. Elle était dans la maison lorsque l'assaut a eu lieu et deux officiers sont venus à son secours. Elle a eu de la chance. C'est toi qu'ils voulaient kidnapper parce qu'ils pensaient qu'ensuite Rita céderait rapidement tous ses droits sur le ranch et les mines.

— Qui sont-ils, ces gens dont tu parles ?

Il la regarda dans le blanc des yeux.

— Mon oncle et ta mère.

Angie devint livide.

— Ton oncle, je veux bien le croire. Mais pas ma mère. Sûrement pas !

— Angie… Il l'a complètement embobinée. Il est probable qu'elle ignorait ses intentions exactes.

— Jamais je ne croirai que ma mère m'a fait courir de tels risques ! protesta-t-elle avec horreur.

— Elle ne l'aurait pas fait si elle avait été au courant de tout.

— Maman n'est pas une idiote.

— Mon oncle non plus. C'est un homme cupide, rusé, malhonnête, certes, mais il est loin d'être bête et il sait manipuler les gens. Il a dû dire à ta mère qu'il te faisait conduire dans un endroit sûr afin de te convaincre de lui vendre le ranch ; qu'ensuite il vous donnerait une grosse somme d'argent avec laquelle vous pourriez regagner la France et vivre dans le luxe. Une fois que tu aurais signé, il n'aurait pas tenu parole et alors qu'aurait pu faire ta mère ? Rien du tout.

— C'est très malhonnête !

— Honnête, il aurait fait un excellent homme politique. Comme il ne l'est pas, il se contente de les acheter. S'il met la main sur le ranch et les mines, il possédera la plus grande partie du sud du Nouveau-Mexique. Ce qui le mettra en position d'obtenir tout ce qu'il veut du gouvernement local.

— Et que veut-il exactement ? L'argent ? Toute la terre du Nouveau-Mexique ?

— Oui, mais je ne pense pas que c'est ce qu'il veut réellement, même si ces imbéciles de politiciens croient pouvoir le neutraliser en lui cédant deux ou trois choses par-ci, par-là. Mais son objectif final, ce n'est pas ça.

— C'est quoi, alors ?

— L'indépendance.

Angie lui jeta un regard intrigué qui le fit sourire.

— Pas celle que la plupart des gens souhaitent mais celle qui le libérera de tout gouvernement. Pour l'obtenir, il cherche à provoquer une nouvelle guerre entre les États-Unis et le Mexique et, s'il avait la mainmise sur une grande partie du territoire, ce conflit ne se terminerait pas de la même façon que le précédent. Lorsque les Français se battaient au Mexique, il a essayé d'en profiter pour semer la discorde entre les États-Unis et le Mexique, mais il a échoué. Maintenant, ce sont les Indiens qu'il pousse à la révolte; il les lance contre les pionniers, leur fait mille promesses qu'il ne tiendra pas, pour qu'ils incendient les maisons et raflent le bétail. Il leur vend des fusils et du bœuf à bas prix. Ce qui ne l'empêche pas de commercer aussi avec l'armée américaine et les réserves indiennes. L'argent ainsi gagné lui sert à fomenter de nouveaux troubles.

— Est-ce que mon père savait cela?

— Pas en totalité. Moi-même, jusqu'à il y a peu, je ne connaissais pas l'étendue de ses projets. Cela fait longtemps que je ne le fréquente plus.

— Pourquoi mon père m'a-t-il attirée dans un tel guêpier sans me prévenir?

— Parce qu'il était désespéré, *chica*. Il désirait que ses terres reviennent à son sang, et il savait que Rita mourait d'envie de partir. Il a dû se dire que tu étais de taille à te battre.

— Je vois...

Après cette conversation, elle garda le silence. Le lendemain matin, ils parvinrent à un village assoupi niché au pied des monts Sacramento. Après s'être lavé de sa peinture blanche et s'être habillé normalement, Jake acheta des habits pour Angie à une Mexicaine soupçonneuse. Pour la convaincre, il lui raconta qu'ils avaient été attaqués par des rebelles et n'avaient dû leur salut qu'à la fuite. Ce récit la radoucit légèrement et elle consentit à échanger une chemise en coton blanc, une jupe rouge et des sandales indiennes contre des pièces d'argent. Lorsqu'elle vit leur nombre, elle se dérida complètement et ajouta un châle noir et des tortillas fraîches.

— *Muchas gracias, señora*, dit-il en emportant le tout.

Angie se débarrassa de la couverture crasseuse et enfila les vêtements propres avec plaisir. Puis ils se rendirent dans une petite *cantina* de la rue principale et dévorèrent du bœuf, des haricots et du pain grillé.

Enfin rassasiée, Angie repoussa son tabouret de façon à s'adosser au mur.

— Où allons-nous, Jake ? Tu n'as pas répondu à ma question.

— Pour parler franchement, je ne sais pas très bien où tu seras le plus en sécurité. Pour don Luis, tu représentes un témoin très gênant qu'il voudra faire taire à tout prix.

— Témoin de quoi ? s'écria-t-elle avec effroi. Je n'ai rien vu ni rien entendu sauf... sauf ces horribles bonshommes qui essayaient de...

— Il ne peut pas en être sûr. En revanche, il sait déjà qu'au lieu de rallier le point de rendez-vous où il devait te sauver, tu es partie avec quelqu'un d'autre. J'espère qu'il ne devine pas que ce quelqu'un d'autre c'est moi, mais on ne peut pas compter dessus. Il n'est pas stupide. Il n'ignore pas que j'ai vécu avec les Comanches...

Les mains jointes sur les genoux, Angie jetait un regard vide sur la petite pièce aux poutres basses. La lumière faisait briller ses cheveux en un halo doré. Bien qu'ils aient voyagé surtout de nuit, sa peau avait pris une teinte chaude. Elle avait maigri ; ses pommettes étaient plus saillantes et ses yeux plus grands, ce qui rehaussait sa beauté, et il remarqua deux hommes qui la regardaient avec insistance.

Lentement, il détacha la courroie qui maintenait son pistolet dans l'étui. Absorbée par ses pensées, Angie ne dit rien.

Jake se leva et lui tendit la main. Elle lui jeta un regard ahuri puis se mit debout.

— Couvre tes cheveux, murmura-t-il.

Tout aussi surprise, elle obéit, croisa les pans du châle noir sur sa chevelure et les rejeta dans le dos, à la façon des femmes mexicaines.

Ils traversèrent la salle et sortirent sous le porche. Trois chevaux étaient attachés au pilier central, le poil couvert d'écume et de poussière, la tête pendante. Sans accélérer le pas, Jake poussa Angie devant lui.

Ils atteignaient la ruelle où ils avaient laissé leur monture lorsqu'ils entendirent des pas derrière eux. Jake contourna Angie de façon qu'elle ne soit pas du côté de son arme. Leur cheval était toujours là, attaché à un poteau. Il y fit monter Angie et lui passa les rênes.

Puis il tira l'animal vers la rue. Deux hommes étaient sortis de la *cantina* et semblaient les attendre. Jake s'arrêta et sa main descendit se poser sur la crosse de son pistolet.

— Vous vouliez me voir, messieurs ?

— Peut-être bien, fit l'un d'eux qui prit le temps d'envoyer un jet de salive dans la poussière avant de regarder Jake puis Angie. À moins que ce soit la dame.

— Elle est avec moi.

— Elle a rien à faire avec toi, fit l'homme avec un sourire qui n'atteignit pas ses yeux.

Son compagnon fit un pas de côté et effleura de la paume le pistolet qui pendait sur sa hanche.

Avant que l'un ou l'autre ait pu faire un mouvement, l'arme de Jake se pointait sur eux.

— Si. Moi, je suis comme ça : j'aime pas partager.

Angie laissa échapper un cri étouffé et le cheval fit un écart dans un cliquetis de métal qui retentit bruyamment dans la rue silencieuse. Jake poussa du pouce le chien de son arme.

— Autre chose, messieurs ?

L'un des deux hommes recula prudemment.

— Dis donc, mon vieux, calme-toi, fit l'autre. On voulait juste causer avec la p'tite dame. Ça fait un bail qu'on n'a pas vu de femme blanche dans le coin. Y a que des squaws et des Mexicaines à zieuter.

Jake haussa les sourcils mais ne daigna pas répondre. Dans un cliquetis d'éperons, les deux hommes battirent en retraite. Dès qu'ils furent hors de vue, Jake se hissa derrière Angie et fit demi-tour dans la ruelle pour contourner le village et s'éloigner au plus vite.

— Était-ce bien nécessaire ? demanda Angie, une fois loin du village.

— Uniquement si tu ne voulais pas les suivre. Tu croyais qu'ils voulaient juste te faire un brin de causette ?

— Non, mais maintenant ils peuvent nous suivre.

— J'en doute. Ils avaient l'air trop paresseux pour chercher les ennuis. Garde tes cheveux couverts et nous n'aurons plus de problèmes.

Il poussa leur cheval à une vive allure qu'ils gardèrent un long moment. Le soleil brilla avec obstination toute la journée. Le crépuscule tombait lorsqu'ils descendirent une pente rocailleuse en bas de laquelle scintillait une guirlande de lumières. Suivant un ruisseau, ils pénétrèrent dans une bourgade du nom de LaLuz, sur le flanc ouest des monts Sacramento. Au-delà, c'était le *malpaís*, un enchevêtrement de roches volcaniques formé des millénaires plus tôt par des flots de lave et solidifié pour l'éternité en crêtes dures et glissantes.

— On pourrait passer la nuit dans cette ville ? demanda Angie avec lassitude. Je rêve d'un vrai lit.

— Peut-être.

Craignant de l'alarmer inutilement, il ne lui dit pas qu'on les suivait.

— Il faut trouver un autre cheval sinon le mien ne tiendra pas le coup. Je n'aimerais pas être obligé de continuer à pied

Il la fit s'installer dans le foin des écuries. Angie protesta avec véhémence.

— Je ne comprends pas pourquoi on ne peut pas aller à l'hôtel ! Ça fait des jours que je dors sur des cailloux et j'ai le corps couvert de bleus.

Il la regarda avec intérêt.

— Montre-les-moi, et je changerai peut-être d'avis.

— Bon sang, Jake Bra… Aïe !

— Il vaut mieux que tu ne prononces pas mon nom, *chica*. On ne sait jamais qui écoute.

Elle se frotta le bras et le regarda à la faible lumière de la lanterne.

— Eh bien, dis-moi plutôt ce qui se passe. Je suis lasse d'être maintenue dans l'ignorance comme un enfant. Si tu m'avais dit la vérité à La Nouvelle-Orléans, peut-être que j'aurais renoncé à venir au Nouveau-Mexique.

— Vraiment ?

Elle réfléchit un instant, puis secoua la tête.

— Non, je serais venue malgré tout.

— As-tu trouvé ce que tu cherchais ?

— Et toi ?

Elle le dévisageait avec un léger sourire. La chemise blanche laissait voir ses épaules crémeuses.

— Je ne sais pas grand-chose de toi. Dis-moi ce que tu attends de la vie.

Il alla s'adosser à un poteau.

— Un toit au-dessus de ma tête, un lit chaud et une femme avec qui le partager, j'imagine.

— Une femme ou plusieurs ?

Il sourit et s'empara d'un brin de paille qu'il se mit à mâchonner.

— Ça dépend de la femme. Si elle me suffit, une, c'est bon.

— J'imagine que tu veux dire au lit, répliqua Angie avec une moue. Tu es trop prévisible.

— Eh bien, pour un homme, le lit, ça compte beaucoup. Si j'étais de l'espèce des maris, je voudrais quelqu'un qui puisse être toutes les femmes en même temps.

— Épouse, infirmière, intendante et putain, peut-être ? La putain du samedi soir et la sainte du dimanche matin ?

— Une certaine expérience en comptabilité ne serait pas mal non plus.

La voyant se renfrogner, il cracha la paille et se pencha pour lui prendre le menton.

— En vérité, je n'y ai jamais beaucoup réfléchi. J'ai toujours pensé que je ne vivrais pas assez longtemps pour me marier.

— On dirait que tu t'es trompé.

Surpris par sa voix rauque et son léger sourire, il scruta son regard violet. Les longs cils dessinaient des ombres sur ses joues et, dans la lumière rosée de la lanterne, il aperçut le battement de son pouls dans sa gorge. Malgré lui, un sourire retroussa ses lèvres.

— Ouais, on dirait.

Comme si elle n'attendait que ça, elle s'inclina contre lui. Il l'embrassa, et aussitôt les feux de la passion, qui avaient toujours existé entre eux, s'élevèrent avec force. Il était tard et, à part les animaux, ils étaient seuls dans l'écurie. Jake prit le temps d'apaiser ses frissons de peur d'une main douce et de murmurer des mots tendres tout en la dévêtant sur les couvertures étalées sur la paille.

D'abord, les souvenirs de la nuit d'horreur la firent se crisper. Avec une patience infinie, il parvint à les effacer et à chasser ses peurs et ses réticences.

Lorsqu'il la pénétra enfin, elle gémit contre son oreille, ce qui suscita en lui un élan de tendresse inquiétant. Il avait tort de la laisser prendre autant d'importance dans sa vie, mais qu'y faire ? Dès leur première rencontre, elle n'avait plus quitté ses pensées. Mon Dieu, il ne devait pas la désirer autant, se soucier d'elle à ce point… ni l'aimer. Non, il ne fallait pas. Aimer le rendrait vulnérable. S'il était encore en vie, c'était parce que personne ne pouvait être utilisé comme moyen de pression contre lui.

Tandis qu'il entraînait Angie vers l'extase, Jake comprit qu'en cédant aux sentiments, il se condamnait, et elle avec lui.

28

Jake la réveilla avant le jour. Se renfonçant dans les couvertures chaudes, elle bredouilla une protestation.

— Il faut que nous partions, Angie. Tout de suite.

Son ton pressant la réveilla complètement. Elle se redressa et s'habilla en frissonnant dans l'air frais de la nuit. Puis, sur le conseil de Jake, elle posa une main sur les naseaux de son cheval pour le faire tenir tranquille.

Ils étaient suivis. Deux hommes, sans doute ceux qu'ils avaient rencontrés dans le petit village, marchaient sur leurs traces. Feignant l'indifférence, Jake resta sur la route principale qui menait à Las Cruces.

Ce ne fut qu'à l'approche du défilé de San Agustín qu'il changea de tactique et fit demi-tour pour contourner leurs poursuivants et se retrouver derrière eux.

— Reste ici, ordonna-t-il à Angie en la laissant à l'abri d'un monticule.

Elle s'allongea en tentant de ne pas s'inquiéter mais ne put cacher son soulagement lorsqu'il revint, longtemps après.

— Tout va bien ?

— Ils étaient chargés de nous retrouver. La justice me recherche.

— Pour quelle raison ?
— Kidnapping. Ta mère a porté plainte contre moi.
— C'est absurde !
— Peut-être. Mais je ne compte pas prendre de risques. C'est un crime pour lequel on peut tirer à vue et, avec mon oncle dans le coup, je serai mort avant que quelqu'un se donne la peine de poser des questions. Cela complique un peu les choses. Il va falloir que je cesse d'attendre et que je joue mon propre jeu.
— Jake, que vas-tu faire ?
Pour toute réponse, il la prit dans ses bras et l'embrassa avec ardeur. Elle répondit à son baiser avec la même fougue. Ils passèrent le reste de la journée dans l'alcôve rocheuse, dormant ou faisant l'amour. La nuit tombée, ils remontèrent à cheval.
La lune couvrait la terre d'une flaque argentée et illuminait le ciel. Angie eut l'impression qu'elle n'avait jamais vu autant d'étoiles.
Leur voyage se poursuivit durant plusieurs nuits. Pendant la journée, ils se reposaient dans la fraîcheur d'une grotte ou d'un bois de pins. Ils s'arrêtaient dans des villages ou des maisons dont Jake connaissait les habitants et se nourrissaient de tortillas et de haricots.
— Il y a parmi eux des gens à qui je confierais ma vie, lui expliqua Jake.
Comme elle s'étonnait qu'il fît confiance à quelqu'un, il répondit en souriant :
— Je ne fais pas confiance à n'importe qui.
Un soir, à la nuit tombante, ils traversèrent une petite rivière et grimpèrent sur une colline. Ils parvenaient au sommet lorsque des *vaqueros* vinrent à leur rencontre au galop. L'inquiétude d'Angie se dissipa en les voyant sourire et agiter leurs grands chapeaux en signe de bienvenue.

— Encore des amis à toi ?

— Quelque chose comme ça.

— Don Diego ! cria l'un des hommes. Nous ne savions pas que vous veniez !

En souriant, Jake les salua, et ils voyagèrent de concert quelques instants, tout en échangeant des nouvelles. Le respect que lui témoignaient les *vaqueros* dissipa très vite la gêne d'Angie. Gardant le silence, elle les écoutait discuter en espagnol et ses yeux s'écarquillèrent lorsqu'elle comprit qu'ils traversaient les terres de Jake.

— Elles appartiennent à ma famille depuis deux cents ans, comme le Rancho de Tesón, expliqua-t-il. Mon père me l'a laissé. C'est la seule chose sur laquelle don Luis n'a pu mettre la main.

— Mais si tu possèdes cela, pourquoi…

— Pourquoi je n'y reste pas ? C'est ce que je ferai un jour.

Il n'en dit pas plus, et elle s'abstint d'insister. Comme ils approchaient d'un bosquet de très vieux arbres aux longues branches, des aboiements se firent entendre, et elle songea à son ranch avec nostalgie. Plus jamais elle ne considérerait le village de Saint-Dié, où elle avait passé son enfance, comme son pays natal. L'Amérique était son pays désormais car, quand elle pensait au mot foyer, elle voyait les longs bâtiments que son père avait bâtis.

Des lumières scintillaient à travers le feuillage.

— *Casa en Paz*, la Maison de la Paix, dit Jake. Elle l'a été pour moi, autrefois.

C'était une bâtisse de petite taille mais très belle, avec ses murs en adobe et son toit de tuiles, selon la tradition architecturale de ce pays. Elle était nichée dans un bosquet qui la protégeait du soleil ardent. L'air embaumait le jasmin et la façade était comme drapée d'une exubérante vigne vierge.

Un porche fleuri courait tout le long de la façade et toutes les fenêtres étaient éclairées. Comme ils entraient dans la cour, accompagnés des *vaqueros*, la porte s'ouvrit et une forte femme fit son apparition.

— Don Diego ! Vous voilà enfin de retour à la maison, s'écria-t-elle en espagnol.

Il sauta à terre et tendit ses rênes à un jeune garçon.

— *Sí*, María, et j'ai amené quelqu'un avec moi.

Il aida Angie à descendre, et la prit par la main. Le regard intrigué de la Mexicaine la fit rougir.

Qu'allait-on penser d'elle, les pieds nus dans des sandales, les vêtements fripés et la figure couverte de poussière ? Une jeune femme voyageant sans *dueña* dans un pays où la présence d'un chaperon était obligatoire, accompagnée d'un homme qui était visiblement plus qu'une simple connaissance ?

Si María éprouva des réserves, elle n'en montra rien et accueillit Angie avec courtoisie. Ils entrèrent dans un vaste salon aux meubles en acajou solides et élégants à la fois. Sa jeune compagne ne pouvant plus cacher son épuisement, Jake et María la conduisirent jusqu'à sa chambre.

Un lit immense, avec des draps à la blancheur éclatante et une couverture aux couleurs chatoyantes tissée à la main, l'attendait. De lourds rideaux masquaient les portes-fenêtres qui donnaient sur une petite terrasse dont l'air parfumé envahissait la chambre. Il y avait même une salle de bains et, pour la première fois depuis des semaines, Angie se prélassa jusqu'au menton dans une baignoire emplie d'eau chaude et de bulles savonneuses.

Plus tard, alors qu'elle se couchait après un dîner composé de poulet froid, de fromage et de fruits, elle se dit qu'à la place de Jake jamais elle n'aurait quitté ce paradis.

Elle tomba dans un profond sommeil et se rendit à peine compte de la présence de Jake lorsqu'il la rejoignit et se blottit contre elle.

Les semaines qui suivirent ne furent qu'une succession de longues journées paresseuses dans la maison ou le patio, passées à déguster des boissons fraîches et à regarder les montagnes bleutées qui se dressaient à l'horizon. Jake n'était resté que deux jours. En partant, il l'avait embrassée avec fougue et avait promis de revenir dès que possible.

Le front appuyé contre celui d'Angie, il avait murmuré :

— Je ne peux pas attendre qu'ils fassent un mouvement. Il faut que je prenne l'initiative.

— Jake... Je ne veux pas qu'il t'arrive quelque chose.

— Je sais. Il ne m'arrivera rien. Promets-moi de rester ici, Angie. Si je ne peux pas venir te chercher, j'enverrai Dave Logan. Ne fais confiance à personne d'autre.

— Pourquoi ?

— Pour une fois, écoute-moi. D'accord ?

Elle avait promis, bien sûr, mais Jake lui manquait terriblement.

Les premiers jours s'écoulèrent dans une sorte de brouillard paisible et serein, mais, ses forces lui revenant, le besoin de se dépenser la reprit. Elle commença à faire de courtes promenades, toujours accompagnée de *vaqueros* armés, férocement protecteurs.

Le paysage était magnifique. Les contreforts des monts San Andrés étaient verdoyants mais, au loin, les crêtes rocheuses lui rappelaient combien le

Nouveau-Mexique pouvait se révéler trompeur. Ces mêmes montagnes, si belles vues de loin, pouvaient s'avérer mortellement dangereuses.

Maman n'avait peut-être pas exagéré en lui décrivant ce pays, mais cela n'impliquait pas qu'elle dût renoncer à son rêve. Quand elle rentrerait enfin chez elle, elle trouverait un moyen pour combattre don Luis et les hommes qui voulaient lui prendre son héritage. Était-ce au ranch Double X que s'était rendu Jake ? Il s'était contenté de lui dire qu'il devait vérifier quelles plaintes avaient été déposées contre lui.

María la rassurait en affirmant que don Diego était parfaitement capable de prendre soin de lui-même.

— Depuis que ses parents ont été tués lors d'un raid quand il était enfant, il a appris à se débrouiller, expliqua la Mexicaine en secouant tristement la tête.

— Parle-moi de lui, demanda Angie. Tu le connaissais à ce moment-là ?

— Oh, oui. Il avait quatre ans quand je suis arrivée ici. Son père, don Diego y Sandoval Rivera, a été maire de Santa Fe. Lorsque les raids ont commencé, on en a rejeté toute la responsabilité sur lui... C'était faux, bien sûr, enchaîna-t-elle avec véhémence. Le coupable, c'était son frère Luis. Celui-là, il ne m'a jamais inspiré confiance. Lorsque don Diego et sa femme, la jolie Sarah, ont été assassinés par les Apaches, don Luis a fait main basse sur leurs biens. Sarah et Diego, ça, c'était un mariage d'amour, *señorita*. Je n'ai jamais vu d'amoureux aussi épris. Il ne faut peut-être pas regretter qu'ils aient trouvé la mort ensemble. Quant au petit Diego, c'est par la grâce de Dieu qu'il a été épargné. Il s'était caché sous un chariot renversé. Les Apaches étaient trop pressés, et ils ne l'ont pas vu. D'habitude, ils enlèvent les enfants et les élèvent comme s'ils étaient les leurs.

— Pourtant, Jake... Diego m'a dit avoir vécu un moment avec les Comanches.

— Oui, c'est vrai. La mort de ses parents l'avait anéanti et il ne supportait pas son oncle. Il ne cessait de se rebeller contre don Luis. Il ne voulait pas rester au Rancho de Tesón et s'enfuyait à tout bout de champ pour venir se réfugier ici. Alors, don Luis a fini par lui donner le fouet. Furieux, le garçon s'est sauvé dans la montagne et s'est réfugié chez les Comanches. Diego avait beau être très jeune, il savait que c'était le seul endroit où son oncle ne viendrait pas le chercher.

Angie eut une pensée pour le petit garçon qui avait assisté à l'assassinat de ses parents. Cela pouvait expliquer pourquoi il manifestait si rarement ses émotions. Avoir un oncle comme don Luis n'avait pu qu'accroître son chagrin.

Au fur et à mesure qu'elle rassemblait des informations sur la vie de Jake, elle comprenait mieux l'homme qu'il était devenu.

Que lui dirait-elle lorsqu'elle le reverrait ? Qu'elle l'aimait ?

Autrefois, elle aurait pu en parler avec Juliette. À présent, elle n'avait personne avec qui discuter de ce genre de choses. À un moment donné, elle avait espéré que Rita remplacerait sa cousine mais ce n'était plus possible. Oh, qu'il était donc difficile de savoir que faire... Sa mère lui manquait.

Jake était parti depuis deux semaines lorsque María vint la trouver dans le patio pour lui annoncer que deux visiteurs demandaient à lui parler.

— Je ne savais pas quoi leur dire, *doña* Angélique. Ce sont des officiers, et ils insistent pour vous voir.

— Je vais les recevoir.

Angie se leva du fauteuil où elle somnolait au lieu de lire le livre qu'elle avait choisi dans la petite bibliothèque et, après s'être rapidement recoiffée, elle alla accueillir ses visiteurs.

— Madame, fit le sergent Lopez, nous sommes désolés de vous déranger mais le colonel Patterson vous prie de nous suivre.

— Puis-je demander pourquoi ?

— Un homme du nom de Jake Braden a été arrêté et le colonel Patterson affirme que vous seule pouvez éclairer le malentendu.

— Arrêté ! Oh, non… Quand ?

— La semaine dernière. Péparez un sac de voyage et nous vous escorterons jusqu'à Las Cruces où vous attend le colonel.

— Bien sûr, s'écria Angie qui envoya María rassembler ses affaires

— *Doña* Angélique, protesta celle-ci, vous ne devez pas partir avec ces hommes. Rappelez-vous votre promesse.

— Les circonstances ont changé, il faut que je parte, María. D'ailleurs, je connais le colonel Patterson. C'est un honnête homme, et un ami de Jake. Je t'en prie, fais-moi vite mon sac. Je dois me hâter pour le disculper.

Malgré les suppliques et les réticences de María, Angie accompagna les deux hommes.

Suivant la route directe et non le chemin détourné emprunté avec Jake, ils arrivèrent à Las Cruces deux jours plus tard. Angie se rendit immédiatement à l'hôtel où elle devait rencontrer le colonel Patterson. On la fit attendre dans une chambre et, le temps passant, elle commença à s'impatienter. Puis elle se dit que si le colonel venait de fort Selden ou de fort Fillmore, il n'était pas près d'arriver.

Lorsque la porte s'ouvrit enfin, Angie sursauta en voyant apparaître sa mère.

— Maman ! Que fais-tu là ? Oh, que je suis contente de te voir enfin !

Louise referma la porte et se dirigea vers sa fille. Ses lèvres souriaient mais son regard restait réservé.

— Moi aussi, je suis très heureuse de te voir, Angélique. J'étais extrêmement inquiète à ton sujet.

— Tu n'as pas reçu mon message ?

— Si, si. J'ai appris que tu étais vivante et en bonne santé. Mais, ne te voyant pas revenir... Enfin, te voilà maintenant.

— Oui. As-tu vu le colonel Patterson ? Je dois le rencontrer ici. Ils ont arrêté Jake, maman !

— Je sais, ma petite, dit Louise en s'asseyant sur le canapé. Tu t'attendais qu'il reste impuni après t'avoir kidnappée ?

— Mais il n'a rien fait de tel ! protesta Angie.

Le comportement de sa mère la déconcertait. Malgré son calme, on la sentait très tendue.

— Tu sais bien qu'il n'a rien fait, maman ! reprit-elle.

Les soupçons de Jake lui revinrent en mémoire ; bien qu'elle en ait probablement ignoré toute l'horreur, Louise était impliquée dans le raid apache.

Angie alla s'asseoir à côté d'elle.

— Maman, j'espère que tu n'as pas fait affaire avec don Luis. Il n'est pas du tout l'homme qu'il prétend être.

Louise posa la main sur son bras et le pressa légèrement.

— Ne t'inquiète pas. Tout est arrangé.

Soulagée, Angie hocha la tête.

— J'aurais dû deviner que tu avais assez de bon sens pour te méfier de lui.

Un sourire se dessina sur les lèvres de Louise qui regarda longuement sa fille avant de répondre :

— Nous allons rentrer à la maison, maintenant, Angélique.

— Oui. J'ai hâte de rentrer. Tout va bien, là-bas ? Et Rita, comment va-t-elle ?

— Rita va extrêmement bien. Elle est mariée.

— Mariée !

— Oui, avec le lieutenant Walker. Elle l'a soigné quand il était blessé, et un amour réciproque en a profité pour s'épanouir.

Abasourdie, Angie ne sut quoi dire. Elle garda le silence le temps d'assimiler la nouvelle, puis sourit.

— Je suis contente pour elle, dit-elle avec sincérité. J'espère qu'elle sera heureuse.

— Je pense que oui. Elle a un mari pour s'occuper d'elle. Ils vont s'installer à Savannah où les parents du lieutenant Walker possèdent une compagnie de navigation. Et, surtout, dès qu'il sera complètement remis de sa blessure, ils vont voyager et visiter toutes les villes qu'elle a toujours rêvé de voir.

— Ça ne sera pas pareil, sans elle, là-bas, dit Angie d'un ton songeur. Mais je ne serai pas seule, avec toi et Bette.

— Oui. Tu auras Bette, et tu m'auras.

— Rita et Randy sont toujours au ranch ? J'aimerais les revoir avant leur départ.

Une expression étrange flotta sur le visage de Louise qui se détourna. Lorsqu'elle fit face à nouveau à sa fille, son visage ne reflétait plus qu'une farouche détermination.

— Angélique, le ranch a été vendu.

Bouche bée, Angie fixa sa mère avec ahurissement. Il lui fallut un long moment pour recouvrer ses esprits.

— C'est impossible !

— Non. C'est la vérité.

— Mais il m'appartient ! Personne ne peut le vendre sans ma permission ni ma signature. Comment est-ce arrivé ?

D'horribles soupçons l'envahirent à nouveau.

— Je l'ai vendu quand on te croyait morte.

— Mais, dans ce cas, il devait revenir à Rita et...

— Elle l'a refusé. Elle a dit qu'elle n'en avait pas besoin et qu'elle n'en voulait pas. Notre passage est réservé sur un bateau qui part demain. Nous avons assez d'argent pour vivre agréablement car...

— Qui est l'acquéreur ? l'interrompit Angie d'une voix dure. Dis-moi à qui tu l'as vendu, même si je pense déjà connaître la réponse.

— Don Luis de Rivera a fait une très belle proposition et, comme nous te croyions morte, je l'ai acceptée.

Effondrée, Angie essaya de confronter ce récit avec les propos du notaire, George Sherman. Elle secoua la tête.

— Maman, ce n'est pas légal. Tu n'avais aucun droit de le vendre. Il m'appartient. Selon M. Sherman, c'était incontournable et, si Rita et moi ne reprenions pas le ranch, il revenait à d'autres personnes.

— Trois personnes étaient concernées, Angélique, et deux sont mortes.

— Et la troisième ? Où est-elle ?

Un léger sourire se dessina de nouveau sur les lèvres de Louise qui lâcha d'un ton ironique :

— Cet individu se trouve en prison, accusé d'avoir vendu des armes aux rebelles et de t'avoir enlevée. Il sera probablement exécuté dans deux jours.

Angie la regarda avec incrédulité et, tout à coup, elle comprit que don Luis avait fini par gagner.

Tout en inspirant profondément, elle comprit aussi ce qu'il lui restait à faire.

29

C'est avec la sensation d'être enfermé dans cette minuscule cellule depuis une éternité que Jake regardait, à travers les barreaux, les montagnes, symbole de la liberté. Depuis son arrestation à fort Selden, il avait eu largement le temps de réfléchir à sa vie, et il s'était souvenu de ce que lui avait dit Chabhi, le sage indien : ce n'était pas la destination qui comptait dans l'existence, mais le voyage.

Si c'était vrai, il avait tout gâché. Et le voyage et l'arrivée. Peut-être l'avait-il mérité car il avait tué plus que sa part d'êtres humains. Chabhi avait aussi ajouté que la vie était un cercle infini, dans lequel chaque action affecte la suivante et ainsi de suite. La boucle était bouclée.

Comble de l'ironie, lors du procès truqué, John Ringo avait témoigné contre lui et affirmé avoir vu Jake vendre des armes aux rebelles. À la réflexion, cela n'avait rien d'étonnant.

Croisant le regard de Jake, Ringo n'avait hésité qu'une seconde avant de confirmer son témoignage. À la suite de quoi, Jake avait été condamné pour trahison.

Il ne cessait de penser à Angie et regrettait de ne pas lui avoir dit ce qu'il éprouvait. Le désir et l'amour étaient deux choses très distinctes. Ce dont il ne s'était aperçu qu'après de longues heures de solitude. Encore un gâchis qu'il ne pouvait réparer.

Lors d'une brève visite, Dave Logan lui apprit qu'Angie avait vendu à don Luis le ranch Double X.

— Sa mère a d'abord signé par procuration et, à son retour, Angie a confirmé la signature.

Cela ne le surprit pas non plus. Comment aurait-elle pu tenir contre son oncle alors que peu d'hommes avaient le courage de s'y frotter, et que ceux qui étaient assez courageux pour le faire s'y cassaient les dents ? Il ne lui reprochait que de ne pas être restée chez lui comme il l'en avait priée.

— Veille sur elle, Dave, dit-il. On a une chance de retrouver les rebelles ?

— Non. Tu sais comme ils savent se cacher et nous observer pendant qu'on bat la campagne.

Jake hocha la tête. Ce comportement fuyant des Indiens ne lui était pas inconnu.

— J'ai demandé à tes amis comanches de se mettre à leur recherche, reprit Dave. Ils auront peut-être plus de chance que Steve Houston et moi.

Le jour prévu pour l'exécution de Jake approchait et il n'y avait rien de nouveau. Si le colonel Patterson n'arrivait pas à temps, il finirait au bout d'une corde. La rapidité avec laquelle le jury s'était prononcé, sans preuve évidente, lui faisait penser que son oncle avait soudoyé quelques jurés. En tant qu'héritier du ranch Double X et ultime témoin des méfaits de don Luis, Jake devait être éliminé. Une fois hors circuit, on ne s'inquiéterait pas de savoir si Angie avait eu le droit de vendre car il n'y aurait plus personne pour protester.

Les jours qui avaient d'abord semblé passer avec une lenteur effroyable se mirent soudain à passer plus rapidement. La veille de son exécution, il demanda un papier et un crayon, et essaya d'écrire une lettre à Angie.

Après être resté un long moment les yeux fixés sur la page blanche, il y inscrivit trois mots et signa. Elle méritait de les lire. Ayant plié la feuille en deux, il la glissa dans une enveloppe qu'il confia au gardien. Puis il rassembla ses effets personnels et déposa le petit paquet sur le tabouret de sa cellule. Il ne possédait rien d'autre, à part la Casa en Paz. À sa mort, tout reviendrait à son oncle. Don Luis avait gagné. Qu'il soit maudit.

Peu avant la tombée de la nuit, il entendit du bruit dans le couloir. Une voix féminine le fit se redresser en hâte. Voyant apparaître Rita et non Angie, il s'efforça de cacher sa déception.

Secouée de sanglots, elle le regardait avec désespoir.

— Ils ne veulent pas m'écouter, Jake. Je leur ai affirmé que tu n'avais pas pu vendre d'armes aux rebelles mais ils prétendent détenir des preuves ! dit-elle en agrippant les barreaux de la cellule.

Il posa la main sur les doigts de la jeune femme.

— Ne t'inquiète pas pour ça, *chica*. Tout va bien.

Un sanglot la secoua des pieds à la tête.

— Non. Ça ne va pas bien du tout. Randy non plus ne veut pas m'écouter. Mon Dieu, que je regrette de l'avoir épousé !

La nouvelle prit Jake au dépourvu.

— Tu as épousé le lieutenant Walker ?

— Oui, acquiesça Rita en reniflant.

— J'en déduis qu'il a survécu à sa blessure.

— Oui, bien sûr ! Oh, Jake, je ne voulais pas dire que je ne l'aime pas. Je l'aime beaucoup. Mais dès qu'il s'agit de toi, c'est une tête de mule !

— Mariée... John Lindsay doit être fier de toi, Rita.

— Pourquoi ? s'écria-t-elle, les yeux ronds. Parce que je suis mariée ?

— Non. Parce que tu es devenue une ravissante jeune femme. J'imagine que tu vas quitter le Nouveau-Mexique, maintenant que plus rien ne t'y retient.

— Tu as appris, pour le ranch ? dit-elle, la mine sombre. J'aurais peut-être dû m'y opposer, mais je n'en ai jamais eu envie, tu le sais. Et, dès qu'il sera complètement remis, Randy m'emmène faire un grand voyage. Je vais voir Paris, Rome, New York, des villes pleines de monde et…

— …de nappes et de serviettes en tissu, plaisanta-t-il.

Se souvenant qu'il y avait peu, elle y voyait le comble du luxe, Rita éclata de rire.

Puis elle pressa le visage contre les barreaux.

— Y a-t-il quelque chose que je puisse faire ?

— Veille à ce qu'Angie reçoive ma lettre. Je l'ai donnée au gardien mais je préférerais que tu t'en charges.

— Promis. Mais peut-être pourras-tu la lui donner toi-même. J'ai envoyé un télégramme au colonel Patterson. J'espère qu'il arrivera à temps. Lui peut te sauver, je le sais.

Après son départ, Jake s'allongea sur sa banquette, les bras repliés sous la tête. L'ombre pénétrait dans la cellule, à présent, rampant sur le sol avec une lente régularité. Il pensa aux montagnes et à la brume bleutée que la nuit étendait sur elles, les drapant de mystère et de beauté. Où qu'il aille, il les regretterait. Et, surtout, il regretterait Mlle Angie Lindsay. Quand il fermait les yeux, il parvenait presque à la voir, à la sentir, à la goûter, et si son voyage à travers la vie lui laissait des regrets, c'était de ne pas le lui avoir dit.

Le soleil pointait au-dessus des monts Organ lorsqu'on conduisit Jake au gibet érigé pour son exécution sur la grand-place. Cette dernière était bondée de spectateurs agglutinés, dont certains s'étaient juchés sur les toits. Clignant des yeux à cause de la lumière, il aperçut la corde de chanvre qui se balançait mollement au vent du matin.

Le silence se fit dès qu'il apparut. Il s'étonna que tant de braves gens soient venus le voir mourir.

Ses yeux balayèrent la foule, cherchant un visage familier, un visage aimé, et il découvrit la figure ronde et sillonnée de larmes de María. Elle qui quittait rarement la Casa en Paz, elle n'aurait pas dû être là ; elle n'aurait même pas dû être au courant avant que tout soit fini. Il regretta qu'elle soit venue en ville pour cette sinistre occasion.

Apercevant don Luis un peu à l'écart, il fut pris d'un accès de haine qui l'envahit comme une marée amère. Son oncle était venu savourer sa victoire, s'assurer que le dernier obstacle à ses ambitions était éliminé. Quel dommage de ne pouvoir pointer une arme sur cette sihouette honnie et l'emmener avec lui !

Encadré du shérif et de ses hommes, Jake traversa la place et monta les marches du gibet. Parvenu à la plate-forme, il se retourna pour regarder la foule.

Le bourreau le poussa sur la trappe fermée et lui glissa le nœud coulant autour du cou. Jake rassembla tout son courage. Comment se faisait-il qu'il n'éprouve pas une plus grande peur ? se demanda-t-il. Peut-être n'avait-il pas encore réalisé ce qui lui arrivait. Le sentiment d'incrédulité qui l'habitait depuis son arrestation ne s'était toujours pas dissipé.

Un cri retentit, et la corde se tendit autour de son cou. Il cligna des yeux mais refusa le capuchon noir que lui proposait le bourreau. Il ne voulait rien perdre de ce que le monde lui offrait.

Un nouveau cri s'éleva et des jurons jaillirent de la foule. Un coup de feu éclata. Les muscles bandés, Jake aperçut le colonel Patterson qui fendait la foule sur son cheval couvert d'écume ; il le vit crier mais un subit bourdonnement emplit ses oreilles et l'empêcha d'entendre. Dave Logan apparut et leva sur lui un regard consterné. Au pied du gibet, le tumulte se fit et, dans un brouillard, Jake vit le visage de son oncle s'empourprer de colère tandis qu'une nuée d'officiers en uniformes bleus l'entourait.

La grâce... pensée aussitôt écartée, le sol se dérobant sous ses pieds. Une sensation d'apesanteur l'envahit et il se crispa dans l'attente de la fraction de seconde où la corde se tendrait et lui briserait le cou comme une brindille. Une dernière pensée lui traversa l'esprit :

Angie...

La foule se rua en avant et de nouvelles détonations retentirent. Horrifié, Dave Logan vit Jake tomber comme une pierre par la trappe du gibet. Trop tard, hurla-t-il de désespoir en son for intérieur.

Le rebelle comanche avait été retrouvé et il avait confirmé les assertions de Jake ; trois autres hommes avaient témoigné que don Luis correspondait avec le Mexique dans le but de déclencher une révolution qui arracherait le Nouveau-Mexique aux États-Unis. Don Luis était inculpé des crimes dont il avait accusé son neveu et Ringo avait pris la fuite. Mais qu'importe, puisque Jake était mort...

Dave se fraya un chemin dans la foule, s'attendant à découvrir son ami suspendu dans le vide, sous le gibet. Au lieu de quoi, il le trouva assis sur le sol, la corde lovée derrière lui. Le bourreau regardait le même spectacle par la trappe ouverte.

— Jake... Mon Dieu, tu vas bien ? s'écria-t-il en s'agenouillant, partagé entre l'incrédulité et le soulagement.

— Pas tout à fait. Je crois que je me suis cassé la cheville. Foutu bourreau... On aurait pu lui expliquer qu'il fallait attacher l'autre extrémité de la corde, quand même !

Malgré ces propos badins, son regard trahissait une profonde émotion.

— Toujours à te plaindre, hein ? fit Dave Logan.

— Tais-toi et aide-moi à me lever.

Dave se plia à sa demande, et Jake alla en boitant s'asseoir sur la dernière marche du gibet. Jim Patterson l'y attendait. Un sourire narquois sur les lèvres, il regarda Jake avec un haussement de sourcils.

— C'était juste, capitaine.

— Sacrément trop juste à mon goût, mon colonel. Je donne ma démission. Trouvez-vous un autre éclaireur. J'ai mieux à faire.

CINQUIÈME PARTIE

L'ARRIVÉE

OCTOBRE 1870

30

Une brise tiède soufflait. Bientôt elle se rafraîchirait, et les vents d'hiver dévaleraient des montagnes, apportant neige et glace dans les vallées.

Jake arrêta son cheval au sommet de la dernière colline et regarda la petite maison qu'abritait le bosquet d'arbres bicentenaires. Casa en Paz, sa demeure. Une fenêtre était éclairée, et la maison respirait le calme et la sérénité sous la lumière de la lune. D'ordinaire, ce spectacle l'enchantait mais, ce soir-là, il n'éprouvait qu'une immense lassitude.

Depuis qu'il avait failli mourir pendu à Las Cruces, un mois plus tôt, il n'était guère descendu de cheval. Il était parti à la recherche d'Angie, mais le ranch Double X était quasiment désert, à l'exception de Bill North et de quelques hommes. Rita avait suivi son lieutenant, et Louise et sa fille avaient regagné la France, avait annoncé Bette qui rougit lorsque Jake regarda Dave et demanda pourquoi elle était restée.

— Ah, je crois bien que vous le savez, monsieur.

Oui. Il savait. Dave se contenta de sourire, et d'enlacer la jeune femme.

Ensuite, il avait fait le long voyage jusqu'à Corpus Christi pour découvrir que le bateau pour la France était déjà parti.

Durant quelques jours, il s'était attardé en espérant qu'Angie s'était ravisée au dernier moment. Puis il avait dû se résigner. Après tout, c'était aussi bien, décida-t-il. Le Nouveau-Mexique était encore une terre primitive, que menaçaient mille dangers. Ce qu'Angie avait subi lorsqu'elle était prisonnière des rebelles expliquait amplement qu'elle ait baissé les bras et quitté l'Amérique. Malgré sa déception, il ne pouvait le lui reprocher.

Pourtant, il l'avait crue plus forte que ça... N'était-ce pas elle qui avait retrouvé le rebelle comanche dont le témoignage l'avait disculpé ?

Elle avait dû faire appel à tout son courage pour accompagner Dave Logan de campement en campement jusqu'à ce qu'ils le découvrent et le convainquent de venir avec eux. Les aveux du Comanche n'auraient pas suffi pour le blanchir car, les choses étant ce qu'elles étaient, la parole d'un Indien ne pesait pas lourd en face de celle d'un citoyen influent comme don Luis. Mais d'autres témoignages s'y ajoutant, son oncle avait été convaincu de trahison et on l'avait pendu au gibet qu'il avait fait ériger pour Jake.

Ce n'était que justice, se disait-il sans pourtant se sentir entièrement satisfait.

Les chiens aboyèrent lorsqu'il pénétra dans la cour mais pas un d'entre eux ne sortit à sa rencontre. Il était tard à présent, et la lune était haute dans le ciel, une pleine lune qui brillait comme une vieille pièce d'or espagnole.

Jake descendit de cheval, confia sa monture à un jeune garçon à la figure chiffonnée de sommeil et entra dans la maison. María n'étant pas venue l'accueillir, il se dit qu'elle était allée chez sa sœur. Elle avait tenu à rentrer sans l'attendre mais avait permis au colonel de l'escorter jusqu'au poste de San Antonio.

Tout était calme dans la maison qu'il traversa sans allumer de lumière. Les portes-fenêtres de la chambre étaient ouvertes sur le patio. Surpris, il s'arrêta. Il y avait quelqu'un dans la pièce. Fronçant les sourcils, il reconnut soudain les cheveux dorés qui se répandaient sur les oreillers. Lorsqu'elle tourna la tête, il vit ses yeux briller dans la pénombre.

Soulagé, et en même temps agacé à l'idée d'avoir fait tout ce trajet inutilement, il lui demanda d'un ton rogue :

— Qu'est-ce que tu fabriques là ?

— Je t'attendais, répondit Angie en souriant. Tu en as mis du temps.

— Je suis allé jusqu'à Corpus Christi pour te chercher, voilà ce qui m'a retardé !

— Oh ? Vraiment ? s'écria-t-elle en riant.

Elle se redressa et lui tendit les bras. Comme un enfant boudeur, il s'adossa au chambranle de la porte.

— Où est ta mère ?

— En France ou sur le point d'y arriver, fit Angie en baissant les bras. J'ai vendu mes actions de la mine et je lui ai donné l'argent que j'en ai tiré. Maintenant, elle a de quoi vivre comme elle l'entend. Vu qu'elle n'a fait que s'opposer à mes désirs, ça m'a paru plus qu'honnête... Tu sais, j'ai appris des choses sur elle que j'ignorais. Quand elle vivait ici, elle a été kidnappée. Ce n'est pas mon père qui l'a délivrée, mais le colonel Patterson ; il était capitaine, à ce moment-là. L'épreuve a été terrible et, ayant vécu à peu près la même chose, je comprends mieux son attitude. Tout ce qu'elle a fait, c'était pour moi. Et tu avais raison, elle ignorait totalement que ton oncle avait payé des rebelles pour m'enlever. Elle croyait seulement que des amis à lui me garderaient dans un endroit sûr et que j'y resterais jusqu'à ce que la raison me revienne, selon son expression. Elle a été horrifiée d'apprendre la vérité. Mais j'ai beau la comprendre, rien ne m'oblige à adopter ses opinions et ses peurs.

— Non, tu n'as pas à le faire.

— J'ai l'impression, reprit Angie en souriant à nouveau, qu'un certain colonel va se rendre en France dans un avenir proche car j'ai appris de source sûre que, dégoûté par la démission de son meilleur éclaireur, il allait prendre sa retraite.

— Ce n'est qu'une excuse. Il y a longtemps qu'il parle de quitter l'armée.

— J'ai vu Rita. Elle est venue me voir. Pour la première fois, j'ai l'impression d'avoir vraiment une sœur. Je crois qu'elle est heureuse, et Randy aussi.

— Je l'ai vue, moi aussi. Elle est venue à la prison, pendant que tu risquais ta vie!

— Tu regrettes ce qui s'est passé?

— Non.

— Tu serais venu me chercher en France, Jake?

Il ne répondit pas tout de suite, mais s'approcha du lit tout en se déshabillant.

— Oh, oui, *querida*. Je traverserais l'enfer, je franchirais les océans, j'escaladerais les plus hautes montagnes pour te reprendre. Tu ne le savais pas?

Elle glissa la main sous l'oreiller et en sortit une feuille de papier pliée.

— Rita m'a apporté cette lettre avant de quitter Savannah. Tu veux que je te la lise?

— Non. Je sais ce qu'elle contient.

— Je veux entendre les mots, Jake. Dis-moi ce que tu éprouves. Dis-moi...

Et il le lui dit, en espagnol, en français, en anglais. Il lui dit qu'il la voulait, qu'il avait besoin d'elle, qu'il l'aimait et elle lui répondit en espagnol tandis qu'ils faisaient l'amour.

— *Alma mía, te llevo en el alma*… Mon cœur, je t'aime éperdument.

Il lui murmura à l'oreille :

— *Eres toda mi vida*… Tu es toute ma vie.

C'était vrai. Une destination avait été atteinte, un autre voyage commençait, avec Angie à ses côtés jusqu'à son terme.

Ils ne désiraient rien d'autre.

Ce mois-ci, découvrez également
deux nouveaux romans de la collection

Amour et Destin

Le 5 juillet 2000

Ensorcelée

de Susan Elizabeth Phillips (n° 5645/J)

N'ayant plus un sou en poche, Rachel Stone redoute que les services sociaux ne lui enlèvent la garde de son fils Edward. Elle se souvient alors d'un coffret, que son mari disparu lui avait demandé de cacher. Peut-être contenait-il de l'argent ? Lorsque Rachel se lance à sa recherche, elle est loin d'imaginer ce qu'elle va trouver...

Le 24 juillet 2000

Sous les feux de la rampe

de Lucinda Edmonds (n° 5646/J)

Actrice débutante, Celia rencontre Robert Marshall, dont le rêve est de devenir producteur de théâtre... Penny vit avec Jack mais n'est pas heureuse. Alex, secrètement amoureux d'elle, est courtisé par Charlie, la fille de Robert... Chassés-croisés, trahisons, meurtres, passions... Ces personnages hauts en couleur évoluent dans le cercle des music-halls, où abondent surprises et rebondissements.

J'AI LU Amour et Destin

Quand l'amour donne aux femmes le choix de leur destin

5642

Composition Chesteroc International Graphics
Achevé d'imprimer en Europe (France)
par Maury-Eurolivres – 45300 Manchecourt
le 5 juin 2000.
Dépôt légal juin 2000. ISBN 2-290-30398-4
Éditions J'ai lu
84, rue de Grenelle, 75007 Paris
Diffusion France et étranger : Flammarion